김미현

1965년 서울에서 태어났다. 이화여자대학교 국어국문학과를 졸업하고 동대학원에서 박사학위를 받았다. 현재 이화여자대학교 국어국문학과 교수로 재직 중이다. 1995년《경향신문》신춘문예 평론 부문으로 등단하여 평론 활동을 시작했다. 저서로『한국여성소설과 페미니즘』,『판도라 상자 속의 문학』,『여성문학을 넘어서』,『젠더 프리즘』,『번역 트러블』등이 있다. 소천비평문학상, 현대문학상(평론 부문), 팔봉비평문학상 등을 수상했다.

그림자의 빛

그림자의 빛

김미현
평론집

민음사

자정에서 정오로,
긴 그림자에서 짧은 그림자로

정오의 문학, 그림자의 문학

자학적으로 말해 본다면 평론은 작가나 작품, 이론의 그림자에 지나지 않을 수도 있다. 반대로 자긍심을 가지고 말해 본다면 평론이 작가나 작품에 빛을 더해 줄 수도 있다. '그림자의 빛'이라는 이 평론집의 제목은 그런 평론의 자학과 자긍 사이에서, 그리고 그림자와 빛 사이에서 제 위치를 찾으려 했던 과정의 산물이다. 이런 궤적에 걸맞게 두 개의 문학을 처음으로 소환해 보자. 시집 『정오의 희망곡』[1]과 이론서 『정오의 그림자』[2]이다. 『정오의 희망곡』에 수록된 시 중 「근하신년 ── 코끼리군의 엽서」에서 시인은 말한다. "우리는 유려해지지 말자." 정오인데도, 심지어

---

[1] 이장욱, 『정오의 희망곡』(문학과지성사, 2006).

[2] 알렌카 주판치치, 조창호 옮김, 『정오의 그림자』(도서출판 b, 2005).

근하신년인데도 이때 신청하는 희망곡이나 부치려는 엽서는 그다지 희망적이지만은 않다. 이런 이상한 '정오의 문학'을 이해하기 위해 『정오의 그림자』를 함께 읽어 보자. 저자에 따르면 그림자가 가장 긴 시간은 자정이지만, 햇빛이 가장 강한 정오의 순간에도 그림자는 존재한다. 다만 그림자가 가장 짧기에 보이지 않을 뿐이다. 그래서 정오일 때 그림자와 빛 사이의 거리 또한 가장 짧아진다. 가장 가까이 있게 되는 것이다. 하지만 서로의 차이가 무화되지 않고, 오히려 둘은 둘로 함께 존재한다. 그래서 정오의 시간은 그림자로 인해 균열과 모순이 극대화되는 시간이다.

이처럼 존재하지만 보이지 않는 그림자를 제대로 보기 위해서는 빛도 제대로 보아야 한다. 강렬한 빛은 오히려 눈을 망친다. 그래서 빛도 그림자를 필요로 한다. 그림자가 없는 빛의 문학이 공허한 이유이다. 아예 존재하지 않는 그림자는 볼 수 없지만, 가장 짧은 그림자는 빛을 통해 볼 수 있다. 그림자를 상실한 문학은, 그래서 그림자가 짧은 문학보다 비문학적이다. 때문에 이 평론집에서 추구하는 '그림자의 문학'은 정오에도 그림자를 보려는 문학이다. 그림자가 보이지 않는다는 것을 볼 수 있는 문학이기도 하다. 그렇다면 이 평론집에서 다루는 모든 텍스트들은 '정오의 바깥'으로서의 그림자를 소환해 주는 텍스트들이라고 할 수 있다. 동시에 이 평론집의 제목이 '그림자의 빛'인 이유를 대변해 주는 텍스트들이기도 하다. '빛의 그림자'는 너무 절망적이다. 하지만 '그림자의 빛'은 모순 안에 내재하는 열린 가능성이고, 절망 속에서도 힘들게 작동하는 희망이다. '부정 속의 긍정'이 아니라 '부정 자체의 긍정'을 지향하기 때문이다. 그렇다면 '그림자의 빛'에서 그림자와 빛의 관계가 동격이나 소유격으로 손쉽게 치환되지 않는다는 사실이 중요하다.

그림자의 편지, 바틀비의 윤리

2000년대 소설들을 대상으로 가장 최근에 쓴 글들을 모은 '1부 21세기 주체의 윤리: 바틀비들의 배달 불능 편지'에서 가장 많이 소환되는 주체가 바로 바틀비(Bartleby)이다. 허먼 멜빌(Herman Melville)의 소설 『필경사 바틀비』의 주인공 바틀비는 필경사가 되기 전에는 우체국에서 '배달 불능 편지(dead letter)'를 처리하는 관리자였다. 중요한 상징인 배달 불능 편지는 수취인이 이사를 갔거나 사망했기에 배달할 수 없는 편지를 말한다. 하지만 여기에서 반전이 일어난다. 배달된 편지는 오히려 배달이 완료되었기에 '죽은(dead)' 편지이다. 반대로 배달 불능 편지는 수취인에게 배달되지 않았기에 아직 '죽지 않은(un-dead)' 편지이다. 수취인에게 배달될 일은 결코 없겠지만, 배달되어도 배달되지 않은 것과 다름없는 아이러니가 발생하는 것이다. 이런 편지는 그림자와 유사하다. 그림자의 편지는 '있지 않았던 것'과 '달리 될 수 있었던 것'의 윤리를 환기시킨다. '이미 죽은 편지'가 아니라 '아직 읽히지 않은 편지'이기 때문이다.

이런 배달 불능 편지를 처리했던 바틀비의 후예들로서 2000년대 한국 작가들은 '그러지 않는 것이 좋겠습니다.'(I would prefer not to.)라고 말하면서 할 수 있는 것을 하지 않는 것이 아니라 하지 않는 것을 하겠다는 새로운 주체성을 보여 준다. 수동적 거부가 아닌 능동적 선호를 통해 새로운 방식으로 현실에 개입하기 때문이다. 우선 권력을 거부하는 궁핍한 주체를 통해 타자를 제대로 환대하기 위해서는 주인으로서의 정체성을 버려야 한다는 '영점(零點)의 윤리'를 보여 준다.(「주체의 궁핍과 '손'의 윤리」) 또한 바틀비처럼 능력(potence)과 불능(impotence)을 똑같이 행하는 잠재성(potenciality)이 최고의 능력이라는 입장에서 문학의 불가능성을 가능성으로 이행시키기도 한다.(「잠재성과 문학의 (불)가능성」) 감정 동학(emotional dynamics)의 측면에서 여전히 항해 중인 감정 윤리에 주목할 때 혐오나 분노, 공포 등을 넘어설 수 있는 긍정의 역동성을 발견하게도 된다.(「감정 동학과 긍정의 윤리」) 21세기 들어 가장 피로한 세대인 청춘들의 세속화에 대한 예찬을 통해 청춘을 청춘에게 되돌려주려는 역습 또한 이런 맥락에서 이해될 수 있다.(「청춘의 역습과 세속화」) 재난을 재난으로만 간주하는 묵시록적 소설에서 탈주하여 유토피아와 디스토피아의 경계에 존재하는 헤테로토피아적 비장소로 이동하려는 움직임이 중요하게 부각되는 것도 이런 주체의 윤리 때문이다.(「재난 소설의 비장소와 경계 사유」) 이처럼 21세기의 변화된 현실을 변화된 주체를 통해 보여 주고 있는 바틀비들의 다양한 행보는 그림자의 그림자조차 소중히 간주하려는 그림자 문학의 윤리를 강변하고 있다. 바틀비는 절대 자신의 그림자를 포기하지 않는 윤리적 주체이기 때문이다.

그림자의 상실, 성실한 상실

두 개의 영화에 두 명의 앨리스가 있다. 한국 영화 「성실한 나라의 앨리스」 속 정수남과, 외국 영화 「스틸 앨리스」 속 앨리스이다. 정수남은 정말 열심히 가난과 싸운다. 남편과의 행복한 결혼 생활을 희망하기 때문이다. 하지만 "나만 열심히 하면 돼."라는 그녀의 모토가 초래한 부조리는 눈뜨고 보기 힘들 정도로 잔인하다. 가난조차 도둑맞는 최악의 현실을 보여 줌으로써 그림자로도 존재할 수 없는, 그래서 그림자조차 상실한 상태를 고발하고 있다. 언어학 교수인 앨리스는 조발성 치매에 걸려 기억과 언어를 점차 잃어 간다. 그녀에게 가장 소중한 자산을 빼앗기는 것이다. 즉 자신을 자신답게 표현할 수 있는 언어들을 상실함으로써 그녀는 유령과 다를 바 없는 존재가 되어 간다. 그림자마저 완벽하고 싶었던 여성이 그림자와 같은 취급을 받는 처지로 몰락했을 때의 절망은 상상을 초월한다. 이처럼 이 두 명의 여성은 자신이 지녔던 소중한 것들을 상실한다. 그럼에도 그녀들의 상실이 윤리적인 것은 갖지도 않은 것을 잃어버렸다고 착각하는 질병이 아니라, 이미 가졌던 것들을 잃어 가는 고통을 직시하는 성실함을 보여 주기 때문이다. '2부 스틸(Steal) 페미니즘과 스틸(Still) 페미니즘의 교차성'에서 '스틸(Steal, Still)'이 지닌 이중성을 강조한 것도 이 때문이다. 상실에도 성실한 그녀들에게서 우리가 배워야 할 것은 영원한 상실은 없으니 매일매일 상실을 극복하는 기술을 중시하는 태도이다. 빼앗겼어도(Steal) 여전히(Still) 그녀들이 그녀들로 존재할 수 있는 생존술이었기 때문이다. 여기에서 좀 더 확대시켜 보자면 우리가 과거의 페미니즘에서 놓친 것이 있었다면 미래의 페미니즘을 위해 현재의 페미니즘을 제대로 바라보자는 것이기도 하다. 이때 과거/미래, 영원/순간, 대립/화해, 여성/남성, 여성/여성 등은 서로 교차되기에 그 사이에 존재하는 차별은 약화될 수 있다. 성실한 상실이 영원한 상실을 이기기 위해서는 더욱 그렇다.

이런 맥락에서 2부는 페미니즘 문학의 하부 장르를 새롭게 조명해 보는 장르론적 성격의 글들을 묶어 보았다. 이전의 하부 장르와 서로 대비되는 교차성을 통해 교차 이전과 교차 이후의 차이를 확인해 보려는 것이다. 남성 중심의 기존 논의에서 강조했던 정의의 윤리와, 이런 정의의 타자로서의 돌봄 윤리를 여성주의적 입장에서 심화시킨 자기 돌봄의 윤리가 더욱 고무적일 수 있다는 논의가 대표적이다.(자기 돌봄 소설) 지금도 의외로 공고하게 유지되고 있는 가족 로맨스 속 오이디푸스 서사가 지닌 '아버지-아들' 중심의 담론을 '어머니-딸' 중심의 여성 가족 로맨스를 통해 재전유해 볼 수도 있다.(여성 가족 로맨스 소설) 21세기에 들어와 가장

'핫'한 여성 주체가 된 여성 사이보그의 문제 또한 포스트휴먼(Posthuman)의 입장에서 기존의 남성 중심적(Hu-man) 윤리를 비판하는 기제로 활용 가능하다.(테크노페미니즘 소설) 물론 이런 새로운 여성 윤리들도 여전히 페미니즘 문학의 기저를 이루고 있는 모성의 문제가 제기하는 불편한 질문에도 지속적으로 응답해야 한다.(모성 소설) 모성 못지않게 점점 활성화되고 있는 노년의 문제 또한 시간과 삶을 재구조화시키는 시의성(timeliness)의 측면에서 여성 문학의 양식으로 고려될 수 있다.(여성 노년 소설) 누구보다도 '이상한 나라'에 살면서 그림자로 취급받는 데에 익숙했던 여성들은 이토록 그림자의 상실에도 성실하다. 그래서 더욱 윤리적이다.

그림자의 적(敵), 그림자의 동지

1부의 주제론 중심의 논의나 2부의 장르론 중심의 논의가 서로 배제적 포함 혹은 포함적 배제 관계를 보이면서 궁극적으로 도달하는 지점은 문학 자체의 본질 자체이거나 시대성에 대한 사유들이다. 이 평론집의 '3부 다시, 문학을 생각하다: 정오의 그림자'라는 소제목에서 강조되고 있는 바가 '다시' '정오의 그림자'인 이유도 여기에 있다. 이런 맥락에서 문학 자체를 생각하는 데에 있어서 변하지 않는 것과 변하는 것의 경계를 대표 작가들의 문제작을 중심으로 살펴본 글들을 3부에 배치했다. 1부와 2부에 비해 상대적으로 발표된 지 오래된 텍스트들을 분석한 글들도 포함했는데, 문학을 향한 질문이나 의문에 있어서 여전히 유효한 측면이 있다고 판단했기 때문이다. 평론집의 마지막을 다시 문학의 원점이나 책의 서두와 맞물리게 배치한다는 의도도 작용했다. 이를 위해 흔히 한국 문학의 어두운 그림자를 논할 때에 꾸준히 제기될 수 있는 '이기

적 유전자·위험한 함정·정치라는 유령·언어의 불가능성·낭만적 사랑'
등의 부정적 개념들에 대해 작가론 혹은 작품론의 입장에서 재고해 보았
다. 문학을 문학이지 않게 하는 불안 요소들을 통해 문학을 문학이게 하
는 것들을 거꾸로 추적해 보았다는 점에서 2000년대 문학의 형질 변화
를 동시에 파악할 수 있는 글들이기도 하다. 적의 적이 동지라면, 그림자
의 동지는 그림자일 수밖에 없다. 그림자의 적이 빛이고, 빛의 적이 그림
자이기 때문이다. 하지만 애초에 그림자와 빛의 관계에서 적과 동지의
구분 자체가 무의미하다는 것을 환기시키는 것이 더 중요할 터이다.

　가령 '독단성(이문열)·보수성(김훈)·계몽성(박민규)'을 한국 문학의 '이기
적 유전자'로 읽어 낼 수 있는 것은 이 작가들이 이런 유전자를 거부한다
는 환상까지도 동시에 유전시키고 있기 때문이다. 이토록 유전성이 강한
이기적 유전자와 그 형질이 동일한 '위험한 함정'은 '경험(듀나)·열정(배수
아)·성장(박범신)'에 대한 강박적인 욕망과 거부의 양면성이다. 2000년대
문학을 둘러싼 대표적 논쟁인 문학의 정치성 문제 또한 진정한 문학이란
단순히 정치에 대한 참여 여부가 아니라 '더 나은 불편함'의 제공 여부
(신경숙, 공지영)여야 한다는 사실을 확인하게 된다. 더욱이 이런 문학적 불
편함의 절정은 문학의 본질인 언어에 대한 작란(作亂)에서 찾아볼 수 있
다.(정영문) 가장 보편적이면서도 가장 시대적이기도 한 사랑의 서사에서
는 낭만조차도 시뮬레이션하는 사랑 '이후'의 사랑(김경욱)을 통해 21세
기적 특수성을 체감시킨다. 이 글들에서 확인할 수 있듯이 그림자를 그
림자처럼 보이지 않게 하는 것이 그림자의 적이라면, 한국문학의 적은
소문으로 존재하는 문학의 본질론 혹은 위기론이다. 그림자의 그림자다
움을 확인시켜 주는 것이 그림자의 동지라면, 한국문학의 동지는 경계론
(境界論) 혹은 경계론(警戒論)이다. 이를 통해 '그림자의 빛'은 '그림자의 그
림자'까지 포괄할 수 있는 그림자의 문학을 지향한다.

그림자의 외투, 그림자의 빛

그림자의 문학이 위험에 빠질 때는 그림자가 보이지 않을 때가 아니라 보이지 않는다고 착각할 때이다. 그림자의 문학에서 그림자는 보이지 않아도 존재하기 때문이다. 심지어 정오에도 그림자는 스스로를 벗어던지지 않고, 빛이라는 외투를 입고 나타난다. 그림자를 벗어던졌을 때는 '보이는 것'이 전부이지만, 빛이라는 외투를 입었을 때는 '빼앗긴 것'까지도 보여 준다. 그렇다면 '사라짐'이 아니라 '다시 나타남'에 더 주목해야 할 것이다. 이것이 바로 빛이라는 외투가 필요한 그림자의 윤리이자, 그림자의 빛이 지닌 맹목성이기도 할 터이다. 예수는 의심 많은 제자 도마에게 말한다. "네가 믿게 되었으니 너는 행복할 것이다. 그러나 보지 않고도 믿은 사람만큼 행복하지는 않을 것이다." 이 말을 인용함으로써 종교적 신앙을 강조하려는 것이 아니다. 문학적 믿음을 말하려는 것이다. 정오의 그림자를 보지 않고서도 믿는 문학이란 자정의 어두움이 정오의 어두움으로 이동하는 문학, 그리고 그림자의 외투가 투명한 빛일 수도 있음을 비춰 주는 문학이다. 다시, 이것이 바로 이 평론집의 제목이 '그림자의 빛'인 이유이다.

당연히 1부의 글들에서 확인했듯이 21세기 주체의 윤리가 바틀비적 윤리를 통해 옹호된다고 해도 여전히 윤리적 폭력에 노출되는 경우도 발생하고 있다. 21세기를 맞아 리부팅된 페미니즘이 2부에서 살펴본 것처럼 정면 돌파를 시도해도 페미니즘은 여전히 고전 중이다. 3부의 글들이 옹호하는 문학의 정당한 실패가 '더 나은 실패'로 연결되리라는 보장도 확실치 않다. 자세히 봐도 그림자는 역시 그림자일 뿐인 경우가 많기 때문이다.

이럴 때 필요한 문학적 결단은 '겸손한' 그림자가 되는 것이다. 그림자임을 부정하지 않으면서 또 다른 그림자로 열심히 옮겨 가야 한다는 뜻이다. 총 3부로 구성된 이 평론집에서 문학 속 그림자를 읽는 방식도 나름 이런 방식을 지향해 보았다. 스스로의 그림자들과 갈등하고, 서로 다른 그림자들과도 조우하면서 그림자를 확대 심화해 보자는 것이었다. 그 자체로 너무나 '겸손하지 않은' 시도였을 것이다. 그래서 이 평론집에 드리워져 있는 그림자는 여전히 너무 길고 커다랗다. 더욱 겸손해져야 점점 짧아지고 작아질 문학의 그림자라고 생각한다.

2020년 6월
김미현

차례

1부

21세기 주체의 윤리:
바틀비들의 배달 불능 편지

주체의 궁핍과 '손'의 윤리

주체의 궁핍과 윤리적 폭력

'근대의 발명품'으로서의 주체는 여전히 논쟁이 진행 중인 문제적 개념이다. 이성·자율·문명 등과의 관계에 따라 구성되었다가 해체되기도 하고, 탄생되었다가 사망 선고를 받기도 하면서 마치 유령처럼 문학의 주변을 여전히 맴돌고 있기 때문이다. 그러나 '주체의 죽음'에 대한 가장 극단적인 논의조차도 동일화되거나 절대 우위를 차지하는 주체에 대한 거부일 뿐 주체라는 개념 자체를 부정하는 데에까지 이르렀다고는 확신할 수 없다. "절대 주체의 확립만큼이나 주체의 절대부정도 바람직스럽지 못하다."[1]라는 반론 또한 만만치 않기 때문이다. 문학의 본질상 '주체란 무엇인가'라는 근원적 질문을 포기할 수 없다는 주장이나, '제대로 형성되어 보지 못한 주체가 어떻게 종말을 고할 수 있는가'라는 비판이 제

---

[1] 윤효녕 외, 『주체 개념의 비판』(서울대학교 출판부, 1998), 3쪽.

기되기도 한다. 그렇다면 비유적으로 말해 주체에 대한 논의에 있어서도 "목욕물을 버리면서 아이까지 버릴 필요는 없다."[2]라고도 말할 수 있다.

이런 맥락에서 '불가능한 주체'가 아니라 '새로운 주체'에 대한 논의로 초점을 이동시킨다면 주체의 '권력'이 아닌 주체의 '궁핍'이 주체에 관한 재논의의 시발점이 될 수 있다. 주체의 궁핍이란 주체 스스로도 자신을 완전히 소유하지 못한다는 의미이다. 절대적 권력을 소유한 주체와는 다르게 "머무름, 참고 견딤, 기다림, 물러남, 침잠, 은인자중"[3] 등을 중심으로 하는 '다른 주체'가 바로 궁핍한 주체에 해당한다. 때문에 이런 불완전성·불투명성·불균형성으로 대변되는 주체의 궁핍은 주체의 권력을 강조하면 할수록 더 궁핍해지는 모순을 지닌다. 주체에 대한 거부가 아닌 비판을 통해 오히려 '주체적인, 너무나 주체적인' 상태를 대변하는 것도 이 때문이다.

이런 주체의 궁핍 문제를 '윤리적 폭력'과 연결해 살펴볼 필요도 있다. 윤리적 주체는 '나는 누구인가'를 알기 위해 '너는 누구인가', 더 정확히 말하자면 "내가 줄 수 없는 것을 나에게 요구하는 너는 누구인가"[4]라는 질문에 응답하려는 주체이다. 주체와 '너'로 대변되는 타자와의 동일화 자체가 주체의 나르시시즘과 타자의 추방을 초래했다는 한계를 인정하고 있는 궁핍한 주체는 "나처럼 되어라, 그러면 너의 차이를 존중하겠다."[5]라는 윤리적 폭력을 스스로 반성한다. 윤리적 폭력은 주체가 윤리라는 이름으로 타자에게 행하는 폭력이기 때문이다. 하지만 또 다른 윤리적 폭력에 맞서기 위해 '동일자적 타자'가 아닌 '전혀 다른 타자'와

2　테오도어 아도르노, 김유동 옮김, 『미니마 모랄리아』(도서출판 길, 2005), 66쪽.

3　강영안, 『주체는 죽었는가』(문예출판사, 1996), 288쪽.

4　주디스 버틀러, 양효실 옮김, 『윤리적 폭력 비판』(인간사랑, 2013), 129쪽.

5　알랭 바디우, 이종영 옮김, 『윤리학』(동문선, 2001), 34쪽.

맞닥뜨리고 있는 2000년대의 소설들에 주목할 필요가 있다. 주체의 궁핍 자체에 '타자의 폭력'도 중요한 변수로 작용하기 때문이다.

이를 위해 타자의 개념보다 더 밀접하게 주체의 궁핍에 관계하는 '이웃'의 윤리에 주목해 보자. 이웃은 '가장 가까운 자'를 지칭하는 것이 아니라 "타자의 이웃으로서의 모든 타자들"[6]을 의미한다. '가족과 이방인, 동지와 적, 주체와 타자 사이의 불확실한 분리를 보여 주는 경계선상의 존재'[7]가 바로 이웃이다. 이런 이웃의 개념을 통해 '네 이웃을 내 몸과 같이 사랑하라.'라는 윤리와 '네 이웃이 너를 사랑하는 만큼 네 이웃을 사랑하라.'라는 양극단의 윤리[8] 속에서 갈등하는 주체의 궁핍 양상을 더욱 분명하게 조망해 볼 수 있다. 21세기 들어 새롭게 조명받는 이웃의 개념 자체가 "속내를 알 수 없는 그래서 언제나 불안과 공포의 대상인 무엇"[9]으로 전락한 측면이 있기 때문이다. 그렇다면 '누가 이웃인가'를 규명함으로써 이웃에 대한 무조건적인 배려나 책임이 주체를 완성시킨다는 말이나, 모든 타자는 존중받아야 할 좋은 이웃이라는 것을 강요하는 행위 자체도 윤리적 폭력이라는 사실에 주목해야 한다. '줄 수 없는 것'을 주체에게 요구하고 있다면 그런 '나쁜' 이웃 또한 윤리적 폭력의 주체일 수 있다는 것이다.

이런 맥락에서 이 글은 가족 관계에서 일어나는 주체의 궁핍 양상을 중점적으로 살펴보려고 한다. 그 첫 번째 이유는 배우자나 자녀 중심의

---

6 서용순, 「데리다와 레비나스의 반(反)형이상학적 주체 이론에서의 정치적 주체성」, 《사회와 철학》 28호, 사회와철학연구회, 2014, 334쪽.

7 케네스 레이너드, 정혁현 옮김, 「이웃의 정치신학을 위하여」, 『이웃』(도서출판 b, 2010), 33쪽 참조.

8 지그문트 프로이트, 김석희 옮김, 『문명 속의 불만』(열린책들, 1997), 298쪽.

9 김동훈, 「무조건적 존중의 대상인가, 두려워하고 경계해야 할 대상인가? 레비나스와 지젝의 이웃 개념에 대한 변증법적 고찰」, 《철학논총》 72호, 새한철학회, 2013, 264쪽.

친밀한 사적 영역에서의 윤리는 통제가 거의 불가능한 가장 취약한 인간 관계를 형성하므로 주체가 윤리적으로 가장 무력해질 수 있기 때문이다. 두 번째 이유는 이런 가족 관계에서 파생되는 피해 자체가 제도적인 법의 영역에서 완전하게 처리되지 못하기에 윤리적 차원에서의 고려가 중심이 될 수밖에 없기 때문이다. 이 글에서 다룰 소설들을 가족 소설보다는 윤리 소설의 측면에서 주로 다루는 이유도 여기에 있다. 세 번째 이유는 주체의 실패를 통한 주체의 궁핍 자체가 새로운 주체의 윤리를 형성하는 토대가 될 수 있음을 보여 주기 때문이다. 앞에서 언급한 비유로 말하자면 분석할 소설들 모두 '목욕하는 아이'가 중심이 되고 있다는 의미이다.

이와 연관되어 이 글에서 다룰 세 편의 소설, 정용준의 「안부」, 김영하의 「아이를 찾습니다」, 김애란의 「어디로 가고 싶으신가요」는 모두 주체와 이웃의 '잡는 손'이 주요 모티프로 등장하면서 주체가 윤리와 맺는 관계를 대변하고 있다. '손'은 그 자체로 주체의 위치가 구성되는 육체이고, 이웃과 손을 '잡는' 행위는 주체의 윤리를 규정해 준다는 점에서 구체성을 담보하는 육체이다. '잡는 손'을 통해 윤리의 육화(肉化)가 이루어지고 있기 때문이다. 또한 이 세 소설들은 각각 '연대', '용서', '치유'로 대변되는 지극히 절대적인 윤리가 현실화될 때의 지난한 과정을 통해 주체의 궁핍을 치열하게 문제 삼고 있다. 누구와, 어떻게, 그리고 왜 손을 잡는지에 따라 주체의 궁핍 양상과 그에 따른 윤리적 폭력 양상이 달라지고 있기 때문이다. 이런 맥락에서 세 편의 소설들 모두 '잡는 손'을 통해 21세기에 대두된 주체의 궁핍과 새로운 윤리를 효과적으로 문제 삼을 수 있는 유의미한 시금석에 해당한다.

연대하는 '손'과 애도의 불가능성: 정용준, 「안부」

정용준의 「안부」[10]는 군대에서 의문사한 아들의 죽음을 자살로 몰아가는 국가에 대해 진상 규명을 요구하는 어머니의 고군분투기이다. 사건을 다급하게 마무리하려는 국가 권력에 대항해 아들의 장례를 치르기를 거부해서 시체를 냉동 보관한 지 6년이 지난 처절한 상황이 소설의 서사를 지배하고 있다. 가혹 행위가 의심되고 초동 수사에도 허점이 있지만, 그 모든 가능성을 국가 권력은 원천 봉쇄하면서 은폐하려 한다. 매일 군대를 찾아가 항의하던 남편마저 얼마 지나지 않아 군부대 근처의 여관에서 실족사한 것도 '나'에게는 불가항력적인 폭력 그 자체이다. 그래도 "아들이 차가운 침대에 누워 있는데 어머니라는 자가 무책임하게 죽을 수는 없는 법이다."(162쪽)라거나 "다른 무엇보다 마음을 지켜야 한다. 누워 있는 이자는 사람이다. 이 사람은 내 아들이다. 억울하게 죽은 내 아들이다."(163쪽)라는 말을 되새기며 '나'는 고통을 견딘다. 양상은 정반대이지만 그 의미는 동일하게, 매장하지 말라는 국가법에 저항해 친오빠를 매장한 안티고네처럼 「안부」에서의 어머니는 아들의 매장을 거부한다. 안티고네가 국가법을 위반하는 결정적인 이유는 오빠가 지닌 '유일성' 때문이다. 안티고네에게 오빠는 그 누구로도 대신할 수 없는 '법 너머'의 존재라는 것이다.[11] 소설 속 '나'에게 아들 또한 실정법의 효용성과는 무관한 유일한 대상이다.

현재 '나'가 처한 현실은 냉정하고 냉혹하다. 아들의 사고 직후 불편부당한 불의에 처한 '나'를 향했던 주변 사람들의 관심과 동참도 6년의

---

10 정용준, 「우리는 혈육이 아니냐」(문학동네, 2015). 소설 인용은 이에 의거해 쪽수만 밝힌다.

11 홍준기, 「누가 우리의 이웃인가?」, 《시대와 철학》 23권 4호, 시대와철학학회, 2012, 267쪽 참조.

세월이 흐르자 무관심과 비난으로까지 이어진다. 이로 인해 주체로서의 '나'는 궁핍의 상황에 직면한다. 본능적·선천적 모성의 절대성만이 아니라 경험적·후천적 모성의 현실성을 동시에 경험하고 있다는 점에서 '나'는 상처 입은 윤리적 주체가 된다. "한 달에 한 번 가는 것도 미안한데 그 마음이 힘들고 지치는 것이 죄스럽다."(162쪽)라거나 "어미라는 자가 장례식 내내 눈물 한 방울 없이 있을 것만 같아 걱정이 되었다."(163쪽)라고 느끼기에 모성 자체가 윤리의 시험대에 오른 것이다. 아들의 죽음을 통해 '나'는 익숙하고 친숙했던 세계의 균열과 윤리의 극단을 체험하게 된다.

이제 아무도 나를 상대해 주지 않는다. 걱정도 하지 않고 동정조차 하지 않는다. 제발 그만하라고 내게 욕을 하는 사람이 있다. 내가 악으로 버틴다고 했다. 아들을 냉동고에 내버려 두는 비정한 어미라고 몰래 손가락질했다. 아들 팔아서 팔자를 고치려는 독종이라고 눈을 흘겼다. 아들아. 내가 가는 모든 곳에서 모든 사람들이 나를 모욕하는구나. 그것은 아무것도 아니다. 내가 두려운 것은 나도 그들처럼 너를 잊어버리는 것이다. 갑자기 치매가 온다거나 기억력이 떨어져 너의 얼굴을 잊을까 봐 겁이 난다. 어느 날 문득 모든 일이 덧없고 무의하게 느껴질까 봐 두렵다. 하지만 반대로 영원히 이렇게 고통받아야 할까 봐 두렵기도 하다. 아들아. 나는 어찌해야 하는 걸까.(178쪽)

인용문에서 드러나듯이 "악"하고 "비정"하고 "독종"인 어머니로 오인되는 데서 오는 모욕은 주체의 외부에서 오는 것이기에 오히려 "그것은 아무것도 아니다." 더 심각한 것은 오히려 주체의 내부에서 자생하는 두려움이다. 망각이나 포기를 통해 점점 무력감에 빠지게 되기 때문이다. 심지어 이런 주체 외부와 내부에서 동시에 일어나는 궁핍의 상황은 상호 연관되기에 더욱 악화된다. 진실을 밝혀내지 못했다는 자괴감이나 아들을 편하게 보내 주어야 할 것 같은 죄의식이 더욱 심각하게 주체를 짓누른다. 이런 자괴감과 죄의식의 폭력성은 윤리를 윤리로 환대할 수 없는 윤리적 폭력을 대변한다. 정당한 모성을 부당한 모성으로 왜곡하고 있기 때문이다.

이처럼 국가 권력의 불평등성과 불가항력성은 주체의 수동성을 유발시킨다. 현실을 파악할 수 없다는 것이 아니라 현실 그 자체가 우리가 아는 현실과 다르다는 것에서 오는 윤리적 혼란이 문제가 된다. 해석 불가능성이 아니라 이해 불가능성이 지배할 때 주체는 윤리로부터의 응답 가능성을 기대할 수 없기에 궁핍한 주체가 된다. 죄책감과 책임감이 모두 주체에게만 머무를 때 사회의 유죄성과 폭력성은 더욱 커지는 것이다. 마치 "원죄처럼 목적도 수단도 아닌, 의도나 보상도 없는 그런 죄가 우리의 삶"[12]이라면 피해자가 오히려 가해자로 비난받는 비윤리적 상황에 수동적으로 노출될 수밖에 없다.

'나'가 심리적으로 커다란 위로나 도움을 받고 있는 교회에서조차 자살이라는 죄를 지은 아들이 아닌 '나'에게만 손을 내민다. 이를 통해 종교로 대변되는 구원의 윤리가 지닌 폭력성을 증명해 준다. "믿는 사람이, 주님의 자녀가, 택한 백성이 어떻게 자살할 수 있는가."(165쪽)라는 교리에 따르면 아들은 심지어 악령에 가까운 존재가 된다. 교회의 목사는 "내 손을 마주 잡고"(166쪽), 또 "괴로운 듯 잡은 손에 힘을 주고"(167쪽), "그렇게 한참 손만 잡"(168쪽)아 준다. 그러면서도 자살을 하지 않았다는 전제 하에서만 허락되는 조건부적 구원만을 약속한다. 자살했다고 오인되고 있는 아들을 둔 어머니의 입장에서 필요한 것은 율법에 토대를 둔 유일신이 아니라 이방인들의 사도인 바울일 수 있다. 예외나 차별 없이, 그

---

12 김나영, 「닮은 삶의 냄새로 말하다」, 정용준, 앞의 책, 273쪽.

리고 아무 이유 없이 "모든 종류의 사람에게 모든 것이 다 되기"[13]를 실천하는 바울의 윤리 자체가 더 능동적이고 보편적인 윤리이기 때문이다. 어머니에게는 "여러분은 율법 아래 있지 않고 은총 아래 있습니다."[14]라고 선언하는 바울이 더 윤리적 존재인 것이다.

이런 '나'의 아들의 죽음과 비슷한 또 다른 이등병의 죽음이 뉴스에 보도되고, 그 어머니에게서 만나자는 연락이 온다. 아들을 억울하게 잃은 두 어머니의 만남은 그 자체로 고통의 연대이다. 두 어머니 모두 아들의 죽음이 자살이 아닌 군대 내 가혹 행위와 집단 따돌림과 연관 있다고 믿기에 "산 사람은 살아야 한다니. 그러면 죽은 사람은 죽어야 한다는 뜻인가."(178쪽)라며 아들의 죽음에 대한 애도를 거부한다. 죽은 아들을 제대로 살려 내려는 것, 아들의 죽음에 제대로 된 이름을 부여하려는 것이 아들에 대한 애도를 거부하는 이유이다. 이런 두 어머니의 '잡는 손'은 교회 목사의 '잡는 손'과는 다르다. 아들들의 죽음을 왜곡하지 않는, 혹은 그런 왜곡을 용서하지 않겠다는 저항으로 연대하는 손이기 때문이다.

우리는 한참 동안 말없이 앉아 있었다. 예상과 달리 그녀는 말이 별로 없었다. 질문도 하지 않고 하소연도 하지 않았으며 오열하지도 않았다. 하지만 내 눈엔 보였다. 그녀가 애써 참고 있는 것이 느껴졌다. 손끝이 떨리고 있었다. 움츠린 어깨가 위태롭게 흔들리고 있었다. 나는 한 손으로 그녀의 손을 잡고 다른 손으로 어깨를 토닥였다. 이제까지 손끝을 통해 그런 것을 느껴 본 적은 처음이었다. 마치 손끝에 귀가 달린 것처럼 유리병이 산산조각 나 깨지는 것 같은 파열음이 들렸다. 이윽고 그녀는 굉음을 내며 울기 시작

---

13 알랭 바디우, 현성환 옮김, 『사도 바울』(새물결, 2008), 29쪽.

14 위의 책, 124쪽.

했다. (중략) 나는 뭐라고 해 줄 말이 없어 그냥 희미하게 웃었다. 힘을 내야 한다, 다 잘될 거다, 같은 희망적인 말을 해 주고 싶었지만 남들이 내게 했던 그런 위로가 얼마나 쓸데없는지 잘 알기에 그냥 침묵했다.(180~181쪽)

하지만 '나'는 남편의 의문사 이후 10여 년 동안 같이 싸우는 가족협의회의 여직원이나 함께 시위를 하면서 말없이 비타민 드링크 한 병을 건네주는 초로의 남자에게 모두 적당한 동질감과 함께 어쩔 수 없는 거리감을 동시에 느낀다. 고통으로 하나가 되는 연대, 망각과 포기가 불가능한 연대, 조직과 체계를 갖춘 연대를 지속적으로 바랄 수만은 없는 현실을 직시하기 때문이다. 인용문에서처럼 무용한 "희망적인 말"이 지닌 윤리적 폭력을 경계하기 때문이기도 하다. 그래서 느슨하게만 연대하는 어머니들은 차라리 침묵을 선택한다. "앞으로 가장 힘든 게 뭘까요?"(182쪽)라고 묻는 그녀에게 '나'는 "곧 사람들이 잊을 거예요. 그것에 대해 서운해하거나 화내면 힘들어져요."라고 답한다. 느슨한 연대는 가능할 수 있어도 탄탄한 연대는 또 다른 문제라는 것이다.

애도나 연대처럼 지극히 윤리적 행동을 주장하는 것은 오히려 당연해서 쉬울 수 있다. 그러나 작가 정용준은 애도의 불가능성을 병적인 멜랑콜리로, 연대의 취약성을 공동체의 미완성으로 보는 윤리를 유보한다. 그런 윤리를 당연시하는 것 자체가 또 다른 의미에서 '윤리라는 이름의 폭력'이 될 수 있다고 생각하기 때문이다. 애도인가 멜랑콜리인가를 각각 건강함과 병적인 상태로 구분하는 것[15] 자체가 현실에서는 무의미하다는 의미이기도 하다. 왜 애도가 불가능한가, 왜 멜랑콜리가 필연적인

---

15 지그문트 프로이트, 윤희기·박찬부 옮김, 「슬픔과 우울증」, 『정신분석학의 근본 개념』(열린책들, 1997), 243~265쪽 참조.

가, 그 사이에서 지속될 수밖에 없는 슬픔은 얼마나 집요한 것인가 등에 대한 논의로 한 걸음 더 나아가야 오히려 더 윤리적인 실천이 가능하다는 것이다. 불의를 기억하는 것, 진실을 포기하지 않는 것, 저항을 계속하는 것의 지난함을 '지속적으로' 강조하는 것만이 윤리적 폭력을 막을 수 있다고 생각하기 때문이다. 또한 이러한 애도 불가능성이 오히려 애도를 충실하게 만들거나 멜랑콜리를 거부하게 만드는 가역 반응을 초래하기에 주체의 새로운 윤리가 된다는 뜻이기도 하다.

그래서 이 소설의 마지막 문장은 "내게 더는 안부를 묻지 말기를. 나는 아직 괜찮다."라는 '나'의 말이다. 그리고 이 소설의 제목이 '안부'인 것을 고려한다면 아이러니적인 결말로 볼 수도 있다. 안부를 묻는 것이 오히려 안부를 해치는 상황, 괜찮지 않을 때 괜찮음을 강요하는 상황을 초래한다면 오히려 그것이 더 비윤리적인 행위가 된다. 그렇다면 진정한 안부 인사란 얼마나 편안한지가 아니라 여전히 불편한지를 묻는 것이어야 하고, 이때 괜찮다는 것은 아직도 불편하다는 것의 확인이어야 한다. 그런 안부는 도저한 절망이 아니라 포기할 수 없는 저항에 다름 아니다. 애도나 연대가 윤리의 끝이 아니라 오히려 또 다른 윤리의 시작이어야 한다는 것이다. 그래서 이 소설의 결말은 탄탄한 연대보다는 느슨한 연대가 더 현실적인 윤리임을 경험한, 연대 '이후'의 윤리가 문제가 되는 주체의 궁핍을 더 잘 형상화하고 있다. 윤리적 폭력에 안부를 묻는 일은 죽은 자를 떠나보내는 애도가 아니라 "실패가 불가피한 불가능한 애도이자 그럼에도 불구하고 끊임없이 수행되는 애도"[16]를 의미한다. 윤리적 폭력을 기억할 때는 실패한 애도 자체가 진정한 윤리이기 때문이다. '살아 있는 죽음'을 기억하려 한다면 애도는 불가능하다.

---

16 김주현, 「우울과 애도, 그 빈자리 너머」, 몸문화연구소, 『감정 있습니까?』(은행나무, 2017), 257쪽.

용서하는 '손'과 면목 없음: 김영하, 「아이를 찾습니다」

김영하의 소설 「아이를 찾습니다」[17]는 '빈손'으로 시작한다. 아이를 놓친 손, 아이를 잃어버린 손, 아이를 찾을 수 없었던 손이 바로 '빈손'이다. 평범한 가장이었던 윤석은 번잡한 주말에 가족과 함께 대형 마트에 갔다가 세 돌이 지난 아들 성민을 유괴당한다. 휴대폰 매장에서 최신 폰에 정신이 팔려 성민을 태운 카트를 등한시했기 때문이다. "누군가 카트를 끌고 가 버린 것이다."(48쪽) "그의 부주의하고 무신경했던 손, 잡아야 할 것을 놓쳤던, 그래서 인생의 모든 것이 손가락 사이로 빠져나가게 만들었던 그의 손"(46쪽)은 아내 미라에게도 지속적으로 비난의 대상이 된다. 마트를 샅샅이 뒤지면서 방송을 하고 CCTV를 확인해도 아이를 찾을 수 없자 미라는 울부짖는다. "여러분도 아이가 있잖아요? 누구나 당할 수 있는 일이잖아요?"(48쪽) 그럼에도 이런 폭력의 보편성은 이들 부부에게만 일어난 특수성이 되어 이 가족을 파탄 낸다. 윤석은 아이를 찾기 위해 비정규직을 전전하고, 미라는 조현병이 악화되어 정상적인 생활이 불가능해진다.

더욱 심각한 문제는 이들 가족의 분노가, 유괴되었던 아이가 11년 만에 돌아온 이후에 오히려 악화된다는 사실이다. 소설에서 초점을 맞추는 것도 유괴 자체가 아니라 아들을 되찾은 '이후'의 삶이다. 잃어버렸던 아이가 돌아오고 나서도 회복되지 않는 잃어버린 시간들에 대한 분노가 이 소설의 주제이기 때문이다.[18] 아들을 되찾은 후에 밝혀진 잔인한 현실은

---

17 김영하, 『오직 두 사람』(문학동네, 2017). 소설 인용은 이에 의거해 쪽수만 밝힌다.

18 이 소설은 세월호 사건 이후인 2014년 겨울에 발표되어 2015년도에 김유정 문학상을 받은 작품이다. 작가 또한 「작가의 말」에서 이전에 서두를 써 두었던 초고를 다시 꺼내 세월호 사건 이후에 완성한 작품임을 밝히고 있으나, 이 글에서는 "완벽한 회복이 불가능한 일이 인생에서는 엄존한다는

아들은 유괴범을 친엄마로 알고 살았고, 그 유괴범이 자살하면서 비로소 친부모에게 되돌려 주었다는 점이다. 아들은 진짜 가족의 품으로 돌아왔지만, "마치 이번에야말로 유괴를 당했다는 듯"(62쪽) 오히려 적응하지 못하고, 미라 또한 자신의 친아들을 알아보지 못하다가 결국에는 헤매던 산에서 실족사한다. 이런 상황일 때는 윤리적 잣대를 들이대는 것 자체가 폭력이 된다. "고통의 불가역적인 절대성"[19]이 사라지지 않고 있기 때문이다.

> 십 년간 그는 '실종된 성민이 아빠'로 살아왔다. 그런데 하루아침에 그것이 끝나 버렸다. 행복 그 비슷한 무엇을 잠깐이라도 누리고 있다는 느낌을 받은 적이 없었다. 그러나 그 불행이 익숙했던 것만은 사실이었다. 내일부터는 뭘 해야 하지? 그는 한 번도 그 문제를 진지하게 생각해 본 적이 없다는 것을 깨달았다. 성민이만 찾으면, 성민이만 찾으면. 언제나 그런 식이었지 그 이후를 상상해 보지 못했던 것이다. 그 문제만 해결되면 퇴행성이라는 미라의 조현병까지도 씻은 듯 나아지리라 생각했다.
> 견딜 수 없다고 생각했던 것은 지나고 보니 어찌어찌 견뎌 냈다. 정말 감당할 수 없는 순간은 바로 지금인 것 같았다. 언젠가 실수로 지름길로 접어드는 바람에 일등으로 골인하고서도 메달을 빼앗긴 마라토너에 대한 기사를 본 적이 있다. 기대했던 것과는 전혀 다른 것이 결승점에서 우리를 기다리고 있을 때 그것은 누구의 잘못일까?(65~66쪽)

것, 그런 일을 겪은 이들에게는 남은 옵션이 없다는 것, 오직 '그 이후'를 견뎌 내는 일만이 가능하다는 것"이라는 작가의 언급을 토대로 상식적인 윤리를 상실할 수밖에 없는 인간 보편의 문제로 확대해서 논의한다.

19 김형중, 「아이를 찾았습니다만」, 《문학동네》, 2017. 가을. 60쪽.

처음에 아들이 집으로 돌아왔을 때 윤석은 "여기가 왜 낯설어요? 저를 낳고 기른 부모가 있는데? 걱정할 것 없습니다. 진짜 가족에게 돌아왔으니 금방 회복될 겁니다."(59쪽)라며 아들을 데리고 온 경찰과 사회복지사에게 낙관적 태도를 보인다. 그러나 금방 "모든 것이 비현실적으로만 느껴진다. 이것은 혹시 잠시 후 저들이 데리고 들어올 애가 가짜라는 어떤 초자연적 증거가 아닐까?"(61쪽)라는 혼란과 두려움에 빠진다. 가족 관계의 당위성과 운명성은 관념일 뿐, 현실 속에서 재회한 아들은 윤석을 아저씨로 부르거나 미라를 아줌마로 부르면서 진짜 같지 않은 기괴한 아들로 다가온다. 인용문에서처럼 윤석 또한 "실종된 성민이 아빠"로 살아온 지난날의 정체성이 흔들리면서 아들이 돌아온 후에 오히려 자살을 생각한다. 그렇다면 인용문에서 토로되고 있듯이 "그것은 누구의 잘못일까?"

아들은 "아무래도 뭐가 잘못된 거 같아요. 그럴 사람이 아니거든요. 정말이에요."(76쪽)라며 유괴범을 옹호하면서 심지어 그리워한다. "내 잘못이 아니잖아요. 내가 유괴되고 싶어서 유괴됐어요? 엄마 아빠가 잘못해서 유괴된 거 아니에요?"(81쪽)라는 항변을 통해 현재의 불행에 대한 분노를 숨기지도 못한다. 갑자기 변한 열악한 상황에 적응하지 못해 벽돌을 들고 다니며 다른 아이들을 때리기까지 한다. 아들에게도 현재는 재난 상태인 것이다. 가해자인 유괴범은 유괴한 남의 아들을 친모처럼 경제적으로나 감정적으로 아무런 무리 없이 11년 동안 잘 양육해 왔다. 그리고는 "남의 아이를 데려왔는데 잘 키우지 못해 미안하다."(59쪽)라며 용서를 구하지만, 윤석은 그런 유괴범을 용서하지 못한다.

윤석에게 유괴범은 '괴물 이웃'이다. 아들을 유괴해 간 범죄자이자 자신의 가정을 파괴한 원수이기 때문이다. 그래서 아들에게 "잘못을 한 사람이 있다면 바로 그 유괴범, 그 여자뿐이야. 네가 엄마라고 부르는 사람. 그 미친년이 우릴 이렇게 만든 거야."(81쪽)라며 절규한다. 비행을 저지르고 다니는 아들을 위해 고향에 내려가 농사를 지으며 새로운 시작을 도모하지만, 고등학생이 된 아들은 결국 가출하고 만다. 그리고 같이 가출했던 여자애뿐만 아니라 그 사이에서 낳은 자신의 아이마저 버린 후 행적을 감춘다. 이처럼 '버려진 아이'가 '버리는 아이'가 되는 악무한적 상황에서 그 원인을 제공한 '괴물 이웃'을 용서하는 것 자체가 윤석에게는 위선에 다름 아니다. 처벌받아야 할 대상인 유괴범을 용서한다면 자신과 아내, 아들의 삶에 대한 모욕이고, 불의를 인정하는 것이라고 생각하기 때문이다. 용서가 죄가 되는 윤리적 폭력에 빠지게 된 것이다.

　　윤석이 다시 나가 보니 여자애는 없었다. 타고 왔던 승용차도 보이지 않았다. 평상 위에는 차량용 베이비시트가 덩그러니 놓여 있었다. 아직 젖도 떼지 못한 것 같은 갓난아이가 그의 얼굴을 보더니 울음을 터뜨렸다. 아기 옷섶에 분홍빛 메모지가 끼워져 있었다. 성민이 아이예요. 성민이는 떠나고 저도 키울 능력이 없어 맡기고 갑니다. 잘 부탁드려요.
　　그는 오른손을 내밀어 아이의 작은 손을 쥐었다. 아이는 문득 울음을 그치고는 그를 말똥말똥 바라보았다. 그는 왼손도 마저 내밀어 아이의 오른손을 살며시 잡았다. 그리고 천천히 위아래로 흔들었다. 아이가 간지러운 듯 발을 꼼지락거리며 좋아했다. 아이의 양손을 놓지 않은 채 그는 오래도록 평상 위에 앉아 그에게 온 작은 생명을 응시했다.(84쪽)

그럼에도 소설의 결말에서 '빈손'이었던 윤석의 손에 아들의 아들, 즉 손자의 손이 주어진다. 인용문에서처럼 윤석은 "아이의 양손을 놓지 않은 채" 응시한다. 이때 윤석의 '잡는 손'은 잃어버렸던 아들의 상징적 귀환이자 손자라는 새로운 혈육에 대한 인정으로 볼 수 있다. 또 다른 가족의 탄생을 알리는 신호이기도 하다. 그러나 아들이 아닌 손자, 해결이 아닌 순응, 선택이 아닌 도래에 가깝다는 점에서 근원적 화해나 해결이기보다는 수동적인 용서이기도 하다. 그의 '잡는 손'이 운명으로서의 대속이 아닌 자발적인 용서로 읽힐 때 더욱 능동적인 윤리로 자리매김될 수 있기 때문이다. 여전히 죽은 유괴범과 아들은 윤석에게 용서받지 못한 채 '괴물 아닌 괴물'로 남아 있다. 때문에 열린 결말로도 읽을 수 있는 인용문 속 맨 마지막의 응시는 아이에 대한 응시이자 그런 괴물 이웃을 완전히 용서하지 못하는 자신의 윤리에 대한 응시로도 해석된다.

『혐오와 수치심』으로 유명한 법철학자이자 윤리학자인 마사 누스바움은 『분노와 용서』에서 분노에 대응하는 세 종류의 감정을 구분한다. 조건부 용서와 무조건적 용서, 무조건적 사랑이 그것이다. 조건부 용서는 잘못을 저지른 사람에게 피해를 갚아 주기 위해 자기비하와 참회를 요구하는 위장된 복수(復讐)일 수 있기에 한계가 있다. 그리고 무조건적 용서 또한 용서하는 자의 도덕적 우월감으로 오염되기 쉽다는 점에서 위험하다. 때문에 누스바움은 미래 지향적이고 긍정적인 대안으로서 무조건적인 사랑을 강조한다. 무조건적인 사랑은 위장된 복수나 도덕적 우월감으로 변질될 우려 없이 비(非)분노를 가능하게 만든다. 그리고 그 예로 필립 로스의 소설 『미국의 목가』를 들고 있다. 김영하 소설과 비슷하게 '잃어버렸다가 되찾은 딸'에 관한 이야기인 로스의 소설에서 성공한 삶을 살던 아버지의 삶은 살인을 저지른 똑똑한 딸로 인해 산산조각 난다. 딸은 정의에 찬 저항이라고 생각했지만 타인에게 고통을 주었다는 점에서 용서할 수 없는 죄를 저지른 것이다. 아버지는 딸에게 진심으로 분노하고 딸 역시 고통을 느끼기를 바란다. 하지만 이런 인과응보적 분노도 딸에 대한 사랑과 슬픔, 무력감으로 인해 점점 사라진다. 그리고 평생 숨어 살게 된 딸이 죽을 때까지 아버지는 그 딸을 비밀리에 방문한다. 밀려드는 운명의 공격 속에서 아버지는 징벌적 용서나 무조건적 우월감마저 극복하는 무조건적 사랑을 평생 실천한 것이다.[20] 이런 무조건적 사랑은 부도덕함이나 무심함으로 오인될 소지도 많다. 하지만 이 소설을 통해 누스바움이 강조하는 것은 어떤 경우에도 "고귀한 분노는 없다."[21]라는 진실과, 슬픔과 절망을 분노와 분리시키려는 힘겹고도 처절한 윤리적 결단이다.

김영하의 소설 「아이를 찾습니다」 속 아버지 윤석의 분노는 무조건적 용서나 무조건적 사랑의 경지에는 미치지 못한다. 차라리 첫 번째 대응인 조건부 혹은 교환적 용서에 더 가깝다. 그에게는 가해자인 유괴범의 반성과 처벌이 선행되어야 한다는 전제가 중요하기 때문이다. 심지어 유괴범이 자기 처벌로서의 자살로 생을 마감했더라도 "구할 걸 구해라." (59쪽)라는 불관용의 태도를 보인다. 윤석에게 이웃은 '판별'의 대상이다. "모든 자아가 악하지 않으며, 타자도 전부 천사 같은 것은 아니"[22]고, "어떻게 신을 바라보아야 하는지 가르쳐 주지 않는 한, '신을 바라보라' 라고 말하는 것은 결코 선하지 않다."[23] 때문에 좋은 이웃과 나쁜 이웃을 판별해야 한다는 것이다. 이성을 초월해야 하지만 맹목적이어서는 곤란하다는 뜻이기도 하다. 이를 위해 절대적 환대가 아닌 조건부 환대, 즉 환대(hospitality)와 적대(hostility)의 유동성을 강조하는 '환적(hostipitality)'의 윤리성[24]을 중시한다. "나쁜 이웃의 뺨을 때릴 수 있어야 한다."[25]는 것

20 마사 누스바움, 강동혁 옮김, 『분노와 용서』(뿌리와 이파리, 2018), 220~228쪽 참조.

21 위의 책, 427쪽.

22 리처드 커니, 이지영 옮김, 『이방인, 신, 괴물』(개마고원, 2004), 27쪽.

23 위의 책, 197쪽.

24 위의 책, 121~123쪽 참조.

25 슬라보예 지젝, 정혁현 옮김, 「이웃들과 그 밖의 괴물들」, 『이웃』(도서출판 b, 2010), 27쪽 참조.

이 윤석이 추구하는 윤리이다.

그렇다면 김영하 소설에서 유괴범은 '얼굴 없는 괴물'이자 죽었을 때만 그 사악함이 사라지는 '죽은 이웃'에 더 가깝다고 할 수 있다. 얼굴이 없거나 죽은 이웃은 '면목 없음(faceless)'을 보여 준다. 나쁜 이웃의 얼굴은 무한 책임을 강조하는 레비나스적인 타자의 얼굴이 아니라 "일그러진 얼굴, 역겨운 경련과 찡그림으로 가득 찬 얼굴"[26]이다. 그러나 이런 '면목 없는' 이웃으로 인해 윤석은 자신의 눈앞에 존재하는 직접적 상대인 타자로서의 이웃이 아니라 그런 타자의 배경으로 존재하는 제3자로서의 이웃과 만나게 된다. 즉 원초적이고 일방적인 타자가 아니라 경험적이고 상대적인 이웃의 개념에 눈뜨게 된다는 것이다. "내 앞에 있는 얼굴에 대해 경의를 표하고 그것의 깊이에 개방적으로 되는 것이 아니라, 그것으로부터 주의를 돌려 배경 속에 있는 얼굴 없는 제3자에게 다시 초점을 맞추는"[27] 것이 바로 '면목 없음'의 윤리이다. 이런 '면목 없음'의 윤리가 그 자체로 윤리의 개방성과 관계성을 보여 주기에 진짜 이웃의 '진면목'이 된다. 우리 모두가 '생의 일그러짐'을 원천적으로 거부할 수는 없다면 이웃에 대해서도 이처럼 "안면 경련"[28]을 통해 자신의 '궁핍한 윤리'를 추구하려는 것이 새로운 주체의 조건이라고 할 수 있다. 용서는 그 '이후'에 가능한 윤리이다.

---

26 위의 논문, 258쪽.

27 위의 논문, 291쪽.

28 알렌카 주판치치, 이성민 옮김, 『실재의 윤리』(도서출판 b, 2004), 356쪽.

치유하는 '손'과 박탈의 양가성: 김애란, 「어디로 가고 싶으신가요」

어떤 '잡는 손'이 다른 '잡지 않는 손'을 통해 가능했다면, 이때의 '잡는 손'은 '잡지 않는 손'을 배제한 것이 된다. '잡지 않는 손'에게는 상처와 고통이 되는 이런 선택은 선택받지 못한 입장에서는 더 고통스럽다. 김애란의 「어디로 가고 싶으신가요」[29]는 교사였던 남편이 현장 학습을 떠난 계곡물에 빠진 제자를 구하려다 같이 물에 빠져 죽은 이후 홀로 남겨진 아내의 삶에 관한 이야기이다. 아내의 입장에서 '선택받지 못한 자'로서의 윤리를 문제 삼는 소설이기도 하다. "잠시라도, 정말이지 아주 잠깐만이라도 우리 생각은 안 했을까. 내 생각은 안 났을까."(266쪽) 제자보다 아내를 먼저 생각했다면 남편의 선택이 달라질 수도 있었을 거라는 회한이 아내를 괴롭힌다. 빠진 계곡물에서 허우적대며 살려 달라는 제자 지용이의 '내미는 손'을 뿌리칠 수는 없었을까 하는 비윤리적인 원망(怨望, 願望)이 아내인 '나'의 영혼을 잠식하고 있는 것이다. 이를 통해 관념과 당위로서의 윤리에 주체가 얼마나 취약한지를 확인시켜 준다. 주체의 취약성이 윤리적 선택을 흐리게 하는 현실적 한계로 다가온다는 점에서 이 소설은 윤리의 추상성을 벗어난다. "떠난 사람 마음을 저울질"(266쪽)하는 것이 홀로 남겨진 자의 어쩔 수 없는 인지상정이라는 것이다.

이때 '남편-아내'는 당연히 가족 관계이지만, '스승-제자'도 '유사(類似) 부모'의 관계이기에 이 소설 또한 앞에서 다룬 두 소설과 궤를 같이한다고 볼 수 있다. 부부가 긴 고민과 논의의 과정 끝에 아이를 갖기로 결심한 직후에 남편의 죽음이 발생했다는 점이, 그리고 제자 지용이도 부모 없는 아이였다는 점이 이들을 가족과 유사한 관계로 볼 수 있는 근거

---

29 김애란, 『바깥은 여름』(문학동네, 2017). 소설 인용은 이에 의거해 쪽수만 밝힌다.

가 된다. 남편의 죽음은 미래에 생길 수도 있었던 자식의 상실을 의미하기 때문이다. 그러면서도 피를 나눈 혈연 가족은 아니기에 상대적으로 윤리적 선택의 딜레마를 동시에 확인할 수 있는 차별성도 함께 존재한다. 지용이가 남편의 제자가 아닌 진짜 아들이었다면 '나'의 고통은 다른 양상이었을 것이기 때문이다. 부부지간이나 사제지간 모두 '가족-비(非)가족'의 경계 자체도 문제 삼을 수 있는 이웃의 양상을 보여 주는 것이다. 유사 가족을 통해 보편적 범위로 확대되는 윤리를 확인할 수 있기도하다.

> ─ 너 나랑 영화 본 적 있잖아. 왜 도경이 군대 가 있을 때. 종로에서.
> ─ 응.
> ─ 그때 버스 끊겨서 우리 좀 걸었잖아. 무슨 미술관 근처 공원이었는데. 그때 내가 잠깐 네 손 잡았던 거 기억해?
> ─ 그랬나?
> ─ 넌 정말 취했던 거야, 취한 척한 거야? 그걸 기억 못하다니. 아니, 지금도 기억 안 나는 척하는 건가?
> ─ 그게 왜?
> ─ 그때 내가 만일 네 손 안 놓았으면, 우린 지금 같이 있었을까?
>
> (255~256쪽)

이 소설에서 선택적 윤리는 가족 관계의 절대성과 연인 관계의 상대성으로 치환되어 그 갈등과 불확정성을 부각시킬 때에 더욱 분명해진다. '나'는 남편의 죽음 이후 스코틀랜드에 사는 사촌 언니의 초대로 여행을 떠나 그곳에서 유학 중인 옛 애인 현석과 재회한다. 남편의 죽음을 아직 전해 듣지 못한 현석과 남편의 이야기를 공유하면서 "여전히 그 사람이 살아 있다고 믿는 사람과 그 사람에 관한 이야기를 나누다 보니, 그 시간 남편이 정말 서울 어딘가에 살고 있는 것 같은 기분"(251쪽)을 느끼기도 한다. 인용문에 드러나듯이 과거에 현석과 잡은 손을 놓지 않았다면 남편과의 현재의 이별은 없었을 것이라는 가정 자체가 '나'의 고통에 대한 방어 기제일 수도 있다. 자신이 선택하지 않았던 경우보다는 남편에게 선택받지 못한 경우일 때 '나'는 더욱 고통스럽다. 남편의 죽음이 '나'의 입장에서는 자신을 '선택하지 않음을 선택'한 것이기 때문이다.

심지어 남편은 죽음 이후에 더욱 분명하게 자신의 존재를 증명한다. '나'는 '부재의 현존'을 경험하는 사람처럼 "남편이 세상을 뜬 뒤 내가 끄는 발소리, 내가 쓰는 물소리, 내가 닫는 문소리가 크다는 걸"(228쪽) 깨닫는다. "유리벽에 대가리를 박고 죽는 새처럼 번번이 당신의 부재에 부딪혀, 바닥으로 떨어졌다. 그때야 나는 바보같이 '아, 그 사람, 이제 여기 없지……'라는 사실을 처음 안 듯"(228쪽) 소스라치게 놀란다. 이런 '나'의 상황은 현석과의 재회가 일회성으로 끝나고 마는 것과 더불어 남편의 죽음을 직시하게 만드는 기제로 전환된다.

이런 '나'의 상황을 '박탈(dispossession)'의 양가성과 연결시킬 수 있다. '나'에게 남편의 죽음은 "자신이 원래 소속되어 있었거나 갖고 있었던 토대가 제거"[30]된 박탈의 상태를 초래한다. '나'는 남편으로 인해 상처받았고, 삶의 가능성을 제한받았다. 그러나 바로 이런 속박된 상태 자체가 그런 박탈로부터 벗어나 스스로를 치유해야 한다는 책임감을 촉발시키기도 한다. 박탈이 박탈인 이유는 '나'의 의지나 선택으로만 해결될 수 없는 외부적 사건인 남편의 죽음에서 벗어날 수 없기 때문이다. "저항이 불가피한 일종의 예속의 한 양식으로서 주체가 급진적으로 허물어지

---

30 주디스 버틀러, 아테나 아타나시오우, 김응산 옮김, 『박탈』(자음과모음, 2016), 14쪽.

는 한 방식"³¹이 바로 박탈인 것이다. 그렇다면 '박탈됨(being)'이라는 상태도 중요하지만 '박탈되기(becoming)'라는 박탈의 수행성도 중요해진다. 주체의 치유 자체가 이전 주체의 박탈을 전제로 하기 때문이다. 어떤 주체도 상실과 부정 중심의 박탈을 피할 수 없다면, 그래서 자신의 온당한 자리에 안전하게 머물러 있을 수 없다면, 박탈된 주체는 "본질적으로 양가적이고 결정 불가능한 힘으로서의 주체화"³²라는 수행성을 추구하게 된다. 탈주체화에서 주체화로의 이행을 가능하게 만드는 것이 박탈의 양가성이기 때문이다.

그래서 '나'는 그동안 애써 외면했던 "만일 그때 내가 이랬다면 ……이러지 않았다면"(254쪽)이라는 가정법의 윤리에서 벗어나려 한다. 그리고 현재진행형 혹은 미래완료형의 윤리와 연관될 수 있는 "사람이 죽으면 어떻게 되나요?"(259쪽)라는 생산적 질문으로 이동한다. 이는 남편이 애용했던 스마트폰의 음성 인식 프로그램 '시리(siri)'에게 '나'가 묻는 질문이다. 이에 대한 시리의 대답은 이 소설의 제목이기도 한 "어디로 가고 싶으신가요?"(259쪽)이다. 질문에 대한 재질문을 통해 '나'의 고통을 반추시키면서 스스로 대답을 찾으라고 권고하는 것이다. 남편의 죽음으로 인한 '박탈을 박탈'하고 '나'가 도달해야 할 미래의 거처(去處)를 마련하라는 당부로 읽히기도 한다. 그럼으로써만 "어쩌면 그날, 그 시간, 그곳에선 '삶'이 '죽음'에 뛰어든 게 아니라, '삶'이 '삶'에 뛰어든 게 아니었을까."(266쪽)라는 성찰에 이를 수 있기 때문이다.

저는 지금도 지용이가 너무 보고 싶어요.

---

31 위의 책, 56쪽.

32 위의 책, 85쪽.

사모님도 선생님이 많이 그리우시지요?

그런 생각을 하면······

뭐라 드릴 말이 없어요.

이런 말은 조금 이상하지만,

감사하다는 인사를 드리고 싶어 편지를 써요.

겁이 많은 지용이가 마지막에 움켜쥔 게 차가운 물이 아니라

권도경 선생님 손이었다는 걸 생각하면 마음이 조금 놓여요.

이런 말씀 드리다니 너무 이기적이지요?

평생 감사드리는 건 당연한 일이고,

평생 궁금해하면서 살겠습니다.

그때 권도경 선생님이 우리 지용이의 손을 잡아 주신 마음에 대해

그 생각을 하면 그냥 눈물이 날 뿐,

저는 그게 뭔지 아직 잘 모르겠거든요.(264~265쪽)

　　인용문은 제자 지용이의 유일한 혈육이었던 장애인 누나가 소설의 결
말에서 '나'에게 보낸 편지의 내용이다. 이기적으로 보일 위험성까지 감
수해야 할 "감사하다는 인사"를 죽은 제자의 누나가 하는 이유는 "겁이
많은 지용이가 마지막에 움켜쥔 게 차가운 물이 아니라 권도경 선생님
손"이라고 생각하기 때문이다. 남편이 보여 준 최후의 윤리가 제자의 손
을 '잡는 손'으로 표현되고 있는 것이다. 제자의 누나 또한 "우리 지용이
의 손을 잡아 주신 마음"에 대해 아직 잘 모르겠다는 진정성과 겸손함의
속내를 고백한다. 모든 사람들이 남편과 같은 선택을 하지는 않는다는
점에서 '나'에게 그로 인한 상처는 쉽게 치유될 수 없을 것임을 인정해

주는 마음이기도 하다. '나' 또한 그제서야 동생 잃은 장애인 누나의 헐 벗은 마음을 "혼자 남은 그 아이야말로 밥은 먹었을까."(266쪽)라며 궁금 해한다. "평생 궁금해하면서 살겠습니다."라는 누나의 마음이 '나'의 마음으로 옮겨 온 것이다. 죽음에서 삶으로, 삶에서 다른 삶으로 이행한 상호 치유의 윤리가 형성되는 순간이다.

이때 발생하는 치유의 윤리는 '마치 ~가 아닌 주체', 즉 철회·정지· 무효 중심의 주체가 아니다. '~이 아니고 ~임'의 주체, 즉 단절·중단· 개입이 중심이 된 주체이다. 이전 주체의 수동적인 '중지'가 아니라 새로운 주체의 능동적인 '생성'을 도모하기 때문이다.[33] 주체 안에서 일어난 주체의 '다시 일어남'을 보여 주는, 주체의 부활로도 볼 수 있다.[34] 때문에 '나'는 '선택당하지 못한 치욕'에서 벗어나 '선택하는 책임'을 인정하게 된다. 남편이 처했던 윤리적 선택을 '순수 선택', 즉 객관적인 차이들을 "'식별할 수 없는 것'들과의 마주침"[35]으로 받아들이게 되었기 때문이다. 선택해야 한다는 것 이외에는 아무런 자유가 없는 것, 그런데 선택해야 하는 것을 구별할 수 있는 어떤 우선적 가치도 없다는 것, 그렇다면 선택 가능성이 곧 선택 불가능성이 되는 것이 바로 순수 선택이다. 남편이 처했던 이런 순수 선택의 상황을 이해했기에 '나' 또한 남편의 윤리로 이행하게 되는 것이다. 때문에 남편의 이런 순수 선택의 행위가 "단순하게 한 사람이 사라지는 차원이 아니라 그것 자체로 일종의 전환을 형성해 세계를 완전히 뒤바꿔 놓는 사건"[36]으로 '나'에게 비로소 다가온다.

---

33 김용규, 「주체의 윤리적 지평: 바디우와 아감벤을 중심으로」, 《새한영어영문학》 51권 3호, 새한영어 영문학회, 2009, 93, 101, 106, 111~112쪽 참조.

34 알랭 바디우(2008), 앞의 책, 40쪽 참조.

35 케네스 레이너드, 앞의 논문, 88쪽.

36 노태훈, 「우리는 슬픔을 먹고 자란다」, 《문학동네》, 2017. 겨울, 97쪽.

이러한 치유를 통해 '무(無)'에서 다시 '무'로 되돌려지는 '영점(zero)'의 윤리를 기대할 수 있다. 아직 어떠한 것도 도래하지 않았으나 이미 가졌던 것과는 다른 능동적 윤리의 시작을 알리고 있기 때문이다. "환대자가 되기 위해서는 주인으로서의 자아 정체성을 버려야만 한다."[37] 이 소설에서 '나'가 죽은 지용이의 누나를 환대할 가능성을 보이기 위해 전제되어야만 했던 것이 바로 이런 박탈의 윤리였을 수 있다. 박탈을 통해 주체와 또 다른 주체는 "서로-함께-되기(becoming-with-one-another)"[38]의 관계가 될 수 있기 때문이다. '나'와 지용이 누나의 교류는 '건강한 공동체'를 지향하는 것이 아니다. 여전히 치유는 멀고 고통은 깊다. 하지만 스스로의 위치에서 이탈되거나 어긋난 채로 하나가 되는 "불합치의 윤리"[39]를 통과하지 않고는 치유 자체가 불가능하다는 것을 인정하고 있다. 그래서 이 소설 속의 윤리 또한 '박탈을 위한 박탈'을 허용하는 양가성을 보이게 되는 것이다.

'포스트맨(Post-Man)' 시대와 이웃의 윤리

주체의 궁핍은 발견이나 발전 중심의 모더니즘적 억압을 보이지 않는다. 부재나 균열 중심의 포스트모더니즘적 한계를 보이는 것도 아니다. 오히려 모더니즘과 포스트모더니즘 이후의 반성이나 책임과 연관된다고 할 수 있다. 2000년대 한국 소설들이 맞닥뜨린 '주체는 죽었는가?'라

---

37 주디스 버틀러, 아테나 아타나시오우(2016), 앞의 책, 259쪽.

38 위의 책, 122쪽.

39 위의 책, 124쪽.

는 질문이나 그럼에도 여전히 '왜 주체인가?'에 대한 답변을 진지하게 고민하는 주체이기 때문이다. "나는 항상 나에게 너무 늦게 도착"[40]했다는 주체의 사후적 증상에서 출발하기 때문이기도 하다. 따라서 주체 '이전'이 아니라 주체 '이후'에 겪게 되는 주체의 성찰이나 재구성을 중시한다. 2000년대의 소설들 속 주체가 자동사나 주어로서의 '나(I)'가 아니라 타동사나 목적어로서의 '나(me)'[41]가 겪는 어려움과 한계를 노정하는 경우가 대부분인 것도 이러한 주체의 궁핍과 연관될 수 있다. 이전 소설들처럼 주체의 상실이나 부재가 아니라 결여와 장애가 중심이 되기 때문이다.

이런 주체의 궁핍은 '포스트맨(Post-Man)' 시대의 윤리와도 연관된다. '포스트맨'은 "자기 귀환에 실패한 채 중도에 실종되는 인간"[42]을 의미하기에 주체의 성공이 아닌 실패에서 새로운 윤리를 추구해야 한다. 때문에 기술이나 생명의 입장에서 탈인간중심주의 혹은 생명 정치에 좀 더 중점을 두는 '포스트휴먼(Post-Human)'과는 다르다.[43] '포스트맨'의 시대에서는 보편성과 절대성을 강조했던 주체가 아니라 취약성과 불확실성 중심의 윤리가 중시되는 또 다른 의미의 '인간 이후'가 더 중요하다.[44] 그리고 주체에 대한 기존의 냉소주의를 극복하고 '다른 인간'을 형성하기 위해 새로운 윤리를 호출하게 된다. 윤리의 '폭력'이 아닌 윤리의 '개방'을 통해 주체와 이웃 사이의 참을 수 없는 근접성과 적절한 거리감을 동시에 문제 삼기 때문이다. 이럴 때 윤리의 고유한 자리는 없다. 여전히 진행 중인 주체의 궁핍만이 있을 뿐이다.

---

40 주디스 버틀러(2013), 앞의 책, 139쪽.

41 위의 책, 149~150, 156, 159쪽 참조.

42 위의 책, 236쪽.

43 로지 브라이도티, 이경란 옮김, 『포스트 휴먼』(아카넷, 2015), 240~242쪽 참조.

44 위의 책, 234~236쪽 참조.

이 글에서 살펴본 세 편의 소설들은 모두 '잡는 손'의 상징성을 통해 이런 궁핍한 주체의 윤리적 실천을 문제 삼고 있다. 소설 속 주체들이 자신의 취약성을 인정하면서도 타자의 개념을 확대시킨 '이웃'이라는 개념의 환상 또한 직시하려는 윤리적 결단을 포기하지 않고 있기 때문이다. 주체가 궁핍하다면, 이웃의 개념 또한 허상에서 벗어나야 한다. 정용준의 「안부」는 손쉬운 연대를 거부하면서 느슨한 공동체를 지향한다. 상처받은 주체들끼리의 연대를 통한 애도 자체가 오히려 윤리에 대한 망각을 초래하기 때문이다. 김영하의 「아이를 찾습니다」는 아들을 유괴함으로써 자신의 삶에 해악을 끼친 '면목 없는' 이웃에 대한 분노를 통해 윤리에 대한 맹목을 경계한다. 모든 것에 대한 용서를 강요하는 윤리라면 선과 악을 판별할 수 없기 때문이다. 김애란의 「어디로 가고 싶으신가요」는 제자를 살리기 위해 자신의 목숨을 바친 남편으로 인한 상처의 치유를 통해 윤리가 박탈된 상태에서만이 '박탈에 대한 박탈'이 일어날 수 있다는 박탈의 양가성을 보여 준다. 치유를 거부하는 윤리는 주체를 우월한 위치에 고정시킬 수 있기 때문이다.

이 세 편의 소설 속 주체들이 보여 주는 이웃에 대한 주체의 윤리 혹은 주체에 대한 이웃의 윤리가 강조하는 것은 이웃에게 뺨을 맞으면 다른 뺨까지 내밀어야 한다거나, 적과 동지를 구분하면서 이웃의 뺨까지 때릴 수 있어야 한다는 양자택일적인 윤리로의 회귀가 아니다. 오히려 적과 동지를 구분하면서 눈앞의 이웃만을 문제 삼는 이자(二者) 관계에서 벗어나 눈에 보이지 않는 제3의 이웃까지 아우르는 삼자(三者) 관계까지 고려해야 한다는 것이다. 이웃 개념의 확대와 심화를 통해서만이 주체와 이웃 모두가 저지를 수 있는 윤리적 폭력을 방지할 수 있기 때문이다. 이미 윤리라는 개념 자체가 무조건성과 순수성을 상실한 '포스트맨'의 시대에는 절대적이고 원초적인 윤리 자체가 불가능하다. 윤리의 제물이 늘 신성한 것이 아니듯이, 윤리라는 선물 또한 항상 정의로운 것은 아닐 수 있다. 때문에 이 소설들은 21세기 한국 소설이 처한 새로운 윤리를 시험하고 있는 시금석으로서의 의의를 갖는다.

잠재성과 문학의 (불)가능성

잠재성의 문학과 바틀비의 후예들

눈에 보이거나 겉으로 드러나는 현실에 회의가 들고 절망을 느낄 때, 이에 대한 거부와 저항을 통해 새로운 미래를 추구하는 것이 인간의 삶이나 문학의 본질이라고 할 수 있다. 물론 이런 시각은 21세기라는 새로운 시대 상황을 고려하지 않은 채 이미 지나간 20세기적인 근대적 이성이나 합리성으로 회귀하자는 것과는 다르다. '국가-주체-자본'으로 연결되는 지배 권력에 대한 상투적 비판이나 추상적 유토피아에 대한 낭만적 추구라는 양극단의 움직임 또한 경계해야 한다. 이미 '비판을 위한 비판'이나 '실패의 낭만화'에 대한 판타지 자체가 깨져 버렸기 때문이다.

이때 '잠재성(potentiality)'의 개념이 유의미하게 다가올 수 있다. 흔히 잠재성이라고 하면 드러나기 이전의 상태 혹은 드러나기를 추구할 때 필요한 과정으로서 개념화된다. 그리고 이럴 때의 잠재성은 '현실성'의 반대 개념으로 규정되는 경우가 대부분이다. 그러나 아리스토텔레스의

'~ 않을 잠재성'이라는 개념에 주목한 조르조 아감벤(Giorgio Agamben)에 따르면 잠재성은 "할 수 있는 잠재성과 하지 않을 수 있는 잠재성 사이의 결정 가능성 자체에 저항"[1]하는 개념이다. 일어날 수도 있고 일어나지 않을 수도 있기에 현실성으로 이전되지 않을 가능성까지 포함한다는 것이다. '~하지 않을 능력(potential not to)'이야말로 진정한 잠재성이라고까지 언급한다. 마치 연주자나 건축가가 연주를 하지 않거나 건물을 짓지 않을 때에도 그들의 능력이 사라지지 않는 것과 같은 이치이다.[2]

아감벤이 허먼 멜빌의 소설 『필경사 바틀비(Bartleby, the Scrivener: A Story of Wall Street)』(1853)[3] 속 주인공 바틀비를 순수하고 절대적인 잠재성의 모델로 삼는 것도 이 때문이다. 바틀비는 "그러지 않는 것이 좋겠습니다." (I would prefer not to.)라는 말을 소설 속에서 끊임없이 반복한다. 바틀비의 이 말은 "'나는 원하지 않는다.'(I don't want to.)가 아니라, '나는 안 하는 것을 원한다.'(I want not to.)라고 말하는"[4] 것이기에 잠재성의 행위를 보여준다는 것이 아감벤의 해석이다.

바틀비의 이런 잠재성은 현실 세계에서 배제된 것들을 되살려 주는 작업과 연결된다. 바틀비의 잠재성을 통해 "있을 수 있었으나 없어진 모든 것으로부터, 다를 수 있었으나 현재의 모습이 되기 위해 희생된 모든 것으로부터 새어나오는"[5] 것들에 대한 논의가 가능하다고 보기 때문이다. "능력(potence)과 불능(impotence)을 똑같이 행할 수 있는 능력만이 최고

---

1 조르조 아감벤, 박진우 옮김, 『호모 사케르』(새물결, 2008), 117쪽.

2 위의 책, 110쪽 참조.

3 허먼 멜빌, 한기욱 옮김, 『필경사 바틀비』(창비, 2010).

4 황호덕, 「바틀비의 타자기」, 《오늘의 문예비평》, 2010. 여름, 67쪽.

5 윤교찬·조애리, 「'되기'의 실패와 잠재성의 정치학: 멜빌의 「필경사 바틀비」」, 《현대영어영문학》 53권 4호, 한국현대영어영문학회, 2009, 84쪽.

잠재성과 문학의 (불)가능성

51

의 능력"[6]이라는 논쟁적인 언급과 잠재성을 연결시킬 수 있는 지점도 바로 여기이다. 법 자체에 대한 절대적 부정을 통해 '있지 않았던 것' 혹은 '달리 될 수 있었던 것'에 초점을 맞춤으로써 '있을 수 있었으나 결코 일어나지 않은 즐거운 사건'을 문제 삼을 수 있다는 것이다.[7]

그렇다면 이런 아감벤의 잠재성 논의가 '지금 여기'의 한국 소설에 던지는 미학적·윤리적·정치적 의미는 무엇인가에 대한 보다 구체적인 논의가 필요하다. 2000년대 들어 자본주의의 지배는 더욱 교묘해지고 강화되었다. 이로 인해 '호모 사케르(Homo Sacer)'적 인간의 존재 또한 더욱 분명해졌다. 호모 사케르는 "살해는 가능하되 희생물로 바칠 수는 없는 생명"[8]으로서 "오직 자신을 배제하는 형태로만 그러니까 면책 살인의 가능성을 통해서만 법질서 속에 포함"[9]되는 대표적인 타자의 형상을 의미한다. 아감벤은 바틀비를 대표적인 호모 사케르로 간주한다. 한국 소설에서의 바틀비 수용은 이런 바틀비들의 외부 억압에 대한 심리적 거부와 반발의 강화 자체에 초점을 맞추고 있다.[10] 하지만 더욱 공고해진 현실의 억압에 반해 그에 대한 저항은 오히려 감소하는 역설이 발생할 때 지금까지 간과되어 온 바틀비적 잠재성의 개념에 대한 주목이 필요하다. 당위로서의 저항이 아니라 선택으로서의 의지가 드러나는 과정에 대한 주목이 소설의 실재(實在)에 더욱 부합하기 때문이다.

---

6 조르조 아감벤, 이경진 옮김, 『도래하는 공동체』(꾸리에, 2014a), 56쪽.

7 한기욱, 「근대, 체제와 애매성 ─ 『필경사 바틀비』 재론」, 《안과밖》 34호, 영미문학연구회, 2013, 326~327쪽 참조.

8 조르조 아감벤(2008), 앞의 책, 45쪽.

9 위의 책, 46쪽.

10 손정수, 「신종 바틀비들이 생성되는 원인」, 『텍스트와 콘텍스트, 혹은 한국 소설의 현상과 맥락』(자음과모음, 2016), 305쪽 참조.

이런 맥락에서 이 글은 잠재성의 개념을 중심으로 2000년대 젊은 작가들의 소설을 살펴보는 것이 목적이다. 2000년대 한국 소설을 대표하는 박솔뫼·김사과·한유주는 기존의 소설 문법으로는 쉽게 해석되지 않는 새로운 언어와 플롯을 보여 준다. 이 세 작가들은 절망적 현실에 대한 익숙한 저항이나 상투적인 대안을 동시에 거부하는 '낯선 소설'들을 창조하고 있다. 때문에 이들의 소설을 통해 보이지 않는 잠재성이 소설 속에서 드러나게 되는 원리나 목적을 확인할 수 있다. 보이지 않아야 잠재성이지만, 보이지 않으면 소설로 존재할 수 없다. 그렇다면 이처럼 보이지 않는 잠재성을 소설화하고 있는 세 작가들의 소설적 전략을 집중적으로 점검해 봄으로써 이들이 궁극적으로 문제 삼는 문학의 미래를 가늠해 볼 수 있을 것이다.

'중단'과 비잠재성의 잠재성: 박솔뫼, 「안 해」

　　아감벤은 잠재성을 주권의 폭력과 연결시킨다. '무엇이지 않을' 잠재성을 허용하지 않음으로써 현실성을 강요하는 것이 주권이기 때문이다. 속도·발전·계급을 강조하는 주권의 원리에서는 현실성을 불가능하게 할 수도 있는 잠재성이 억압된다. 이런 주권의 억압적 폭력을 거부하는 인물이 바로 호모 사케르로 취급받았던 바틀비라고 할 수 있다. 바틀비는 기존의 가치와 체계로 유지되는 주권을 무력화하거나 비활성화시킴으로써 그것을 '중단(interruption)'시키려고 한다. 이미 주어진 권력이 부당하게 '포함적 배제'를 행사한다면, 그것을 중단시키는 것이 급선무라는 것이다. 이런 바틀비의 행위는 "'그저 안 하겠다'라는 소극적이고 부정적인 저항이나 항의가 아니라, '안 하는 것을 하겠다'라는 적극적이고 긍정적인 행위"[11]까지 포함한다. 일반적인 사회적 참여나 강요된 동일시 혹은 잘못된 주체화를 거부하기 위한 행위가 바로 바틀비의 중단 행위이다.

바틀비처럼 "'~할 수 있다(가능)'와 '~할 수 없다(불가능)'라는 이항 대립 사이에서 '~가 아닐 수 있다'(부정의 잠재성)라는 미증유의 '틈새'를 확보"[12]하는 행위를 박솔뫼의 「안 해」[13]에서 발견할 수 있다. 소설의 제목이기도 한 '안 해'라는 행위는 '한다'라는 가능성과 '못 해'라는 불가능성의 틈새에서 '안 한다'라는 중단의 잠재성을 보여 준다. 즉 '안 해'는 '하지 않음을 선택'했다는 측면에서 바틀비의 행위와 연결된다. 「안 해」에서 주인공 '나'는 우연히 방문한 노래방에 감금된 채 노래방 주인 남자에게 노래 부르기를 강요받는 상황에서 적극적으로 "알맹이 없이 빈 껍질을 재생산하라는 사회의 요구와 사회에서 부여하는 일정한 정체성의 획득을 포기"[14]한다.

> 너희는 도무지 열심히라는 것을 모르니까 30분간 내 이야기를 들으며 열심히에 대해 생각해. 열심히. 처음에는 어렵겠지만 열심히 하다 보면 깨닫게 되는 순간이 올 것이다. 열심히. 열심히에 도달하면 이제 너희의 노래가 완성되고 완성이 되면 너희는 이제. 이제 노래가 되어 세상으로 날아가는 거다, 그게 노래다.(51쪽)

11 김정한, 「벌거벗은 생명의 윤리」, 《생명연구》 16집, 서강대학교 생명문화연구소, 2010, 107쪽.

12 조르조 아감벤, 김상운 옮김, 「세속화 예찬」(난장, 2010), 221쪽.

13 박솔뫼, 「안 해」, 「그럼 무얼 부르지」(자음과모음, 2014). 소설 인용은 이에 의거해 쪽수만 밝힌다.

14 장정윤, 「허먼 멜빌의 「필경사 바틀비」와 후기 근대 사회의 '바틀비적' 삶의 가능성」, 《안과밖》, 28호, 영미문학연구회, 2010, 271쪽.

남자는 자신의 가게에 온 손님을 감금한 후 계속해서 노래를 부르도록 강요한다. 그리고 자신의 명령에 따라 노래를 부르지 않으면 살인까지 불사한다. 그 이유는 인용문에서처럼 "열심히"의 세계를 신봉하기 때문이다. "열심히" 부르다 보면 노래가 "완성되고", 노래가 완성되면 새로운 세상으로 "날아가는" 것이 가능하다는 것이다. 남자가 생각하는 새로운 세계는 "아름다움과 정신과 정열의 세계"(54쪽)이다. 때문에 진지하게 이런 세계를 추구하는 남자가 '나'나 또 다른 감금자인 여주와 같은 "그저 그런 애들"(50쪽)을 선택해서 노래를 부르게 하는 이유 또한 "너희는 도무지 열심히라는 것을 모르니까"(51쪽)이다. 이때 남자의 노래를 부르라는 명령은 열심히 살라는 주권의 폭력을 대변하는 강요 행위에 다름 아니다.

그렇다면 남자의 세계관은 기성세대인 어른들의 근대적 노동관이나 발전 논리, 자본주의적 자아와 상통한다고 할 수 있다. 남자의 노래방이 "이유도 목적도 없이 열심히만을 끝없이 강요하는 작금의 우리 사회에 대한 공간적 알레고리"[15] 혹은 "당위가 과잉된 방식으로 생산되는 엄숙주의 사회, 파멸할 때까지 재생의 회로를 멈추지 않는 자본주의 사회를 향한 알레고리"[16]로 읽히는 것도 이 때문이다. '열심히'만을 강요하면서 앞만 보고 달려온 근대 문명의 축소판이 바로 남자의 노래방인 것이다. 그 공간에서 "테이블이 부서질 때까지 자신을 부수고 테이블이 부서짐과 동시에 자신도 부수고 태어나야 해, 새롭게."(54쪽)라고 말하는 남자의 행동은 그 자체로 근대의 억압을 상징한다.

하지만 이런 남자의 세계는 더 이상 유효하지 않다. 폭력의 대상을 잘

---

15 김형중, 「열심히 쓰지 않는 소설」, 《문학과사회》, 2010. 겨울, 292쪽.

16 양윤의, 「지향성 발생 기계 소설」, 《문학동네》, 2011. 겨울, 461쪽.

못 선택했기 때문이다. 감금당해 노래를 강요받았던 '나'는 탈출에 성공한 후 다시 돌아와 자신이 당한 그대로 남자에게 되돌려 준다. 남자가 자신의 생각이 틀렸다는 것을 자인(自認)하도록 만들려는 것이다. 여주 또한 다시 돌아와 이런 '나'의 행위에 동참한다. 이들의 행위는 '좋은 노래'라는 기존의 개념 자체를 중단시키려는 잠재적 행위에 해당한다. "저는 열심히 하지 않고 할 생각도 없고 왜냐면 열심히의 세계가 없기 때문입니다."(65쪽)라는 '나'의 말은 그 자체로 '안 해'라는 중단 행위가 지닌 잠재성을 보여 준다. 중단의 잠재성이란 "잠재성을 주체 스스로 현실태로 옮기지 않고 이를 거부함으로써 자신의 잠재성을 유지하는 것"[17]을 의미한다.

물론 이 소설의 더욱 뚜렷한 개성은 이런 중단의 잠재성 자체를 적극적인 저항과 손쉽게 동일시하지 않는다는 데에 있다. '나'는 남자에게 복수를 해도 세상은 그대로일 것을 잘 안다. 그에 대한 자괴감으로 저항을 포기하면 존재 자체의 사라짐, 즉 "탈존주의(脫存主義)"[18]에 머무르기 때문이다. 하지만 '나'는 그런 부정성에서 더 나아가 남자에게 "그렇게 안함. 당신이 말한 것에 수긍하지 않음"(67쪽)을 실천한다. 이때 '나'가 남자에게 한 행위는 '~을 함'이 아니라 '하지 않음을 함'에 해당한다. 이로써 남자의 폭력적 세계를 철저하게 중단시키려 한 것이다.

이런 맥락에서 '나'의 '안 해'라는 행위는 남자의 '해'라는 행위를 중단시키기 위한 '비잠재성'의 행위라고 할 수 있다. 이때의 비잠재성은 "단순한 잠재성의 부재나 할 수 없음을 의미하는 것이 아니라 무엇보다

---

17 윤교찬, 「부정과 중단의 미학 — 아감벤의 바틀비론」, 《영어영문학》 26권 1호, 한국영어영문학회, 2013, 82쪽.

18 김홍중, 「탈존주의(脫存主意)의 극장 — 박솔뫼 소설의 문학사회학」, 《문학동네》, 2014. 여름, 83쪽.

'하지 않을 수 있는 능력', 즉 자신의 잠재성을 실행시키지 않을 수 있는 능력"[19]을 의미한다. 근대 사회에서는 민주주의라고 규정된 가치 아래에서 인간이 '할 수 있는 것'이 무엇인지에 초점을 맞춰 왔다. 남자의 가치관이 지닌 척도는 이에 의해 좌우된다. 그러나 이런 척도 자체가 오히려 인간이 '하지 않을 수 있는 것'으로부터도 분리시키는 비민주주의적 박탈을 초래했다고 할 수 있다. 그렇다면 단순히 '하지 않음'이 아니라 '하지 않음을 하는 것', 즉 '하지 않을 능력'을 의미하는 비잠재성을 통해서만 인간이 호모 사케르로 존재하는 것을 중단시킬 수 있다.

> 그러고 보면 아무것도 한 게 없지. 남자는 살아 있고 앞으로도 잘 살 것이며 노래방은 불에 타지도 부서지지도 않았고 나는 피곤하기만 하다. 그런데 피곤하기만 한 것은 자꾸만 잠을 자게 하니까 뭐 좋다. 그러니까 지금처럼 으음 앞으로 뭐든 열심히 안 해야지. 아 잠만 열심히 자야지 열심히 안 해 아무것도 지금까지 아무것도 한 적도 없지만 앞으로도 안 한다. 안 해 절대 안 해.(69~70쪽)

소설의 결말 부분인 인용문에서처럼 '나'가 "앞으로 뭐든 열심히 안 해야지."라거나 "잠만 열심히 자야지."라며 "안 해 절대 안 해."라고 다짐하는 것은 소설 제목인 '안 해'와 연결되면서 '나'의 '중단의 행위' 혹은 '행위의 중단'으로 인한 비잠재성을 나타내 주고 있다. 안 하는 것을 열심히 함으로써 기존의 질서와 체계를 전복시키는 정치성을 담보하게 되기 때문이다. 이때의 중단은 아무것도 하지 않는 것이 아니다. 주권을 비활성화시키는 것을 '하는' 것이다. "새로운 사용의 창조는 오래된 사

---

19 조르조 아감벤, 김영훈 옮김, 『벌거벗음』(인간사랑, 2014b), 74~75쪽.

용을 무위로 만듦으로써만 가능"[20]하기에 "스스로 하지 않을 가능성을 유지하는 능력"[21]을 통해 비잠재성의 잠재성을 보여 주고 있다. 이런 의미에서 "잠재성은 그 구성상 항상 비잠재성이다."[22]

이처럼 박솔뫼의 「안 해」는 '하지 않음을 하기'라는 비잠재성을 통해 기존의 행위들을 중단한다. 이런 중단의 행위를 통해 참여하기를 거부한다는 측면에서 "수동적 공격성"[23]을 보여 준다고도 할 수 있다. 그리고 '수동성(하지 않음)'이 아니라 '적극성(하기)'에 강조점을 둔다면, 저항 자체가 상투화되는 위험성을 중단시키는 최선의 능력으로 평가할 수 있다. 손쉬운 저항으로 이행되지 않을 비잠재성이 오히려 진정한 저항의 잠재성일 수 있기 때문이다. 이를 증명하기 위해 박솔뫼의 소설은 앞만 보고 계속 달리는 것보다는 달리다가 갑자기 멈추는 것이 얼마나 더 어려운지를 실감(實感)으로 전하고 있다.

'반복'을 통한 잠재성의 지속: 김사과, 「더 나쁜 쪽으로」

사뮈엘 베케트(Samuel Beckett)는 「최악을 향하여(Worsrward Ho)」에서 다음처럼 말한다. "다시 시도하기, 다시 실패하기, 다시 더 잘 실패하기, 아니면 더 나쁜 게 나을지도. 더 나쁘게 다시 실패하기. 좀 더 나쁘게 다

---

20 조르조 아감벤(2008), 앞의 책, 200쪽.

21 조르조 아감벤(2014b), 앞의 책, 75쪽.

22 위의 책, 74쪽.

23 이보라, 「차이와 반복, 운동성으로 드러내는 인간 삶의 진실」, 《국제언어문학》 32호, 국제언어문학회, 2015, 412쪽.

시."[24] 이 말에는 실패와 성공 혹은 나쁨과 좋음의 이분법을 파괴하는 모순 어법들이 가득하다. 실패 자체가 성공일 수 있고, 성공한 실패 자체가 더 좋은 성공일 수 있다는 뜻을 내포하고 있기 때문이다. 이런 논리에는 "다시", "더", "좀 더"라는 '반복'의 행위가 전제되어 있다. 성공을 위한 더 좋은 실패는 반복적 실패를 통해서만 가능하다는 것이다. "다시 시도하기"가 "다시 실패하기"로 귀결되어도, "좀 더 나쁘게 다시"의 과정을 거친다면 궁극적으로 '더 잘 실패하기'를 이룬 것이 된다는 논리이기도 하다. 한 번의 실패는 그냥 실패이다. 그러나 두 번, 세 번 반복되는 실패는 성공의 잠재성을 열어 놓는다.

물론 이런 반복의 잠재성에서 반복은 동일한 것을 그대로 재현하거나 복사하는 것이 아니다. 이전의 것과 '차이가 나는 반복'이기에 잠재성을 유지할 수 있게 된다. 때문에 지나가 버린 과거에서 놓쳐 버린 것을 다시 찾을 가능성을 추구하는 것이 바로 반복의 잠재성이다. 반복으로 인해 주체는 "자리를 옮겨 가며 자신을 형성"[25]하게 된다. '그러지 않는 것이 좋겠습니다.'라는 말을 되풀이하며 '차이 나는 반복'을 보여 주는 바틀비의 잠재성 또한 기존의 체제에 대한 단순한 부정이 아니라 새로운 질서의 시원(始原)에 해당한다.

김사과의 「더 나쁜 쪽으로」[26]에서 이런 반복의 잠재성으로 인한 새로운 주체의 형성 과정을 확인할 수 있다. 기존 논의에서 분노나 폭력을 중심으로 한 일탈 행위나 체제에 대한 비판 자체만을 강조[27]한 데에서 더

---

24 사뮈엘 베케트, 임수현 옮김, 「최악을 향하여」, 『동반자/잘 못 보이고 잘 못 말해진/최악을 향하여/떨림』(워크룸 프레스, 2018), 75쪽.

25 이보라, 앞의 논문, 409쪽.

26 김사과, 「더 나쁜 쪽으로」, 『더 나쁜 쪽으로』(문학동네, 2017). 소설 인용은 이에 의거해 쪽수만 밝힌다.

27 김형중, 「돌아온 신경향파」, 《자음과모음》, 2010. 봄, 652~667쪽 참조.

나아가, 그런 현실적 비판 속에 의외로 미래 지향적인 전망이 동시에 잠재하고 있기 때문이다.

여기는 그의 거리다. 이 거리에서 그는 모두를 알고 모든 일을 했고 마침내 이 거리 그 자체가 되었다. 머지않아 그는 이 거리의 대가로 칭송받게 될 것이다. 아니 이미 그렇다. 그러니까 고작 이삼 년 전에 처음 이곳에 온 나를 그가 무시하는 건 당연하다. …… 그를 만난 뒤 이 거리에 올 때마다 이 거리 전체가 나를 비웃고 있다는 느낌을 받는다. 뭐랄까 나 자신이 그의 역사와 전통을 망쳐 놓은 골 빈 양아치, 시답잖은 스노브, 자본주의 개새끼라도 된 것 같다. 하지만, 그렇다면, 그는 어떤가? 그는 단지 나보다 조금 일찍 도착해 이 거리를 망쳐 놓기 시작한, 또 하나의 양아치 아닌가?(21~22쪽)

주인공 '나'는 미국으로 온 후 한국에서 유명한 가수였다가 미국으로 건너와서도 성공해 스타가 된 '그'를 우연히 만나 사랑하게 된다. 엄청난 나이 차이와 불성실한 '그'의 태도에도 '나'는 '그'와 헤어지지 못한다. 그래서 '나'는 "아주 잘못된 장소에서 아무 잘못된 짓을 하고 있다는 그 느낌은 지극히 치명적이어서 그저 가만히 서 있는 것밖에 할 수 있는 것이 없다."(19쪽)는 무력감에 빠져 있다. 그 이유는 인용문에 나타나듯이 스스로를 "그의 역사와 전통을 망쳐 놓은 골 빈 양아치, 시답잖은 스노브, 자본주의 개새끼"에 다름 아니라고 생각하고, '그' 또한 "나보다 조금 일찍 도착해 이 거리를 망쳐 놓기 시작한, 또 하나의 양아치"와 다를 바 없다고 생각하기 때문이다. 자본주의에 지배당하는 속물로서의 수치와 혐오를 인식하고 있기에 더욱 그렇다.

'나'는 삶의 끝까지 가 보고 싶어서 여러 도시를 전전한다. 그래서 지금 이 도시까지 이른 것이다. 하지만 '나'는 "아무것도 넘어서지 못했고,

결국 아무데도 닿지 못했다.”(14쪽) ‘그’ 또한 성공했다는 평판과 상관없이 “점점 몰락해 가는 뮤지션”(17쪽)이자 “역겨운 인간”(20쪽)에 불과하다. 자신의 음악으로 “그보다 나이 든 사람들을 조롱하고 젊음을 팔아먹으며 문화적이고 창의적인 — 다시 말해 새로운 시장 하나를 여는 데 기여한 것뿐”(23쪽)이다. ‘나’는 자신의 이러한 경험을 토대로 자본주의나 파시즘에 대한 비판과 저항을 보여 주는 칼럼을 쓰고 있으나, 그것 또한 포즈에 머물러 있을 뿐이다. “좋은 교육을 받은 세련된 취향의 젊은이들은 안전하기 짝이 없다. 어떤 진정한 위험성도 가진 바가 없”(24쪽)기 때문이다.

그럼에도 혹은 그렇기 때문에 더욱더 ‘나’는 또다시 문란한 생일 파티가 벌어지고 있는 ‘그’의 집을 나와 맨발인 채로 거리 한복판에 선다. 또다시 실패하려는 것이다. 자신의 현실을 역겨워 하지만 거기서 벗어나는 방법을 ‘모른다’는 것을 ‘알기’ 때문이다. 모른다는 것을 알고, 실패할 수밖에 없다는 것도 알며, 그런 실패를 영원히 피할 수 없다는 것을 안다. ‘나’는 의외로 많은 것을 안다. “세계의 중심”(15쪽)이자 “개인주의자들을 위한 천국”(26쪽)인 미국에 거주하면서 “버려진 공장은 박물관이 되고 버려진 아파트는 갤러리가 되고 버려진 발전소는 언더그라운드 클럽이 되”(26쪽)는 자본주의의 엄청난 힘을 직접 체험한 결과이다. 하지만 ‘더 좋은 쪽으로’ 변한 것처럼 보이는 것이 사실은 점점 ‘더 나쁜 쪽으로’ 변한 것임을 가장 잘 알고 있기 때문이기도 하다. 그래서 ‘나’는 끊임없이 거리로 나선다.

대체 뭘하고 있는 건가. 여기는 어디인가. 내가 알던 거리는, 내가 알던 그들은 모두 어디에 있는가. 아아, 기억난다. 그들은 늪으로 향했다. 그 뒤는 모른다. 저기 같은 방향을 향해 걷는 저자들을 더 이상 모른다. 여기는 내 거리가 아니다. …… 향해 걷는다. 해가 떠오른다. 햇살 아래 깨어난 거리가 어

떤 모습을 하고 있을지 알 수 없다. 걷는다. 더 나쁜 쪽을 향해 걷는다.(32쪽)

인용문은 소설의 결말 부분으로, '안다'와 '모른다'라는 정반대의 동사가 반복 서술되는 도중에 '걷는다'라는 동사가 모든 행위의 우위를 차지하고 있다. 그리고 이런 과정의 반복 서술을 통해 '더 나쁜 쪽으로' 걷는 주인공의 내면은 더욱 분열된다.[28] 즉 여기가 어디인지도 의심스럽고, 어디로 향해 가는지도 불확실하다. 하지만 인용문에서 확인되듯이 "모른다", "아니다", "알 수 없다"라는 부정성이 "걷는다. 더 나쁜 쪽을 향해 걷는다."라는 방향성이나 지속성을 막을 수는 없다. 비록 "더 나쁜 쪽"이어도 계속 걷는 것이 중요하다는 것이다. "그저 한 발자국 옆으로 움직인 것일 뿐"(14쪽)이어도 마찬가지이다. 끝이 또 다른 시작임을 믿기 때문이다.

이처럼 '나'는 끊임없이 실패한다. 그러면서도 '더 나쁜 쪽으로' 계속 움직인다. 마치 바틀비가 '하지 않는 것'을 계속하는 것처럼. 그래서 죽음에 이르는 것처럼. 하지만 끝날 때까지는 끝난 게 아니다. '실패의 반복'은 '반복의 실패'가 아니기에 생산적이고도 생성적인 잠재성을 유발시킨다. 이것이 바로 반복의 잠재성이 '차이'보다는 '차연(差延)'을 유발시키는 이유이다. 이때의 차연은 "의미의 적층과 수렴보다는 의미의 산종과 발산을 의미하고, 사건의 불연속성과 차이와 다양성을 무엇보다도 최우선적으로 옹호하며, 사태에 대한 결정 속에는 결정 불가능한 것들이 함께 있다는 사실"[29]을 인정하는 것이다.

---

28 김사과는 스스로도 편집증이나 강박증, 정신분열증 환자들이 반복해서 사용하는 붕괴되고 의미 없는 문장이나 단어들에서 얻을 수 있는 독특한 효과를 아름답다고 생각한다고 직접 밝히기도 한다. 김사과, 「소설가 김사과의 창작 노트」, 《오늘의 문예비평》, 2009. 여름, 193쪽 참조.

29 김남혁, 「차연의 윤리와 사건의 정치」(소명출판, 2015), 75쪽.

다시 강조하자면, 잠재성을 가능하게 하는 반복은 "예전과 똑같이 되돌아오는 것이 아니라 다른 것이 될 수 있었던 예전 것의 잠재성이 새롭게 드러나는 조건"[30]이다. '더 나쁜 쪽으로' 움직이기에 그 어느 것도 약속하거나 예언하지 않더라도 "응답 없는 응답의 책임성"[31]을 통해 미래를 환기시킨다. 실패의 충실성이 확보됨으로써 변화의 잠재성이 확보되기 때문이다. 김사과는 '더 나쁜 쪽'이 '더 새로운 곳'임을 아는 작가이다. 그래서 반복적으로 '더 나쁜 쪽으로' 움직이는 중이다.

'유예'의 잠재성과 탈창조의 글쓰기: 한유주, 「나는 필경……」

한유주의 소설은 기존의 서사 문법과는 동떨어져 있기에 신선함과 실험성이 강하다고 평가받는다. "세계에 대한 묵시록적 관념, 말과 이야기 문화에 대한 혐오, 존재의 야만성에 대한 암울한 성찰, 운문적 특성을 지닌 수사의 원리"[32] 혹은 "의사소통적 논리 체계를 벗어난 불협화음적인 언어 구사"[33]라는 기존의 평가가 유효한 것도 이 때문이다. 한유주는 비결정적이고 불확실한 서사를 통해 언어 자체가 내용이자 형식인 소설을 쓴다. 그래서 한유주의 소설들은 거의 소설 그 자체의 본질이나 기원에 관한 메타 소설이라고 할 수 있다. "기록/발화됨으로써 스스로 간극(불가

---

30 김상운·양창렬, 「새로운 정치철학을 위한 아감벤의 실험실」(역자 후기), 조르조 아감벤, 김상운·양창렬 옮김, 『목적 없는 수단』(난장, 2009), 204쪽.

31 황혜령, 「'표현-기계'로서의 들뢰즈의 문학론: '바틀비-기능'과 'K-기능'을 중심으로」, 《새한영어영문학》 50권 3호, 새한영어영문학회, 2008, 113쪽.

32 백지은, 「독법의 문제와 문제의 독법」, 『독자 시점』(민음사, 2013), 284쪽.

33 강계숙, 「'언어의 죽음' 이후의 소설」, 『우울의 빛』(문학과지성사, 2013), 49쪽.

능성)을 내포하는 언어의 분열적 운명"[34]에 대해 주목하는 작가인 것이다.

「나는 필경……」[35]에서도 서사는 모호하고 인물들도 애매하다. 두 명의 필경사가 등장하는 두 개의 이야기가 겹쳐 있기 때문이다. 첫 번째로는 몰락해 가는 어느 왕국의 왕이 말하는 것을 받아쓰는 왕의 필경사가 있다.

> 필경사가 왕의 말을 길들이는 동안 왕은 광대들의 입에 물려 놓은 재갈을 풀어라, 낮게 명령한다. 광대의 입에서 말이, 말들이 쏟아져 나오고, 왕의 필경사는 왕의 말을 왕의 말들로 오기한다. (중략) 왕의 신하들이 왕의 관과 왕의 말과 왕의 의자를 은밀히 탐하는 오늘, 그 사실들을 왕의 귓가에 전하는 이는 왕의 광대들, 왕의 필경사는 유구무언과 묵묵부답을 온몸에 새긴지 오래, 광대들이 왕의 이마 위에서, 왕의 어깨 위에서, 왕의 손바닥 위에서 광대놀음을 계속하는 오늘, 그들의 농담과 재담과 기담으로 왕국의 마지막 페이지가 채워지리라, 왕은 생각한다.(12쪽)

인용문에서처럼 왕의 주변에는 왕의 눈과 귀를 가리는 신하들과 광대들이 있다. 신하들은 왕의 말을 오독하고 광대들은 왕의 말을 가지고 말놀이에 열중한다. 그래서 왕의 필경사는 "왕의 말을 왕의 말들로 오기"할 수밖에 없는 처지에 놓인다. 심지어 "유구무언과 묵묵부답"으로 대응한 지도 오래되었다. 하지만 필경사의 임무는 어떤 경우이든 왕의 말을 기록하는 것이다. "왕국의 이야기는 처음도 끝도 없이, 시작도 종결도 없이

---

34 백지은, 앞의 글, 301쪽.

35 한유주, 「나는 필경……」, 『나의 왼손은 왕, 오른손은 왕의 필경사』(문학과지성사, 2011). 소설 인용은 이에 의거해 쪽수만 밝힌다.

영속하는 것"(14쪽)이어야 하기 때문이다.

두 번째 필경사는 이런 왕의 필경사와 운명을 공유하는 작가 '나'이다. 왕의 필경사 이야기를 쓰는, 즉 '필경을 필경'하는 작가 자신이 바로 필경사에 해당한다. 때문에 소설집 전체의 제목이자 첫 번째 수록작인 「나는 필경……」의 첫 문장이자 소설 속에서 여러 번 반복되는 "나의 왼손은 왕, 오른손은 왕의 필경사"(11쪽)에서는 '왕=나의 왼손=원본', '왕의 필경사=나의 오른손=필사본'이라는 등식이 성립한다. 그리고 이 등식을 통해 원본과 필사본의 간극을 인정하게 된다. 마치 왼손과 오른손이 서로 대칭되면서 분열과 모순을 보여 주는 것처럼, 원본과 필사본은 동일하지 않다. 왕의 말과 오기된 왕의 말들이 불일치했던 것과 동일한 이치이다. 그래서 그것을 다시 쓰는 작가 '나'의 필사본 또한 영원히 유예된다. 완벽하지 않기 때문이다. 그리고 이때의 필사본은 작가의 의도를 제대로 살리지 못해 미완성일 수밖에 없는 작품 자체를 상징한다.

왕의 말과 '나'의 말은 제대로 전달되지 않는다는 점에서 동일하고, 왕의 필경사와 작가인 '나'는 완성된 말을 유예시켜야 한다는 점에서 동일하다. 이럴 때 '쓰는 것'과 '쓰지 않는 것'의 경계는 사라지고, 완성과 미완성의 구별도 모호해진다. 완성되려는 순간 그것을 유예시켜야 계속해서 쓸 수 있기 때문이다. 이럴 때 글을 '쓰지 않을 능력'을 유지하는 잠재성의 개념이 작가에게는 더욱더 가치 있게 다가온다. 유예의 잠재성이 오히려 창작을 가능하게 하는 역설이 발생하는 것이다. 작가로서의 '나'가 자신의 책 제목조차 정하지 못하면서 다음처럼 읊조리는 것도 이 때문이다.

과거에도 여전히, 그러므로 현재에도 여전히. 나의 왼손은 왕, 나의 오른손은 왕의 필경사…… 현재에도 여전히, 그러므로 미래에도 여전히. 내일

나는 텅 빈 페이지에 단 하나의 문장을 적고 그 위에 "불가능한 동화"라고 쓴다. 내일 나는 단 하나의 문장이 적힌 페이지에 두 번째의 문장을 적고 그 위에 "불가능한 동화"라고 쓴다. (중략) 나의 왼손과 나의 오른손이 두 줄의 문장이 적힌 페이지에 세 번째의 문장을 적고 그 위에 "불가능한 동화"라고 쓴다. 그렇게 왕과 왕의 필경사는 서로의 목숨을 담보하는 것. 왕국의 사전에는 끝이라는 단어가 없으므로 왕의 필경사는 날마다 철필의 끝을 날카롭게 다듬어야 한다.(17쪽)

필경사로서의 작가라는 존재는 인용문에서처럼 "텅 빈 페이지"에 계속해서 문장을 적어 나가는 존재이다. 하지만 그 페이지는 "끝이라는 단어"를 알지 못한다. 그래서 "과거에도 여전히", "현재에도 여전히" 그리고 "미래에도 여전히" "단 하나의 문장"을 적고, "두 번째의 문장을 적고", "세 번째의 문장을 적고", 그 위에 "불가능한 동화"라고 적을 수 있을 뿐이다. 이런 글쓰기를 위해 "날마다 철필의 끝을 날카롭게 다듬어야 한다." 이야기는 끝나지 않고, 소설은 완성되지 않는다. 모든 것이 유예될 뿐이다. 이럴 때 소설은 그 자체로 아무것도 쓰여 있지 않은 서판(書板)을 의미하는 '타불라 라사(tabula rasa)'에 해당한다. 쓰면서 지워 가는 글쓰기를 하고 있기 때문이다. "필경사는 서판이 되었으며 이제 그는 자기 자신의 백지와 다르지 않다."[36] 이런 상태에서는 완성을 추구하는 것이 불가능하므로 글쓰기를 포기하지 않는 것이 더 중요하다.

이런 유예의 글쓰기는 모든 글을 "아직 쓰이지 않은 글쓰기의 서문"[37]으로 만들기에 잠재성의 본질을 구현해 준다. 아무것도 완성되지 않았지

---

36 한기욱, 앞의 논문, 325쪽.

37 조르조 아감벤, 조효원 옮김, 『유아기의 역사』(새물결, 2010), 21쪽.

만 아무것도 쓰지 않은 것은 아닌 글쓰기, 그러기에 쓰기를 멈출 수 없는 글쓰기를 하고 있기 때문이다. 마치 허먼 멜빌의 소설에서 "나는 이 사람에 대한 충실하고 만족스러운 전기를 쓸 만한 자료란 존재하지 않는다고 믿는다."[38]라고 말하는 변호사 '나'가 바틀비에 대해 말하는 유일한 사람이고, 그것을 소설화하는 작가가 허먼 멜빌인 것과 유사하다. 작가 한유주 또한 "자신의 아포리아를 깨뜨리는 유일한 순간은 이렇게 글쓰기의 불가능성, 자신의 불가능성을 픽션으로 만들어 보여 줄 때뿐이다."[39] 그렇다면 작가 한유주를 "이야기를 만드는 것이 아니라, 이야기를 지워 나가는 세헤라자데"[40]라고 부르면 어떨까.

이런 한유주의 글쓰기를 '탈창조(decreation)'의 과정과 연결시킬 수 있다. 탈창조는 '창조로부터의 벗어남'이 아니라 '기존의 것으로부터의 벗어남'을 의미한다. 즉 '창조 불가능성의 불가능성'이자 '새로운 것의 가능성'이 바로 탈창조의 개념이다. 때문에 '재창조'가 아닌 '제2의 창조'에 더 가깝다.[41] 소수자 혹은 이방인의 입장에서 "비문법적(ungramatical)이 아니라 무문법적(agramatical) 표현"[42]을 중심으로 기존의 글쓰기를 탈영토화하기 때문이다. 한유주에게는 글쓰기 내부에 식별 불가능한 공백 지대 혹은 진공 상태를 만듦으로써 기존의 글쓰기로부터 벗어남과 동시에 완성을 유예시키는 과정이 중요하다. 이런 의미에서 한유주는 창조를 거부함으로써 창조에 이르는 탈창조의 잠재성을 추구한다고 할 수 있다. 지워 가면서 쓴다면, 그런 능력은 '쓰기를 원하지 않는다.'가 아니

---

38 허먼 멜빌, 앞의 책, 49쪽.

39 이소연, 「불가능하고 불가측한, 글쓰기의 모험」, 《문학동네》, 2012. 여름, 633쪽.

40 이광호, 「이야기 무덤 속에서 글쓰기 — 한유주의 소설 언어」, 《문학과사회》, 2009. 여름, 405쪽.

41 조르조 아감벤(2014a), 앞의 책, 148~152쪽 참조.

42 윤교찬·조애리, 앞의 논문, 71쪽.

라 '안-쓰기를 원한다.'라고 말하는 것일 터이다. 그래서 한유주는 "쓰는 데 실패하는 게 아니라 쓰지 않는 데에 실패하는"[43] 소설을 여전히 쓰고 있다.

배달 불능 편지의 잠재성과 문학의 미래

에스파냐의 유명 작가 엔리께 빌라-마따스(Enrique Vila-Matas)의 소설 『바틀비와 바틀비들』[44]은 허먼 멜빌의 필경사 바틀비처럼 재능이 있지만 글쓰기가 불가능해진 가상의 작가들에 대한 허구의 정보와 코멘트, 패러디 등으로만 구성되어 있다. 이런 작가들이 앓고 있는 '바틀비 증후군'은 "대단한 문학 의식을 소유하고 있으면서도 (정확히 말해 그런 문학 의식을 소유하고 있기 때문에) 결코 글쓰기를 하지 못하거나, 책 한두 권을 쓴다 할지라도 결국에는 글쓰기를 포기하거나, 작품 한 편을 아무 문제없이 쓰기 시작해 어느 정도 진척시킨 뒤, 어느 날 느닷없이, 문학적으로 영원히 마비 상태에 빠지게 되는 부정적(否定的) 충동 또는 무(無)에 대한 이끌림"[45]을 말한다. 하지만 이처럼 문학의 불가능성을 보여 주는 작가들을 통해 오히려 '미래의 문학'이 가능하다는 것이 이 소설이 강조하고 싶은 주제이다. 문학의 불가능성에 대한 탐구가 문학의 잠재성을 모색하는 길이라는 것이다.

박솔뫼·김사과·한유주의 소설들은 이런 잠재성의 문학을 통해 21세

---

43 황호덕, 앞의 논문, 67쪽.

44 엔리께 빌라-마따스, 조구호 옮김, 『바틀비와 바틀비들』(소담출판사, 2011).

45 위의 책, 11쪽.

기 새로운 문학의 지평을 제시하고 있다. 기존의 체계나 질서를 '중단'시키는 비잠재성을 통해 오히려 손쉬운 저항을 철회시키는 것(박솔뫼), '더 좋은 실패'를 '반복'함으로써 '더 좋은 곳'으로의 이동을 가능하게 하는 것(김사과), 완성을 '유예'시키는 탈창조의 글쓰기를 통해 새로운 창조의 동력을 확보하는 것(한유주) 등을 통해 궁극적으로는 단일하고 계몽적이기에 억압적인 '대문자 문학'을 거부하고 있기 때문이다. 이들 작가의 소설에서는 현실적 부정성 자체에 머무르는 것이 아니라 잠재적 긍정성으로 변화될 수 있는 여지가 항존(恒存)한다.

이런 '바틀비들'로서의 특성을 보여 주는 세 명의 작가들은 '배달 불능 편지(死信, dead letters)'의 기능을 보여 준다고 할 수 있다. 바틀비의 전직(前職)은 우체국에서 배달 불능 편지를 처리하는 관리자였다. 배달 불능 편지는 이사나 사망 등으로 배달 및 반송이 불가능한 편지이다. 하지만 쓰지 않았거나 부쳐지지 않은 것은 아닌 편지이다. 때문에 바틀비처럼 잠재성을 대변하면서 '일어날 수 있었으나 일어나지 않은 사건들' 혹은 '현실에서 발생한 일의 반대의 가능성'을 보여 준다. 배달된 편지는 이미 현실성을 획득한 편지이기에 오히려 '죽은(dead)' 편지이다. 반대로 배달되지 못한 편지는 전달되지 않을 잠재성을 지닌 '죽지 않은(un-dead)' 편지이다.[46] 소각된 후 완전히 없어지는 편지가 아니기에 언제 어디서든 또다시 발생하는, 즉 "사라지지만 완전히 없어지지 않는"[47] 실재라는 것이다. 그렇다면 "그것이 편지의 구조에 속하는 이상, 그것이 진정한 수취인에게 도달하는 일은 결코 없고, 또 도달해도 도달하지 않을 수 있다."[48]

---

46 조르조 아감벤(2008), 앞의 책, 270쪽 참조.

47 장정윤, 앞의 논문, 273쪽.

48 아즈마 히로키, 조용일 옮김, 『존재론적, 우편적』(도서출판 b, 2015), 117쪽.

는 진실을 인정하는 것이 중요하다.

여기서 더 중요한 것은 이런 배달 불능 편지라는 표현에 "은밀히 주고받는 비밀문서나 메시지"[49]라는 뜻도 포함되어 있다는 사실이다. 그렇다면 '죽지 않은 편지' 혹은 '안 죽은 편지'로서의 배달 불능 편지는 그 자체로 문학의 불가능한 가능성, 즉 (불)가능성을 증명해 보이는 은유에 해당한다고 볼 수 있다. 박솔뫼의 「안 해」에서 노래방 남자가 강요하는 노래를 중단함으로써 오히려 중단되지 않는 진짜 노래를 추구하고, 김사과의 「더 나쁜 쪽으로」에서 자본에 오염된 속물성을 지속적으로 불편하게 만드는 예술이 건재하며, 한유주의 「나는 필경……」에서 유예됨으로써 오히려 유지되는 탈창조의 글쓰기가 지속되는 것은 배달되지 않은 편지처럼 기능하는 문학적 장치들에 다름 아니다. '이미' 죽은 편지가 아니라 '아직' 읽히지 않은 편지와 연결되기 때문이다. 이 세 작가들의 '중단', '반복', '유예'를 통한 각각의 잠재성의 글쓰기는 바로 이런 배달 불능 편지가 되기 위해 이들이 선택한 문학 행위이다.

21세기에는 '문학 이후', '소설 이후', '언어 이후'를 고민하는 작품들이 많이 등장했다. '~ 이후'라는 것은 '문학·소설·언어'의 가치와 현실을 부정하거나 비판하는 측면을 내포한다. 그러나 문학·소설·언어를 버리고 난 이후의 작품들은 이미 그것들의 본질과 가치마저 상실할 위험이 크다. 그렇다면 이를 막기 위해 이후에도 존재할 이것들의 잠재성을 고려할 필요가 있다. 잠재성 개념은 문학의 불가능성을 가능성으로 이행시켜 주고, 이런 과정을 위해 문학을 할 수 있는 '능력'이 아니라 문학을 죽지 않게 할 '의지'를 환기시켜 준다. 이를 통해 '죽음 이후'의 문학

---

49 박인찬, 「풀씨와 편지: 멜빌의 『필경사 바틀비』와 핀천의 『제49호 품목의 경매』에 나타난 희망의 음모」, 《새한영어영문학》 58권 3호, 새한영어영문학회, 2016, 56쪽.

이 오히려 '안 죽는' 잠재성의 문학일 수 있음을 확인할 수 있다. 그래서 박솔뫼·김사과·한유주의 소설은 '~ 이후의 이후'에 쓰인 '문학의 (불)가능성'이라는 편지 그 자체이다.

감정 동학과 긍정의 윤리

2000년대 한국 소설의 감정적 전회

21세기 들어 한국 사회와 한국 문학의 중요 흐름 중의 하나가 감정 담론의 유행이다. 감정 자본주의, 감정 노동, 감정 인문학, 감정 사회학에서부터 정반대의 경향인 탈감정 사회, 무통 문명에 이르기까지 감정을 둘러싼 양극단의 관심이 동시에 이루어지면서 그와 연관되는 문학화 또한 활발해졌다. 정치학이나 페미니즘, 미학을 둘러싼 감정에 관한 논의가 문학과의 연관성을 확보하면서 더욱 활성화된 것이다. 물론 이때의 감정 담론에서 혐오, 분노, 공포 등의 부정적 요소를 중심으로 현실을 비판하는 경우가 더 대세를 이룬 것도 사실이다. 그에 대한 대안으로 동감이나 공감을 중심으로 한 공동체 담론 또한 제시되기도 했다. 이런 감정에 대한 논의 과정에서 감정의 개념에 대한 논란과 혼란 또한 발생한다. 그리고 그에 대한 입장의 차이가 보이기도 한다. 주체에서 타자로 관심이 이동했듯이 이성에서 감정으로 논의의 중심축이 이동했으나, 이때의 감정

(emotion) 개념이 느낌(feeling), 감각(sense), 감성(sentiment), 정동(affect) 등의 개념과 서로 얽히면서 논점이나 논자에 따라 서로 다르게 사용되는 난맥상이 존재한다는 것이다. 특히 감정과 정동의 관계에 대한 논의가 가장 중요한 논점으로 부각되면서 '정동적 전회(affect turn)'를 통한 "정동 대세론"[1]이 급부상하기도 했다. 주관적이고 개인적이며 상태 중심적인 감정보다는 이와 차별화되는 새로운 용어인 정동이 더욱 21세기의 변화를 잘 반영한다는 인식 때문이다.[2]

이처럼 감정과 구분될 때의 정동은 "진행 중인 생성 안에서 발생하는 변조"[3] 중심이기에 "사물을 새롭게 하는 효과이자 힘"[4]을 통한 이행, 변화, 생성 등이 강조되는 개념이다. 그러나 정동의 개념 자체도 원어에 대한 혼란에서부터 번역어의 불일치에 이르기까지 여전히 해결해야 할 용어상의 문제가 존재한다. 그렇다면 이런 비생산적인 논란이나 개념의 모호성을 극복하기 위한 대안으로서 감정을 광의(廣義)의 개념으로 사용하면서도 정동이 지닌 장점을 도입할 수 있는 구체적 설정을 추가하는 것이 현실적 대안일 수 있다. 정동이라는 개념 자체가 "감정 연구의 폭을 확장한 시도"[5]로서의 의의가 있다는 점을 인정할 수 있기 때문이다. 이를 위해 일시적이고 신체적이며 비재현적인 정동의 측면에 더하여 지

---

1   이종찬, 「정동, 마음의 움직임」, 《문화과학》 86호, 문화과학사, 2016, 294쪽.

2   정동 이론을 본격적으로 한국 사회와 연결해 논의한 권명아의 경우(『무한히 정치적인 외로움: 한국 사회의 정동을 묻다』, 갈무리, 2012) "함께-있음과 맞물려 있는 부대낌"(5쪽) 또는 "부대낌, 영혼의 동요(정념)와 표지에 담긴 부대낌과 엇갈림, 관계와 힘들의 파동이 만들어 내는 미묘한 궤적"(22쪽) 등으로 정동을 파악한다.

3   브라이언 마수미, 조성훈 옮김, 『정동 정치』(갈무리, 2018), 7쪽.

4   조성훈, 「정동과 정동 정치에 관한 몇 가지 노트들」(옮긴이 해제), 브라이언 마수미, 위의 책, 『정동 정치』, 316쪽.

5   소영현, 「감정연구의 도전」, 《한국근대문학연구》 17권 2호, 한국근대문학회, 2016, 393쪽.

속적이고 의지적이며 재현적인 감정의 특성도 고려할 수 있는 '감정 윤리'의 측면을 보강할 수 있다. 감정이라는 용어 자체에 이미 평가나 판단의 요소가 내포되고 있기 때문이다.[6] 또한 상태적이고 고정적이며 단일한 측면을 지녔다고 평가받는 감정을 보완하기 위해 '감정 동학(emotional dynamics)'의 측면을 활용할 수 있다. 감정 동학은 "정지 상태보다는 운동에서, 이미 선택한 입장이 아니라 언제나 진행 중인 과정에서 시작"[7]하는 것이다. 그렇다면 21세기 들어 새롭게 부각되기 시작한 감정을 포괄적으로 재조명하기 위해서는 감정 윤리를 감정 동학의 측면에서 접근하는 것이 효율적일 수 있다. 감정 자체와는 달리 감정 동학은 "새로운 방식으로 세계의 변화를 인지하고 조형하기 위한 활동"[8]이기 때문이다. 감정의 자율성이나 유동성에 기반을 두는 '감정의 항해'에 주목하면서 "정치적으로 유의미한 제도와 실천의 역사적 전개"[9]를 함께 문제 삼자는 것이기도 하다.

이 글에서는 2000년대적인 감정 윤리를 동학적 측면에서 파악해 보기 위해 젊은 작가들의 대표적 장편 소설들을 대상으로 삼아 그 구체적 실체를 규명해 보려고 한다. 최진영의『구의 증명』, 김금희의『경애의 마음』, 황정은의『계속해보겠습니다』가 그 대상이다. 이들 작품의 공통점은 첫째, 여성 작가들임에도 페미니즘적 윤리에서 더 확대된 보편적 윤리 문제를 문제 삼고 있다는 것이다. 때문에 기존의 젠더화된 감정 윤리의 논의를 확장시키기 위해 오히려 여성 작가들의 이런 작품을 논의하는 것이 효율적인 방법일 수 있다. 둘째, 세 작품 모두 '사회적 죽음'이라는

---

6 마사 누스바움의『감정의 격동』(조형준 옮김, 새물결, 2015)을 대표적 예로 들 수 있다.

7 브라이언 마수미, 앞의 책, 20쪽.

8 최진석, 「'정동'은 우리를 어디로 인도할 것인가」, 《문학동네》, 2018. 가을, 477쪽.

9 윌리엄 M. 레디, 김학이 옮김, 『감정의 항해』(문학과지성사, 2016), 85쪽.

사건을 통해 윤리 문제를 극대화하고 있다는 공통점도 있다. 죽음 자체가 인간 삶의 모든 경계를 허물어뜨릴 수 있는 가장 극단적인 감정을 유발시키기 때문에 감정 윤리의 동학이 잘 드러난다. 셋째, 이 소설들이 문제 삼고 있는 감정 윤리가 궁극적으로는 긍정적 지향성을 지니고 있음을 통해 그동안 한국 소설의 감정을 혐오나 분노, 공포 등의 부정적 측면에서 주로 접근했던 기존 논의의 방향을 수정해 볼 수 있다. 부정축이 아닌 긍정축으로 이동하고 있는 감정의 정치성이 이들 소설이 지닌 중요한 특성이기 때문이다.

이런 맥락에서 이 글에서는 감정이 아닌 감정 동학을 통해 "역동적 감정을 표출하며 스스로를 갱신해 가는 감정 주체"[10]의 윤리를 확인해 본다. 감정 동학을 통해 2000년대 소설이 지향하는 감정의 항해 자체가 해방적이거나 민주적인 방향성을 지닌다는 점을 확인해 보려는 것이다. 변화와 지속, 생성과 소멸 사이에서 감정 윤리가 긍정적으로 구성되어 가는 과정 자체에 주목함으로써 이 소설들에 나타나는 감정적 자아들이 "사회문화적 과정에 의해 왜곡되거나 조작되기보다는 감정 동학의 주체로 만들어지는 것"[11]이라는 사실을 확인하게 될 것이다. 이를 통해 궁극적으로 2000년대 소설 속 감정 윤리의 동학이 단순히 혐오나 분노의 발산 중심도 아니고, 치유나 해결을 도모하려는 것도 아닌, 감정 윤리 그 자체의 활성화를 통한 감정의 자유롭고도 긍정적인 항해에 있음을 확인해 보려고 한다.

---

10 황지선, 「식민지 말기 한국 소설의 감정 동학 연구」, 이화여자대학교 박사 학위 논문, 2019, 17쪽.
11 데버러 럽턴, 박형신 옮김, 『감정적 자아』(한울, 2016), 74쪽.

비체의 강화와 감정의 폭발: 최진영, 『구의 증명』

흔히 감정과 몸이 만날 때 발생하는 대표적 윤리 문제가 바로 '비체(卑體)'를 중심으로 한 혐오이다. 비체화된 몸 자체가 가장 극단적이고 전복적인 감정을 불러일으키기 때문이다. 비체는 오염에 대한 혐오와 공포에서 발생한다. 그래서 "오염이란 주체가 겪는 목적론적 재난"[12]이라는 전제하에 그에 대한 공포를 미리 투사한 것이 비체에 대한 혐오이다. 나르시시즘의 위기를 초래하는 공포에 대한 방어 기제가 바로 부정적 비체 개념인 것이다. 그러나 이런 거부와 혐오의 대상인 비체가 정반대로 매혹의 대상이 될 수도 있다는 것에서 비체가 지닌 양가성 혹은 전복성이 존재한다. 비체 자체가 "부적절하거나 건강하지 않은 것이라기보다 동일성이나 체계와 질서를 교란시키는 것"[13]이기 때문이다.

감정 동학의 측면에서 가장 커다란 에너지를 발산시키는 것은 바로 이런 비체의 특성처럼 충돌과 갈등에서 발생하는 극한 감정이다. 그리고 이런 최대치의 긴장 국면이 감정의 폭발을 불러온다. 흔히 이런 감정의 폭발을 비이성적이고 공격적이며 소모적인 낭비로 생각하기 쉽지만, 문화 현상으로서의 감정 폭발은 "과거에 이해되지 않았던 어떤 것이 보다 명백해지는 상태"[14]와 연결되는 긍정성을 지닌다. 마수미가 화이트헤드의 '대비(contrast)' 개념을 통해 정동의 역동성과 변형성을 설명한 것도 이와 연관된다. 대비는 상호 배타적인 것들이 하나의 장(場)에 공존함으로써 서로에게 기폭 작용을 일으켜 "더욱더 커지는 강렬도"[15]에 도달하

---

12 줄리아 크리스테바, 서민원 옮김, 『공포의 권력』(동문선, 2001), 114쪽.

13 위의 책, 25쪽.

14 유리 로트만, 김수환 옮김, 『문화와 폭발』(아카넷, 2014), 41쪽.

15 브라이언 마수미, 앞의 책, 153쪽.

게 된다. 대비 현상이 감정 폭발과 연결되는 것도 바로 이때 발생하는 강렬함 때문이다.

최진영의『구의 증명』[16]은 충격적이고도 불편한 소설이다. 소설 속 남녀 주인공인 구와 담의 비일상적 처지와 행위 때문이다. "빚을 갚기 위해 빚을 지는"(143쪽) '호모 데비토르(Homo Debitor)', 즉 '부채 인간'으로서 파산 상태에 처한 청춘 세대의 극단적 절망을 '식인(食人)'이라는 충격적 모티프로 형상화하고 있다. 혹은 프롤레타리아보다도 위험한 '프레카리아트(precariat)'라는 새로운 계급의 도발이나 불응, 투쟁 등의 출현과도 연관시킬 수 있다.[17] 구는 17살부터 이미 아버지가 진 빚을 물려받아 아르바이트와 육체노동으로 힘들게 갚아 나가지만, 빚 자체가 사회의 구조적 모순으로 인해 발생한 것이기에 청산 자체가 불가능하다. 결국 구는 사채업자들의 폭력을 피해 유일하게 기댈 수 있는 연인 담과 도피해 보지만, 그들에게 발각되어 처참하게 매를 맞아 죽는다. 죽어서도 구의 몸은 빚으로부터 벗어나지 못하는 비체이다. 장기 매매의 대상이 되는 사물이자 상품으로 취급되기 때문이다. "사람이라는 고기, 사람이라는 물건, 사람이라는 도구"(144쪽)라면, 그 자체로 구의 몸은 비체이다. 그래서 구는 "내가 죽으면 꼭 아무도 모르게 묻거나 태워야 해. 안 그러면 놈들이 내 시체를 팔아먹을 테니까."(16쪽)라는 유언을 담에게 남긴다. 담은 구의 이런 유언을 들어주기 위해 더욱 강하게 그의 시체를 먹는 방식을 택한다. 이런 식인 행위가 담의 감정뿐 아니라 소설을 읽는 독자들의 감정까지도 폭발시킨다.

---

16 최진영, 『구의 증명』(은행나무, 2015). 소설 인용은 이에 의거해 쪽수만 밝힌다.

17 가이 스탠딩, 김태호 옮김, 『프레카리아트: 새로운 위험한 계급』(박종철 출판사, 2014), 23, 27쪽 참조.

나는 너를 먹을 거야.

너를 먹고 아주 오랫동안 살아남을 거야. 우리를 사람 취급 안 하던 괴물 같은 놈들이 모조리 늙어 죽고 병들어 죽고 버림받아 죽고 그 주검이 산산이 흩어져 이 땅에서 완전히 사라진 다음에도, 나는 살아 있을 거야. 죽은 너와 끝까지 살아남아 내가 죽어야 너도 죽게 만들 거야. 나를 따라 죽는 게 아니라 나를 따라 죽게 만들 거야.

네가 사라지도록 두고 보진 않을 거야.

살아남을 거야.

살아서 너를 기억할 거야.(20쪽)

담이 구를 먹은 행위는 담에게도 "나는 흉악범인가. 나는 사이코인가. 나는 변태 성욕자인가. 마귀인가. 야만인인가. 식인종인가."(163쪽)라는 자기 혐오감을 불러일으킨다. 카니발리즘적 사랑이나 존경, 신성성을 상징하는 긍정적 의미로 전유되지도 않는다. 이처럼 담의 식인 행위가 야만과 신성 중 어느 측면에도 부합되지 않는다는 데서 이 소설의 감정 윤리는 폭발한다. 인용문에서 밝히고 있듯이 담은 구를 자신의 몸속에서 다시 살리기 위해 그를 먹는다. 그리고 그 목적은 자신을 괴물로 만든 진짜 "괴물 같은 놈들"보다 오래 살기 위한 것이다. 구를 먹은 자신이 살아 있는 한 구또한 존재하는 것이기 때문이다. "나는 살아 있을 거야."와 "네가 사라지도록 두고 보지 않을 거야."가 담에게는 동의어인 것이다. 구의 몸을 앗아간 이들에게 복수하는 길은 그들의 몸보다 더 오래 존재하는 것이다. 이런 맥락에서 담의 식인 행위는 "도덕을 거절하는 것(도덕의 부재, 법의 불인정)이 아니라, 도덕을 알면서도 그 가치를 부정하는 것"[18]이다.

---

18 줄리아 크리스테바, 앞의 책, 25쪽.

하지만 이때 구와 담의 몸 자체가 몸이 아닌 "몸뚱이"(144쪽)이기에 지니는 이런 비체적 특성은 단순히 부정과 긍정의 양가성이나 이중성을 지닌 몸이라거나, 부정을 전복시키는 저항적 힘이라는 의미에서 더 나아간 데에서 이 소설의 새로운 감정 윤리를 찾아볼 수 있다. 비체를 비체로 인정한다는 데에서 더 나아간 운동성과 실천성을 보여 주고 있기 때문이다. 구의 몸은 상징계로 진입하기 위해 억압당해야 하는 혐오의 대상으로서의 비체도 아니고, 경계 침범을 통해 상징계를 위협하는 저항의 발판도 아니다. 긍정적 비체로 승화된 몸을 보여 주지 않기 때문이다. 오히려 구의 몸은 "유령 화자"[19]가 되어 담의 몸과의 경계를 넘나들면서 현실과 환상의 경계를 확장시키고 있다. 때문에 구의 몸은 더 강화되면서 '비체(非體)'가 되고 있다.

우리가 몸을 가진 존재로 다시 태어날 수 있을까. 알 수 없다. 알 수 없는 일이다. 나는 태어났고 죽었지만 아직은, 다시 태어나지 못했으니. 다시 태어나 다른 존재로 만난 너를 내가 사랑하게 될까. 다른 존재인 나를 네가 사랑해 줄까. 그 역시 알 수 없다. 나는 내가 사랑하는 너 아닌 그 어떤 너도 상상할 수 없고, 사랑할 자신도 없다. 이승에서 너를 사랑했던 기억, 그 기억을 잃고 싶지 않다. 그러니 이제 내가 바라는 것은, 네가 나를 기억하며 오래도록 살아 주기를, 그렇게 오래오래 너를 지켜볼 수 있기를. 살고 살다 늙어 버린 몸을 더는 견디지 못해 결국 너마저 죽는 날, 그렇게 되는 날, 그제야 너와 내가 혼으로든 다른 몸으로든 다시 만나길. 네가 바라고 내가 바라듯, 네

---

19 신수정은, 2010년대 한국 소설에서 유령 화자들이 대거 등장하는데 이들을 통해 원한에 찬 타자의 모습과 직접 대면하게 됨으로써 당대의 현실을 충격적으로 윤리화할 수 있다고 본다. 신수정, 「2000년대 소설에 나타나는 유령 화자의 의미」, 《한국문예창작》 34호, 한국문예창작학회, 2015, 49~79쪽 참조.

가 아주 오랫동안 살아남은 후에, 그때에야 우리 같이.(173쪽)

　이 소설은 각 장의 서두에 표시된 '○'와 '●' 기호를 통해 '○'는 담의 1인칭 서술, '●'는 구의 1인칭 서술로 구분되면서 서로 교차되는 플롯을 보인다. 하지만 소설의 서두에 "구는 길바닥에서 죽었다."(13쪽)라는 담의 서술이 먼저 제시되고 있기에 소설 전체가 구의 죽음을 사후적(事後的)으로 서술하는 회상 중심으로 서사가 진행된다. 문제는 죽은 구가 직접 서술하는 부분이다. 이미 죽은 구가 유령으로 등장하여 담의 현재를 보면서 자신의 과거까지도 고백하는 유령 시점이 등장하고 있는 것이다. 그런 구가 소설의 마지막 부분에서 독백 아닌 독백을 하는 부분이 바로 위에 제시된 인용문이다. 구는 "태어났고 죽었지만 아직은 다시 태어나지 못했으니" 눈에 보이지 않는 비체(非體)로 존재한다. 분명한 것은 자신의 몸을 몸속에 지닌 담이 "오래도록 살아 주기를" 바랄 뿐이다. 이런 구의 몸은 담을 통해 소설 제목에서처럼 '증명'될 수 있는 몸을 지니게 된다. 구는 사라지면서 오히려 자신의 존재감을 드러내는, 즉 부재의 존재 증명을 하고 있는 것이다. 심지어 구를 먹음으로써 담의 몸 또한 비체가 되었지만, 그로 인해 두 배로 커진 몸을 얻었다. 원한과 기억이 그들의 몸을 서로 연결해 주면서 강화되었기 때문이다. 구의 담에 대한 사랑이 "내가 사랑하는 너 아닌 그 어떤 너도 상상할 수 없"기에 둘의 몸을 "오랫동안 합체한 후 살아남"게 만들고, 둘이 "같이" 존재하게 만든다.

　감정 동학의 측면에서 이런 비체(卑體)의 비체화(非體化)는 들뢰즈가 분석한 루이스 캐럴의 소설 『이상한 나라의 앨리스』에서의 체이서 고양이의 몸과도 연결된다.[20] 『이상한 나라의 앨리스』에서 자신의 뜻에 위배되

---

20 들뢰즈의 체이서 고양이의 몸에 대한 분석은 다음을 참조했다. 질 들뢰즈, 이정우 옮김, 『의미의 논

는 모든 사람들의 목을 치라고 명령하는 폭력적인 여왕을 만난 앨리스는 머리만 있고 몸은 없는 체이서 고양이를 보며 탈출구를 찾는다. 체이서 고양이는 이미 머리가 없기에 목을 칠 수 없다. 심지어 나중에는 여왕을 비웃듯 완전히 사라지기까지 한다. 이처럼 자유로운 노마드적 주체인 체이서 고양이를 통해 여왕의 폭력은 무력화된다. 물론 이 체이서 고양이처럼 앨리스의 몸도 작아졌다가 다시 커지는 생성과 변화를 행한다. 때문에 "현실 속의 서로 다른 힘들의 마주침과 몸의 강도와 잠재성의 정동적 주체는 체이서 고양이에서 앨리스로 이행"[21]한다.

구를 통해 담 또한 앨리스처럼 생성적이고 분열적이며 잠재적인 몸을 적극적으로 생성할 수 있게 된다. 담이 구에게 소원이 무엇인지 물었을 때 구는 죽어서 빨리 고통에서 벗어나는 것이라고 말했다가 담에게 핀잔을 들은 후, 그러면 '무(無)'로 돌아가는 것이라고 바꿔 말한다. 무로 돌아가는 것도 죽는 것이 아니냐는 담의 말에 구는 "죽는 거 아니야. 그냥 좀 담대해지는 거야."(128쪽)라고 대답한다. 구의 몸은 죽음으로써 사라지지 않고 오히려 더 커지면서 '담대'해진다. 물론 이런 몸의 강화가 지향하는 궁극적 목적은 정상적이고 가시적인 몸의 복구 자체가 아니다. 몸을 벗어나지 않으면서 스스로를 포기하지 않는 움직임을 보인다는 것이 중요하다. 이것이 바로 구의 몸이 담의 몸에 달라붙어 떨어지지 않는 접착력을 보이는 이유이다. 이런 구와 담의 몸은 인간성이 아닌 "인간성의 초과"[22]를 보여 준다. 이를 통해 인간성을 부정하는 것이 아니라 오히려

리』(민음사, 1999), 381~388쪽; 이동연, 「정동과 이데올로기」, 《문화과학》 86호, 문화과학사, 2016, 32~38쪽.

21 이동연, 앞의 논문, 36쪽.

22 권혜린, 「최진영론 — 자치와 비인간적 주체의 가능성」, 김미현 외, 『21세기 문화 현실과 젊은 소설가들』(역락, 2015), 405쪽.

인간성을 강화시키는 역능(力能)을 생성하고 있다. 작가가 등단 초기부터 '팽이'의 '스스로 도는 힘'으로 대변되는 "막다른 골목 안에 갇혀서도 끝내 소진되지 않을 삶 자체의 에너지를 전경화"[23]하는 데에 관심을 보였던 것과 연관되는 문학 윤리라고 할 수 있다. 팽이를 멈추지 않게 하는 감정 동학이 바로 『구의 증명』에서는 비체(卑體, 非體)의 강화에서 촉발되고 있는 것이다.

애도의 번역과 감정의 반복: 김금희, 『경애의 마음』

미국의 9·11 테러에서부터 한국의 세월호 사건에 이르기까지 21세기적 재난은 죽은 자에 대한 애도의 윤리를 부각시켜 주었다. 죽은 자를 떠나보내야 하는 살아남은 자들의 감정 윤리를 문제 삼게 한 것이다. 하지만 더 이상 제대로 된 애도가 가능한지 혹은 불가능한지 그 여부를 중시하는 것은 애도의 차원을 지나치게 단순화하는 것이기도 하다. 충분한 애도가 이미 이루어졌다는 의미가 아니다. 애도의 (불)가능성 여부 자체의 판단에서 더 나아가 왜 애도가 (불)가능하며, (불)가능하다면 어떻게 해야 하는가에 대한 실천적 층위에서 애도를 문제 삼아야 한다는 문제 제기인 것이다. 특히 감정 윤리의 동학 차원에서 볼 때 애도의 실패는 현실이고, 애도의 완성은 관념이다. 일시적이고 단일한 애도의 완성을 목표로 하는 것은 현실적으로 불가능하다. 심지어 그런 손쉬운 애도는 타협적이거나 낭만적이기에 더욱 위험할 수 있다. 그렇다면 이런 애도 불가능성의 이유나 불완전한 애도 이후를 문제 삼기 위해 감정 동학의 측

---

23 강경석, 「스스로 도는 힘: 최진영, 『팽이』」, 《실천문학》 112호, 실천문학사, 2013, 413쪽.

면이 더욱 중요해진다.

　이런 맥락에서 애도를 번역하는 행위가 애도의 과정으로 부각될 수 있다. 감정의 번역은 언어적 번역이 아니기에 감정의 수행성(performativity)을 중심으로 "무언가를 기술하기 위해서가 아니라 무언가를 수행하거나 실행하기 위해서 사용되는 발화"[24]가 중심이 된다. 어떤 언어도 완벽하게 다른 언어로 번역될 수 없듯이, 모든 감정은 타인에게 온전히 전달될 수 없다. 그러나 이런 감정 번역의 불완전성과 미결정성이 역설적으로 감정의 항해를 반복할 수 있게 해 준다. 마치 제대로 이루지 못한 애도가 애도의 항해를 추동하는 힘이 되는 것과 같은 이치라고 할 수 있다. 때문에 감정은 활발하게 그리고 자유롭게 번역되어야 한다. 감정과 다른 감정들과의 갈등과 교란, 변형과 차이를 그대로 반영하는 감정 번역이 중요하다는 것이다. 문학에서 문제 삼은 애도가 반복될 수밖에 없는 이유도 여기에 있다. 즉 애도란 "앞으로 어떻게 될지 모르는 그 모든 결과를 받아 안으며 자신의 전환(transformation)에 동의하는 것, 혹은 전환에 복종하는 것과 관련되는 것"[25]이다.

　그리고 이런 감정 번역은 애도 (불)가능성이 아니라 '애도 불평등성'에 주목한다는 점에서 감정 동학과 연결된다. 애도가 불평등한 이유는 애도에도 서열이 존재하기 때문이다. 즉 민족이나 계급, 젠더에 따라 어떤 애도는 공식화되고, 다른 애도는 억압된다. 이로써 "삶에 대한 또 하나의 차별적인 관계를 나타내는 표시"[26]를 만들어 내는 것이다. 애도에서조차 불평등이 존재한다면, 그리고 이런 불평등이 사라지지 않는다면,

---

24　윌리엄 M. 레디, 앞의 책, 153쪽.

25　주디스 버틀러, 양효실 옮김, 『불확실한 삶: 애도와 폭력의 권력들』(경성대 출판부, 2008), 47쪽.

26　위의 책, 62쪽.

"실패가 불가피한 불가능한 애도이자 그럼에도 불구하고 끊임없이 수행되는 애도"[27]로의 감정 번역은 여전히 반복되어야 한다. 왜냐하면 "실패는 사건을 알 수 없는 것 쪽으로 해방시켜서, 사건을 목전에 있는 조건들의 재조율을 초래"[28]하도록 만들기 때문이다.

김금희의 『경애의 마음』[29]은 이런 애도의 불평등성을 세월호 사건을 연상시키는 1999년 인천 호프집 화재 사건을 중심으로 소설화하고 있다. 56명의 사망자가 생겼음에도 그들의 죽음이 제대로 애도되지 못하는 것은 그들이 약자이자 소외된 자들이었기 때문이다. 이 소설이 "조직과 신념과 대의에 동의하면서도 거기로부터 소외된 마음 말고는 지킬 것이 없는 사람들, 그래서 부대끼고 방황하면서 급기야 스스로를 방기조차 했던 그 오랜 마음의 궤적을 헤아리는 일"[30]에 집중하는 것도 이 때문이다. 그래서 애도가 주인공인 소설이고, 애도의 궤적이 중요 사건인 소설이며, 애도에 대한 경애(敬愛)가 주제인 소설이 바로 이 소설이다. 소설에서 주인공인 상수와 경애는 모두 인천 호프집 화재 사건으로 서로에게 소중했던 은총이라는 친구를 잃었다. 그럼에도 그 친구를 제대로 애도하지 못했다는 죄책감으로 정상적인 삶을 살지 못하다가 우연히 회사 동료로 만나 과거의 상처를 함께 되돌아보게 된다. 소설의 서사는 두 인물의 과거와 현재가 교차되면서 은총의 죽음이라는 교집합적 사건으로 모아지는 플롯 중심으로 진행되고 있다. 그 사이사이에 상수의 아버지나 형이 보여 주는 오이디푸스적 억압이나 그것을 '언니는 죄가 없다'라는 페이스북 사이트를 통해 치유하려는 노력, 경애의 부당 해고에 대한 시위

---

27 몸문화연구소, 『감정 있습니까?』(은행나무, 2017), 257쪽.

28 브라이언 마수미, 앞의 책, 200쪽.

29 김금희, 『경애의 마음』(창비, 2018). 소설 인용은 이에 의거해 쪽수만 밝힌다.

30 서영인, 「어떤 마음의 궤적」, 《문학과사회》, 2018. 가을, 242쪽.

중에서도 발생한 성추행을 고발한 데서 오는 이중 소외나 유부남 애인과의 연애 등의 이야기가 교직된다.

화재가 일어나자 모두들 우리의 죄를 먼저 묻더라. 연기에 질식하고 다치고 친구를 잃은 것은 우리인데 우리에게 묻더라. 니네 싹 다 날라리들이지. 그래. 그날 우리는 거기에 있었지. 알바 하러 온 애도 있고 술을 먹으러 온 애도 있었지. 그런데 만약 그것이 그렇게 죽어서도 용서받지 못할 일이라면 왜 어른들은 우리를 그렇게 두었지? 경찰은 왜 돈을 받고 눈감아 주고 공무원은 왜 시설 점검이 있기 전에 전화로 알려 주었지? 왜 사장이 소유한 또 다른 술집에서 때마다 술을 마시고 춤을 추었지? 우리가 그런 일을 겪기 전에는 왜 아무렇지 않았던 거야? 죽어서도 용서받지 못한 나쁜 일을 우리가 하고 있는데 어떻게 아무것도 하지 않았던 거야?(317~318쪽)

인용문에서 피해자가 가해자가 되는 불평등성은 "친구를 잃은 것은 우리인데" "우리의 죄를 먼저 묻더라."라는 상황의 아이러니에서 확인된다. 그들이 "날라리들"이었기 때문이다. 불이 났기에 빨리 대피해야 함에도 불구하고 술값을 받으려던 호프집 주인으로 인해 탈출하지 못한 아이들이 억울하게 목숨을 잃었다. 그저 "알바 하러 온 애"나 "술을 먹으러 온 애"도 있었다는 사실이나, 하물며 "날라리들"이어도 당연히 보장받아야할 권리는 고려되지 않는다. 그저 "죽어서도 용서받지 못한 나쁜 일"을 한 아이들로 매도되었던 것이다. 이런 상황에서 용인되고 있는 것은 오히려 '경찰-공무원-술집 사장'들로 대변되는 "어른"들의 무책임과 책임 전가이다. 애도 자체가 불가능한 데다가 앞으로도 불가능해 보이는 것도 이런 현실의 폭력성 때문이다.

소설 제목에도 등장하는 '경애'의 의미는 "사랑하고 공경한다는 뜻인데, 그래요, 우리가 사랑하고 공경까지 하면 얼마나 좋겠어요. 뭐 인류애라도요."(263쪽)라는 경애의 말에 포함되어 있다. 애도 자체가 어원적으로 "죽음 앞에서 자연스레 생겨나는 정동"[31]이라면, 『경애의 마음』에서는 "아무것도 하지 않으면 (아무것)이 되고 만다."(123쪽)라는 소설 속의 언급과 연관된다. 부당한 죽음에 항거함으로써 죽은 자들에 대한 애도를 하자는 것이고, 그것을 위해 "신중함, 선의, 추진력, 끈기"(289쪽)라는 "경애스러움"(258쪽)을 포기하지 말자는 것이다. 때문에 애도에 대한 경애의 감정은 인물 경애를 비롯한 소설 속 감정적 자아들의 윤리를 대변한다.

하지만 이런 '경애의 마음'은 앞에서도 강조했듯이 한 번에 성공할 수 있는 단발성의 윤리도 아니고, 쉽게 조립될 수 있는 완성형의 윤리도 아니다. 그런 애도 자체가 불가능하기 때문이기도 하고, 현실 자체가 너무 척박하기 때문이기도 하다. 그래서 이 소설에서 문제 삼는 것은 애도의 '차이 나는 반복'이다. 상수와 경애의 멘토 역할을 하는 진정한 어른인 조 선생이 "한번 써 본 마음은 남죠. 안 써 본 마음이 어렵습니다."(291쪽)라고 말하는 이유나, 상수가 '언니는 죄가 없다' 사이트에 올린 "마음을 폐기하지 마세요. 마음은 그렇게 어느 부분을 버릴 수 있는 게 아니더라고요. 우리는 조금 부스러지기는 했지만, 파괴되지 않았습니다."(176쪽)라고 말하는 이유를 합쳐 보자. 그러면 '안 써 본 마음'을 '한번 써 본 마음'으로 바꾸는 일, '부스러진 마음'을 '폐지될 수 없는 마음'으로 번역하는 일, 그런 '한번 써 본 마음'이나 '폐기될 수 없는 마음'을 '경애의 마음'으로 다시 성찰하는 과정 자체가 애도임을 확인할 수 있다.

---

31 문강형준, 「재난 시대의 정동」, 《여성문학연구》 35권, 한국여성문학회, 2015, 63쪽.
　　　한자 '哀悼'는 '죽은 이를 슬퍼하다'라는 의미이고, 영어 'mourning'은 '슬프게 기억하다'라는 뜻이기에 어원적으로도 '죽음—기억—슬픔'은 서로 연관되어 있다고 볼 수 있다.(위의 논문, 47쪽 참조)

상수는 이야기를 시작했다. 그것은 10월의 어느 깊은 가을날 우리가 떠안을 수밖에 없었던 누군가와의 이별에 관한 회상이었지만 그래도 그 밤 내내 여러 번 반복된 이야기는 오래전 겨울, 미안해, 내가 좀 늦을 것 같아 눈을 먼저 보낼게, 라는 경애의 목소리를 반복해서 들으며 같이 울었던 자기 자신에 관한 이야기. 서로가 서로를 채 인식하지 못했지만 돌아보니 어딘가 분명히 있었던 어떤 마음에 관한 이야기였다.(352쪽)

소설의 결말에 해당하는 인용문은 상수와 경애가 미처 몰랐었지만 서로가 공유하고 있었던 은총의 죽음을 확인한 후 그때 그 시절로 돌아가 그 아픔에 공감하고 있는 장면이다. 특히 상수가 은총의 음성 사서함에 남아 있었던 "미안해. 내가 좀 늦을 것 같아 눈을 먼저 보낼게."라는 경애의 목소리를 다시 듣는 장면은 왜 그들이 은총의 죽음으로부터 벗어날 수 없었는지를 감동적으로 전해 준다. 그리고 이들이 나누는 은총에 대한 이야기들은 "여러 번 반복"된다. 결코 사라지지 못했던 "어떤 마음"에 대한 것이기 때문이다. 당연히 이런 소설의 결말은 상수와 경애에게 '아직은' 아니지만 '그래도' 추구해야 할 애도를 반복하게 한다. 이들에게 중요한 것은 애도의 실패가 아니다. 그럼에도 계속 시도하는 애도가 중요하다. 죽은 자에 대한 슬픔과 죄의식이 사라질 수는 없다. 그렇다면 그것들을 거부함으로써 멜랑콜리에 빠져 있을 것도 아니고, 가짜 애도로 위로받을 것도 아니다. "우리가 함께 이야기하는 일만은 폐기되지 않아야 한다."(320쪽)는 사실의 확인이 중요하다. "고통을 치유하는 일은 이토록 느리게 퍼져 나가는 것"(318쪽)이기 때문이다.

더욱이 이들의 애도 공동체는 그 특성상 하나로 존재하는 상태인 '공동체(共同體)'가 아니라, 여럿이 함께 움직이는 '공동체(共動體)'에 비유할 수 있다. 여전히 애도의 완성은 요원하지만, 그럼에도 반복해서 움직이고 있기 때문이다. 이럴 때 소설 속 다음과 같은 문구는 이런 애도 공동체의 강령과도 같다. "사는 건 시소의 문제가 아니라 그네의 문제 같은 거니까. 각자 발을 굴러서 그냥 최대로 공중을 느끼다가 시간이 지나면 서서히 내려오는 거야. 서로가 서로의 옆에서 그저 각자의 그네를 밀어내는 거야."(27쪽) 이런 시소와 그네의 비유는 그 자체로 감정 동학의 의미나 의의와도 연관된다. 균형이나 조화, 평균과 조정을 지향하는 시소적 감정은 그 자체로 안정적이고 보수적이다. 그러나 상승과 하강을 반복하며 그때그때의 낙차(落差)를 향유하는 그네적 감정은 변화무쌍하고 혁신적이다. 데리다가 프로이트의 정상적이고 성공적인 애도가 오히려 "기계적이고 냉정하다."[32]라고 비판하는 이유도 여기에 있다. 이미 애도의 성공을 추구하는 것 자체가 타자를 주체와 동일화시킴으로써 타자 자체를 소멸시키는 비윤리적 행위라면, "어떻게 애도에 실패해야 더 윤리적인가"[33]라는 질문이 더 윤리적인 결단이기 때문이다.

작가 김금희는 애도란 무엇인가라는 질문에 "받지 않는 전화를 계속 거는 것"[34]이라고 대답한다. 이처럼 받지 않아도 전화 거는 행위를 반복하는 것이 애도가 지닌 문학적 윤리라고 할 수 있다. 심지어 우리가 멜랑콜리에 빠지는 이유가 애도의 상실과 결여를 혼동해서라면 더욱 그렇다. 애도 자체도 아예 결여되어 있었는데도 이미 존재하는 애도를 상실한 것으로 착각했다면, 우리는 애도의 대상을 "두 번 죽이는 것"[35]이다. 결여

---

32 몸문화연구소, 앞의 책, 260쪽.

33 박상수, 「애도와 멜랑콜리 연구: 애도와 멜랑콜리의 이론적 지형과 문화적 재현의 윤리를 중심으로」, 《상허학보》 49호, 상허학회, 2017, 109쪽.

34 김금희, 김필남, 「보통의 나날, 사라진 세계, 어떤 마음들에 관하여」(인터뷰), 《오늘의 문예비평》 111호, 2018, 136쪽.

35 슬라보예 지젝, 한보희 옮김, 『전체주의가 어쨌다구?』(새물결, 2008), 218쪽.

된 것을 상실할 수는 없다. 그러니 불가능한 애도를 제대로 번역하는 것이 더 중요하다. 하나의 애도가 있는 것이 아니라 여러 개의 애도가 있다면, 애도 사이의 대화 또한 필수이다. 그리고 이때의 대화는 애도를 다른 애도로 창조적으로 번역할 때 더욱 풍부해진다. 더구나 "누군가를 그렇게 불행하게 여길 자격은 없어."(314쪽)라는 은총의 말은 그에 대한 애도가 그를 행복하게 보내 주기 위한 경애의 마음을 중심으로 이루어져야 함을 상기시켜 준다. 이 소설이 지닌 "극강의 다정함"(258쪽)은 바로 여기에 있다.

고통의 잠재화와 감정의 생성: 황정은, 『계속해보겠습니다』

황정은의 『계속해보겠습니다』[36]는 "윤리학적 통각(痛覺)"[37]에 관한 소설이다. 그리고 이때의 통각은 고통에 대한 감수성을 의미한다. 보다 정확하게 말하자면, 고통에 대한 민감한 반응이 중요하다는 의미이기도 하다. 그러나 의외로 이 소설은 고통에 대한 무감각을 비판하기보다는, 감정 과잉을 경계하는 정반대의 소설로 읽힐 수 있다. 즉 행복에 대한 절제와 거리 두기가 이 소설의 중요한 감정 윤리라는 것이다. 행복의 허상에 대한 거부를 위해 가짜 행복을 감별하면서 행복에 대해서도 망설임의 자세를 가져야 한다는 소설로 읽을 수 있기 때문이다. 고통의 결핍이 아니라 행복의 과잉을 문제 삼는 역전 현상, 즉 너무 많이 행복해도 고통스러울 수 있다는 진실을 통해, 고통의 과잉을 줄이는 것뿐 아니라 행복의 과

---

36 황정은, 『계속해보겠습니다』(창비, 2014). 소설 인용은 이에 의거해 쪽수만 밝힌다.

37 신형철, 「감정의 윤리학을 위한 서설 1」, 《문학동네》, 2015. 봄. 415쪽.

잉을 줄이는 것 또한 행복을 늘리는 방법임을 역설한다. 통각 자체가 고통과 행복 둘 다 연결되는 복잡한 감정이라는 사실을 알려 주기도 한다. 행복이 고통으로 전환되는 순간에 발생하는 감정이 바로 통각에 다름 아니기 때문이다. 왜 이런 가역 반응이 일어나는 것일까.

대표적인 정동 이론가인 사라 아메드의 글 「행복한 대상」[38]에서는 한 흑인 여성이 탑승한 비행기에서 처한 상황을 그린 시를 정동의 차원에서 분석하고 있다. 백인 승무원이 그녀에게 뒷자석으로 자리를 옮겨 다른 흑인 여성들과 함께 앉아 달라는 부당한 요구를 한 것이다. 이때 흑인 여성은 고민하다가 어색한 분위기를 만들지 않기 위해 그 요구를 들어준다. 하지만 이때 이미 중요한 두 가지 정동이 일어났다고 아메드는 강조한다. 첫 번째는 그 행위를 할 때 흑인 여성이 전(前)의식적으로 망설임으로써 찰나의 순간이나마 정치적인 투쟁을 행한 것이고, 두 번째는 그로 인해 정동 자체가 아직은 아니지만 앞으로 도래할 미래의 사건임을 보여준다는 것이다. 이때 겉으로는 아무 일도 일어나지 않았지만 망설임은 일어났음을 강조하면서 행복이라는 정동의 잠재성을 설명한다. 이를 통해 고통에 대한 통각 자체가 행복의 잠재성과 연관될 수 있음 또한 확인시켜 준다. 즉 행복은 행복만이 잠재되어 있는 미래적 사건이 아니라, 고통 또한 함께 잠재되어 있는 우연성의 산물이라는 것이다.

이처럼 감정에서의 잠재성 개념은 감정 자체가 '아직 아닌 것들' 즉 "미명(微明)의 목록"[39]들을 포함하고 있는 불완전하고 비실체적인 것임을 알려 준다. "정동은 사이(in-between-ness)에서 태어나고, 누적되는 곁

---

38 사라 아메드, 「행복한 대상」, 멜리사 그레그·그레고리 시그워스 편저, 최성희·김지영·박혜정 옮김, 『정동 이론』(갈무리, 2015), 56~95쪽 참조.

39 위의 책, 14쪽.

(beside-ness)으로서 머문다."[40]라는 아메드의 말에서 확인할 수 있는 것은 잠재성이 이미 정해진 것이 아니라 끊임없이 유동하면서 그 과정에서 새로운 것이 추가되는 비정형의 것이라는 사실이다. 아직 오지 않은 미래의 가능성을 포함한 현재의 감정 동학적 움직임이라는 뜻이기도 하다. 행복의 영어 표현 'happiness'에서 'hap'은 어원적으로 '운(chance)'과 연관되는데, 그것은 원래부터 좋은 느낌을 지닌 긍정적인 것과 연결되는 개념이 아니었다. 오히려 나쁠 수 있는 가능성도 동시에 포함하고 있는 중립적이고도 우발적인 감정이기에, 행복한 대상과 가까이 있으면 그 근접성으로 인해 행복해지고 그 반대의 경우도 가능하다고 본다.[41] 그렇다면 감정 동학의 측면에서 행복해지기 위한 감정적 노력이 중요해진다. 이런 측면에서 '아직은 아닌' 행복을 행복으로 만들기 위한 최고의 선택은 행복해지려는 감정을 생성하는 것이라는 결론에 도달하게 된다.

『계속해보겠습니다』에서 세 명의 주인공인 나나·소라·나기는 유사 가족 공동체를 이루고 있다. 그들에게 강한 영향력을 행사하고 있는 것이 바로 애자이다. 애자는 소라와 나나 자매의 엄마이다. 그런데 공장에서 일하다가 톱니바퀴에 말려 들어가는 바람에 목숨을 잃은 남편에 대한 "전심전력"(104쪽)의 사랑으로 인해 폐인이 되어 소라와 나나 자매를 방치함으로써 그녀들의 삶에 엄청난 그늘을 드리운다. 감정 과잉에서 감정 소멸로의 급격한 전회를 통해 소설 속 다른 인물들의 감정을 지배하고 있는 것이 바로 애자이다. 이런 나나의 가족들과 함께 살게 된 나기의 엄마 순자는 정반대로 "새끼를 먹여 본 손맛"(43쪽)으로 그들 가족을 보살핀다. 애자와 순자는 그 이름의 상징성만큼이나 정반대이다.

---

40 위의 책, 15쪽.

41 위의 책, 58~60쪽.

애자의 이야기는 대부분 그렇다. 달콤하게 썩은 복숭아 같고 독이 담긴 아름다운 주문 같다. 애자의 이야기를 들으면 귀를 통해 흘러든 이야기의 즙으로 머릿속이 나른해진다. 애자가 일러 주는 이야기처럼 만사를 단념하고 흐르게 된다. 사는 것 자체가 고통스러운 일이므로 고통스러운 일이 있더라도 특별히 더 고통스럽게 여길 것이 아니라는 이야기는 특별히 더 달콤하다. 고통스럽더라도 고통스럽지 않다. 본래 공허하니 사는 일 중엔 애쓸 일도 없다. 세계는 아무래도 좋을 것으로 가득해진다.(13쪽)

우선 소설 속 모든 감정 동학의 기원에 해당하는 애자의 감정을 표현한 것이 바로 제시된 인용문이다. 어차피 "사는 것 자체가 고통스러운 일이므로 고통스러운 일이 있더라도 특별히 더 고통스럽게 여길 것이 아니라는" 애자의 삶에 대한 태도는 "고통스럽더라도 고통스럽지 않다." 라는 무통(無痛)의 지경 혹은 경지에 이르러 있음을 보여 준다. 그리고 이미 고통을 통과한 이후의 감정이라는 점에서 무시할 수 없는 삶의 이면을 담고 있기도 하다. "조용한 짐승"(38쪽)처럼 살면서 스스로를 가축처럼 만드는 "자기 가축화(自己家畜化)"[42]를 보여 주는 것이 바로 현재 애자의 모습이다. 하지만 더욱 문제적인 것은 이런 가축화가 아닌 '괴물화'이다. 무통의 대상이 자기 자신의 고통이 아니라 남의 고통일 때는 괴물화가 일어난다. 나기가 유일하게 나나의 뺨을 때린 경우가 바로 나나가 수조 속의 물고기를 괴롭히는 것을 보았을 때이다. 이때 나기는 금붕어의 고통을 기억하라고 말해 준다. "이걸 잊어버리면 남의 고통 같은 것은 생각하지 않은 괴물이 되는 거야."(131쪽) 하지만 가축화와 괴물화는 모두 고통에 대한 무감각을 비판한다는 공통점이 있다. 이를 통해 타인의 고

---

42 모리오카 마사히로, 이창익·조성윤 옮김, 『무통 문명』(모멘토, 2005), 12쪽.

통에 대한 공감을 강조하는 것이 기존 논의에서의 윤리적 처방이다.

그러나 이 소설의 특수성은 고통을 약화시키거나 소멸시키기 위해 고통을 예방하는 일에 몰두하는 무통의 감각과는 다른, 고통을 낭비하는 과잉 고통의 문제를 적극적으로 비판하고 있다는 데에 있다. 단순히 마조히즘적인 고통을 문제 삼는다는 측면이 아니라 적극적인 윤리로 전유되는 감정 과잉을 문제 삼고 있다는 것이다. 감정 결핍이 아닌 감정 과잉을 문제 삼고 있기에 심지어 진정성조차도 과잉되었을 때는 비윤리적임을 강조하고 있다. 앞의 애도 윤리에서 상실이 아닌 결여가 문제였다면, 고통에서는 예방이 아닌 낭비가 문제가 되는 것이다. 이 소설에서 가장 비중 있게 다루어지고 있는 나나의 서사가 제대로 된 통각 윤리를 위해 애자와의 거리를 유지하려는 것도 바로 이 때문이다. 감정 이입이 초래할 수 있는 과잉 몰입을 차단하려는 것이다. 감정 이입이 감정 윤리의 차원에서 늘 정당한 것은 아니기 때문이다. 감정 이입이 애도처럼 타자와의 동일화를 통한 타자의 소멸이라는 목적이나 결과와 연관된다면 그 또한 비윤리적인 감정에 다름 아니다. 단순히 동감이 아닌 공감을 중시해야 한다는 차원이 아니라, 감정의 과도한 몰입을 경계해야 한다는 차원인 것이다.

그렇다면 나나가 원하는 감정의 강도와 힘은 어느 정도인가. "어떤 일이 있더라도 이윽고 괜찮아지는 정도. 헤어지더라도 배신을 당하더라도 어느 한쪽이 불시에 사라지더라도 이윽고 괜찮아지는 정도. 그 정도가 좋습니다."(104쪽)가 바로 나나의 대답이다. 이런 감정은 자기를 감정 과잉에서 보존하겠다는 것으로 읽힌다. 그러면서도 원천 봉쇄를 통해 자기 보호를 추구하는 것도 아니고, 합리적 계산하기를 통해 무사안일을 추구하는 것도 아니다. 이별이나 배신, 죽음을 겪고 난 이후의 감정 동학에 대해 말하고 있다는 측면에서 사후적(事後的) 사건에 대한 충실성으로서의 감정 윤리에 해당한다. 때문에 고통을 무시하는 것도 아니고 행복을 맹목적으로 추구하는 것도 아닌 잠재성의 윤리에 더 가깝다. 아직 드러나지 않았지만 그것을 거부하지 않겠다는 것이기 때문이다. 또한 이런 감정 동학은 질문과 대답 속에서 그 잠재성을 계속해서 유지해야 가능한 윤리이기도 하다. "한두 번의 문답으로 끝낼 수 없다는 것"[43]을 인식한 후의 감정 윤리이기 때문이다. 소설에서 총 7번 계속 서술되고 있는 "계속해보겠습니다."(100, 123, 127, 137, 143, 161, 228쪽)는 한 번 서술되고 있는 "대답하겠습니다."(120쪽)로 종결되지 않는다. 질문의 포기에 대한 포기를 보여 줌으로써 질문을 계속하는 것이 바로 삶이자 사랑이라는 것을 보여 주는 감정 윤리이기 때문이다.

이런 까닭에 이 소설을 읽는 독자들의 질문도 다음처럼 계속되어야 한다. '어떻게 삶이나 사랑에 대한 질문을 계속하겠다는 것인가.' 감정의 항해에서는 "항로의 급격한 변경 가능성은 물론 선택한 항로를 유지하기 위한 지속적인 수정 가능성도 포함"[44]된다. 특히 감정의 윤리와 연관될 때는 목표를 변화시키는 것도 중요하지만, 어떤 목표에 대해서는 일관성을 지닌 채 그것을 계속 유지하는 것도 중요하다. 그리고 이런 목표의 유지나 지속을 위해 특히 감정의 지속적인 생성이 중요하다. 감정의 생성은 "목표 충돌로 인한 고통의 증가에도 불구하고 목표나 행동 계획을 유지하는 것"[45]을 의미한다. 특히 애자의 '전심전력'처럼 감정 과잉이나 행복 과잉을 겪고 난 이후의 삶에서는 더욱 그렇다.

---

43 한기욱, 「야만적인 나라의 앨리스 씨」, 《창작과비평》, 2015. 봄, 252쪽.

44 윌리엄 M. 레디, 앞의 책, 189쪽.

45 위의 책, 199쪽.

그렇게 쉽게 망하지 않아.

세계는, 하고 덧붙이자 나나가 말했다.

그렇게 길게 망해 가면 고통스럽지 않을까.

단번에 망하는 게 좋아?

아니.

그럼 길게 망하자.

망해야 돼?

그렇게 금방 망하지는 않겠다는 거야.(222쪽)

  미혼모가 된 나나의 출산 후 방관자이던 소라와 동성애자로서의 상
처를 지닌 나기는 함께 각자의 낙인으로부터의 자유를 추구하려고 노력
한다. 소라, 나나, 나기로 각각 존재했던 "세 개의 물방울이 뭉쳐 조금 더
큰 한 개의 물방울"(202쪽)로 하나로 구성되는 '하나뿐인 부족'으로 살아
가려는 것이다. 물론 이런 부족 안에서의 삶과 사랑도 영원할 수는 없다.
하지만 인용문에서처럼 "쉽게" "단번에" "금방" 망하지 않고 "길게" 망
하려고 한다. 길게 망하면 더 길게 고통스러울 수 있다. 그럼에도 길게
살면서 그 고통을 감내하겠다는 것이다. 행복이 아닌 고통의 잠재성을
인정하는 것이다. 이럴 때 고통의 반대말이 행복은 아니다.[46] 고통의 반
대말은 '아직 아닌' 고통이다. 즉 잠재되어 있는 고통이다. 그래서 행운
으로도 나타날 수 있는 고통이다. 이들이 요행을 바라는 것이 아니라는
점은 이들이 계속 무엇인가를 하고 있다는 사실에서 증명된다. 때문에
이때의 고통은 행복과 동일하게 "시간 속에서 몸체 내에 축적된 과거의

---

46 브라이언 마수미는 행복과 기쁨(희망)을 구분하면서 기쁨을 그 안에 고통이 포함되어 있는 파열적
   개념으로 본다. 때문에 이런 마수미의 기쁨 개념이 사라 아메드가 말하는 행복의 개념에 더 가깝다.
   브라이언 마수미, 앞의 책, 78쪽 참조.

흔적들을 동력으로 하여 새로운 현재, 새로운 삶의 역동성을 이끌어 내는 원천"[47]이 된다. 이런 맥락에서 이 소설의 의의는 "나나는 애자가 될 셈인가."(23쪽)라는 고통스러운 질문을 계속하고 있다는 것이고, 그에 대한 대답으로 "애자와 같은 형태의 전심전력, 그것을 나나는 경계하고 있습니다."(104쪽)와 "인간이란 덧없고 하찮습니다. 하지만 그 때문에 사랑스럽다고 나나는 생각합니다."(227쪽)라는 정반대의 답을 동시에 내놓고 있다는 점에서 찾을 수 있다. 그래서 이 소설의 맨 마지막 문장 또한 "계속해보겠습니다."(227쪽)이다. 과잉 고통을 경계하면서도 고통의 잠재성을 포기하지 않는 한 이런 고통스러운 행위로 인한 감정의 윤리는 계속 생성될 것이다.

감정의 항해와 주체의 윤리

감정을 윤리나 동학과 연관해 파악한다는 것은 구체적인 현실과의 접점에서 가치 지향적인 감정을 문제 삼는다는 것이고, 활성화된 채 움직이고 있는 생물(生物)로서의 감정을 중시한다는 뜻이다. 또한 혐오나 분노, 공포 등의 부정적 감정만이 아니라 승화나 애도, 행복 등과 같은 긍정적 감정을 향한 추구 또한 문학의 윤리 측면에서 타진해 본다는 의미이기도 하다. 2000년대 젊은 소설가들인 최진영·김금희·황정은은 이런 감정 윤리의 동학 측면에서 소설 속 인물들에게 새로운 목적지를 향한 항해를 추동시킨다. 무엇보다도 중요한 것은 자유롭고 개방적인 항해 속에서 감정적 자아들의 자아 탐색 및 자아 변형이 가능해진다는 것이다.

---

47 조성훈, 앞의 글, 309쪽.

긍정적 가치를 향한 의지나 방향성이 있는 감정의 움직임 자체가 감정 윤리의 원인이자 효과이기 때문이다.

최진영의『구의 증명』은 식인 모티프에서 연유하는 비체의 강화를 통해 오히려 존재의 부피와 밀도를 확장시키고 있다. 공포나 혐오를 불러일으키거나 위반과 전복을 도모하는 대립적 양태에서 벗어나 그 자체로 증식하고 확대되는 '몸 안의 몸' 혹은 '몸 밖의 몸'으로 변화되었기 때문이다. 이런 비체화(非體化)된 비체(卑體)의 몸은 감정을 더욱 폭발시키면서 현실 안에서 새롭게 존재하게 된다. 김금희의『경애의 마음』은 단순히 애도의 불가능성에 대한 이의 제기가 아니라 애도 불평등성으로 윤리의 초점을 옮겨 왜 현재의 애도가 새로운 애도로 번역되어야 하는지 강조한다. 애도의 결여가 채워지기 위해서는 제대로 된 번역이 선행되어야 하기 때문이다. 이처럼 애도에 대한 '차이 나는 반복'으로서의 번역은 애도를 중단 없는 항해로 안내한다. 황정은의『계속해보겠습니다』는 고통에 대한 통각 자체가 고통의 삭제가 아닌 잠재화를 통해서만 가능하다는 역설적 윤리를 보여 준다. 아예 사라지는 고통은 행복에 대한 민감함도 함께 사라지게 만들기 때문이다. 이런 이유로 행복과 마찬가지로 고통 또한 감정의 표면 아래에 잠재되어 있도록 지속적으로 노력해야만 감정의 항해를 계속할 수 있게 된다.

이 세 소설들이 기존의 감정 소설들과 다른 점 또한 이런 감정의 동력으로 새로운 주체 윤리를 구성한다는 것이다. 소설들이 각각 문제 삼고 있는 '비체-애도-고통'은 '오염-왜곡-무감각'을 통해 부정적으로 취급되면서 극복되어야 할 한계로 평가받았던 것들이다. 하지만 감정 동학에서는 그것들의 불안정성이나 우발성을 있는 그대로 받아들이면서 변형시키거나 이행시킴으로써 그 안에서 힘을 만들어 낸다. '강화-번역-잠재화'라는 감정의 움직임은 비체를 단순히 이분화하지 않고, 애도를 단일화하지 않으며, 고통을 완전히 삭제하지 않는다. 그런 과정 속에서 감정은 '폭발-반복-생성'을 통해 더욱 활성화된다. 비체라는 오염된 감정을 강화함으로써 오히려 '부재의 존재감'을 폭발시키려는 감정 윤리(최진영), 애도라는 왜곡된 감정을 번역함으로써 '존재의 존재감'을 부각시키려는 감정 윤리(김금희), 고통이라는 과잉 감정을 잠재화시킴으로써 '존재의 부재'를 지속적으로 생성하려는 감정 윤리(황정은)가 새롭게 구성되는 것이다.

이런 감정 윤리를 통해 2000년대 소설들은 서로 다른 감정과의 부대낌이나 망설임, 떨림 자체에 솔직하게 반응하면서 그런 감정들과 함께 있으려고 한다. 항해의 이런 친밀성과 현재성을 통해 항로는 변경되기도 하고 유지되기도 한다. 그러나 가장 중요한 이들 소설 속 감정 항해의 목적은 좌초하지 않는 것, 그러기 위해 멈추지 않는 것이다. 이런 항해를 무질서하다고 말할 수는 있지만 억압적이라고 말할 수는 없으며, 더디다고 말할 수는 있지만 뒤로 간다고 말할 수는 없다. 이때의 항해에서 2000년대 소설이 지녀야 할 긍정적이고도 건강한 주체의 윤리를 발견하는 것 자체가 아직은 시기상조일 수도 있다. 하지만 '반(反)감정'의 횡행으로 인한 피로감과 '탈(脫)감정'의 강요로 인한 억압 사이에서 이 세 소설들은 위험하지만 포기할 수 없는 파도타기를 하고 있다. 때문에 이런 항해가 감정적 휴식처 역할을 잠시나마 할 수 있다면 그 자체로 2000년대 주체의 윤리에 해당한다고 볼 수 있다.

청춘의 역습과 세속화

──장강명의 청춘 소설 3부작을 중심으로

청춘의 종말, 청춘의 역습

더 이상 2000년대 젊은이들에게 '아프니까 청춘이다.'라고 말할 수 없다. 현재의 젊은이들에게는 격려나 응원조차 모욕일 뿐이다. 그들은 위로받는 청춘을 거부하면서 오히려 "청춘을 반납한다."[1] 그들에게는 좌절이나 저항조차 사치에 불과하기 때문이다. "싸우지도 못했기에 루저도 아니다."[2]라며 그들은 스스로를 냉소한다. 한국에서는 "희망의 굿판을 걷어치우자."[3]라고 말하고, 일본에서도 "희망이 없는 건 잃어버렸기 때문이 아니라 불필요하게 된 탓"[4]이라고 말한다. 이처럼 도처에서 '희망 난민'이 된 젊은이들의 허무 혹은 자조가 난무한다. 그나마 상황이

---

1 안치용·최유정, 『청춘을 반납한다』(인물과 사상사, 2012), 9쪽.

2 최태섭, 『잉여 사회』(웅진지식하우스, 2013), 19쪽.

3 안치용·최유정, 앞의 책, 5쪽.

4 후루이치 노리토시, 이언숙 옮김, 『희망 난민』(민음사, 2016), 7쪽.

나은 일본에서는 정신적 만족을 추구하는 '사토리 세대(득도 세대)'라도 등장하지만,[5] 한국에서는 이러한 '정신 승리법'조차 불가능한 것이 현실이다. 이로써 무엇이든지 가능하다고 외쳤던 청춘의 시대는 종말을 고했다. 더 이상 젊은이들에게는 할 수 있거나 해야 할 일이 없기 때문이다.

이런 2000년대 한국 젊은이들의 특징을 '생존주의(生存主義)'와 '탈존주의(脫存主義)'의 두 극단으로 구성된 스펙트럼으로 파악하기도 한다.[6] 생존주의는 무한 경쟁에서 도태되지 않는 것을 최우선 과제로 설정하기에 자유, 열정, 도전, 모험, 유희, 저항 등의 가치보다는 "서바이벌을 향한 과열된 욕망, 그리고 경쟁에서의 승리를 위한 전략과 계산"[7]에 지배된다. 이에 반해 탈존주의는 이런 생존 경쟁에 참여하지 못하기에 느끼게 되는 '마음의 부서짐(heartbreak)', 즉 "존(存)의 여러 형식들(사회적, 생물학적, 정치적)로부터 벗어나고픈 마음, 삶을 끊고 싶은 마음, 이처럼 비참한 세계에 새로운 생명을 잉태하고 싶지 않은 마음"[8]을 강조한다. "생존주의자는 살아'남기'를 욕망하지만, 탈존주의자는 살아 '사라지는' 것을 욕망한다."[9]는 특징도 이와 연관된다. 2000년대 들어 '~해서는 안 된다'

5 후루이치 노리토시, 이언숙 옮김, 『절망의 나라의 행복한 젊은이들』(민음사, 2014), 129쪽 참조.

6 김홍중, 「탈존주의(脫存主義)의 극장: 박솔뫼 소설의 문학 사회학」, 《문학동네》, 2014. 여름, 105쪽.

7 김홍중, 「서바이벌, 생존주의, 그리고 청년 세대: 마음의 사회학의 관점에서」, 《한국사회학》 49집 1호, 2015, 186쪽. 김홍중은 생존주의 세대가 보여 주는 보다 구체적인 삶의 습성들(아비투스)을 "루저에 대한 경멸감, 성과 없는 노력/낭비에 대한 불안감, 사소한 일에서도 실패를 회피하려는 습성, 경쟁의 룰에 대한 민감성, 승리자의 스타일과 가치에 대한 선망, 삶의 모든 국면을 경쟁 상황으로 인지하고 여기에서 승리하고 과시하고 과장하는 습관"(같은 글, 187쪽)을 들고 있다.

8 위의 논문, 200쪽.

9 김홍중, 앞의 논문(2014), 105쪽.

라는 부정성을 강조했던 푸코적 의미의 '규율 사회'에서 '~할 수 있음'의 긍정성을 강조하는 성과 사회로 바뀌면서 자발적인 자기 착취로 인해 그 누구보다도 더욱 피로해진 세대가 바로 젊은이들이라는 것이다.[10] 자본주의가 생존을 절대화하지만 그 결과는 탈존일 뿐이기 때문이다.

이처럼 청춘이 종말을 고한 상황에서는 그동안 '신성화'되었던 청춘을 '세속화(profanation)'시켜 청춘에 대한 소생술을 시도할 필요가 있다. 우리가 일반적으로 사용하는 의미와는 다르게, 즉 앞에서 언급한 생존주의와 연관되는 일반적 개념과는 전혀 다른 맥락에서 조르조 아감벤은 세속화를 예찬한다. 그에 따르면 신성화는 신들을 위해서만 배타적으로 비축되도록 만들기 위해 인간으로부터 분리시켜 인간들은 이용 불가능하게 하는 것인 반면, 세속화는 이처럼 신성화되었던 것을 인간의 사용과 소유로 되돌려주는 것을 말한다.[11] 즉 신성화됨으로써 돌처럼 딱딱하게 굳어 버린 것을 인간화하기 위해서는 세속적인 '감염'과 '접촉'이 필요하고, 그 방법이 바로 신성한 것의 '부적절한' '재사용'이라는 것이다.[12] 그렇다면 지나치게 신성화되어 인간적인 본질에서 멀어졌기에 청춘조차도 포기했던 청춘을 다시 청춘에게 되돌려주기 위해서는 기존의 청춘을 실제적인 것으로 감염시키거나 현실적인 눈높이와 접촉시킬 필요가 있다. 즉 세속화를 통해 청춘에 대한 오래된 사용이나 그에 대한 기대와 환상을 '정지'시킴으로써 기존의 청춘 개념을 '비활성화'해야 한다는 뜻이기도 하다.[13] 그래야 청춘에 대한 새로운 개념을 창조할 수 있기 때문이다. 세속화가 "희생 제의에 의해 분리·분할된 것을 공통으로 사용할 수

---

10 한병철, 김태환 옮김, 『피로 사회』(문학과지성사, 2012), 42쪽 참조.

11 조르조 아감벤, 김상운 옮김, 『세속화 예찬』(난장, 2010a), 107~108쪽 참조.

12 위의 책, 109~110쪽 참조.

13 위의 책, 112, 125쪽 참조.

있게 되돌리는 역(逆)장치"[14]라면 그 어느 때보다도 신성화되고 있는 청춘을 원래의 영역으로 돌려주는 데에 세속화 과정이 유효할 수 있다.

무엇보다도 청춘을 신성화시키는 데에 가장 큰 영향을 미친 것이 신자유주의와 연관되는 자본주의이다. 아감벤이 세속화를 위해 이미 종교가 된 자본주의를 강력하게 비판하는 이유도 여기에 있다. 아감벤은 발터 벤야민의 「종교로서의 자본주의」를 인용하면서 자본주의의 제의성은 죄로부터의 구원이나 속죄가 아니라 죄와 절망 그 자체이기에 세계의 '변혁'보다는 '파괴'를 목표로 한다는 점을 비판한다.[15] 종교화된 자본주의는 세계 전체가 종말이 될 때까지 기다리면서 "절망의 상태를 희망"[16]한다. 이처럼 자본주의가 '신'에 해당된다면, 청춘은 그 신에 봉헌된 '제물'에 해당된다고 볼 수 있다. 자본주의가 인간을, 특히 청춘을 봉헌의 제물로 삼기 때문이다. 젊은이들은 생존 자체를 위해 "냉소적 속물"[17]이 되거나, 경쟁력을 극대화시키기 위해 자신의 "전부를 자본화"[18]해야 한다. 심지어 그렇게 해도 '청년실신'(청년실업자+신용불량자), '이케아 세대'(뛰어난 스펙에도 낮은 급여와 고용 불안), '빨대족'(미취업으로 부모의 경제적 지원을 받는 30대) 등을 양산하는 것이 자본주의가 지닌 종교로서의 속성이다.

이런 맥락에서 이 글에서는 2010년대에 등장한 새로운 청춘 담론을 소설화하고 있는 장강명의 청춘 소설 3부작 『표백』, 『열광금지, 에바로

---

14 조르조 아감벤, 김상운·양창렬 옮김, 「목적 없는 수단」(난장, 2009), 40쪽.

15 조르조 아감벤(2010a), 앞의 책, 117쪽 참조.

16 발터 벤야민, 최성만 옮김, 「종교로서의 자본주의」, 『역사의 개념에 대하여 외』(도서출판 길, 2008), 123쪽.

17 최철웅, 「20대, 냉소적 속물들의 인정 투쟁」, 《실천문학》, 2010. 가을, 408쪽.

18 김홍중(2014), 앞의 논문, 105쪽.

드』, 『한국이 싫어서』를 중심으로 그 구체적 양상을 살펴본다. 장강명 소설 속의 젊은이들은 이미 종말을 고한 청춘의 생명력을 되찾기 위해 무언가를 열심히 한다. 즉 열심히 죽고, 열심히 놀며, 열심히 이민 간다. 지금까지의 청춘들에게는 금기시되던 행위들이고, 2010년대의 묵시록적인 특징을 보이는 한국 문학에서도 흔치 않은 청춘의 모습이라고 할 수 있다. 피해자나 희생양으로서의 모습도 아니고, 분노하고 냉소하는 비판자나 허무주의자의 모습도 아니다. 오히려 장강명의 청춘 소설 3부작에 등장하는 젊은이들은 공격적이며 능동적이다. 부정적인 거부나 저항의 방식이 아니라 적극적인 이동이나 생산의 방식을 통해 새로운 청춘의 영역을 개척하기 때문이다.[19] 지금까지의 청춘 개념에 '역습'을 가함으로써, 즉 예전처럼 신성화(정상화)하지 않고 세속화(비정상화)함으로써 청춘의 가치를 인간화하려는 것이다. 이런 세속화를 위한 청춘의 역습은 "세속화할 수 없는 것의 세속화야말로 도래할 세대의 정치적 과제"[20]라는 선언의 가능성을 실천해 보는 시도로도 볼 수 있다.

자살, 세속화와 환속화 사이: 『표백』

세상을 '흰색'으로 감각하는 젊은이들이 있다. 이때의 흰색은 무엇이든지 쓸 수 있고 채워 갈 수 있는 가능성과 개방성이 아니라, 너무 완벽

---

19 작가 스스로도 인터뷰에서 "내면에서 '나는 존중받을 가치가 있는 인간이다.'라고 믿는 인물들이 자신의 가치 하락에 저항해서 싸우고 행동하는 이야기에 매력을 느낍니다."라고 밝히고 있다. 정세랑, 「초인이 되고 싶다는 말을 거인이 되고 싶다는 말로 들었다」(인터뷰), 《세계의 문학》, 2015. 가을, 63쪽 참조.

20 조르조 아감벤(2010a), 앞의 책, 135쪽.

해서 더럽혀지거나 보탤 필요가 없는 완결성과 폐쇄성의 상징이다. 할 수 있거나 해야 할 일이 없을 정도로 '완벽한' 혹은 이미 '완성된' 사회라면 젊은이들은 그 자체로 잉여일 뿐이다. 때문에 장강명의 소설『표백』[21]에서 스스로를 '표백 세대'로 규정한다.

> 나는 세상이 아주 흰색이라고 생각해. 너무너무 완벽해서 내가 더 보탤 것이 없는 흰색. 어떤 아이디어를 내더라도 이미 그보다 더 위대한 사상이 전에 나온 적이 있고, 어떤 문제점을 지적해도 그에 대한 답이 이미 있는, 그런 끝없이 흰 그림이야. 그런 세상에서 큰 틀의 획기적인 진보는 더 이상 없어. 그러니 우리도 세상의 획기적인 발전에 보탤 수 있는 게 없지. 누군가 밑그림을 그린 설계도를 따라 개선될 일은 많겠지만 그런 건 행동 대장들이 할 일이지. 참 완벽하고 시시한 세상이지 않니?(77~78쪽)

어느 시대이건 역사적으로 호명된 젊은이들의 책무는 세상을 획기적으로 발전시키고 진보시키는 것이었다. 청년들의 의지나 성취 여부와 상관없이 청춘은 청춘이기에 마땅히 그래야 한다고 신성화되었다. 이런 청춘의 '특권 아닌 특권'도 폭력일 수 있지만, 이보다 더 큰 폭력은 그런 특권조차 허락되지 않는 것이다. 소설 속 세연은 그런 폭력적인 세상을 "참 완벽하고 시시한 세상"이라고 부르며, 그로 인해 "위대한 좌절"(78쪽)을 겪을 수밖에 없는 것이 '표백 세대'의 표백 과정이라고 강하게 비판한다. 꿈을 꿀 수도 없고, 노력으로 바꿀 수도 없으며, 살아 있어도 행복할 수 없다. 또한 얼룩으로 인한 오염을 허락하지 않기에 오답 가능성은 원천 배제되면서 정답의 빠른 체화만이 생존술로 강요된다. 때문에 이때의 표

---

21 장강명, 『표백』(한겨레출판, 2011). 소설 인용은 이에 의거해 쪽수만 밝힌다.

백은 생존에 보탬이 되지 않는 시도나 실패를 얼룩이나 오염으로 간주하면서 무조건 그것을 없애는 것을 의미한다. 그렇게 "거대한 흰색 세계는 모든 빛을 흡수하며 무결점 상태를 유지한다."(192쪽)

이 표백 세대가 자신의 존재를 증명하는 방법으로 선택한 것이 바로 '자살'이다. 세연은 자신을 포함한 주변 인물들의 연쇄 자살을 통해 표백 사회에 대한 거부와 항의 의사를 분명하게 밝히고자 한다. 표백 사회에서는 돈을 버는 경쟁으로만 자신의 가치를 증명할 수 있기에 출세나 개인적인 성공과 같은 작은 성취에 골몰해야 하고, 실패했을 때는 개개인의 무능력 탓으로 추궁당한다. 이들의 자살은 이런 난공불락의 표백 사회에 충격과 공포를 주기 위한 '극약 처방'이라고 할 수 있다. "지금의 청년 세대가 보여 주는 가장 극적인 시대에 대한 응징이 자살일 수 있음을 제시함으로써 그것이야말로 역사의 한 흐름임을 증명"[22]해 보이는 것이다.

> 자살 선언자들의 목표는 완성된 사회를 무너뜨리는 것이 아니라 완성된 사회의 천박함과 불완전성을 고발하고 자신들이 품고 있는 위대한 가능성을 증명하는 데 있으며, 그 방법은 오로지 죽음이라는 완전한 거부뿐이다. 왜냐하면 봉건 시대의 부르주아지와 산업 시대의 프롤레타리아에게는 대안과 미래가 있었으나 표백 세대와 자살 선언자들에게는 그런 것이 없기 때문이다.(208쪽)

자살자들에게 중요한 것은 극단적인 저항과 완전한 거부를 통해 현재의 사회가 대안과 미래 자체가 없음을 증명해 보이는 것이기에 "그럴(자

---

22 오혜진, 「순응과 탈주 사이의 청년, 좌절의 에피그램」, 《우리문학연구》 38집, 우리문학연구회, 2013, 482쪽.

살할) 용기와 의지가 있다면 그 힘으로 살아라."(207쪽) 혹은 "노력해서 성공하는 것이 가장 큰 복수라거나 우리 세대가 사회의 주도권을 쥐었을 때 변화를 일으키면 된다."(266쪽)라는 충고의 말은 아무런 의미가 없다. 때문에 이들은 "자살 선언은 사회 변혁 운동이 아닙니다. 이 사회에 더 이상 변혁이 없으리라는 것을 전제로 하고 있기 때문입니다."(268쪽)라며 당당하게 맞선다. 심지어 현실 부정이나 도피, 약자들의 무책임한 선택이나 패배라는 혐의로부터 벗어나기 위해 이들이 세운 전략은 누가 봐도 아쉬울 게 아무것도 없는 상태에서 자살을 실행하는 것이다. 그리고 실제로도 각자 최고의 성취를 이루었을 때 자살을 감행한다. 이런 상황이라면 "소영웅주의라거나 감상 과잉"(267쪽), "세대 간 갈등을 심화"(267쪽), "지속 가능한 사회 변혁 운동이 아니라는 지적"(267쪽)은 그 타당성을 상실하게 된다. 이들은 자살에 대한 이런 비판과 한계를 몰라서가 아니라, 그래도 더 중요하기 때문에 자살을 적극적으로 선택한 것이다.

무엇보다도 이들의 자살은 아감벤이 세속화의 행위 주체로서 중시하는 허먼 멜빌의 소설 『필경사 바틀비』의 주인공 '바틀비'처럼 '~하지 않는 것을 선호하는(prefer not to)' 것에서 보이는 '~하지 않을 능력(potential not to)'인 잠재성을 증명하기 위해 그 이전에 먼저 '현실태'를 강화하는 행위에 해당한다고 볼 수 있다. 바틀비도 변호사 사무실에 고용된 후 처음에는 문서 베끼는 작업을 아주 성공적으로 수행하다가 나중에야 그것을 집요하게 거부한다. 『표백』의 자살자들도 취직하는 것(생존하는 것)이 가능함을 보여 줌으로써 취직하지 않을 자유 혹은 취직을 거부하는 의지(자살하는 것)로서의 저항성을 보여 준다. "'능력(potence)'과 '불능(impotence)'을 똑같이 행할 수 있는 능력만이 최고의 능력"[23]일 수 있기 때문이다. 혁

---

23 조르조 아감벤, 이경진 옮김, 「도래하는 공동체」(꾸리에, 2014a), 59쪽.

명적 주체로서의 바틀비는 이처럼 할 수 있는 일을 '하지 않는 것'이 아니라 하지 않을 것을 '하겠다'는 '절대적 거부'로서 적극적이고 강력한 주체성을 실천하는 존재이다.[24] 단순한 거부로서의 항의나 저항이 아니라 그다음 단계인 참여의 새로운 정치를 여는 "상징계의 붕괴를 대표하는, 내적인 얼룩으로 환원된 기표"[25]에 해당한다는 것이다. 이런 맥락에서 바틀비의 행위는 가장 급진적인 현실에 대한 개입에 다름 아니다. 기존의 체제로부터 떨어져 나온 낯선 존재이자 전혀 새로운 맥락에서 스스로를 재규정한 주체라면, 자살자들 또한 바틀비처럼 자본주의에 의한 표백을 끝까지 거부하는 세속적 주체인 것이다.

물론 이들의 자살이 지닌 한계를 '환속화(secularization)'의 가능성에서 찾을 수도 있다. 환속화는 외양만 바뀌었을 뿐 신성함은 그대로 유지되는 것을 의미한다. 반면 진정한 세속화는 환속화와는 달리 권력의 장치들을 비활성화하며 권력이 장악했던 공간을 해방시킨다.[26] 때문에 벤야민이 경계한 종교로서의 자본주의는 사실 환속화된 자본주의를 의미한다. 위반과 저항으로서의 자살 자체가 '신'으로서의 자본주의를 무너뜨리는 것이 아니라 그것을 강화시키는 종교로 기능한다면 또 다른 권력의 형식인 환속화에 다름 아니라는 것이다. 『표백』 속에서 젊은이들은 권력은 그대로 유지한 채 마치 천상의 군주제를 지상의 군주제로 대체하려는 듯이 자신들의 자살을 혁명적 저항의 도구로 삼으면서 새로운 '신' 혹은 '종교'라는 또 다른 '목적'으로 옮겨 간 것이기에 환속화에 머무르는 측면이 있다.

바틀비의 언어를 적극적인 저항의 언어로 보려면 '그렇게 하고 싶지

---

24 유홍림·홍철기, 「조르조 아감벤(Giorgio Agamben)의 포스트모던 정치철학」, 《정치사상연구》 13집 2호, 2007, 175쪽 참조.

25 슬라보예 지젝, 김서영 옮김, 『시차적 관점』(마티, 2009), 752~753쪽.

26 조르조 아감벤(2010a), 앞의 책, 113쪽 참조.

않아요.'(I would not prefer to.)여야 할 것이지만, 바틀비는 이런 '거부'가 아니라 '선호'(I prefer not to)를 보였다. 그 이유는 무엇보다도 환속화의 위험처럼 거부 자체가 법이라는 초자아에 대한 죄의식을 유발시키면서 법의 강화에 역설적으로 기여하게 되는 악순환에 빠질 수 있음을 경계했기 때문이다. 이것이 바로 지젝이 바틀비를 체제 자체는 물론 거기에 기생하는 체제 반대 세력으로 간주했을 때 따라오는 위험으로도 바라본 이유이다.[27] 소설 속에서 자살자들도 자살을 권하는 기존 체제에 저항하려는 반대 세력이었음에도 불구하고 후반부로 갈수록 선호가 아닌 거부를 통해 권력을 재활성화함으로써 또 다른 '목적' 혹은 '신'으로 변질되는 경향을 보이기도 한다. 이처럼 소설 속 바틀비적인 인물들의 자살 행위는 세속화와 환속화 '사이'에 있다. 바틀비 자체가 "예수 같은 바틀비, 하나님 같은 바틀비, 비관론자로서의 바틀비, 자폐형 인간으로서의 바틀비, 소크라테스형 인물인 바틀비, 하이데거식 반-영웅으로서의 바틀비"[28] 등으로 극단과 극단을 오가면서 정반대의 다양한 해석에 의해 소환되고 있는 논쟁적 인물이기 때문이다. 또한 이런 양상을 통해 세속화가 얼마나 이루어지기 힘든 것인지를 역으로 증명해 준다고도 할 수 있다. 신성화의 장치들 자체가 엄청나게 체계적이고 강력하기 때문이다. 그래서 『표백』속 자살의 의미나 가치도 '세속화를 지향하는 환속화'와 '환속화에 머문 세속화' 사이에서 왔다 갔다 하는 '과정 중에 있는 세속화'나 '미완의 세속화'로 볼 수 있다. 여기서 더 나아가 『표백』에서 자살자들의 자살 이후에 어떤 일들이 벌어졌는지 그 이후의 성과나 변화를 그리지 못한 것 자

---

27 정진만, 「"아, 바틀비여! 아 인간이여!": 허먼 멜빌의 「필경사 바틀비」에 나타난 부정성」, 《비평과 이론》 17권 1호, 한국비평이론학회, 2012, 113쪽 참조.

28 윤교찬·조애리, 「'되기'의 실패와 잠재성의 정치학: 멜빌의 「필경사 바틀비」」, 《현대영어영문학》 53권 4호, 한국현대영어영문학회, 2009, 70~71쪽.

체를 환속화와 연관시키면서 이 소설의 한계로 평가할 수도 있다. 하지만 작가가 궁극적으로 현실에서는 그런 미래나 대안이 불가능함을 보여 주려 했다는 해석도 가능하다.[29] 젊은이들이 연쇄 자살을 해도 그 이후 달라지는 것은 없기 때문이다. 그래서 젊은이들은 자신들의 자살이 환속화에 머물더라도 계속 시도할 수밖에 없었는지도 모른다. 이런 자살을 비판하기는 쉽다. 그러나 그런 비판이 이들의 자살을 막기는 어렵다.

오덕 문화, 놀이 혹은 세속화: 『열광금지, 에바로드』

『표백』에서 작가 장강명은 젊은이들의 자살을 "그럴듯한 넌센스"[30]라면서 의미 부여에 유보적인 태도를 보인다. 자살을 통해 사회적인 저항을 보여 주는 것과 같은 '위대한' 일을 모든 사람들이 '반드시' 해야 한다고 생각하지 않기 때문이다. 이런 맥락에서 작가는 자살자들과는 달리 "남들이 무가치하다고 무시하는 일에 매달려 끝내 의미를 찾아내고야 마는 주인공"[31]을 등장시켜 다시 쓴 소설이 바로 『열광금지, 에바로드』[32]이다. 이 소설의 서술자이자 관찰자가 바로 유일하게 세연과의 약속을 저버리고 자살 선언을 거부한 『표백』의 등장인물인 장휘영이고, 그의 관찰 대상인 주인공 박종현의 청춘을 통해 『표백』에서 미해결되었던 '자살하지 않아야 할 이유'에 대한 답변을 제시하기 때문이다.

　『열광금지, 에바로드』는 일본 애니메이션 「신세기 에반게리온」의 신

29　정영훈, 「완성된 시대의 소설」, 《세계의 문학》, 2012. 겨울, 341쪽 참조.

30　장강명, 「작가의 말 ― 10쇄 출간을 맞아」, 『표백』(2015년도 10쇄 판), 346쪽.

31　위의 글, 347쪽.

32　장강명, 『열광금지, 에바로드』(연합뉴스, 2014). 소설의 인용은 이에 의거해 쪽수만 밝힌다.

극장판 개봉에 맞춰 기획된 '에반게리온 월드 스탬프 랠리'의 세계 유일한 완주자인 박종현에 관한 소설이다. 프랑스, 일본, 미국, 중국에서 정해진 시간과 장소에 설치된 홍보 부스에서 네 명의 캐릭터 도장을 받아 오는 것이 '에반게리온 월드 스탬프 랠리'이다. 88만 원 세대 박종현은 우여곡절 끝에 이 랠리에 성공하고 이 과정을 천신만고 끝에 42분 7초짜리 다큐멘터리로 찍는데, 그 다큐멘터리 제목이 실제로도 존재하는 「열광금지, 에바로드」이다. 이 소설이 문제적인 것은 이에 대한 다음과 같은 소개말 때문이다. "이 다큐멘터리는 한 오덕이 쓸데없는 일에 시간을 낭비하는 내용을 담고 있습니다. 노약자와 임산부는 봐도 괜찮지만 보시다 한심하다며 혀를 차게 될 수 있습니다."(16쪽) '오덕'은 오타쿠(オタク)를 말하며, 이 문맥만으로도 쓸데없는 일, 가령 에반게리온 랠리 같은 일에 시간을 낭비하는 '한심한 족속'을 말한다.[33]

하지만 일본을 중심으로 1995년 TV 애니메이션인 「신세기 에반게리온」이 히트를 치면서 오덕은 "진화된 시각을 가진 인간, 고도 소비 사회의 문화 상황에 적응한 뉴 타입(new type)"[34]으로 재규정된다. 만화나 게임 등 거대한 엔터테인먼트 산업을 창출한 '서브 컬처' 집단으로서 오덕의 의미가 격상되었기 때문이다. 그러나 일본과 달리 한국에서는 여전히 '루저'나 '잉여 집단'으로서의 부정적 이미지가 강하다. 특히 본능적 욕구의 단순한 만족을 추구하기에 동물적인 소비 행동을 보인다는 혐의로부터 자유롭지 못하다. 이런 오덕 문화에 빠졌던 20대의 낭비나 무의미

---

33 이 소설에서는 '오타쿠'라는 말 대신 '오덕'이라는 용어를 선호하면서, 그 이유로 일상생활에서 더 많이 쓰이는 데다가 '토종 오타쿠'라는 자의식도 반영되었다는 점을 들고 있다. 소설에서 제시한 '오타쿠→오덕후→오덕/덕후'의 변화 과정을 존중해 이 글에서도 '오덕'을 주로 사용한다.

34 아즈마 히로키, 이은미 옮김, 『동물화하는 포스트모던: 오타쿠를 통해 본 일본 사회』(문학동네, 2007), 20쪽.

와 결별하기 위해 박종현에게는 랠리 완주와 다큐멘터리 제작이라는 제의(祭儀)가 필요했을 수 있다. '오타쿠를 비판한 오타쿠 애니메이션'이라는 평가를 받고 있는 「신세기 에반게리온」에서도 TV판 최종회에서 "에바에 의지하면 에바 그 자체가 네가 되어 버려. 진짜 네 자신은 어디에도 없어져 버리는 거야."[35]라는 메시지를 전한다.

내가 왜 에반게리온에 빠졌던가에 대해 종현은 다시 생각했다. 첫 감상에서 '네가 겪는 고통은 특별하다'는 위안을 받은 뒤로 이 시리즈에 자신이 헛된 희망을 걸고 있었던 게 아닐까라고 그는 생각했다. 이 장르 전체에 대한 다른 사람들의 멸시에 저항하면서 더 깊이 애정을 키워 나갔고, 그러다 마침내는 상대에게 없는 장점을 만들어 내기 시작한 것 아니었을까. 여러 만화 중 가장 심오해 보이는 에반게리온이 실제로도 심오한 의미를 지니고 있기를, 그나 제작진이나 너무 간절히 바랐고, 나중에는 그게 어떤 사이비 종교가 되어 버린 건 아닐까. …… 에반게리온은 그럴싸해 보이지만, 결함투성이이고, 많은 이야기가 있는 듯하지만 실상은 아무것도 없는 만화였다. 종현 자신의 청춘과 비슷했다.(244~245쪽)

박종현은 인용문에 드러나듯이 스물아홉 살이 끝나 가는 무렵에 돌아본 20대의 자신이 「신세기 에반게리온」에 "헛된 희망"을 걸며, 황량한 청춘을 보냈다고 생각한다. 이럴 때 자신의 20대를 대변했던 「신세기 에반게리온」 또한 "그럴싸해 보이지만, 결함투성이이고, 많은 이야기가 있는 듯하지만 실상은 아무것도 없는" "사이비 종교"에 불과하게 된다. 그러

---

35 이유리·임승수, 「오타쿠를 비판한 오타쿠 애니메이션」, 『세계를 바꾼 예술작품들』(시대의 창, 2009), 242~245쪽 참조.

나 과연 박종현은 진정 '탈덕'한 것일까? 랠리를 완주하면서 20대의 오덕 문화와 완전히 결별한 것일까? 그럴 경우에는 랠리 자체가 '하고 싶은 일'이 아니라 '해야 하는 일'로 변질된 것은 아닐까? 그의 '탈덕'이 오히려 '재입덕'을 위한 코스프레는 아닐까?

이런 질문에 대한 긍정적 답변과 연관시켜 보면 오덕은 기존의 청년이 종말을 고하는 자리에서 청년의 역상(逆像)으로 나타나는 '변태(變態)하는 주체'[36]이자, 세속화와 가장 잘 어울리는 '놀이하는 주체'에 해당한다. 기존에 요구되었던 청년의 모습을 비활성화하기 위해서는 이상적으로 간주되었던 모습을 뒤집어(역상) 새로운 모양(변태)으로 바꿔야 한다.[37] 바로 이 지점에서 호출된 오덕은 기존의 외모나 취미, 연애, 노동 등이 재생산하는 모든 것들과는 다른 '바깥'의 인간이다. 이런 바깥에서 오덕들은 "깊은 심심함"[38]을 향유한다. 이때의 '깊은 심심함'은 이미 존재하는 것을 재생산하고 가속화하는 '단순한 분주함'과는 다른 정신적 이완의 정점으로서,[39] 벤야민의 비유에 따르면 "속에 가장 열정적이고 화려한 안감을 댄 따뜻한 잿빛 수건"[40]에 해당한다. 오덕들은 아무 일도 하지 않는 것이 아니다. 그들은 자신들의 '덕질'을 그 무엇보다도 열심히 한다. 단지 건설적인 생산 행위를 하지 않는 것뿐이다. 이를 안식일이나 축제일과 연관해 보면, 우리가 '하지 않은 일'이 축제를 규정하는 것이 아니라, 우리가 '하던 일'의 목적을 유예하거나 금지시킴으로써 자유롭게

---

36 신현아, 「변태하는 사랑과 갈라지는 현실」, 김만식 외, 『내가 연애를 못하는 건 아무리 생각해도 인문학 탓이야』(알마, 2014), 120쪽 참조.

37 위의 글, 120쪽 참조.

38 한병철, 앞의 책, 32쪽.

39 위의 책, 같은 곳.

40 위의 책, 같은 곳.

'해방시켜 주는 일'과 관련된다.[41] 이를 통해 놀이로서의 오덕 문화는 그 어떤 사용 가치로도 환원될 수 없는 '텅빈 목적'으로서의 순수 수단, 즉 그 자체로만 사유되는 '목적 없는 수단'이 된다.[42] 즉 목적은 없으나 의미는 있는 것이 바로 놀이로서의 오덕 문화인 것이다.

세속화의 입장에서 볼 때 오덕은 '놀이하는 아이'의 연장선상에 있다. 아이는 신적인 진지함을 기존과는 다른 새로운 차원의 사용을 통해 장난감으로 만들어 버린다. "장난감은 한때는 성스러운 영역 혹은 실용적·경제적 영역에 속해 있었지만 더 이상은 그렇지 않다."[43] 이런 "세속화된 기관(器官)으로서의 놀이"[44]는 현대로 올수록 쇠퇴했지만, 그 명맥을 이 소설 속 오덕 문화에서 찾아볼 수 있다. 오덕은 놀이하는 아이처럼 원래의 용도와는 무관하게 법·정치·경제 등을 장난감처럼 가지고 논다.『표백』에서의 자살보다『열광금지, 에바로드』에서의 놀이가 더 세속적인 것은 '진지한 불신'이나 '확고한 무관심'보다 '소홀함'을 통해 그 어떤 사용 가치나 유용성으로도 환원되지 않는 새로운 사용을 보여 주기 때문이다.[45] 이를 통해 "자유롭고 산만한 세속화의 형식을 가장 잘 드러내 주는 것이 바로 놀이"[46]임을 재확인할 수 있게 된다.

랠리 초반에는 다큐멘터리 제목을 「에바로드」로 잡고 있었으나, 텀블벅

---

41 조르조 아감벤, 김영훈 옮김, 『벌거벗음』(인간사랑, 2014b), 175쪽.

42 조르조 아감벤(2009), 앞의 책, 122쪽; 김수환, 「웹툰에 나타난 세대의 감성 구조 — 잉여에서 병맛까지」, 백욱인 외, 『속물과 잉여』(지식공작소, 2013), 174쪽 참조.

43 조르조 아감벤, 조효원 옮김, 『유아기의 역사』(새물결, 2010b), 135쪽.

44 조르조 아감벤(2010a), 앞의 책, 112쪽.

45 위의 책, 112쪽 참조.

46 김수환, 앞의 논문, 173쪽.

모금을 할 때쯤 제목을 「열광금지, 에바로드」로 바꿨다. '열광금지'라는 표현에 대해 종현은 다큐멘터리 안에서 이렇게 설명한다.

"길거리에 대선 후보 현수막처럼 이런 글귀가 걸려 있는 거 같아요. '열광하지 마시오'라고. 무슨 금연이나 음주 운전 금지를 홍보하듯이. 사회 전체가 '열광금지' 공익 캠페인을 벌이는 것 같다고 종종 느낍니다."

그러나 이런 설명은 나중에 끼워 맞춘 것이고 「열광금지, 에바로드」가 어느 정도 가식적인 작품이라는 얘기는 앞에서도 했다. 종현이 처음 '열광금지'라는 문구를 떠올린 배경은 다른 데 있다.

"사실은 '모에(萌え) 금지'라는 단어가 먼저 떠올랐습니다. 모에라는 건 모든 사물이나 상황을 미소녀 모습으로 표현하는 거예요. 어디서 복사해 온 것 같은 미소녀 캐릭터를 잔뜩 넣어서 캐릭터 상품을 팔아먹는 데에만 정신이 팔린 요즘 일본 애니메이션들이나 세상만사를 미소녀로 의인화해서 매사를 쉽게 생각하는 오덕들의 자세가 너무 못마땅했거든요. 에반게리온만큼은 모에화되지 말았으면 좋겠다고 해서 '모에 금지'라는 말을 만들었는데 이걸 한국어로 어떻게 옮길까 하다가 '열광금지'로 했습니다."
(271~272쪽)

박종현이 찍은 다큐멘터리의 제목 「열광금지, 에바로드」에서 '에바로드'는 '에반게리온의 길'이라는 뜻이다. 그리고 '열광금지'의 의미는 인용문에서 드러나듯이 이중적이다. 우선 사회 공익 캠페인 차원에서 '열광하지 마시오.'라고 말할 때처럼 오덕 문화에 대한 반성과 노동 문화로의 복구를 종용하는 지배 이데올로기에 부응해 무의미한 일로 보낸 20대에 대한 작별 혹은 이별을 고하겠다는 의미이다. 언제나 '놀이하는 인간'으로 살 수는 없다. 놀이는 한시적이고 불안정한 것이기 때문이다. 그래서 "장난감을 갖고 노는 놀이가 끝났을 때 그 장남감이 얼마나 끔

찍하고 불안하게 만들 수 있는지를 어린아이들보다 잘 아는 사람은 없다."[47] 그러나 이런 '겉모습' 혹은 '가식적인 작품'으로서의 의미를 걷어낸 '속모습' 혹은 '진짜 작품'의 의미는 '모에'로 상징되는 타락한 일본 애니메이션 문화에 대한 비판과 '순수한 오덕화'에 대한 집념을 내포한다고 볼 수 있다. 현재의 「신세기 에반게리온」의 모에 문화는 제작사의 지나친 상술에 의해 상품화되면서 타락했기 때문에 이에 대한 비판이 '열광금지'라는 제목 자체에 담겨 있다는 것이다. 이처럼 순수하고 진정한 오덕으로서의 자존감을 포기하지 않는 박종현은 탈덕한 척 코스프레를 하는 재입덕자이자 영원한 오덕일 가능성이 크다. 오덕 문화에 대한 열광 자체를 비판하는 것이 아니라 '잘못된' 열광을 거부하는 것이기 때문이다.

이런 이유로 박종현의 랠리 완주와 다큐멘터리 제작은 "자신의 20대에 보내는 '선물'이라는 제1의 목적이 '20대에 보내는 작별 인사 겸 이별 선언'이라는 제2, 제3의 목적을 압도"(24쪽)해 버린 '실패 아닌 실패'가 된다. 이것은 자신의 '덕질'에 대한 반성이나 후회가 아니라 오히려 진정한 찬양이나 숭배에 해당한다. 때문에 이 소설의 마지막 메시지는 "꼭 랠리를 완주하세요. 어떤 숨은 선물이 있을지 모르니까요."(296쪽)이다. 지금까지 청춘은 청춘을 스스로 그리고 제대로 사용하지 못했다. 그래서 자본주의에서 권장하고 성행하는 환영(幻影) 중심의 '스펙터클'이나 물화(物化) 중심의 '소비'를 통해 '자본의 축적'이라는 목적 아닌 목적을 위해서만 청춘을 오용(誤用)했다.[48] 박종현의 오덕 문화는 이런 잘못된 목적 자체를 거부하는 세속화된 놀이이다. 무엇보다도 박종현은 남

---

47 조르조 아감벤(2010a), 앞의 책, 126쪽.
48 위의 책, 119쪽 참조.

까지도 행복하게 만드는 행복한 오덕이(었)다. 그런 사실 자체가 중요하다.

탈조선, 탈정체성으로서의 세속화: 『한국이 싫어서』

　연대기적으로 보았을 때 20대 초·중반기를 다룬 『표백』과, 20대를 마감하는 후반기를 다룬 『열광금지, 에바로드』보다 더 늦은 30대 중반기까지 펼쳐지는 젊은이들의 삶을 보여 주는 것이 『한국이 싫어서』[49]의 여주인공 계나이다. 계나는 자살하지도 않고, 오덕 문화에 빠지지도 않는, 중간 계층 젊은이들을 대변한다. 그래서 계나를 통해 이 시대의 좀 더 평균적인 청춘의 문제를 제기할 수 있다. 계나는 '홍대' 정도의 서울에 있는 대학을 나와 졸업하자마자 'W종합금융'에 곧바로 취직해 3년 동안 다닌다. "나의 장기적인 커리어를 생각해 본 적은 한 번도 없어. 그냥 백수가 되지 않고 다달이 월급을 받는 게 중요했어."(17~18쪽)라는 말로 그녀의 20대를 가늠해 볼 수 있다. 그런 계나가 이런 숨 막히는 일상에서 탈출하기 위해 갑자기 호주로 워킹 홀리데이를 떠나겠다고 결심한다. 그리고 당당하게 덧붙인다. "왜 한국을 떠났느냐. 두 마디로 요약하면 '한국이 싫어서'지, 세 마디로 줄이면 '여기서는 못 살겠어서.' 무턱대고 욕하진 말아 줘. 내가 태어난 나라라도 싫어할 수는 있는 거잖아."(10쪽)
　왜 한국을 떠나고 싶어 하는가? '탈조선'이라는 신조어가 유행하는 이유는 무엇인가? 여러 가지의 답들이 가능하고도 유효할 것이다. '탈조선'의 배경이 되는 '헬조선'과 연관되는 다음과 같은 신조어들, 즉 해결

---

49 장강명, 『한국이 싫어서』(민음사, 2015). 소설의 인용은 이에 의거해 쪽수만 밝힌다.

책이 없는 '노답 사회', 생계를 유지할 직업이 사라지는 '무업 사회', 일베충·진지충·메갈충 등의 벌레들을 양산하는 '벌레 사회', 흙수저로는 도저히 따라갈 수 없는 '격차 사회', 내일을 팔아 오늘을 사는 '근시 사회' 등에서 벗어나고 싶기 때문이다. 이런 맥락에서 '탈조선' 현상은 한국에서 살다가는 죽을 것 같다는 '격렬한 공포'의 표출이자, 탈주가 아닌 탈출 자체를 절박한 목표로 삼는 '과격한 희망'의 선언에 다름 아니다. 더욱 비관적인 것은 국가 자체가 국익을 위해 스스로를 희생하는 국민, 국가 경제를 유지시키는 노동자나 소비 주체, 하다못해 비참한 현실에 저항하는 주체마저도 길러 내는 데에 총체적으로 실패했기에 이런 '난민주의'가 일상화되고 있다는 점이다.[50]

『한국이 싫어서』의 계나 역시 한국에서는 자신이 "경쟁력 없는 인간"(11쪽) 혹은 "멸종되어야 할 동물"(11쪽)과 같은 취급을 받기에, 접시를 닦으며 살아도 "사람 대접"(186쪽)을 받기 위해 '탈조선' 하려고 한다. 강남이 아닌 아현동 재개발 지역에 사는 "2등 시민"(61쪽)이라면 앞으로도 계속 "뭐가 바뀌긴 했는데 나아진 건 아니었어."(103쪽)라는 말을 되풀이하면서 살아야 하기 때문이다.

다시 호주로 가던 날에도 지명이가 나를 공항까지 데려다줬어. 공항으로 가는 길에 지금 내가 왜 호주로 가는 걸까 생각해 봤어. 몇 년 전에 처음 호주로 갈 때에는 그 이유가 '한국이 싫어서'였는데, 이제는 아니야. 한국이야 어떻게 되든 괜찮아. 망하든 말든, 별 감정 없어······. 이제 내가 호주로 가는 건 한국이 싫어서가 아니라 내가 행복해지기 위해서야.(161쪽)

---

50 조한혜정·엄기호 외, 『노오력의 배신』(창비, 2016), 148, 169쪽 참조.

인용문은 계나의 호주행이 즉흥적이거나 도피적이 아님을 재확인해 주는 부분이다. 즉 그녀의 첫 번째 호주행의 이유는 "이 땅이 너무 싫어서"이지만 두 번째 호주행의 이유는 "내가 행복해지기 위해서"이다. 각고의 노력으로 6년 만에 호주 시민권 획득을 눈앞에 두었지만 계나는 한국으로 돌아와 성실하고 모범적인 옛 애인 지명과 결혼도 준비하면서 자신이 한국에서 할 수 있는 일을 찾아본다. 그러나 여전히 계나의 '스펙'은 한국에서는 쓸모없다. 교수 아버지를 둔 강남 출신에 현직 방송 기자인 지명의 배경에 기대지 않으면 자신만의 힘으로는 행복을 찾을 수 없다는 사실을 직시한 후 계나는 "난 도망치는 게 아니야. 행복을 찾아 모험을 떠나는 거야."(162쪽)라며 다시 호주로 돌아간다.

어쩌면 이런 상황 자체가 특수한 '한국'의 문제가 아니라 보편적인 '국가'의 문제일 수 있다. 국민을 행복하게 만들어 주지 못하는 모든 국가는 국민에게 거부당할 수 있다는 것이다. 때문에 세속화의 입장에서 본다면 국가에 대한 거부는 기존의 국가에 대한 일체의 의무를 텅 비게 만들면서 국가라는 목적과 '비관계의 관계'를 맺는 것을 말한다. 자신을 개인 그 자체로서, 즉 '목적 없는 수단'으로서 인정해 달라는 것이다.[51] 계나 스스로도 호주에서의 삶이 쉽다고 관념적으로 생각하는 것은 아니다. 한국이 아니면 어디든 괜찮다는 일탈적 반항도 아니다. 소설에서도 호주에 정착하기 위해 계나가 겪는 어려움이 반복적으로 자세히 제시되고 있기 때문이다. "내가 네이티브 스피커처럼 영어를 하게 되는 날은 안 와."(174쪽)라거나, 한국인을 상대로 한 '묻지마 폭행 사건'도 발생하는 탓에 "알면 알수록 이 나라는 착한 나라는 아니야."(176쪽)라는 현실 인식 속에는 계나의 호주에서의 삶이 녹록지 않을 것임을 알려 준다.

---

51 조르조 아감벤(2010a), 앞의 책, 125쪽 참조.

그렇다면 더욱더 계나의 '탈조선'을 긍정적으로만 볼 수는 없다. 『표백』의 자살이나 『열광금지, 에바로드』의 오덕 문화처럼 환속화의 여지가 있기 때문이다. 즉 계나는 한국에서보다 더 잘 살기 위해, 즉 "신분이 오를 가능성 있는 방향"(123쪽)으로 움직인 것이다. 국가라는 법 자체를 거부한 것이 아니라, 자신이 더 잘 살 수 없는 국가를 선택적으로 거부한 것일 수 있기 때문이다. 그래서 "나는 그녀가 결코 행복해질 수 없다고 확신한다."[52]라는 '악담 아닌 악담'을 들어야 한다. 국가를 바꾸지 말고 이 땅에서 국민끼리 연대해 국가 자체를 부숴 버려야 한다는 것이다. 어디든 국가가 있다면, 어디든 억압은 존재하기 때문이다.

그러나 중요한 것은 계나도 이것을 알고 있고, 그럼에도 불구하고 떠나겠다는 결단을 내리며, 그것을 실천한다는 점이다.

> 나더러 왜 조국을 사랑하지 않느냐고 하던데, 조국도 나를 사랑하지 않았거든. 솔직히 나라는 존재에 무관심했잖아? 나라가 나를 먹여 주고 입혀 주고 지켜 줬다고 하는데, 나도 법 지키고 교육받고 세금 내고 할 건 다 했어.
>
> 내 고국은 자기 자신을 사랑했지. 대한민국이라는 나라 자체를. 그래서 자기의 영광을 드러내 줄 구성원을 아꼈지. 김연아라든가, 삼성전자라든가. 그리고 못난 사람들한테는 주로 '나라 망신'이라는 딱지를 붙여 줬어. 내가 형편이 어려워서 사람 도리를 못하게 되면 나라가 나를 도와주는 게 아니라 내가 국가 명예를 걱정해야 한다는 식이지.(170쪽)

인용문에 따르면 계나가 한국을 버린 것이 아니라 오히려 한국이 계

---

52 허희, 「사육장 너머로」(해설), 장강명, 앞의 책, 200쪽.

나를 버린 것이다. 한국은 한국만을 사랑하기에 "김연아"나 "삼성전자"가 아니면 국민이라는 이유만으로는 국민을 사랑해 주지 않는다. 때문에 의무만 있고 권리는 없는 '국민 아닌 국민'을 양산하는 '국가 아닌 국가'에 불과하다. 그렇다면 이 소설의 제목으로서는 '한국이 싫어서'가 아니라 '한국이 싫어해서'가 더 정확할 것이다.

그럼에도 불구하고 회사 동료들에게 바틀비가 그랬듯이 계나 또한 혐오의 대상이 될 수도 있다. 외면할 수 없는 문제를 해결이 아닌 질문의 형태로 불편하게 제시하기 때문이다. 계나도 바틀비처럼 "혐오하면서 혐오당한다."[53] 이럴 때의 혐오감은 자신의 약점이 노출되었을 때 생기는 왜곡된 처벌 기제이다. 인용문의 표현대로라면 계나 또한 "나라 망신"을 시키는 혐오스러운 존재이다. 그래서 국가의 입장에서도 계나를 '포함적 배제(inclusive exclusion)'를 보여 주는 '호모 사케르(Homo Sacer)'적 존재로 차별한다.[54] 아감벤에 따르면 인간의 삶은 신성화될수록 헐벗게 된다. 그래서 호모 사케르적인 '헐벗은 생명(nude vita)'이란 단순히 정치적·사회적·경제적 억압과 침해 아래 놓인 삶을 의미하는 것이 아니라 어떤 것을 하지 않을 자유를 박탈당한 상태, 그래서 아무것도 하지 못하거나 아무것도 할 수 없는 것만이 현실태로 기능하는 상태를 말한다.[55] 살리지도 않고, 죽이지도 않으며, 그냥 살아가도록 하는 것이다.

하지만 오히려 이런 헐벗은 상태가 역설적으로 세속화의 가장 강력한 토대가 될 수 있다. 헐벗은 생명을 통해 정치적 배제나 분리에 저항하는 '통치 불가능성'의 공간을 만들어 넘으로써 국가의 유용성을 무력화시

53 이명호, 「공감의 한계와 혐오의 미학: 허먼 멜빌의 「서기 바틀비」를 중심으로」, 《영미문화》 9권 2호, 한국영미문화학회, 2009, 22쪽.

54 조르조 아감벤, 박진우 옮김, 「호모 사케르」(새물결, 2008), 43쪽.

55 유홍림, 홍철기, 앞의 논문, 160쪽 참조.

킬 수도 있기 때문이다.[56] 호모 사케르로 취급받는 젊은이들은 국가로부터 배제되었기에 국가 권력으로부터 탈취한 세속화된 주권을 통해 국가 권력을 인간 전체를 위한 공동의 목적으로 다르게 사용할 수 있다. '있어도 없는 존재' 혹은 '식별되지 않은 잉여'로 취급되었던 젊은이들이 자신의 존재를 증명하는 방법은 스스로 국권을 포기하는 것이다. 젊은이들은 이런 '탈국가'를 통해 국가를 '벌거벗김'으로써 신성시되었던 국권을 공백이나 결핍의 상태로 이동시킨다. 국가를 원래의 자연적 맥락으로 되돌리는 것이다. 때문에 기존의 법이나 주권으로부터의 '분리'를 통해 국가의 영역을 초토화시키는 탈국가 양상은 '탈정체성(disidentification)'과 연관된다.[57] 탈정체성은 분명하고 정확한 이름이 아닌 부적합하고 애매모호한 이름을 통해 국가의 고유하고 정상적인 정체성을 '몫 없는 자'들에게 돌려줌으로써 국가를 '아무것도 아닌 것'에서 '모두의 것'으로 환원시키는 것이 목적이다.[58]

좀 더 구체적으로 계나의 탈국가를 통한 행복 추구의 양상을 살펴보자. 계나에 따르면 행복에는 '자산성 행복'과 '현금 흐름성 행복'이 있다. 자산성 행복은 뭔가를 성취하고, 그런 성취로 인해 오랫동안 행복해할 수 있기에 이자가 높다. 반면 현금 흐름성 행복은 금리가 낮아서 순간순간을 행복하게 살아야 하는 사람들에게 적당하다. 계나가 호주를 선택한 이유는 한국에서는 이런 현금 흐름성 행복을 창출하기가 어려웠기 때문이다. 그래서 계나가 최종적으로 호주를 선택한 후 떠나면서 중시하는

---

56 남수영, 「'헐벗은 생명', 탈주의 지점: '통치 불가능'에 대한 아감벤의 구상」, 《비평과 이론》 15권 1호, 한국비평이론학회, 2010, 207~208쪽 참조.

57 김상운, 「호모 프로파누스: 동일성 없는 공통성의 세계로」(해설), 『세속화 예찬』(난장, 2010), 207쪽.

58 김수환, 「전체성과 그 잉여들: 문화기호학과 정치철학을 중심으로」, 《사회와 철학》 18호, 사회와철학연구회, 2009, 84쪽 참조.

말이 "해브 어 나이스 데이."(187쪽)이다. 그 이유는 그것이 "그날그날의 현금 흐름성 행복을 강조하는 말"(187쪽)이기 때문이다. '지금 여기'에서의 삶이 중요하고, 이것이 바로 계나가 말하는 '현금 흐름성 행복'의 의미이다. 계나는 이런 행복이 가능한 '도래하는 공동체'를 추구한 것이다. 도래하는 공동체는 '미래에 이루어질' 공동체를 의미하는 것이 아니라 '미리 규정할 수 없는' 공동체를 말한다.[59] 아감벤에 따르면 도래하는 정치가 새로운 이유는 국가와 국가 간의 정복이나 통제를 문제 삼는 것이 아니라 국가와 비국가(인류) 사이의 탈정체성을 둘러싼 투쟁을 문제 삼기 때문이다. 톈안먼 시위 사태를 통해 증명되었듯이 국가의 입장에서 가장 무서운 것은 아무런 정체성도 없기에 사회적 구속력을 갖지 않는 공동체를 상대로 싸우는 것이다.[60] 미리 규정할 수 없는 하루하루의 행복을 문제 삼는 '국민 아닌 국민'은 어떤 속성이나 본질을 상정하지 않기에 자유롭게 자신을 사용한다. 그래서 국가 입장에서 가장 두려운 존재가 바로 세속화된 국민이다.

호모 프로파누스, 청춘의 세속화

세속화는 기존의 신성화와는 다른 새로운 용법을 강조하기에 지나치게 빈약하거나 당연하고, 관념적이거나 유토피아적이기에 구체적인 내용과 제도적 형태를 결여하게 되는 경향이 있다.[61] 그러나 젊은이들을

---

59 조르조 아감벤, 앞의 책(2014a), 151쪽 참조.

60 위의 책, 116~120쪽 참조.

61 유홍림·홍철기, 앞의 논문, 175쪽 참조.

'호모 프로파누스(Homo Profanus)', 즉 '세속적 인간'으로 간주할 때의 강점은 최소한 청춘을 신성시하면서 특권이나 기득권을 부여하는 데에서 오는 억압과 비현실성을 비활성화시킬 수 있다는 것이다. 장강명의 『표백』 속 젊은이들은 현실 도피로 낙인찍히면서도 자살을 선택하고, 『열광금지, 에바로드』 속 젊은이들은 찌질한 쓰레기로 무시당하면서도 자신들의 '덕질'로 인해 행복해하며, 『한국이 싫어서』 속 젊은이들은 혐오를 당하면서도 지속적으로 조국을 떠난다. 각각 '성공-노동-국가'를 거부하면서 '자살-놀이-이민'을 능동적으로 선택하는 것이다. 자신들에 대한 비난과 자신들이 지닌 한계를 몰라서가 아니라, 그것을 감수한다는 데에 이들의 차별성과 적극성이 있다. 물론 이토록 비현실적이거나 비윤리적으로 보일 만큼 극단적으로 보이는 젊은이들의 행보로도 세상은 많이 바뀌지 않는다. 그저 조금 자리를 이동했을 뿐이고, 이전과 약간만 달라졌을 뿐이다.

아감벤이 세속화를 비롯한 거의 모든 논의에서 중요하게 언급하는 바틀비가 필경사 이전에 가졌던 직업은 배달 불능 편지를 취급하는 사무소의 관리자였다. 여기서 '배달되지 않은 편지'의 상징성을 청춘의 세속화 과정과 연관시킬 수 있다. 배달되지 않은 편지는 누군가에 의해 써지기는 했지만, 주소를 잘못 기재해 수신자에게 '전달되지 못한 편지(dead letter)'이다. 때문에 읽힌 것도 아니지만, 존재하지 않는 것은 아니기에 무시할 수도 없는 예외적 상태에 놓인 편지를 말한다. 이와 연관시켜 바틀비를 과거에 '있었던 일(what was)'이 아니라 과거에 있을 수 있었지만 '일어나지 않은 일(what was not)'을 구원하기 위해 오는 구세주로 해석하기도 한다.[62] 이런 해석에서는 바틀비가 "현실에서 일어난 일의 반대의 가능

---

62 윤교찬, 「부정과 중단의 미학 — 아감벤의 바틀비론」, 《영어영문학21》 26권 1호, 21세기영어영문학

성"[63]을 환기시킴으로써 현실에서 배제된 것을 되살릴 수 있음을 강조한다. 만약 장강명 소설의 젊은이들이 보여 주는 청춘 담론이 과거에 '일어나지 않은 일'이나 현재에 '일어나고 있는 일'의 반대급부를 통해 앞으로 '일어나야 할 일'을 환기시킨다면, 그들도 '배달되지 않은 편지'에 해당한다고 볼 수 있다. 그들은 과거의 청춘들이 누려야 했지만 주어지지 않았던 것들을 되돌리고, 현재의 청춘들에게 부당하게 주어진 것들을 정지시킴으로써 미래의 행복한 청춘을 환기시킨다. 배달 불가능했던 청춘에 새로운 주소를 기입하려는 것이다.

어떤 의미에서는 모든 청춘에 대한 담론 자체가 이미 실패한 담론이다. 청춘에 '대한' 그리고 청춘에 '의한' 요구와 욕망을 온전히 충족시킬 수 없기 때문이다. 청춘 담론 자체가 더 이상 젊지 않은 시각에서 사후적(事後的) 패러디를 통해 주로 확대 재생산될 때는 더욱 그렇다. 이때에 더욱 청춘의 '바깥'에서 청춘을 이야기할 때의 위험성은 커지게 된다. 장강명의 소설 속 젊은이들의 행위를 한계나 실패를 지닌 것으로 볼 수 있다. 그러나 최소한 그들은 이전과는 다른 청춘을 위해 이전과는 다른 행동을 했다는 것이 중요하다. 그들은 무엇을 하는 것을 거부하는 것이 아니라, 하지 않는 것을 선호한다. 그들이 선호하는 거부는 기존의 청춘 담론에서는 신성시되었던 것들이다. 그것을 세속화함으로써 패러디가 필요 없는 '원본'으로서의 순수한 청춘을 추구한다. 여전히 불가능한 과업으로 보이지만, 그들은 그것을 세속화의 이름으로 실천하기 시작했다. 그래서 그들의 청춘은 '틀린 것'이 아니라 '다른 것'이다.

회, 2013, 84쪽 참조.

63 윤교찬·조애리, 앞의 논문, 83쪽.

재난 소설의 '비장소'와 경계 사유

— 편혜영의 재난 소설 3부작을 중심으로

21세기 재난 소설의 공간 전유, 장소 상실에서 비장소로[1]

2000년대 한국 소설에서는 파국의 지형학이나 종말의 상상력, 묵시록적 세계관 등을 통해 자본주의의 폐해와 인간의 비인간화를 비판하는 재난 소설이 대거 등장한다. 재난을 통해 특정 장소에서 삶의 직접성을 깨닫는 지리적인 능력 자체를 상실했다는 패배감 때문이다.[2] 이런 '장소 상실(무장소)'의 문제를 통해 2000년대 자본주의가 지닌 (탈)근대성을 비

---

[1] 기존 논의들에서 '장소 상실(무장소성, placelessness)'과 '비장소(non-place)'의 용어가 혼재되어 사용되기에 그 구분이 모호한 측면이 있다. 마르크 오제(Marc Augé)에 따르면, 장소 상실(무장소성, 장소가 없는 공간)과 비장소(인류학적 장소가 아닌 공간)는 다른 의미이다. 장소 상실이 상실 여부로만 판단하는 이분법적 분류 중심의 개념이라면, 비장소는 기존의 소속에서 벗어나 새로운 관계의 구성에도 가능성을 열어 두는 개념이라는 차이점이 있다. 마르크 오제, 이상길·이윤영 옮김, 『비장소: 초근대성의 인류학 입문』(아카넷, 2017), 94~138쪽; 정헌목, 『마르크 오제, 비장소』(커뮤니케이션북스, 2016), 17~33쪽.

[2] 에드워드 렐프, 김덕현·김현주·심승희 옮김, 『장소와 장소 상실』(논형, 2005), 7쪽.

125

판하려는 시도이기도 하다. 파국이나 종말, 묵시록을 초래하는 장소성의 훼손이나 진정성의 상실 문제를 추상적 개념이 아닌 실제적 생활 세계 속에서 문제 삼아 보려는 것이다. 20세기가 근대 '자체'의 재난 중심이었다면 21세기는 근대 '이후'의 재난을 문제 삼는다고도 볼 수 있다. 21세기 재난 소설에서는 문명의 '결핍'이 아니라 '과잉'이 더 큰 불행을 불러오는 '초(超)근대성'[3]의 시대이기 때문이다.

편혜영의 소설들은 대부분 이런 2000년대적 재난을 중심으로 서사가 진행된다. "파국의 감성, 현실의 위기의식, 디스토피아적 상상력"[4]이나 "자본주의 문명에 대한 묵시록적 진단이자 비판",[5] "암울한 정조의 묵시록"[6] 등을 보여 준다는 평가들이 이를 뒷받침한다. "재앙의 상상력을 통해 우리 시대의 심연을 알레고리화"[7]하면서 "역병과 재난과 시체와 오물이 이미지, 그 기괴하고 섬뜩한 형상과 역겨운 냄새가 극단화된 작품"[8]을 창작한다는 것이다. 이런 재난에 대한 부정적 혹은 비판적 접근

---

3 마르크 오제의 책 『비장소』의 부제가 '초근대성의 인류학 입문'이고, 이때 초근대성의 원어는 프랑스어로 'surmodernité'이다. 오제는 '과도함' 혹은 '선을 넘음'이라는 의미를 강조하기 위한 영역어로 'supermodernity'보다는 'overmodernity'가 더 적절하다고 언급하기도 했다. 그리고 '탈근대성'으로 번역되고 있는 'postmodernity'는 그 뒷면에 해당하면서 '부정성의 긍정성'을 의미한다고 강조한다. 한국어 번역어인 '초근대성'에서의 '초(超)'는 이런 '초과'나 '초월'의 의미를 모두 포괄하는 접두어라고 할 수 있다. 마르크 오제, 앞의 책, 42쪽 참조.

4 홍덕선, 「파국의 상상력: 포스트묵시록 문학과 재난 문학」, 《인문과학》 57집, 성균관대 인문학연구원, 2015, 8쪽.

5 류보선, 「침묵하는 주체, 말하는 시체」, 『한국 문학의 유령들』(문학동네, 2012), 227쪽.

6 신수정, 「종말 의식의 재현과 휴머니티의 기원: 2000년대 한국 소설의 묵시록적 상상력」, 《한국문예비평연구》 35집, 한국현대문예비평학회, 2011, 283쪽.

7 김은하, 「후기 근대의 공포와 재앙의 상상력」, 《비교한국학》 21호, 국제비교한국학회, 2013, 115쪽.

8 서영인, 「이미지에서 서사로, 악몽에서 일상으로」, 《한국문학과 예술》 9집, 한국문학과예술

과는 정반대로 그것을 극복할 수 있는 '돌봄'의 문제를 강조하거나,[9] 야생과 문명의 변증법[10]에 초점을 맞추는 긍정적 혹은 대안적 논의도 있다. 재난을 통해 재난의 역상(逆狀)을 환기시킨다는 논리이다.

하지만 이런 양극단의 이분법적인 독해나 변증법적인 해결 도식에서 벗어나 좀 더 새롭게 2000년대의 재난을 보려고 할 때 유의미한 텍스트가 바로 편혜영의 『재와 빨강』(2010), 『서쪽 숲에 갔다』(2012), 『홀』(2016) 등의 재난 소설 3부작이다. 그리고 이들 텍스트가 지닌 재난의 특수성에 주목할 때 '비장소(非場所)'의 개념이 효과적일 수 있다. 비장소의 개념을 통한다면 일반적인 재난 소설로 읽을 때의 문명 비판과 그에 대한 대안 제시라는 기존의 이분법적 논의들과의 차이점이 무엇인지 더 뚜렷해지기 때문이다. 2000년대 재난 소설은 윤리적 측면에서의 비판이나 휴머니즘적 차원에서의 대안 제시만으로는 해결되지 않는 '과잉 재난'이 문제가 된다. '과잉 실패' 혹은 '실패 과잉'이 바로 재난이기 때문이다. 되돌릴 수도 없고 되돌아갈 수도 없는 '초근대성'이 배경일 때는 '반(反)공간' 중심의 이의 제기나, '탈(脫)공간' 중심의 복고주의라는 양극단 모두와 거리를 둘 수 있게 해 주는 비장소의 개념이 더욱 중요하다는 것이다.

인류학이나 사회학, 언론정보학, 문화영상학, 매체학, 건축학 등에서 주로 논의되기 시작한 후 최근 들어 문학 분야에서도 관심이 증대되고 있는 비장소의 개념은 관계성·역사성·정체성을 지닌 인류학적 장소가 될 수 없는 공간을 의미한다. 때문에 "고독한 개인성을 경험하는 기회이

연구소, 2012. 3, 145쪽.

9 김혜선, 「생명 권력에 나타난 '돌봄'의 정치학: 2000년대 이후 소설을 중심으로」, 《우리말글》 73집, 우리말글학회, 2017.

10 송주현, 「야생과 문명의 변증법: 편혜영 소설 연구」, 《한국문화연구》 24호, 이화여대 한국문화연구원, 2013.

자, 개인과 공적 권력 사이의 비인간적 중계를 경험하는 기회"[11]를 제공한다. 특히 자본주의로 인한 도시화와 글로벌화, 전자 미디어의 확대 등을 통해 전통적인 장소 개념이 소멸되는 상황을 반영해 주는 것이 바로 비장소 개념이다. 이런 맥락에서 아직까지는 장소 상실과 혼동되거나 혼용되면서 부정적 의미로 전유되는 경우가 많다. 하지만 비장소는 디스토피아적인 장소 상실의 공간이 아니기에 "단순히 인간미가 풍기는 장소의 '상실'이라는 관점에서 벗어날 것"[12]이라는 주문에 주목한다. "장소가 없는 곳이 아니라, 전통적(인류학적) 장소가 아닌 곳"[13]이라는 인식이 중요하기 때문이다. 기존 논의들은 주로 장소 상실의 측면에서 파국적 현실에 대한 비판을 강조하거나, 그와 반대로 전통적 장소의 복원을 강조하는 경향이 강하다. 하지만 이런 장소 상실의 측면에만 주목할 때는 양극단의 대립이나 대안 제시에 주목함으로써 중복되거나 당위적인 결론만을 반복하기 쉽다.

이에 이 글에서는 비장소 자체를 장소 상실에 대한 비판이나 전통적인 장소로의 회귀로 논의하는 데에서 더 나아가 편혜영의 재난 소설에서 문제 삼고 있는 비장소의 특수성과 복합성에 초점을 맞춰 볼 것이다. 이것은 장소 상실과 비장소의 구분이 절대적이지 않을뿐더러, 비장소 자체가 고정적 실체가 아니라는 점에 주목한 결과이다. "복수의 공간 논리들이 경합하며 동시다발적으로 작동하는 곳"[14]이 바로 비장소임을 강조하려는 것이기도 하다. 비장소를 본격적으로 이론화한 마르크 오제(Marc Augé) 자체도 "장소와 비장소는 명확히 잡히지 않는 양극성에 가깝다. 전

---

11 마르크 오제, 앞의 책, 142쪽.
12 정헌목, 앞의 책, xiii쪽.
13 위의 책, 32쪽.
14 위의 책, 77쪽.

자는 결코 지워지지 않으며 후자는 결코 전적으로 실현되지 않는다. 이들은 정체성과 관계의 뒤얽힌 게임이 끊임없이 다시 기입되는 양피지들이다."[15]라고 언급하고 있다. 비장소는 "유토피아와 정반대다. (유토피아와 달리 실제로) 존재하고, 어떠한 유기적 사회도 포함하지 않는다."[16] 하지만 디스토피아와도 다른, 오히려 "헤테로토피아라고 불렀던 것과 약간은 비슷하다."[17] 다른 무엇보다도 비장소가 '그 어디도 아닌 곳' 혹은 '다른 공간'으로서의 '헤테로토피아'[18]와 더 가깝다는 것이다.[19] 헤테로토피아는 유토피아처럼 '없는 곳'이거나 디스토피아처럼 '나쁜 곳'이 아니라, 그것들과는 '다른 곳'이다. 때문에 "단순한 의미의 부재가 아닌 다른 의미를 지닌 공간 논리의 침투"[20]가 무엇보다도 중요한 비장소와 그 특성을 공유한다. 더욱 중요한 것은 그런 침투를 통해서도 서로의 공간을 무너뜨리지 않는다는 사실이다.

이런 맥락에서 이 글의 목적은 비장소의 특성을 통해 2000년대 재난소설의 양상을 살펴보는 것이다. 그리고 이를 통해 재난에 대한 해결이 쉽지 않다는 사실을 강조함으로써 낙관과 비관 모두와 거리를 두는 것이

---

15 마르크 오제, 앞의 책, 98쪽.

16 위의 책, 134쪽.

17 위의 책, 135쪽.

18 헤테로토피아는 미셸 푸코가 1967년 건축연구회 회의에서 발표한 논문 「다른 공간들(Of Other Space)」에 처음 등장하는 개념으로, 그 이후 『말과 사물』 서문에 재등장한다. 그 이후 지리학, 도시공학, 건축학, 문화 연구, 예술 교육, 문학 등에서 중요한 개념으로 적극 활용되었지만 명확한 규정 없이 추상적 의미로만 확대된 측면이 있다. 미셸 푸코, 이상길 옮김, 『헤테로토피아』(문학과지성사, 2014), 11~16쪽; 박기순, 「푸코의 헤테로토피아 개념」, 《미학》 38권 1호, 2017, 한국미학회, 105~106쪽 참조.

19 마르크 오제, 앞의 책, 135쪽.

20 정현목, 「전통적인 장소의 변화와 '비장소(non-place)'의 등장」, 《비교문화연구》 19집 1호, 서울대 비교문화연구소, 2013, 130쪽.

다. 또한 이런 비장소의 측면에서 유의미한 특성을 보이고 있는 편혜영의 재난 소설 3부작에 대한 새로운 접근을 시도해 보려고 한다. 편혜영의 재난 소설 3부작 자체가 디스토피아적 재난에 대한 비판 혹은 극복이라는 양극단의 방향과는 다른 '열린 결말'의 형식을 통해 재난과 인간 사이의 긴장과 충돌을 비장소 중심으로 서사화하고 있기 때문이다. 이를 통해 비장소를 중심으로 한 '경계 사유'의 진면목을 확인해 볼 것이다. 경계 자체를 거부하거나 초월하는 것이 아니라 경계 자체를 유지해야만 가능한 것이 경계 사유이기 때문이다.

표류 공간의 이동성, '배(船)'라는 비장소: 『재와 빨강』

마르크 오제가 예시로 들고 있는 대표적인 비장소는 공항, 지하철, 고속도로, 호텔, 대형 쇼핑몰, 유무선 네트워크 등처럼 '지나가는 공간'이다. 이들 공간은 거주가 아닌 환승, 교차로가 아닌 분기점(인터체인지), 여행자가 아닌 탑승객이 중심이 되기에 유기적인 사회성보다는 고독한 계약성을 형성한다.[21] 때문에 비장소에서는 익명성이나 일시성, 임시성 등을 중심으로 하는 불안하고도 불투명한 정체성을 경험하게 된다. 이런 측면에서 비장소는 '표류 공간'에 해당한다. 비장소 자체가 중간에 잠시 들르는 환승 공간이자, 다른 길과 중첩되지 않기에 타인과 관계를 맺기가 힘든 분기점의 공간이며, 단절과 고립 자체가 당연시되는 탑승객의 공간이기 때문이다. 다른 말로 정리하면, 비장소는 장소에 대한 애착이

---

21 비장소는 "통과의 현실을 정주나 거주의 현실에, (사람들이 마주치지 않는) 인터체인지를 (사람들이 만나는) 사거리에, (자신의 목적지가 명확한) 승객을 (여정 내에서 어슬렁거리는) 여행자에"(마르크 오제, 앞의 책, 129쪽) 대립시키게 만드는 공간을 의미한다.

나 귀속감을 허락하는 거주의 공간이 아니고, 타인과의 교류가 가능한 교차로도 아니며, 목적지가 분명한 여행객의 공간이 아니라는 뜻이기도 하다. 이런 '환승을 위한 분기점에서의 탑승객' 중심의 표류 공간은 이동성 자체가 목적이자 수단일 수밖에 없는 비장소에 해당한다. 통과를 위해 잠시만 머무르는 공간인 것이다.

『재와 빨강』[22]에서 주인공 '그'는 전염병이 창궐하는 C 국으로 파견 근무를 떠난다. 그래서 '그'에게는 감염에 대한 공포가 늘 따라다닌다. 심지어 감염자로도 의심받는 '그'는 어차피 C 국으로의 입국 이전의 삶으로 돌아갈 수 없다. 더욱 비관적인 것은 '그' 앞에 펼쳐질 C 국에서의 삶 또한 비장소에서의 표류로 점철된다는 사실이다. C 국에서 '그'는 파견 근무에 제대로 투입되지 못한 채로 격리된 아파트에 감금되는 감염 의심자, 공원에서의 노숙자, 하수도까지 추락한 지하 생활자, 정체불명의 질병을 막는 임시 방역원 등으로 떠도는 생활을 한다. 이런 표류 중심의 공간 이동을 예시(豫示)해 주는 것이 바로 '그'의 입국 장면을 묘사하고 있는 소설의 첫 대목이다.

위험에 대한 경고는 언제나 실제로 닥쳐오는 위험보다 많지만 막상 위험에 닥칠 때는 어떤 경고도 없는 법이었다. 그가 공항 여기저기 붙어 있는 검역 안내문과 전염병 예방 수칙을 대수롭지 않게 보아 넘긴 것은 그 때문이었다. 경고가 많은 걸 보면 위험하지 않은 게 분명했다. 전신 방역복 차림의 검역관이 그런 생각을 알아차린 듯 체온계를 보고는 경고처럼 슬며시 얼굴을 찌푸렸다. 미열 때문인지 그에게서 풍기는 술 냄새 때문인지 알 수 없었다. 그는 입을 꽉 다물고 슬쩍 제 이마에 손을 대 보았다. 이마는 보온중인

---

22 편혜영, 『재와 빨강』(창비, 2010). 소설 인용은 이에 의거해 쪽수만 밝힌다.

밥솥처럼 미지근한 정도였다.(8쪽)

'그'는 대표적 비장소인 C국 공항에서 자신의 입국 자격을 허락받아
야 한다. 또한 전염성으로부터의 '결백'을 증명해야만 한다. 이때 "공항
여기저기에 붙어 있는 검역 안내문과 예방 수칙"은 공항으로 대변되는
비장소의 대표적 언어 표지에 해당한다. 비장소에서는 소통 중심의 정
식 언어가 중요하지 않다. 설명문이나 안내문, 이미지 등을 통한 메시지
나 명령, 설명 등이 중심이기에 '언어적인 쇠약'[23]을 경험하게 된다. 물론
'그'는 C국으로 여행을 간 탑승객이 아니라 C국 본사로 파견 발령이 난
준(準)거주자 해당하지만, 전염병이라는 변수가 그를 표류자로 만들면서
'그' 주변의 모든 장소를 비장소로 만든다. 비장소의 본래 의미(프랑스어
'non-lieu')에 면소(免訴)나 공소 기각, 즉 "피고의 무혐의에 대한 인정"[24]이
라는 법적 의미가 포함되어 있다는 것 자체가 상징적으로『재와 빨강』이
지닌 비장소적 특성을 보여 준다. 이로써 '그'가 부인을 살해한 용의자라
는 한국에서의 혐의까지 포함하여 전염병 감염자가 아니라는 혐의에 대
해서도 스스로 자신의 결백을 증명해야 할 재난 상황에 처해 있음을 강
조하는 것이다.
   이런 맥락에서 이 소설의 특이성은 기존의 묵시록적 혹은 종말론적
주제에서 강조했던 디스토피아적 현실에 대한 비판에서 한 발 더 나아갔
다는 점이다. 그리고 이런 중요한 진실을 비장소의 의미를 통해 보여 주
고 있다는 점이다. 다음의 인용문에 등장하는 소설의 결말 속 '공중전화'
의 공간이 이런 비장소의 특수성을 보여 주고 있다. '그'에게는 공중전화

---

23 마르크 오제, 앞의 책, 132쪽.

24 위의 책, 124쪽.

가 곧 집이다.

"또 전화하고 오셨어요?"

벗어 둔 방진 마스크를 다시 쓰려는 그에게 후배가 물었다.

"그렇지, 뭐."

"아예 집에 공중전화를 한 대 놓으세요."

"집에도 놓을 수 있어?"

"이미 있으시잖아요."

후배가 그를 가리키며 씩 웃었다. 매번 일을 하다 말고 혹은 일을 마치자마자 전화 부스로 달려가는 그에게 후배가 공중전화라는 별명을 붙여 주었다. 그는 그 별명이 매우 마음에 들었다. 그는 순전히 발음의 유사성으로 공중을 허공의 의미로 받아들였는데, 자신은 허공에 뜬 존재나 다름없었다.(236쪽)

『재와 빨강』은 인용문에서처럼 '그'가 소통에의 욕망을 포기하지 못하는 공중전화 모티프로 끝난다. '그'는 전처나 친구 유진, 심지어 자신의 이름을 대면서 고국에 전화를 걸어 통화를 시도하지만 모두 연결되지 않는다. 그렇다면 '공중전화'라는 '그'의 별명에서 공중의 의미는 "허공"이 된다. '공중(公衆)'의 원활한 소통을 위해 사용되어야 할 전화 부스가 '공중(空中)'에 떠 있는 섬처럼 존재하기에 그 누구와도 연결되지 않는 상황인 것이다. 그런데도 '그'는 "허공에 뜬 존재"나 다름없는 자신이 "매우 마음에 들었다."라고 말한다. 이런 인정을 통해 실패할지라도 전화를 거는 행위를 그만두지 않을 것임을 암시하기도 한다. 그리고 전화 걸기를 포기하지 않는 한 '그'는 C 국과 고국에 동시에 존재할 수 있다. 또한 불통(不通)의 전화로 인해 두 공간의 차이가 그대로 유지되기도 한다. 서로 다른 두 곳 모두에 존재하기도 하고, 두 곳 모두에 부재하기도 하는 것이다. 물론 다시 고독한 존재로 되돌아가겠지만 비장소에서도 일시적으로나마 "잠시 동안 정체성 탈피라는 수동적 기쁨과, (승객, 고객, 운전자 같은) 역할 수행의 더욱 능동적인 즐거움"[25]을 누릴 수도 있다. 그리고 그런 기쁨이나 즐거움을 통해 '그'는 떠나온 곳에서와는 다른 자신을 만나게도 된다.

이런 공중전화의 비장소적 특성을 대표적인 헤테로토피아적 장소로 푸코가 제시한 '배(船)'의 상징성과 연관시킬 수도 있다. 19세기 이래로 자본주의 문명이 식민지를 개척하기 위해 떠났던 거대한 배 자체가 자본주의라는 바다 위를 표류하는 '공간의 조각'이기에 자본주의의 이중성과 분열, 환상과 연결되기 때문이다.[26] "배 없는 문명이란 자녀들이 뛰놀 만한 커다란 침대를 갖고 있지 않은 부모를 둔 아이들과도 같다. 그리하여 그들의 꿈은 고갈되고, 정탐질이 모험을 대신하며, 경찰의 추악함이 해적의 눈부시게 빛나는 아름다움을 대체하고 마는 것이다."[27] 이때의 배가 상징하는 일차적 의미는 맘껏 뛰어놀 수 있는 유년 시절의 행복한 공간이었던 부모의 커다란 침대이자, 꿈을 찾아 떠나는 해적들의 낭만적인 바다이다. 하지만 이런 배의 상징은 부모의 존재나 정찰, 경찰의 추악함을 완전히 배제할 수 없다는 점에서 유토피아만은 아니다. 이 세상에 '없는 곳'이 아니라 이 세상을 '떠도는 곳'이기 때문이다. 마치 『재와 빨강』에서 '그'가 배를 닮은 공중전화를 통해 C 국에서의 삶에서 벗어날

---

25 위의 책, 124쪽.

26 공중전화와 배의 연관성은 "문명은 타이타닉호처럼 겉으로 보이는 단단함과는 달리 너무 망가지기 쉬워서 평온했던 우리를 별안간 여러 가지 빙산에 부딪히게 만들 수 있다."라는 분석에서도 확인된다. 김미현, 「타이타닉 신드롬 ― 편혜영의 『재와 빨강』」, 《세계의 문학》, 2010. 여름, 301쪽.

27 미셸 푸코, 앞의 책, 26쪽.

수는 없되 본국을 향한 소통의 열망을 포기할 수도 없는, '허공에 뜬 존재'로서의 이동성을 지닌 존재인 것과 동일한 이치이다.

이처럼 편혜영의 『재와 빨강』은 자본주의의 폐해만을 강조하는 묵시록적 소설이 아니라, 자본이나 인간이 스스로 저지른 유죄성을 피할 수 없다는 재난 소설로서의 측면을 보여 준다. 쓰레기를 양산하는 자본주의는 그 자체로 세계의 종말을 가시화하면서도 정화를 위한 시간 또한 침투해 있음을 환기시킨다. 그리고 자신이 유죄임을 아는 인간은 속물보다 윤리적이고, 성인(聖人)보다 인간적이다. 그래서 이 소설에서는 21세기 재난 소설 속 자본과 인간 모두 비장소로서의 배와 함께 표류하며 '따로 또 같이' 횡단하고 있다. C 국에서의 '그'는 배와 닮은 공중전화와 함께 이동하면서 자신만의 항해라는 불안하고도 기약 없는 임무를 수행하고 있는 것이다. 즉 소설 속 공중전화와 같은 표류 공간은 "공간을 점유하지 않고 통과하며 흔적을 남기는 모험적 편력"[28]을 보여 주면서 "세균 같은 실천으로 단기간에 이들 장소를 침식하는 공간을 창출"[29]하고 있다는 점에서 그 자체로 대표적인 비장소에 해당한다고 할 수 있다.

미로에서의 환승, '숲'을 통과하기: 「서쪽 숲에 갔다」

『서쪽 숲에 갔다』[30]에서 주인공 박인수는 실직한 후 알코올 중독에 빠져 어린 아들을 벽에다 집어 던지기까지 한다. 아들을 죽이지는 않았어

---

28 장세용, 「미셸 드 세르토의 공간 이론」, 류지석 엮음, 『공간의 사유와 공간 이론의 사회적 전유』(소명출판, 2013), 66쪽.

29 위의 글, 65쪽.

30 편혜영, 『서쪽 숲에 갔다』(문학과지성사, 2012). 소설 인용은 이에 의거해 쪽수만 밝힌다.

도 이미 죽인 것과 다름없는 이런 과오가 박인수와 그의 가족을 파탄 내고 몰락시킨다. 박인수의 심신 미약 상태를 알고도 정체불명의 공간인 '숲'의 권력자이자 실질적 지배자인 '진'은 그를 편하게 이용하기 위해 관리인으로 고용한다. 그러나 숲은 불법 벌목의 장소이자, 그런 비리를 숨기기 위한 폭력이 난무하는 '짐승'의 장소임이 밝혀진다. 때문에 그 숲 속에서 일하게 된 후 박인수는 "모든 것이 다시 시작되었다. 반복되는 결심과 곧 무산되는 의지, 취기가 주는 과장된 기쁨과 제어할 수 없는 슬픔, 극복되지 않는 고통 같은 것들이."(170쪽)라고 읊조린다. 다음의 인용문이 바로 실제로 숲을 경험한 박인수의 심정이다.

그는 뭔가 알았을 수도 있지만 그렇지 않을 수도 있었다. 그가 안 것은 비밀이 아니었다. 사람들 사이에서 어떤 중요성을 가지는 얘기도 아니었다. 자신을 바꿀 만한 설득력 있는 것도 아니었다. 숲에서 벌어지는 일의 정당성이나 합법성도 아니었다. 그간의 의문에 대한 확신이나 더 깊은 의혹도 아니었다. 진 선생과 나눈 대화에서 그가 알게 된 것은 하나의 진실이 있으면 어디에든 또 다른 진실이 있게 마련이라는 것이었다. 그가 알아야 하는 진실에는 끝이 없었다. 그것은 진 선생이나 이 마을에 대한 것만은 아니었다. 자기 자신에 대해서도 마찬가지였다.(328쪽)

숲에서 들려오는 이상한 소리와 숲을 둘러싸고 있는 마을 사람들의 수상한 행위, 그리고 자신을 이해해 주지 못하는 가족의 냉대로 인해 박인수는 또다시 술을 마시기 시작하고, 숲 관리인으로서의 임무도 제대로 수행하지 못한다. 박인수를 이 지경으로 내모는 숲은 자연과 순수를 상징하는 원시적 유토피아가 아니다. 오히려 자연보다도 더 인공적이고, 도시보다도 더 비인간적인 공간이다. 그래서 도시와 다를 바 없는 '또 다른 도시'인 숲에서 맞닥뜨린 박인수의 삶도 불안정하고 불안하기는 마찬가지이다. '진'으로 대변되는 숲의 폭력을 경험하면서 박인수가 깨달은 진실은 인용문에서처럼 "중요성"이나 "설득력", "정당성", "합법성"과 같은 논리로는 존재론적인 "의문"이나 "의혹"을 해소할 수 없다는 것이다. "하나의 진실이 있으면 어디에든 또 다른 진실이 있게 마련"이라는 말은 어디든 숲이나 도시일 수 있다는 진실을 알려 준다. 그리고 더욱 심각한 것은 "그가 알아야 하는 진실에는 끝이 없"다는 사실이다.

이처럼 판별이나 의지 자체를 불가능하게 만드는 현실이 숲을 '미로'로 만든다. 미로 속에서는 질서나 규칙 자체가 소용이 없기에 재난을 피할 수는 없다. 불가항력적인 균열과 붕괴가 모든 길을 미로로 만들고 있다면, 미로는 그 자체로 인간들이 재난 상황에서 느끼는 심상 지도(mental map)가 된다. 그리고 "통일성이 파괴된 의식의 모순성과 불가해성"[31]을 보여 준다는 점에서 비장소로서의 특성과도 연결된다. 미로도 길이다. 미로뿐이라면 더욱 그렇다. 다만 '다른 길'일 뿐이다. 즉 '길 아닌 길'로서의 '다른 길'이 바로 비장소로서의 미로가 지닌 의미이다. 이런 미로 안에서 모든 사물들은 이전과는 다른 방식으로 기능하게 된다. 또한 미로의 공간이 비장소로 기능하는 지점은 미로 자체가 유토피아를 향한 여정도 아니고 디스토피아로부터의 탈주도 아닌, 그 둘로의 환승이 모두 가능하다는 점이다. 즉 미로에서는 환승만이 허락되기에 오히려 미로를 통해서 유토피아나 디스토피아가 규정된다. 때문에 미로는 다른 공간들에 적극적으로 침투할 수 있다.

뭔가를 알아내기 위해, 무엇보다 자신을 이해하기 위해 어디로 가야 할

---

31 김태환, 『미로의 구조』(알음, 2008), 17쪽.

까 자문하자 대답은 명백해졌다. 숲이었다. (중략) 숲에서 보려는 게 무엇이고 봐야 할 게 무엇이고 보게 될 게 무엇인지 알 수 없었다. 알 수 없어 두렵고, 단지 그것을 목격함으로써 돌이킬 수 없는 결과를 맞게 될 것 같아 겁이 났다. 아무리 고통스럽더라도 보지 않는 것보다는 나을 것 같았다. 이 일이 인생을 허비하게 만들지라도.(329~330쪽)

『서쪽 숲에 갔다』의 결말에서 왜 박인수는 서쪽 숲으로 가는가? 그리고 서쪽 숲은 과연 어떤 상징성을 지니는가? 인용문에서처럼 서쪽 숲은 "알 수 없어 두렵고, 단지 그것을 목격함으로써 돌이킬 수 없는 결과를 맞게" 만드는 공간이다. 하지만 카프카 소설의 주인공처럼 박인수는 "자기에게 일어나는 일을 일으키는 존재"[32]가 되어 미로 속으로 스스로 걸어 들어간다. 인용문에서 언급되고 있듯이 "아무리 고통스럽더라도 보지 않는 것보다는 나을 것"이기 때문이다. 그래서 박인수는 자발적으로 숲을 선택한 후 그 속으로 사라진다. 이런 맥락이라면 박인수가 숲에서 과거에 어떤 일을 겪은 것인지 혹은 미래에 어떤 모습으로 살아 돌아올 것인지 등에 대한 궁금증의 해결은 중요하지 않다. 이 소설은 탐정 소설이나 미스터리물이 아니라 재난 소설이기 때문이다. 인용문에 제시된 이 소설의 끝이 열린 결말인 이유이기도 하다. "숲은 그가 생각했던 것처럼 수동적이고 정태적인 공간이 아니었다. 숲은 살아 있었다."(332쪽) 때문에 "스무 발짝만 들어서도 방향 감각을 완전히 잃어버릴 정도로 깊은 미로가 된다는 저 숲"(189쪽) 자체가 바로 비장소라고 할 수 있다. 길을 잃게 되는 곳이자 길로 변형될 수도 있는 환승역이기 때문이다.

이런 의미에서 숲과 같은 미로 공간은 "영원한 현재, 그리고 자기와

---

32 위의 책, 133쪽.

의 만남"[33]을 가능하게 해 주는 헤테로토피아적 공간인 '거울'과도 비장소적 기능을 공유한다고 볼 수 있다. "내가 거울 안의 나를 바라보는 순간 내가 차지하고 있는 자리를 절대적으로 현실적인 동시에 절대적으로 비현실적인 것으로 만들기에"[34] 거울 공간에서는 스스로가 없는 곳에서도 자신을 볼 수 있다. 이런 거울과 유사한 기능을 하는 비장소가 바로 『서쪽 숲에 갔다』에서는 숲인 것이다. 즉 거울이나 숲과 같은 미로 공간은 불균형성과 비대칭성으로 인해 닫힌 체계에서 벗어나 열린 체계를 지향하기에 고착화되지 않는 통과성을 확보하게 된다. 입구보다는 출구가, 도착보다는 환승이 더 중요한 기능을 하는 역(驛)으로서의 기능을 하는 공간이 바로 미로이다. 언제나 열려 있고, 어디로든 떠날 수 있는 환승역으로서의 일시성과 임시성이 바로 미로라는 비장소의 개방성을 방증해 준다. 때문에 도시라는 숲에서 또 다른 숲으로 떠난 박인수의 행방은 확인된 바 없으며, 여전히 '그'의 '다른 공간'으로의 환승은 진행 중이다.

공백의 공동체, 비장소의 '텅 빔': 『홀』

『홀』[35]에서 아내를 죽인 살해범으로 의심받는 주인공 오기는 이혼 직전인 아내와의 관계를 개선하기 위해 여행을 떠난다. 그런데 여행 도중 자동차 사고가 나고 그는 자신만 살려고 핸들을 자기 쪽으로 꺾었다는 죄

---

33 마르크 오제, 앞의 책, 126쪽.

34 미셸 푸코, 앞의 책, 48쪽.

35 편혜영, 『홀』(문학과지성사, 2016). 소설 인용은 이에 의거해 쪽수만 밝힌다.

의식에 시달린다. 하지만 자신의 부도덕함에 비난을 일삼았던 아내를 향한 살의(殺意)를 느꼈다는 점 또한 완전히 부인할 수 없다. 오기는 중간에 아내 대신 운전대를 잡았고, 심지어 가속까지 했기 때문이다. 지리학 전공 교수인 오기는 교수가 되기 위해 경쟁자이자 선배인 '케이'에 대한 근거 없는 악성 루머를 의도적으로 퍼트렸더랬다. 그렇게 비겁하게 교수가 된 후에는 후배 '제이'와 불륜 관계를 맺기도 한다. 심지어 제이와 만나면서도 자신을 따르는 여제자와 불장난 같은 관계를 동시에 맺음으로써 제이마저 배신한다. 오기의 자동차 사고는 이런 오기의 속물성을 혐오했던 아내를 제거하려는 살인 행위였거나, 그런 아내와 함께 소멸하려는 자해 행위였을 수 있다. 하지만 오기의 행위가 어느 쪽인지 소설의 결말에서도 분명하게 밝혀지지 않는다. 물론 어느 경우든 오기의 유죄성이 사라지는 것은 아니다.

그런데 자동차 사고 후 스스로의 몸을 제어할 수 없는 불구가 되어 장모의 보살핌에 의존해야 하는 오기는 그 자체로 '공백'의 상태이고, 그런 오기의 공간 또한 '공백'의 비장소이기도 하다. 공백은 "단순히 부재의 공간이 아니며, 나름의 공간 논리가 지배하는 새로운 장소"[36]이다. 무질서가 아니라 복잡한 질서가 존재하는 장소인 것이다. 지배적인 일상에 균열이 생겼다면, 그것은 없는 것으로 취급되었던 공백의 출현 때문이다.[37] 즉 질서를 교란시키는 새로운 무언가가 바로 공백이기에 기존 질서와의 단절과 충돌이 전제된다. 중심이 아닌 '텅 빈 중심' 혹은 '미완의 충족'이 바로 공백이다. 때문에 공백은 어떤 공간에도 존재하지만, 어떤 공간에 의해서도 정복될 수 없는 비장소적인 특성을 보여

---

36 정헌목, 앞의 책, 362쪽.

37 알랭 바디우, 이종영 옮김, 『윤리학』(동문선, 2001), 85쪽 참조.

준다.

　인류 최고(最古)의 지도인 바빌로니아 세계 지도는 중심에 원이 뚫려 있었다. 학자들에 의해 컴퍼스로 지도에 원을 그리다가 생긴 구멍이라는 게 밝혀졌다. 오기는 돌에 새겨진 세계의 기하학적인 형상보다 그 구멍에 매혹되어 대영박물관의 어두운 전시실에 오래 머물렀다. 그 좁고 검은 구멍은 이제는 찾을 수 없는 한 시대의 기억처럼 깊었다. 사라진 시대와 만나려면 저 구멍에 닿아야 했지만 결코 닿을 수 없으리라.(181쪽)

　오기의 삶은 모든 것을 다 가진 것 같지만 실제로는 텅 비어 있다. 오기가 자신을 닮은 듯한 바빌로니아 지도를 보기 위해 인용문에서 드러나듯이 "대영박물관의 어두운 전시실"에 오래 머무는 것도 이 때문이다. 바빌로니아 지도와 오기는 "검은 구멍"을 지닌 공백으로서의 존재라는 공통점이 있다. 아내와의 불화나 제이와의 이별에도 불구하고 오기는 자신의 공백을 메우지 못한 채 공허한 존재로 살아갈 수밖에 없었다. 아내의 죽음 이후 장모와의 사이에 생긴 공백 또한 장모가 집 마당에 뚫고 있는 '검은 구멍'인 홀처럼 넓고 깊어질 뿐이다. 자신의 무덤이 될 수도 있는 "구멍"으로부터 벗어날 수 없기 때문이다. 오기가 "인간은 그런 식의 빈 구석을 가질 수밖에 없고 그것이야말로 내면의 진실일지 모른다."(180쪽)는 이야기를 마치 예언처럼 바빌로니아 지도를 설명할 때 자주 사용했던 것과도 연결된다.

　이런 공백의 공간 자체가 비장소적 특성과 연결되는 지점은 두 공간 모두 안정된 기존의 체계적 질서로부터 벗어날 때 가능하다는 점 때문이다. 그리고 이 소설이 주는 공포는 소설 속에서 공백으로 존재하는 '홀' 자체가 구체적이고 현실적인 비장소로 기능한다는 사실에 연유한다. 비장소의 의의는 "빈 공간이 채워지는 것을 방해"[38]하는 것이다. 때문에 공백은 아무것도 없는 공간이 아니라 '텅 빔'으로 채워져 있는 공간이 된다. "기존 세계의 잠재적인 비일관성"[39]에 토대를 둔 이런 비장소로서의 공백은 안정성과 통일성을 교란시키면서 이로 인해 발생한 비일관성과 불안정성을 '그'로 하여금 충실하게 실천하도록 만든다.

오기를 내려다보는 것은 아내가 아니었다. 장모였다. 장모는 팔짱을 끼고 똑바로 서서 깊은 구덩이에 처박힌 오기를 내려다보고 있었다. 그 거리가 무척 멀었다. 장모의 얼굴이 아내의 얼굴로 보이기도 한다는 게 증거였다.
통증은 계속되었고 몸 이곳저곳을 만질 때마다 더 심해졌다. 그러다가 오기는 어느 순간부터 바닥에서 전해오던 흙과 돌멩이의 감촉이 전혀 느껴지지 않는다는 걸 깨달았다. 몸이 딱딱해졌고 숨이 다소 가벼워졌다. 통증이 지나갔다. 조금 더 지나자 통증은 완전히 사라졌고 일순 편안해졌다.(205쪽)

『재와 빨강』에서의 대형 쇼핑 '몰(mall)'이나 『서쪽 숲에 갔다』에서의 '숲'이 『홀』에서는 '홀(hole)'이다. 죽은 딸을 대신해 오기에게 복수하기로 마음먹은 장모는 운신이 불가능한 오기를 암매장하려는 듯 집 마당에 커다란 구덩이를 판다. 이런 장모에게서 탈출하기 위해 묶여 있던 침대에서 사력을 다해 오기가 도망간 곳이 아이러니하게도 장모가 파 놓은 홀이다. 그 홀 속으로 추락한 후 오기가 느끼는 감정은 인용문에서처럼 편안함을 동반한 안락함이다. 그런데 이런 감정이 죽음으로의 '추락'이라거나 죽음을 통한 '승화' 중 어느 한 가지로 읽히지 않는다는 점에서 이

---

38 슈테판 귄첼, 이기홍 옮김, 『토폴로지』(에코리브르, 2010), 151쪽.

39 알랭 바디우, 이종영 옮김, 『조건들』(새물결, 2006), 297쪽.

소설의 열린 결말이 주는 특이성을 발견할 수 있다. 장모는 인용문에서처럼 "팔짱을 끼고 똑바로 서서 깊은 구덩이에 처박힌 오기를 내려다보고 있다." 장모가 오기를 죽일 수도 있는 상황이다. 그런 극한 상황에서 오기는 과거의 자신으로 인해 아내가 느꼈을 외로움과 절망을 간접 체험한다. 하지만 그때 흐르는 눈물은 아내를 향한 이해와 반성의 눈물이 아니다. "아내의 슬픔 때문이 아니었다. 그저 그럴 때가 되어서였다."(209쪽) 소설의 마지막 문장이기도 한 이 말은 지독스러울 만큼 인물들 간의 섣부른 화해나 어설픈 동정을 거부한다. 죽음의 문턱에서도 미지(未知)의 감정으로 남아 있는 비장소적 감정을 담보하고 있는 것이다.

　이럴 때 홀이라는 곳은 서로가 하나가 된 '공동체(共同體)'가 아니라 서로가 따로따로 존재하는 텅 빈 '공동체(空洞體)'라고 할 수 있다. 서로의 공백만을 나누어 가짐으로써 타인들로 존재하기 때문이다. 그래서 예전에 오기와 아내가 그랬듯이 현재의 오기와 장모 사이에서도 소통과 연합은 불가능하다. 서로가 서로를 공백으로 만들면서 어떠한 채움도 없이 그저 '함께-있음'의 상태를 유지하고 있는 것이다. 이런 공백의 공동체에서는 유토피아적인 화해나 디스토피아적인 파국 모두가 거부된다. 이것이 바로 홀이 비장소인 이유이다. 오기가 방 안의 침대에서 마당의 홀까지 나아갔지만, 여전히 장모가 오기를 내려다보고 있다. 그래서 무덤 속에서처럼 죽음을 경험하면서도 아직 죽지는 않은 자의 편안함 또한 느끼는 상황이 바로 홀에 홀로 있는 오기의 현실이다. 공동체로 하나가 될 수는 없지만 '공통체(共通體)'로 서로의 공백만을 공유할 수밖에 없는 이유이기도 하다.

비장소에서의 경계 사유

편혜영의 재난 소설 3부작은 자본으로 인한 타락이나 인간성의 소멸을 비장소를 중심으로 새롭게 구성함으로써 더욱 공고해진 2000년대적 재난에 대한 자동화된 저항이나 낙관적 전망을 모두 거부한다.『재와 빨강』,『서쪽 숲에 갔다』,『홀』 모두 관계성·역사성·정체성 중심의 전통적인 인류학적 공간과는 '다른 공간'으로서의 기능에 충실하고 있기 때문이다.『재와 빨강』에서는 끊임없이 이동 중인 '배'가 상징하는 비장소적 특성을 통해 포기할 수 없는 희망이 아닌 표류하는 절망을 보여 준다. 비장소는 재난마저도 표류 공간에 재위치시킴으로써 새로운 정체성을 구성하게 만들어 주기 때문이다.『서쪽 숲에 갔다』에서 소설 속 숲과 같은 미로 공간에서 영원히 벗어날 수 없는 것은 그곳이 목적지가 아닌 환승 공간이기 때문이다. 환승 중심의 비장소에서는 희망과 절망 모두 공히 일시적인 것이기에 거기서 머무를 수 없고 통과만 가능하다.『홀』에서의 공백 공동체는 '텅 빔'을 텅 빔으로 채우는 비장소이기에 완성과 결정이 불가능하다. 때문에 이런 공동체는 공백이 그 자체로 늘 그곳의 새로운 주인이 된다. 이처럼 표류 중심의 이동성(『재와 빨강』), 환승 중심의 일시성(『서쪽 숲에 갔다』), 공백 중심의 개방성(『홀』)은 비장소의 무규정성을 대변해 준다.

물론 이럴 때의 비장소들은 '비장소를 위한 비장소'라는 말이 적합할 정도로 쉽게 규정되지 않기에 접근하는 과정 자체가 까다롭다. 하지만 비장소만의 특수성과 의의는 '경계 사유'를 가능하게 해 준다는 데에 있다. 장소/장소 상실, 저항 공간/대안 공간, 유토피아/디스토피아 등으로 대변되는 이분법적인 경계를 유지한 상태에서는 설명이 불가능하고, 그런 경계에 대한 초월을 추구하기에는 지속이 불가능한 개념이기 때문이다. 즉 비장소는 이들 사이에 존재하는 경계의 손쉬운 결합이나 확실한 반전을 모두 거부한다. 이처럼 비장소 자체가 경계로서의 위치를 지속적으로 (재)구성하는 것은 "탈경계를 기획하는 첫걸음은 경계 자체에 대한 치열한 되묻기"[40]라는 점 때문이다.

그렇다면 비장소의 경계 사유는 이분법적 대립 중심의 공간 인식을 고수하겠다는 것이 아니라 이분법 자체에 대해 재고해 보겠다는 것이다. 그리고 공간 사이의 경계를 초월하겠다는 것이 아니라 경계 자체를 인정하자는 것이다. 때문에 비장소를 없어져야 할 과도기적 공간으로 치부하는 것은 적절치 않다. 무개념이 아니라 다양한 개념, 고정된 개념이 아니라 변화 중인 개념이기 때문이다. 오제도 강조하고 있듯이 "비장소의 가능성이 전혀 없는 장소는 그 어디에도 없다."[41] 또한 "경계는 벽이 아니라 문턱이다. …… 그러므로 우리의 이상은 경계 없는 세계여서는 안 되며, 모든 경계가 인정되고 존중되며 침투 가능한 세계여야 한다."[42] 결국 편혜영의 재난 소설 3부작에 대한 비장소 측면에서의 접근은 다음과 같은 의의가 있다고 볼 수 있다. 우선 재난 소설 3부작 모두 묵시록적 재난을 초래한 인간의 유죄성에 주목할 수 있다는 점이다. 외부적 현실이 아닌 인간 내부의 문제, 천재(天災)가 아닌 인재(人災)가 문제라면, 문명 비판적인 장소 상실의 차원에서 더 나아가 과잉 문명이 문제가 되는 비장소에 대한 주목이 더 유효할 수 있기 때문이다. 또한 비장소를 통해 전통적인 인류학적 공간조차도 해결하지 못했던 모순 자체를 새롭게 부각시킬 수도 있다. 그래서 '어떤' 공간이 아닌 '모든' 공간이 지닌 불안정성과

---

40 김수환, 「'경계' 개념에 대한 문화기호학적 접근」, 이화인문과학원 편, 『지구 지역 시대의 문화 경계』 (이화여대 출판부, 2009), 297쪽.

41 마르크 오제, 앞의 책, 129쪽.

42 위의 책, 160쪽.

균열을 다시 그 공간에 되돌려주는 것이 가능해진다. 비장소는 지나간 공간을 다시 지나가게 만드는, 그리고 재난을 재난에게 다시 돌려주는, 그래서 재난을 통과하게 만드는 경계 사유를 가능하게 만들기 때문이다. 이런 맥락에서 편혜영의 재난 소설 3부작은 비장소 자체가 주제이자 배경이고, 인물인 문제적 텍스트라고 할 수 있다.

2부

스틸(Steal) 페미니즘과
스틸(Still) 페미니즘의 교차성

정의에서 돌봄으로, 돌봄에서 자기 돌봄으로

정의의 타자, 여성 소설의 돌봄 윤리

2000년대 들어 윤리학의 초점은 주체에서 타자로 이동했다. 근대적 발전 논리를 이루었던 주체의 자율성이나 합리성에 대한 의문이 제기되면서 타자의 소외나 배제를 비윤리적 행위로 비판하는 목소리가 대세를 이루었기 때문이다. 그리고 이런 주체에서 타자로의 초점 이동을 보다 심층적 차원에서 담론화할 때 부각되는 것이 바로 '돌봄'[1] 윤리이다. 기존의 주체 중심의 윤리는 '정의'에 토대를 둔다. '공정한 몫의 분배'라는 명분을 중심으로 독립성과 권리를 지향하는 것이 정의 윤리이다. 반면 이런 '정의의 타자'로서의 돌봄 윤리는 정의가 타자화시킨 "사람들 사이

---

1 '돌봄'이라는 용어는 영어 'care'의 번역어로서 '보살핌'이나 '배려' 등으로도 번역되지만, 이 글에서는 가장 자주 쓰이면서 구체적인 윤리 행위로서의 의미가 강하게 담겨 있는 '돌봄'이라는 용어를 사용한다.

의 비대칭적 의무"[2]에 주목하면서 친밀성과 책임의 윤리를 중시한다. 동일성이나 독립성을 중시하는 근대의 나르시시즘 중심의 정의 윤리가 지닌 한계를 극복하기 위해 비동일성과 취약성을 인정하는 돌봄 윤리가 급부상한 것이다. "인류가 생존하고 성장하고 배우며, 건강하게 타인과 사회에서 함께 잘 살 수 있으며, 더 나은 미래를 지향"[3]하는 힘이 바로 돌봄 윤리의 개념이다. 또한 "사람은 일생을 통해 돌봄의 필요와 능력이 달라지기는 해도 언제나 돌봄의 수혜자이자 제공자"[4]라는 인식이 돌봄 윤리의 기본 전제에 해당한다.

이런 돌봄 윤리를 저출산이나 공동 육아, 노인 복지, 장애인 보호 문제 등과 연결해 사회적 책임의 차원에서 논의하는 경우도 있지만, 여성주의적 윤리의 차원에서 접근하는 경우도 많다.[5] 돌봄 문제를 심리학적 발달 차원에서 접근하면서도 여성 심리의 윤리적 측면에서 최초로 젠더화한 이론가가 바로 캐롤 길리건(Carol Gilligan)이다. 그녀는 『다른 목소리로: 심리 이론과 여성의 발달』[6]에서 기존의 발달 이론이 남아(男兒)의 정의 윤리 중심이었음을 비판한다. 이럴 경우 여아(女兒)의 돌봄 윤리가 정의 윤리보다 열등한 것이 된다는 것이다. 기존의 심리 이론들이 답습했던 이런 우열 관계를 비판하면서 여성주의적인 돌봄 윤리를 재구성한 것이 바로 길리건의 이론이다. 여성적인 관계 지향적 자아가 돌봄 윤리로 연결되는 것을 약점이 아닌 강점으로 전유시키고 있는 것이다. 특히 2000년대 들어 이런 여성적 돌봄 윤리가 더욱 부각되는 것은 공감·헌신·협력

---

2   악셀 호네트, 문성훈 외 옮김, 『정의의 타자』(나남, 2009), 171쪽.

3   버지니아 헬드, 김희강·나상원 옮김, 『돌봄: 돌봄 윤리』(박영사, 2017), 15쪽.

4   조안 C. 트론토, 김희강·나상원 옮김, 『돌봄 민주주의』(아포리아, 2014), 87쪽.

5   위의 책, 84쪽.

6   캐롤 길리건, 허란주 옮김, 『다른 목소리로: 심리 이론과 여성의 발달』(동녘, 1997).

등의 여성적 가치가 위협받는 '돌봄 위기' 상황이 반영된 결과이다. 이에 대한 대안으로 "엄마 품 같은 돌봄(mothering)"[7]의 행위를 보편적 윤리로 확대시키자는 것이다. 공정함이나 권리, 규율보다는 "공감이나 연민 등의 정서적 참여를 통해 인간관계 속에서 실천되는 돌봄의 윤리"[8]가 더 중요하다는 각성이기도 하다.

물론 이런 여성주의적 돌봄 윤리는 페미니즘 내에서도 비판이 제기되는 논쟁적 개념이기도 하다.[9] 정의 윤리를 과소평가하면서도 돌봄 윤리는 과대평가함으로써 돌봄 윤리를 여성 종속의 수단으로 악용했던 가부장적 상태로 퇴행시킨다는 우려 때문이다. 또한 21세기적인 자본주의 사회에서 주로 돌봄 제공자의 역할을 담당하는 여성의 경제적 지위 자체가 "빈곤, 폭력, 배제, 학대에 취약한 조건으로 작동"[10]한다는 현실적 문제를 간과할 수 없다는 점도 지적된다. 때문에 돌봄의 개념 자체에 대한 의문과, 돌봄 윤리의 여성화에 대한 현실적 한계에 대한 고려 없이는 돌봄의 가치가 평가 절하될 수 있다.

이런 돌봄 윤리의 위험성을 극복할 수 있는 해결책이 바로 '자기 돌봄'의 윤리이다. 돌봄 윤리 자체가 일방적이고 이타적인 '상실'이 아니라 관계적이고 자기 보존적인 '선택'에 토대를 둔다는 측면을 부각시킬 수 있기 때문이다. 기존의 돌봄 윤리에 관한 논의들이 돌봄 제공자의 행위에만 초점을 맞춤으로써 돌봄 제공자 또한 돌봄을 받아야 할 돌봄 의존

---

7 에바 F. 키테이, 김희강·나상원 옮김, 『돌봄: 사랑의 노동』(박영사, 2016), 15쪽.

8 공병혜, 『돌봄의 철학과 미학적 실천』(서울대 출판문화원, 2017), 155쪽.

9 돌봄 윤리에 제기되는 페미니즘 진영 내부에서의 비판은 다음을 참조했다. 로즈마리 통, 이소영 옮김, 『페미니즘 사상』(한신문화사, 1995), 261~265쪽; 이수연·한일조·변창진, 『삶과 배려』(학지사, 2017), 106~109쪽.

10 에바 F. 키테이, 앞의 책, 15쪽.

자라는 점을 간과했다는 반성이 반영된 개념이기도 하다. 돌봄 행위에서 그 누구도 예외가 될 수 없기에 '돌봄 제공자-돌봄 의존자'의 상호 작용 아래에서 돌봄의 취약성과 의존성을 인정할 때만이, 그리고 그런 돌봄의 한계를 자기 돌봄의 행위로 극복할 때만이 진정한 돌봄 윤리가 성립될 수 있음을 강조하는 것이다. 이를 통해 돌봄 윤리에서조차 제외되었던 '타자의 타자'들의 목소리에도 귀를 기울일 수 있게 된다.

따라서 이때의 자기 돌봄은 이기주의나 개인주의를 의미하는 것이 아니다. 오히려 돌봄 윤리로 인해 고통이나 상처를 받는 자가 의외로 돌봄 제공자인 여성이라는 것, 때문에 그런 고통과 상처에 대한 윤리적 자의식을 갖고 문제를 해결해 나가야 하는 타자적 주체 또한 여성이라는 것, 이를 위해 돌봄 제공자 또한 돌봄 의존자로 인정해야 한다는 것 등이 바로 자기 돌봄의 윤리이다. "자신이 의무를 느껴야 할 대상에 다른 사람들뿐만 아니라 자기 자신도 포함된다는 것을 의식하게 되면서, 이기심과 책임감의 갈등은 사라지게 된다."[11]는 점이 중요하다. 무엇보다도 이런 자기 돌봄의 윤리를 통해 2000년대에 새롭게 부각되기 시작한 여성 윤리 자체가 여성들 스스로를 유기하거나 착취하는 부정적 윤리가 아니라, 자기 자신을 책임지기 위해 스스로 선택하는 긍정적 윤리라는 사실을 부각시킬 수 있다. 자기 자신 역시 돌봄의 대상으로 포함시킴으로써 스스로를 보호할 수 있다면, 돌봄 윤리가 지니는 한계를 적극적으로 보완할 수 있기 때문이다.

2000년대 들어 활발하게 활동하고 있는 여성 소설가들 중 본 연구에서 살펴볼 김숨, 김혜진, 구병모의 장편 소설들은 모두 이런 자기 돌봄의 윤리를 본격적으로 서사화하고 있다. 이 여성 소설가들은 각각 『여인

---

11 캐롤 길리건, 앞의 책, 184쪽.

들과 진화하는 적들』,『딸에 대하여』,『네 이웃의 식탁』에서 자기 돌봄의 윤리가 처한 현실 속 곤궁함과 미래의 확장성을 동시에 문제 삼는다. 이 글에서는 이들 소설 속 자기 돌봄의 윤리가 "여성의 객체화와 이상화, 폄하 등을 거부"[12]하는 2000년대적인 새로운 여성 윤리로 자리매김되는 양상을 구체적으로 살펴볼 것이다. 이 소설들은 공통적으로 기존의 돌봄 윤리가 지니는 관념성과 억압성을 비판하면서 이와 공모하는 가부장제나 자본주의, 젠더 이데올로기를 모성과 육아 문제 중심으로 적나라하게 폭로하고 있다. 이와 더불어 정의 윤리나 돌봄 윤리 두 방향과는 모두 다른 측면에서 자기 돌봄 윤리가 어떻게 생산적인 가치를 확대 심화시키는지, 그 과정 속에서 2000년대 한국 여성 소설이 새로운 여성 윤리를 어떻게 제시하고 있는지 증명해 주고 있다.

공존의 허구성과 의존의 정당성: 김숨,『여인들과 진화하는 적들』

　돌봄 윤리의 기본 전제는 인간 모두가 돌봄을 필요로 하는 취약한 존재라는 것이다. 즉 "비의존적이고 자율적이며 자립적인 인간은 단지 허구이며 가식"[13]이기에 돌봄을 받는다는 것 자체가 지극히 정당한 일이라는 인식이 수반되어야 함을 강조하는 것이 돌봄 윤리이다. "취약성에 반응하는 인간적인 실천"[14]이 돌봄 윤리의 핵심이라는 것이다. 특히 돌

---

12 캐롤 길리건, 김문주 옮김,『담대한 목소리』(생각정원, 2018), 182쪽. 이 책은『다른 목소리로』의 후속 편에 해당하는 저서로, 이전보다 더욱 강화된 저자의 여성 중심적 시각과 정치적인 행위성을 확인할 수 있다. 때문에 원제인 "Joining the Resistance"(저항에 동참하기)(2011)를 '담대한 목소리'로 번역한 것은 그런 저자의 변화를 약화시킨 측면이 있다.

13 에바 F. 키테이, 앞의 책, 6쪽.

봄 제공자는 돌봄 의존자를 돌보는 데에 집중하기에 정작 자기 자신은 돌봄을 제공받지 못하게 되는 경우가 많지만, 이런 돌봄 제공자에게도 돌봄이 제공되는 것이 중요하다. 누구든 예외 없이 돌봄 윤리에 의존할 수밖에 없고, 누구는 다른 사람보다 더 길게 그리고 더 많이 돌봄을 필요로 하기 때문이다.

김숨의 『여인들과 진화하는 적들』[15]에서는 시어머니와 며느리 사이의 공생 관계가 얼마나 허구에 불과한지를 돌봄 윤리의 차원에서 문제 삼고 있다. 때문에 소설은 집안 살림이나 육아에서 '여인들'이 서로의 적처럼 대립하고 있지만, 숨어 있는 진짜 '적'은 가부장제나 자본주의와 같은 여성 억압적 제도라는 것을 알려 준다. 무엇보다도 '진화'라는 단어를 통해 그런 여성 억압적 제도가 얼마나 교묘하면서도 체계적으로 여성들 사이의 공생 관계를 왜곡시켰는지 아이러니적으로 보여 주고 있다. 여성의 돌봄 노동을 또 다른 여성의 하급 노동으로 하청을 주는 가부장제나 자본주의 자체가 '진화하는 적들'이라는 것이다.[16] 가해자와 피해자의 구분을 무화시키는 권력의 작동 방식이 가장 강력한 지배 전략임을 암시해 주는 소설 제목이기도 하다. 또한 "스스로 '화석 인류'임을 입증하고자 할 때, 어머니의 '진화'는 인류의 역사에서 있지도, 있을 수도 없었음"[17]을 비판하려는 주제 의식과도 상통한다.

14 허라금, 「관계적 돌봄의 철학」, 《사회와철학》 35집, 사회와 철학연구회, 2018. 4, 67쪽.

15 김숨, 『여인들과 진화하는 적들』(현대문학, 2013). 소설 인용은 이에 의거해 쪽수만 밝힌다.

16 낸시 프레이저는 가족 내에서 무보수 노동으로 잉여 가치만을 생산했던 여성의 돌봄 노동이 21세기의 금융 자본주의하에서는 맞벌이 부부를 양산하면서 더욱더 하위에 있는 여성들의 돌봄 노동을 다른 임금 노동 여성이 착취하게 되는 '돌봄 사슬'이 생겨난다고 비판한다. 낸시 프레이저, 「자본과 돌봄의 모순」, 《창작과비평》, 2017. 봄, 349쪽 참조.

17 소영현, 「모욕의 공동체, 고귀한 삶의 불가능성」(해설), 『여인들과 진화하는 적들』(현대문학사, 2013), 311쪽.

출산 후 복직해야 하는 며느리의 요청으로 5년 전부터 아들 집에 들어와 "입주 보모"(41쪽)처럼 일하고 있는 시어머니에게 며느리는 의외로 고마움이나 미안함을 거의 느끼지 않는다. 돌봄 노동이 제대로 평가받지 못한 채 사적이고 감정적인 차원에서 인식되고 있기 때문이다. 심지어 며느리가 시어머니에게 느끼는 감정이 적대감이나 경쟁심이라는 현실을 통해 돌봄 윤리의 허구성이 적나라하게 폭로되고 있다. 그런데 이런 시어머니의 돌봄 노동에 대한 부당한 대우가 며느리에게도 동일하게 일어난다는 것이 더욱 문제적이다. 15년 동안 홈쇼핑 콜센터 전화 상담원으로 일했던 직장에서 며느리 또한 일방적으로 해고 통지를 받은 피해자이기 때문이다. 저급 서비스업에 종사하면서 감정 노동에 시달렸던 며느리 또한 "시어머니인 여자처럼 쓸모가 다한 잉여의 존재로 전락한 불안하고 끔찍한 기분"(59쪽)을 느낀다. 그런데도 며느리는 시어머니에 대한 이해나 연민보다는 자신과 그녀를 본래는 동일한 종(種)이었지만 진화하면서 분화된 "다른 종"(122쪽)으로 간주하고 싶어 한다. "공생이라는 환상"(131쪽)을 거부하는 것이다. 이에 반해 시어머니는 며느리와 자신이 "다른 한쪽 없이는 나머지 한쪽도 살아가는 게 불가능할 만큼 결합해, 하나의 식물처럼 보인다는 이중 생물"(140쪽), 즉 "둘이자 하나인 결합 생물"(141쪽)로 간주되기를 바란다. '다른 종'이 아닌 '같은 종'으로 간주됨으로써만 자신의 돌봄 윤리가 지닌 인간적 가치를 인정받을 수 있기 때문이다.

그만 따로 살자는 말을 그녀는 그렇게 에둘러 여자에게 하고 있었다. 공생의 의미가 없어진 마당에 이런 식으로 계속 함께 살 순 없지 않은가. 전혀 다른 종(種)일 경우 쌍방은 아니어도 어느 한쪽은 분명히 도움 받는 부분이 있어야 공생이 가능한 게 자연의 이치 아닌가. 여자가 자신과 다른 종이라는 그녀의 생각에는 변함이 없었다. 그럼에도 불구하고 이렇게 같이 붙어살다가는 여자와 그녀 자신이 떨어지고 싶어도 떨어질 수 없는 이중 생물 신세가 될 것만 같았다.(258쪽)

인용문에서처럼 며느리는 시어머니와 "다른 종"이 아닌 "이중 생물"이 될 것 같은 두려움으로 자신이 실직하자마자 "따로 살자는" 이기적인 욕망을 드러낸다. 이를 위해 "쌍방은 아니어도 어느 한쪽은 분명히 도움받는 부분이 있어야 공생이 가능한 게 자연의 이치"라는 자기 합리화를 감행한다. 실직한 며느리에게 시어머니의 돌봄 노동은 잉여에 불과하기 때문이다. 어느 한쪽만의 이익을 대변하는 것은 사실 공생이 아니라 기생이다. 그런데도 며느리는 공생의 허구성을 공생에 대한 왜곡으로 해결하려고 한다. 이런 왜곡이 오히려 공생의 허구성을 증폭시킴에도 불구하고 시어머니와 "떨어지고 싶어도 떨어질 수 없는" 현실에 대한 두려움이 더욱 크게 작용한 결과이다.

시어머니의 모성적 돌봄 노동을 생명 중시나 모성애라는 절대 가치로 무조건 신성화할 수는 없다. 그렇다고 전근대적인 맹목적 모성으로 쉽게 폄하할 수만도 없다. 이런 양극단 사이에서 시어머니의 돌봄 윤리를 바라볼 때 더욱 중요한 것은 돌봄 제공자로서의 시어머니 또한 돌봄을 받아야 할 돌봄 의존자라는 것, 돌봄 의존자로서의 시어머니에 대한 돌봄의 정당성을 거부하게 만드는 것이 바로 공생의 윤리를 왜곡시키고 있는 적들의 교묘한 지배 이데올로기라는 것이다. 이럴 때 서로 상처를 주는 것은 '여인들'이지만, 그것이 그녀들의 잘못이 아니라 사회 자체의 구조적 모순이라는 것을 작가는 암암리에 비판하고 있다.

이런 맥락에서 시어머니의 존재가 소설의 결말에서 인류 최초의 화석 여자인 '루시'와 연결되는 장면 또한 주목해야 한다. 루시와 시어머니의 연관성은 두 가지 점에서 확인된다. 시어머니의 상황과 위치가 당대의 한 개인으로서의 여성 문제가 아니라 고대로부터 이어 온 인류사 전체의 문제라는 것과, 이때의 모성은 '생물학적인 모성(mother)'이 아니라 모성의 기능이나 활동을 의미하는 '모성적 사유(mothering)'[18]의 문제라는 것이다. 돌봄 윤리에 대한 왜곡으로 야기되는 여성 혐오와 자기 혐오의 위험성과 그 극복 가능성을 동시에 주목해야 한다는 의미이기도 하다.

> 관(棺)처럼 길고 네모나게 판 구덩이 속에 사람이 누워 있었다. 웬 여자가……. 포클레인 삽날 자국이 선명한 구덩이 속에 웬 여자가 들어가 누워 있나 했더니, 여자였다. 두 손을 가슴께에 모으고 두 눈을 꼭 감고 있었지만 시어머니인 여자가 틀림없었다. 백발의 머리카락이 풀어헤쳐져 여자의 얼굴과 목, 가슴을 실뿌리처럼 뒤덮고 있었다. 그러쥔 여자의 두 손은 땅을 뚫고 올라온 알뿌리 같았다.(297~298쪽)

며느리가 시어머니를 보고 여성학 수업 시간에 배웠던 350만 년 전 인류 최초의 화석 인류인 루시를 떠올리는 이유 또한 그녀들에게서 자기 자신의 역사를 발견했기 때문이다. 이런 맥락에서 인용문의 상징성은 복합적이고도 중층적이다. 소설의 결말인 이 장면에서 시어머니가 집 근처 신축 공사장의 구덩이 속으로 들어가 스스로 눕는 행위는 소극적이고 도피적인 '퇴화'가 아니라 새로 태어나고 싶다는 '재생'의 퍼포먼스에 더 가깝다. "체제의 안정을 교란하고 시스템을 훼절하는 전복적인 모성"[19]

---

18 사라 러딕, 이혜정 옮김, 『모성적 사유』(철학과현실사, 2002), 18쪽.

19 김경연, 「노년 여성의 귀환과 탈가부장제의 징후들」, 《어문논집》 82집, 민족어문학회, 2018. 4, 165쪽.

에 해당할 수 있기 때문이다. 모성적 돌봄 행위를 모욕하고 무시하는 사회의 진화에 항거하면서 화석으로 되돌아가는 역진화를 통해 자기 돌봄의 윤리를 인정받으려는 행위를 실천하는 것이다. 인용문에서처럼 역사에서 이미 사라졌음을 보여 주는 루시의 화석이 미래를 위한 "알뿌리"로서 작용한다면 긍정적인 자기 돌봄 윤리를 중심으로 새로운 여성의 역사를 시작할 수 있기 때문이기도 하다. 자기 돌봄의 정당성을 인정받기 위해 자기 해체를 감행한 것이다.

무엇보다도 이 소설은 의존의 정당성이 모성적 사유를 통해 자기 돌봄의 윤리로 치환되는 연결 고리를 발견할 수 있다는 점에서 그 의의를 발견할 수 있다. 가족 단위에서 일어나는 어머니들의 돌봄 행위가 지니는 비대칭성과 무조건성을 통해 의존의 정당성을 가시화하고 있기 때문이다. 그럼에도 불구하고 어머니의 어머니됨을 박탈하려고 할 때 오히려 돌봄의 여성 윤리는 훼손되고 왜곡되며 이데올로기화될 수 있음을 강변하고 있다.[20] 모성적 돌봄 행위 자체가 여성의 자아 정체성을 가로막는 것이 아니다. 즉 모성적 윤리는 어머니들에게 자아 정체성을 형성하는 자기 돌봄 행위일 수 있다. 때문에 오히려 모성의 긍정적 가치를 적극적으로 인정하는 것이 자기 돌봄 윤리의 긍정성을 촉진시켜 준다. 큐피드와 프시케 사이에서 태어난 딸의 이름이 '조이(joy)' 즉 '기쁨'이고, "기쁨의 탄생은 세상에서 가장 자연스러운 일"[21]이라고 캐롤 길리건이 강조하는 이유도 이와 연관된다. 모성이 되지 않을 권리가 있는 것처럼, 모성이 될 자유 또한 있다는 것, 거기서 모성의 자기 돌봄의 윤리가 정당화

---

20 키테이도 고대 그리스에서 있던 '둘리아(dulia)'라는 개념을 통해, 산모가 아이를 돌볼 때 아이를 직접 돌봐 주는 것이 아니라 산모를 돌봄으로써 산모가 아이를 더 잘 돌볼 수 있게 하는 조건과 의무가 중요하다고 강조한다. 에바 F. 키테이, 앞의 책, 9쪽 참조.

21 캐롤 길리건, 박상은 옮김, 『기쁨의 탄생』(빛살무늬, 2004), 209쪽.

될 수도 있다는 것, 이런 모성의 진화를 비주체적이라고 억압하는 것 자체가 적들의 교묘한 방어 논리일 수도 있다는 것 등이 바로 이 소설이 전하는 자기 돌봄의 윤리이다. '모든' 모성이 아니라 '부정적' 모성만을 문제 삼아야 한다면 더욱 그렇다.

희생의 자본화와 저항으로서의 자기 서사: 김혜진, 『딸에 대하여』

김혜진의 『딸에 대하여』[22]는 동성애자를 딸로 둔 어머니가 겪는 갈등과 화해가 중심인 퀴어 소설로 읽을 수도 있고, "혈연 가족을 중심으로 한 가족이 성 소수자 커플, 그리고 무연고자까지 포괄하는 새로운 가족상"[23]을 제시하는 가족 소설이나 늙음과 죽음에 대한 성찰을 보여 주는 노년 소설로도 읽을 수 있다. 그러나 무엇보다도 희생 중심의 돌봄 행위로 인해 오히려 자신이 희생당하는 어머니로서의 '나'가 겪고 있는 "엄마가 잃게 될 많은 것들과 엄마가 봉착할 사회적 폭력들"[24]을 통해 "실은 어머니에 대하여"[25] 쓰고 있는 돌봄 윤리의 소설로 볼 수 있다. 특히 요양 병원 보호사(간병인)인 어머니가 담당한 환자 '젠'의 서사가 소설의 시작과 끝에 배치되면서 중요 서사를 진행시키고 있다는 점에 주목해 보면 더욱더 돌봄 윤리의 측면에서 이 소설을 적극적으로 해석할 수 있다. 동성애라는 섹슈얼리티의 문제나, 약자로서의 노인이 겪는 소외 문제 또한 '나'를 중심으로 한 돌봄 윤리 중심의 유사 가족 공동체와 무관하지

---

22 김혜진, 『딸에 대하여』(민음사, 2017). 소설 인용은 이에 의거해 쪽수만 밝힌다.

23 배상미, 「가족과 여성, 그리고 계급 서사」, 《문학동네》, 2018. 가을, 495쪽.

24 박훈하, 「헬조선을 기록하는 법」, 《오늘의 문예비평》, 2018. 봄, 278쪽.

25 김신현경, 「실은, 어머니에 대하여」(해설), 『딸에 대하여』(민음사, 2017), 201쪽.

않기에 이에 대한 중층적 접근 또한 가능해진다. 무엇보다도 이 소설은 21세기적인 신자유주의 체제하에서 돌봄 노동의 외주화를 통해 야기되는 경제적 거래가 돌봄의 가치마저 화폐로 환산시키고 있음을 문제 삼고 있다. 가족 중심으로 행해졌던 모성의 희생이 중장년 여성의 비정규직 노동으로 자본화할 때의 경제적 소외 문제를 중점적으로 제기하고 있는 것이다.

먼저 이 소설에서 가장 분명한 돌봄 의존자인 젠의 경우 결혼도 하지 않고 이주민이나 입양 아들을 아무런 대가 없이 돌보아 온 존경받는 인권 운동가임에도 치매에 걸린 채 요양 병원에서 간병인인 '나'의 돌봄에 의존하며 초라하게 말년을 보내고 있다. 왜 이런 불합리한 상황이 초래되었는가. 돌봄 윤리에서 근간을 이루는 희생의 가치가 자본화되었기 때문이다. 돌봄은 손해나 양보 등이 중심이 될 수밖에 없는 희생의 윤리이다. 때문에 독립이나 자유, 권리 등이 중심이 되는 분배의 정의가 우선적으로 고려될 수는 없다. 그런데 21세기적인 신자유주의 체제하에서는 이런 희생의 윤리조차 자본의 영향으로부터 자유롭지 못하다. "지난번 취재가 엉망이 되었기 때문일까. 그래서 아무런 후원도 들어오지 않은 걸까. 기억을 잃은 젠이 더 이상 자신의 과거를 팔아먹을 수 없을 거라고 판단한 걸까. 그래서 돈이 안 된다고 여기는 걸까."(56~57쪽)라는 젠의 상황은 희생이라는 정신적 가치의 자본화를 그대로 입증해 주고 있다.

심지어 '나'가 딸과 딸의 동성애 파트너인 '그린'과의 불편한 동거를 할 수밖에 없는 이유 또한 그들이 내는 월세 때문이다. 특히 '나'는 시간 강사라는 비정규직을 전전하고 있는 딸의 생활비까지 충당하고 있는 '그린'에 대한 부채감 때문에 그녀들을 자신의 집에서 내쫓을 수 없다. "입이 벌어질 만한 액수를 들이대며 그만 우리를 이해해 달라고 요구한다면 나는 어떻게 반응해야 할까. 단순히 돈으로 셈할 문제가 아니라는

걸 알면서도 나는 돈에 대한 생각을 지울 수가 없다."(64~65쪽)라는 '나'
의 심경 고백이 현실적으로 다가오는 이유도 여기에 있다. "월세, 생활
비, 권리, 돈과 맞바꾼 나의 권위, 부모로서의 자격, 심장을 떨리게 하는
수치심과 모멸감"(47쪽)이라는 말에서 드러나는 것이 바로 '나'의 적나라
한 현실이다.

> 돈 때문이다. 이 모든 게 돈 때문이라는 걸 나는 안다. 내가 이 애들에게
> 월세를 받지 않았다면. 세금과 식료품 명목으로 웃돈을 더 받지 않았다면.
> 딸애에게 전셋집을 얻어 주는 조건으로 그 애와 헤어질 것을 요구할 수 있
> 었다면. 딸애가 빌렸단 돈을 당장 내주고 그 애에게 나가 달라고 말할 수 있
> 었다면. 언제든 무슨 일이냐고 따져 묻고 엄한 얼굴로 충고와 조언을 했을
> 것이다. 지금의 나는 그럴 자격이 없다. 딸애를 세상에 데려왔다는 사실, 그
> 것만으로 자격이 유지되던 시절은 끝났다. 이제 그것은 끊임없이 갱신되고
> 나는 이제 그럴 능력도 기운도 없다.(64쪽)

인용문에서도 드러나듯이 부모의 자식에 대한 양육마저도 경제적 가
치로 환산되는 시대일 때는 돌봄 윤리가 자본으로부터 자유롭지 못하
다는 것은 지극히 당연하다. 이 소설로 대표되는 21세기형 퀴어 서사가
"성 소수자의 시민적 권리라기보다는 경제 동물의 형상을 경유하지 않
고는 보통 사람들을 상상하지 못하게 된 사태"[26]를 반영한 것이라는 지
적이 타당한 이유이기도 하다. "딸애를 세상에 데려왔다는 사실, 그것만
으로 자격이 유지되던 시절은 끝났다."라는 '나'의 말은 생물학적 모성
이 지닌 권리의 종언이자, 돌봄 제공자로서 지녔던 자부심의 추락을 의

---

26 위의 글, 210쪽.

미한다. 노년 세대의 소외가 경제적 약자로서의 가난과 분리되지 않는 현실을 '나' 스스로 직시하게 된 것이다. 심지어 '나'는 딸의 동성애 또한 그 자체가 문제가 아니라 동성애자들로 구성된 가족의 형태가 경제적 곤란에 처했을 때는 전통적인 가족에서의 돌봄 노동을 제공받지 못하는 것이 문제라고 생각한다.

그럼에도 불구하고 더욱 중요한 것은 이런 희생 중심의 돌봄 행위가 지니는 경제적 불평등성이나 억압성이 돌봄 담당자인 '나'의 목소리를 통해 직접적으로 드러나고 있다는 데에 2000년대 여성 소설이 지닌 여성 윤리의 특수성이 있다. 돌봄 윤리의 경제적 현실을 있는 그대로 표현하는 '자기 서사'의 적극적 양상이 드러나고 있기 때문이다. 희생이 희생으로 대접받지 못하는 데서 오는 경제적 소외에 대해 여성들 스스로 강하게 저항하는 것이다. 이 소설에서 '나'는 초기에는 타인 혹은 사회가 제시해 준 선(善)의 기준에 따라 '젠'의 희생이나 더 나아가 딸의 동성애까지 평가했다. 그러다가 점점 스스로의 양심이나 경험에 의거한 자기 서사를 중심으로 돌봄 윤리를 판단하는 단계로 나아간다. 이런 자기 서사에 주목할 때에야 비로소 이 소설이 왜 딸이 아닌 어머니의 1인칭 시점으로 서술되고 있는지 설명 가능하다. 이때의 자기 서사는 "나 자신이 생각하는 것, 느끼는 것을 그대로 타인과 나 자신에게 말하는 것"[27]이다. 무엇보다도 "해야 하는 말 대신 하고 싶은 말을 하라."[28]라는 슬로건 아래 자신의 돌봄 행위를 침묵에서 발화의 층위로 이동시키는 것을 의미한다. 때문에 남이 요구하는 것이 아닌 자신이 느끼는 것을 적극적

---

27 김은희, 「캐롤 길리건: 정의 윤리를 넘어 돌봄 윤리로」, 연구모임 사회비판과대안 편, 『현대 페미니즘의 테제들』(사월의책, 2016), 132쪽.

28 캐롤 길리건(2018), 앞의 책, 134쪽.

으로 표현한다는 측면에서 자기 돌봄 윤리와 자기 서사가 만나게 된다. 즉 이 소설에서는 자기 돌봄을 위해 자기 서사에 몰두한다. 강요가 아닌 선택, 정답이 아닌 질문의 차원에서 돌봄 윤리를 문제 삼는다는 의미이기도 하다.

> 지금은 저래도 저분이 얼마나 열심히 살았는지 생각을 좀 해 봐. 처음 여기로 올 때 얼마나 많은 사람들이 따라와서 잘 보살펴 달라는 인사를 하고. 정신이 멀쩡할 때는 자기한테도 얼마나 좋은 말을 많이 했어. 세상에. 그런데도 이제 와서 쓰레기통에 처넣듯이 보내 버리겠다니. 우리라고 뭐 다를 거 같아? 우린 영원히 저런 침대에 안 누워도 될 것 같아? 정말 그렇게 생각하는 거야? 정신 좀 차려. 정신 좀 차리라고. 그 말을 하는 동안 나는 젠이 아니라 나를 생각하고 있는지도 모른다. 내가 아니라 딸애를 생각하고 있는지도 모른다. 그러니까 이건 세상의 일이 아니고 바로 내 일이다. 바로 코앞까지 다가온 나의 일이다. 이런 말이 내 안의 어딘가에 있었다는 게 놀랍다. 그런 말이 깊은 곳에 가라앉아 죽을 때까지 드러나지 않는 게 아니라, 마침내 내가 살아 있는 동안에 이렇게 말이 되어 나온다는 사실이 믿어지지 않는다.(130~131쪽)

처음에 '나'는 젠에 관한 부당한 대우나 동성애자로서의 딸이 처한 불평등에 대해 남의 일처럼 생각한다. 그러나 인용문에서처럼 '나-젠-딸'이 모두 하나로 연결되자 "세상의 일이 아니라 바로 내 일"처럼 간주하게 된다. 그리고 그런 자신의 변화를 젠에 대한 요양 병원의 부당 대우에 눈감고 있는 간병인 동료들에게 적극적으로 표현하는 단계로까지 발전한다. 때문에 "우리라고 뭐 다를 거 같아? 우린 영원히 저런 침대에 안 누워도 될 것 같아? 정말 그렇게 생각하는 거야? 정신 좀 차려. 정신 좀 차리라고."라는 '나'의 항변은 곧 자기 자신에 대한 반성과 각오이기도 하다. 그다음에 이어지는 "그런 말이 깊은 곳에 가라앉아 죽을 때까지 드러나지 않는 게 아니라, 마침내 내가 살아 있는 동안에 이렇게 말이 되어 나온다는 사실이 믿어지지 않는다."라는 고백이 이런 변화를 증명해 준다. 또한 이런 자기 서사의 과정을 통해 '나'는 "파견 업체에 종속된 임금 노동자가 아니라 젠의 돌봄 가족의 주체자임을 선포"[29]하게 된다고 볼 수 있다. 소설의 결말에서 '나'는 시설이 더 열악한 치매 전문 요양 병원으로 젠이 강제 이송되었을 때 자신의 집으로 데려와 돌보면서 그녀의 임종을 존엄하게 치러 준다. 가격이 아닌 가치로, 거래가 아닌 선물로 젠의 희생을 대접해 줌으로써 희생의 자본화에 저항하는 것이다.

여기에서 자기 서사가 지닌 '반응성(responsiveness)' 또한 확인할 수 있다. 반응성은 '상호성(reciprocity)'과는 다른 개념이다. 앞에서 살펴본 정의 윤리가 상호성에 토대를 둔다면, 돌봄 윤리는 반응성과 더 긴밀하게 연관된다. 즉 상호성의 윤리는 주체와 타자가 유사한 자아를 가지고 있다는 동일성의 측면에서 서로의 입장을 바꿔 보면서 독립적이고 자율적인 윤리를 주로 강조한다. 반면 반응성의 윤리는 주체와는 다른 타자를 타자 그 자체로 인정하는 비동일성의 측면에서 타자의 입장에 반응하기에 관계적이고 유동적인 윤리를 주로 강조한다.[30] 때문에 반응성을 중심으로 할 때 '타자의 타자성'에 더욱 민감해지고, 자기 서사의 영역 또한 확대될 수 있다. 『딸에 대하여』에서 인물들 간의 서로 어긋나는 논쟁이나 갈등을 있는 그대로 제시하는 것도 이런 반응성의 측면에서 볼 때 더욱

---

29 정은경, 「2010년대 여성 담론과 그 적들: '돌봄'의 횡단과 아줌마 페미니즘을 위하여」, 《대중서사연구》 24권 2호, 대중서사학회, 2018. 5, 118쪽.

30 '상호성'과 차이 나는 '반응성'의 개념은 트론토의 논의를 참조로 했다. 조안 C. 트론토, 앞의 책, 192~200쪽.

유의미해진다. 이런 맥락에서 '나'와 같은 어머니 세대 자체가 희생의 억압에 경제적 조건이 중요한 요인임을 자각하게 되었다는 것, 이에 대한 저항으로서 반응성에 중심을 둔 자기 서사를 강력하게 피력하게 되었다는 것 자체가 이 소설이 제기하는 2000년대 여성 윤리의 강점이라고 할 수 있다.

소설 속에서 자기 자신에 대해 말하고 있는 '나'의 자기 서사가 지닌 반응성은 기존의 '나'에게 말을 걸지 않고서는, 그리고 '너'와의 관계성을 제외하고서는 실현 불가능하다. 때문에 자기 자신을 설명한다는 것은 "대가를 치른다거나 빚을 갚는다는 의미에서의 '계산하다' 혹은 '치르다'의 의미와도 연관되어 있으며, 이러한 점에서 '책임지는 것'을 의미하기도 한다."[31] 다시 이 소설을 "엄마가 '딸에 대하여'가 아니라 엄마가 '자기에 대하여', 끊임없이 묻고 생각하고 또 반문한 고뇌의 기록"[32]으로 읽을 수 있는 것도 이 때문이다. 즉 자신의 희생에 대한 이해와 지지를 고백하고 있다는 측면에서는 '자기'의 서사이지만, 그러한 자신이 불완전성과 불투명성을 지닌 취약한 존재로서도 충분하게 가치가 있는 '돌봄' 의존자임을 드러내야 한다는 것이 바로 자기 돌봄의 서사가 진정으로 추구하는 윤리적 저항일 것이다. 이런 의미에서 김혜진의 『딸에 대하여』는 최종적으로 '자기 돌봄에 대하여'로 제목의 의미를 전유할 수도 있는 소설이다.

---

31 이현재, 「인간의 자기 한계 인식과 여성주의적 인정의 윤리: 주디스 버틀러의 『윤리적 폭력 비판』을 중심으로」, 《한국여성학》 23권 2호, 한국여성학회, 2007, 128쪽.

32 백지은, 「자기에 대하여」, 《문학과사회》, 2017. 겨울, 386쪽.

평등의 불평등성, 이웃과의 교차성: 구병모, 『네 이웃의 식탁』

　혈연 가족(김숨)이나 유사 가족(김혜진)의 범위를 벗어날 경우 가장 대표적인 돌봄의 주체는 이웃이다. 구병모의 『네 이웃의 식탁』[33]은 이런 이웃이 주체가 된 공동체 중심의 돌봄 윤리를 공동 육아의 문제로 풀어내고 있다. 국가에서 최소한 세 명 이상의 자녀를 갖도록 노력하겠다는 각서를 제출하는 가족들을 대상으로 출산을 장려하기 위해 건설한 "실험 공동 주택"(9쪽)이 소설의 배경이기 때문이다. 이 소설에서는 2000년대 들어 중요한 쟁점이 된 육아의 공공성 문제를 "공동이라는 이름이 유난히 강조"(46쪽)되는 이곳에 먼저 입주하게 된 네 가족을 통해 서사화하고 있다. 이웃 사이의 공동 육아에서 절대적으로 필요한 돌봄 윤리가 "윤리적 생활을 위한 길 안내라기보다 그 자체의 이론화의 장애물"[34]로서 더 많은 기능을 하는 현실을 통해 돌봄 윤리가 평등한 협력을 추상적으로 강조해서 해결될 수 있는 단순한 문제가 아니라는 사실을 보여 준다.

　왜 공동 육아에서의 평등이 오히려 불평등을 초래하는가. 평등의 원칙을 따른다면 모든 사람이 동일한 돌봄에 참여하면서 그에 합당한 이익 또한 공평하게 분배받아야 한다. 하지만 돌봄 행위는 개인이 처한 상황과 처지에 따라 달라지는 요구 사항이 더 중요하기에 평등보다는 '차이'의 측면에서 접근해야 하는 윤리이다. 평등이 불평등이 되고, 불평등이 평등이 되는, 즉 "평등의 개념이 오히려 심각한 부정의를 초래"[35]할 수 있다는 역설을 수용해야 하는 것이다. 사회계약론을 위시한 정의 윤리에

---

33 구병모, 『네 이웃의 식탁』(민음사, 2018). 소설 인용은 이에 의거해 쪽수만 밝힌다.

34 케네스 레이너드·에릭 L. 샌트너·슬라보예 지젝, 정혁현 옮김, 『이웃』(도서출판 b, 2010), 13쪽.

35 이영재, 「돌봄, '함께 있음'의 노동」, 《크릿터》 1호, 2019, 28쪽.

서는 평등한 존재들을 전제로 한 공정한 분배를 중시한다. 그러나 돌봄 윤리에서는 불평등 자체가 문제라기보다는 그것이 '지배'로 연결되었을 때에만 문제가 된다.[36] 이런 맥락에서 『네 이웃의 식탁』은 일방적이고 고정된 실체가 아니라 관계적이고 유동적인 구성물로서의 평등 개념을 제시하고 있다는 측면에서 주목해야 할 소설이다.

보다 구체적으로 살펴보면 이 소설에서 전은오-서요진, 신재강-홍단희, 손상낙-조효내, 고여산-강교원 등 네 쌍 부부와 그 자녀들로 구성된 공동체는 서로 다른 이유와 목적으로 공동 육아를 실천해 보지만, 그런 공동 육아에서의 이상과 현실이 얼마나 다른지 여실하게 경험하게 된다. 공동체를 이룰 준비가 되어 있지 않은 이웃들이 공동체를 구성하고 있기 때문이다. "수단화된 공동체는 쉽게 폭력의 도구로 전락한다."[37] 육촌 언니의 약국에서 보조원으로 일하는 서요진은 영화감독 출신인 남편이 육아를 담당하지만 육아 노동으로부터도 자유롭지 않은 이중고에 시달리고 있다. 부녀회장 스타일인 홍단희는 원리 원칙을 내세우지만 우월감과 위선으로 왜곡되어 있다. 프리랜서 삽화가로 집에서 일해야 하는 조효내는 젊은 세대 특유의 개인주의로 인해 다른 이웃들과 가장 불화한다. 강교원은 경제적 어려움과 시댁으로부터 인정받고 싶은 욕망을 SNS상에서의 '행복한 주부'라는 허상적 이미지에 투영하고 있다. 이처럼 "최소한의 상식과 도리"(28쪽)의 기준과 개념이 서로 다르기 때문에 '네 이웃'의 '식탁'은 실제적 차원에서는 서로 공유되지 않는다.

---

36 에바 F. 키테이, 앞의 책, 33~34쪽, 참조.

37 박혜진, 「감수성의 혁명: 구병모, 『네 이웃의 식탁』, 박민정, 『미스 플라이트』」, 《문학과사회》, 2018, 겨울, 231쪽.

분명히 짚고 넘어가야 할 점은, 아이들의 성장과 정서에 포인트를 맞추는 만큼 육아를 공동의 책임으로 함께한다는 뜻이니, 아이들을 한군데다 모아만 놓고 각자 자기 일을 봐도 되는 상황은 아니라는 거예요. 그러니 애를 맡겨서 한시름 놓는 차원으로 여기시면 안 되고요. 다소 번거롭더라도 짐을 나눠 진다는 차원에서 바라봐 주셔야 해요. 이 부분 모두 동의하시죠? 회의 때 홍단희가 강조한 부분이었다. 배우자가 출근한 동안 혼자서 집에 틀어박혀 아이들과 씨름하고 있으려면 이런저런 딴생각도 나고, 독박을 쓴다는 생각에 우울감도 생기고 아이를 간혹 방치하게도 되어 좋을 일 없으니, 장기적으로 내다봤을 때 아이들과 보호자 모두의 건강을 위해 소통하고 교류하는 방식의 육아를 시험적으로나마 해 보자는 뜻이었다.(86~87쪽)

인용문에서 강조되고 있듯이 "육아를 공동의 책임으로 함께한다는 뜻이니, 아이들을 한군데다 모아만 놓고 각자 자기 일을 봐도 되"는 것이 공동 육아의 개념은 아니기에 "짐을 나눠 진다는 차원"에서의 동의와 실행이 중요하다. "서로 소통하고 교류하는 방식의 육아"를 실험해 본다는 취지 자체가 단지 개인이나 감정의 차원에서 쉽게 접근할 수 없는 문제라는 것을 인정해야 한다는 것이다. 이런 취지나 현실이 간과되었기에 소설 속 공동 육아는 결국 실패한다. 국가가 주체가 되어 "가족/부부 내부에서 작동하는 권력에 대한 근원적인 재분배 없이 물리적인 공간 제공을 '지원'했기 때문"[38]이기도 하다. 하지만 더 심각한 이유는 네 이웃들의 공동 육아에 대한 셈법 자체가 평등한 이익의 분배를 중시한다는 것때문이다. 이런 맥락에서 공동 육아가 중단되는 결정적 계기는 전은오와 서요진 부부의 딸인 시율이가 가장 나이가 많다는 이유로 불평등하게

---

[38] 김건형, 「가족, 사적 돌봄, 국가의 공모 그 이후」, 《실천문학》, 2019. 봄, 146쪽.

"동생들을 돌보는 역할"(126쪽)을 하게 됨으로써 발생한다. 막상 자신의 딸이 돌봄 제공자가 됨으로써 손해를 보는 불평등한 상황이 발생했을 때 "맞춤과 양보라는 그럴듯하고 유연한 사회적 합의"(174쪽)가 얼마나 추상적이고 이상적인 가치에 불과한지 확인시켜 주는 현실적 대목이다.

어떤 효용이나 합리보다는 철저한 당위가 지배하는 장소. 기회가 닿으면 아이들이 탈 만한 그네 또는 미니 미끄럼틀 같은 것이나 좀 들여놓으면 될 터였다. 어차피 아이들이 많아질 곳이므로. 각 집에 아이가 둘씩만 있다고 쳐도 꼽아 보면 스물네 명에 이른다. 볕이 좋은 날 각 집에서 버너라도 내놓고 바비큐 파티를 하면 좋겠다는 그림이 여자의 머릿속에 그려졌다. 스물네 명까지 합치면 도저히 다 둘러앉을 수는 없을테지만, 그럼에도 눈앞의 식탁은 이 주택에서 제일 오래갈 듯이 존재감을 드러냈다. 향후 몇 가구가 들고 나든지 변함없이 이 자리를 지키고 서 있을 것만 같은, 이웃 간의 따뜻한 나눔과 건전한 섭생의 결정체처럼. 여자는 왠지 몰라도 이 식탁을 오랫동안 아침저녁으로 보고 지낼 자신이 있었다.(191쪽)

이 소설의 결말은 공동 육아의 실패를 경험한 이후에 고여산과 강교원으로 구성된 한 가족만 유일하게 남은 상황에서 새로 이사 올 예정인 '여자'가 이미 떠나간 가족들의 후일담을 전하는 내용으로 채워진다. '여자'는 첫딸을 낳고 둘째를 임신하기 위해 퇴사까지 하고 입주하는 경우로, 인용문에서처럼 공동 육아의 꿈에 부풀어 있는 상태이다. 이런 소설의 결말에서 제시되는 식탁은 "어떤 효용이나 합리보다는 철저한 당위가 지배하는 장소"를 대표한다. 식탁 자체가 "제일 오래갈 듯이 존재감"을 드러내며 "이웃 간의 따뜻한 나눔과 건전한 섭생의 결정체"라는 공동체적 환상을 대변하면서 그것이 '여자'를 통해 앞으로도 지속되거나 반복될 것임을 암시하고 있다. 이웃의 폭력성으로 인해 실패를 경험했음에도 불구하고 돌봄 윤리의 평등성이 쉽게 포기되지 않는 현실의 굳건함을 반영하고 있는 것이다.

물론 이런 결말은 공동 육아의 문제를 '교차성(intersectionality)'[39]에 토대를 둔 자기 돌봄의 윤리로 해결해야 함을 동시에 보여 준다. 원래 흑인 여성과 백인 여성 사이의 차별에서 발생하는 성적·인종적·계급적 차별을 비판한 데서 출발한 교차성 개념은 하나의 정체성이나 윤리를 독립적으로 평가하는 것에 반대하면서, 각 여성들의 차이성과 고유성을 훼손하거나 억압하지 않아야 함을 의미한다. 이 소설의 의의는 여성들을 완벽한 돌봄 제공자로 그리지 않았다는 점과, 여성들 사이에 존재하는 돌봄 윤리의 다양성을 간과하지 않았다는 점이다. 그래서 작가는 세 식구가 공동 주택을 떠날 수밖에 없는 이유에 대해서도 세밀하게 들여다보았던 것이다. 작가는 서요진에 대한 남편 신재강의 부당한 성추행을 홍단희마저 흐지부지 넘어가는 이유, 일과 육아를 병행해야 하는 조효내가 결국 이혼을 감행할 수밖에 없는 이유, 유일하게 셋째 아이를 임신해서 공동 주택에 잔류하게 된 강교원이 전업주부로서 열등감을 가지는 이유 등을 무조건 옹호하거나 은폐하지 않는다. 이를 통해 작가는 돌봄 윤리 자체를 충돌과 공백의 교차로에 놓아둠으로써 돌봄 윤리가 과잉될 때에는 오히려 돌봄을 요구하지 않을 자유를 또한 인정해야 한다는 점을 부각시키고 있다.[40]

---

39 '교차성'의 여성 윤리적 측면은 다음을 참조했다. 패트리샤 힐 콜린스, 박미선·주해연 옮김, 『흑인 페미니즘 사상』(여이연, 2009), 443쪽; 린 미켈 브라운·캐롤 길리건, 김아영 옮김, 『교차로에서의 만남』(이화여대 출판부, 1997), 42~47쪽; 한우리 외, 『교차성×페미니즘』(도서출판 여이연, 2018), 44~46쪽.

40 구병모는 이미 단편 「한 아이에게 온 마을」(『단 하나의 문장』, 문학동네, 2018)에서 젊은 임산부에

하지만 이 소설은 앞에서 제기되었던 '효용'이나 '합리', '당위'가 중요하기에 그에 반하는 '나눔'과 '섭생' 자체를 거부해야 한다는 논리 또한 자기 돌봄 윤리를 퇴행시키는 위험한 논리임을 열린 결말로 제시하고 있다. 자기 돌봄 자체가 아니라 '잘못된' 자기 돌봄이 문제이기 때문이다. 이런 자기 돌봄 윤리의 이중성을 정의 윤리와의 교차성뿐 아니라 일반적인 돌봄 윤리와의 교차성을 통해 동시에 보완해야 함을 강조한다. 돌봄에 대한 의무가 돌봄 받지 않을 권리보다 우선해야 하는 것처럼, 돌봄 윤리의 폭력성을 자기 돌봄 윤리의 취약성에서 찾아서는 안 된다는 것을 알려 주기 때문이다. 즉 동지이자 적인 이웃을 중심으로 비대칭적인 돌봄 윤리를 실천하기 위해서는 자기 자신도 가치 있는 이웃이 되도록 노력해야 한다는 사실을 보여 주는 것이다. 진정한 자기 돌봄을 위해 자기 갱생의 단계로까지 나아가야 함을 역설하고 있다고도 볼 수 있다. 다른 이웃에게 폭력적인 '괴물'로서의 이웃을 인정하면서도 이런 이웃과도 늘 새로운 관계를 재구성해야 한다는 것이다. 때문에 돌봄 윤리의 차원에서는 이웃에 대해 "속지 않는 자가 오히려 잘못하는 것이다."[41] 구병모의 소설은 이런 이웃의 윤리가 지닌 위험성과 필요성을 동시에 제시하는 열린 결말을 통해 돌봄 공동체에서 스스로 찾아야 할 자기 돌봄 윤리의 확장성을 함께 제시하고 있다.

게 쏟아지는 마을 사람들의 지나친 관심이 오히려 윤리적 폭력이 될 수 있음을 소설화했고, 『네 이웃의 식탁』은 그 확장판인 장편 소설로도 볼 수 있다.

41 케네스 레이너드·에릭 L. 샌트너·슬라보예 지젝, 앞의 책, 284쪽.

'다른 목소리'로서의 자기 돌봄 윤리

자기 돌봄 윤리는 정의 윤리나 돌봄 윤리와 다른 입장에서 차이 나게 재정립될 수 있는 윤리 개념이다. 우선 정의 윤리와 돌봄 윤리는 서로 양자택일적이지 않고 동시성을 지닌다. 즉 돌봄 윤리 자체도 완벽한 윤리가 아니기에 정의 윤리의 입장에서 의심과 비판의 대상이 될 수 있다는 것을 고려해야 한다. 그래야만 돌봄 윤리가 더욱 구체적인 실효성을 지닐 수 있다. 또 다른 측면에서 자기 돌봄 윤리는 일반적 돌봄 윤리의 맹목성이나 폭력성, 과잉성까지 견제 가능하다. 돌봄 윤리 내부에서도 긴장과 균열이 있다는 것을 확인해 주면서 돌봄 윤리들 사이를 서로 연결하는 것이 바로 자기 돌봄 윤리이다. 이런 자기 돌봄 윤리를 통해 자기애나 이기주의와는 다른 차원에서 정의 윤리의 독립성이나 자율성, 그리고 일반적 돌봄 윤리의 취약성이나 비대칭성 모두를 보완하면서 생산적 가치를 더욱 확장시킬 수 있게 된다.

물론 자기 돌봄 윤리가 모든 남성 중심적 정의 윤리의 대안이 될 수는 없다. 2000년대 여성 소설들이 여전히 자기 돌봄 윤리의 현실적 곤궁을 문제 삼는 이유도 여기에 있다. 더구나 자기 돌봄 윤리는 여성들만의 윤리도 아니다. 남성적 정의 윤리와 여성적 돌봄 윤리라는 이분법적 대립 관계에서 파악할 때 발생하는 자기 돌봄 윤리의 한계 또한 분명하기 때문이다. 이런 맥락에서 '여성의' 목소리가 아닌 '다른' 목소리를 통해 '여성적' 윤리가 아닌 '여성주의적' 윤리, '양자택일적' 윤리가 아닌 '다양한' 윤리로서의 자기 돌봄 윤리를 재구성해 보는 것이 중요하다. 다만 자기 돌봄 윤리가 '다른 사람들의 권리를 침해할까 봐' 우려하는 데에서 더 나아가 "다른 사람들을 도와줄 수 있으면서도 도와주지 않게 될까 봐"[42] 걱정한다는 측면에서 좀 더 기존의 남성 중심적 정의 윤리와는 '다른'

'여성주의적'인 '다양한' 윤리인 것은 분명하다.

김숨의 『여인들과 진화하는 적들』은 자기 돌봄 윤리가 여성들에게도 적으로 다가오면서 어떻게 왜곡당하거나 모욕당할 수 있는지를 전통적인 모성을 통해 문제 삼는다. 돌봄 제공자가 돌봄 의존자가 되었을 때에도 정당한 돌봄을 제공받기 위해서는 인간 모두가 모성적 사유의 긍정성을 인정하면서 인간의 보편적인 '의존성' 자체가 자기 돌봄과 상치되지 않는다는 사실을 강조해야 한다는 것이다. 김혜진의 『딸에 대하여』는 돌봄 노동 자체가 가족 내에서의 무임금 노동에서 가정 밖에서의 저임금 노동으로 자본화됨으로써 희생이라는 정신적 가치 또한 어떻게 물화(物化)되고 있는지 보여 준다. 희생이라는 숭고한 가치가 부당한 가격으로 거래되고 있다면, 그러한 부당 거래에 저항하기 위한 방법으로 피해자이자 당사자로서 여성 스스로 느끼는 민감한 '반응성'에 토대를 둔 자기 서사화가 필요함을 보여 준다. 돌봄 윤리를 공동체의 공동 육아를 중심으로 문제 삼고 있는 구병모의 『네 이웃의 식탁』에서는 평등한 육아 부담을 중시할 때의 불평등성으로 인해 발생하는 현실적 제약이나 갈등이 문제가 되고 있다. 때문에 자아의 독립성이나 자율성을 위해서는 오히려 남성 혹은 다른 여성들과의 '교차성'을 인정하는 자기 돌봄의 차원으로까지 발전해야 한다는 것이다. 이때의 교차성은 과잉 돌봄을 자기 돌봄으로 견제하기 위한 장치이기도 하다.

김숨·김혜진·구병모는 자유주의나 공동체주의라는 양극단의 장점과 폐해를 모두 경험한 세대로서, 공존·분배·평등 중심의 정의 윤리나 여성 중심의 돌봄 윤리가 지닌 한계를 자기 돌봄의 윤리로 전유하려는 움직임을 보여 주고 있다. 즉 공존이라는 허구의 억압성, 희생이라는 정

---

42 캐롤 길리건(1997), 앞의 책, 71쪽.

신적 가치의 자본화, 평등의 불평등한 배분이라는 장애 앞에서 이를 극복하기 위한 대안으로 자기 돌봄 윤리가 지닌 의존성·반응성·교차성을 각각 중점적으로 제시한다. 자기 돌봄 윤리를 통해 돌봄 의존자라는 이유로 부당한 대우를 받았던 과거의 자기를 해체하고, 희생을 부당 거래하는 현실에 대해 적극적으로 반응하면서 자기 서사를 통해 저항하며, 자기 돌봄 윤리 내부에서도 발생하는 차별과 한계를 극복하기 위해 자기 갱생의 단계까지 나아가고 있기 때문이다. 이처럼 여성들의 '다른 목소리'를 반영하는 소설 속 자기 돌봄 윤리는 "감정과 사고의 내적 정신세계를 자신과 타인이 들을 수 있는 관계의 열린 공간 속으로 불러내는 통로"[43] 그 자체라고 할 수 있다.

때문에 돌봄 자체의 윤리에서 자기 돌봄의 여성 윤리 층위로 초점을 이동시켜 준 이들 여성 작가들의 소설은 다음과 같은 중요한 의의를 지닌다. 첫째는 여성만이 아닌 모든 인간을 돌봄 윤리에 의존해야 할 보편적 타자로 확대시켰다는 점이다. 둘째는 공적 영역으로 이동한 여성주의적 돌봄 윤리를 통해 여성들 사이에서도 존재하는 차별과 차이를 구체화시켰다는 점이다. 셋째는 자기 돌봄 윤리 자체가 '돌봄'이라는 측면에서 공존·배분·평등 중심의 정의 윤리와 다르고, '자기' 돌봄이라는 측면에서 일방적이고 이타적인 일반적 돌봄 윤리와도 다른 여성 윤리일 수 있다는 점을 확인해 주었다는 점이다. 이런 의의들을 통해 이 세 여성 작가는 자기 돌봄 윤리가 지닌 '다른 목소리'로서의 여성 윤리가 배제되어야 할 부정적 가치가 아니라 적극적으로 회복되어야 할 긍정적 가치임을 역설하고 있다.

---

43 린 미켈 브라운·캐롤 길리건, 앞의 책, 41쪽.

여성 가족 로망스의 교차성

— 김이설 소설을 중심으로

가족 로망스에서 여성 가족 로망스로

김이설 소설들[1] 중에서 익명화된 남성 타자의 소외를 그린 단편 소설 「손」을 제외한 대부분의 소설들은 가족 소설로 분류될 수 있다. 그리고 주류에 해당하는 김이설의 가족 소설들에서도 '아버지-아들' 사이의 친부 살해 모티프가 중심이 되는 「미끼」를 제외하면 나머지 작품들은 모두 '어머니-딸' 사이의 가족 갈등이 주를 이룬다. 이런 경향에 주목할 때 김이설의 소설들을 S. 프로이트의 '가족 로망스(Family Romance)' 개념과 대비되는 '여성 가족 로망스(Feminist Family Romance)'의 측면에서 접근해 볼 필요가 있다. 여성 가족 로망스는 오이디푸스적 갈등을 토대로 하는 기

---

1 이 글에서는 단행본으로 현재까지 출간된 총 5권의 김이설 소설들을 모두 분석 대상으로 삼는다. 1. 『나쁜 피』(장편소설, 민음사, 2009), 2. 『아무도 말하지 않는 것들』(소설집, 문학과지성사, 2010), 3. 『환영』(장편소설, 자음과모음, 2011), 4. 『선화』(장편소설, 은행나무, 2014), 5. 『오늘처럼 고요히』(소설집, 문학동네, 2016). 소설 인용은 이에 의거해 쪽수만 밝힌다.

존의 가족 로망스 소설에서 배제되었던 '어머니-딸'의 관계를 중심으로 가족 로망스에 대한 전유(appropriation)나 수정(revision)이 일어나는 새로운 여성 가족 소설을 의미한다. 기존의 가족 로망스 담론이 '아버지의 딸'이나 '오빠의 누이'에만 주목함으로써 '어머니-딸' 중심의 정체성을 누락시킨 점에 대해 비판하는 젠더 서사인 것이다. 어머니 혹은 딸의 경험을 중심으로 아버지나 남편, 다른 딸들과 맺는 관계가 기존의 남성 중심적 가족 로망스와 어떻게 비슷하면서도 다른지 규명하려는 것이기도 하다.

먼저 프로이트의 가족 로망스 개념은 아버지와 아들의 오이디푸스적 관계를 중심으로 친부 살해와 형제애, 근친상간 금지(족외혼) 등을 통한 문명화나 지배 질서의 확립과 연관된다.[2] 이런 프로이트 이론에서는 "남아라는 동일한 기준을 척도로 여아를 재단"[3]함으로써 남아의 거세 공포나 여아의 남근 선망을 당연시하고, 이를 통해 형성된 초자아가 성인 단계로의 진입을 가능하게 한다고 본다. 여기서 좀 더 아버지에 대한 저항 중심으로 이동한 것이 마르트 로베르(Marthe Robert)의 이론이다. 그에 따르면 아들의 서사를 아버지에 대한 환멸과 도피를 보여 주는 업둥이형과, 아버지를 부정하면서도 아버지가 되기를 추구하는 사생아형으로 크게 양분할 수 있다.[4] 하지만 업둥이형이건 사생아형이건 둘 다 아버지를 중심에 둔 아들의 서사이기에 오이디푸스적 서사를 벗어나지는 않는다. 린 헌트(Lynn Hunt)에 따르면 친부 살해로 인한 죄의식을 공유한 아들들

2 지그문트 프로이트, 김정일 옮김, 「가족 로망스」, 『성욕에 관한 세 편의 에세이』(열린책들, 2003), 199~202쪽 참조.

3 임옥희, 「가족 로망스」, 여성문화이론연구소 정신분석세미나팀, 『페미니즘과 정신 분석』(여이연, 2003), 23쪽.

4 마르트 로베르, 김치수·이윤옥 옮김, 『기원의 소설, 소설의 기원』(문학과지성사, 1999), 70~73쪽 참조.

의 가부장적 지배가 바로 근대 정치의 시작이 된다.[5] 때문에 아버지로부터 형제들의 동맹으로 혁명의 주체가 바뀌었을 뿐 여전히 남성 중심적 서사에 머문다.

이런 기존의 가족 로망스 담론들에서 어머니나 딸, 자매 등의 여성 경험은 주변화된다. 이에 대한 문제의식을 발전시켜 본격적으로 여성 가족 로망스의 개념을 제시한 매리앤 허시(Marianne Hirsch)는 모성적 주체로서의 경험이 부정적인 영향뿐 아니라 거기에 저항하려는 이중적이고도 모순적인 양가성을 함께 보인다는 데에 주목한다. '아버지-오빠-연인-남편'과의 관계보다는 어머니와의 갈등과 동일시를 동시에 경험하는 딸들의 이야기가 새로운 여성 가족 로망스를 구성하는 데에 핵심으로 작용할 수 있다는 것이다. 이런 맥락에서 여성 가족 로망스는 침묵과 부재를 강요당해 왔던 가족 내 여성들의 불행한 현실을 그대로 반영하거나 비판하는 데서 더 나아가, 그런 부정적 현실을 극복하기 위해 투쟁하는 적극적인 어머니와 딸 중심의 가족 서사를 의미한다고 규정한다.[6] 즉 허시에 따르면 여성 가족 로망스에서는 "부정적 모델일 수 있는 어머니이지만, 다른 가능성도 제공"[7]하는 모성적 주체가 보다 두드러진다는 것이다.

한국 근현대 소설사에서도 가족 로망스 개념은 남성을 중심으로 하는 정상 가족의 추구와 맞물려 논의되어 왔다. 하지만 상징적 아버지가 언제나 건재하는 서양의 경우와는 달리, 한국의 경우에는 일본 제국주의나 6·25 전쟁, 산업화 등을 배경으로 하는 반오이디푸스적 성장 소설과 연

---

5   린 헌트, 조한욱 옮김, 『프랑스 혁명의 가족 로망스』(새물결, 1999), 9~12, 116~122쪽 참조.

6   이 글에서의 여성 가족 로망스 개념은 다음 책들을 중점적으로 참조했다. Marianne Hirsch, *The Mother/ Daughter Plot: Narrative, Psychoanalysis, Feminism*(Indiana Press, 1989), pp. 1~27; 서강여성문학연구회 편, 『한국 문학과 모성성』(태학사, 1998), 10~14쪽 참조.

7   Marianne Hirsch, op. cit., p. 11.

결되면서 '고아적 무의식'이나 '청년들의 연대'가 드러나는 특수성도 발견된다.[8] 1990년대 들어 가족 이데올로기의 종언이 선언되면서 정통 가족 로망스의 해체 논의가 급부상하기도 했지만, 2000년대 소설에서는 이에 대한 반작용으로 가족의 재구성 혹은 새로운 대안 가족에 대한 논의 또한 활발하다. 전통적 가족 로망스의 구도로는 해결할 수 없는 문제들을 해결하기 위해서는 가족 로망스와 페미니즘의 본격적 결합이 요청된다는 것이다.

남성 중심적 가족 이데올로기 속에서 여성들은 이중으로 소외되어 왔다. 즉 "철저히 배제되고 사회적인 것의 영역에서 밀려나지만, 이데올로기적이고 상상적인 층위에서는 신화화되어 절대 건드릴 수 없는 금기의 영역(터부)이 되는"[9] 이중성을 보이는 것이다. 이처럼 배제적 포함과 포함적 배제를 동시에 보여 주는 가족 내 여성의 위치는 아비 부재, 편모 슬하, 모가장(母家長) 등의 기존 담론과 혼합되어 논의되었기에 그 자체로서는 주목받지 못했다. 하지만 2000년대 젊은 여성 작가들은 새로운 움직임을 보여 주고 있다. 세대론의 입장에서 '나이 든 아버지'의 현전과 '젊은 딸' 사이에 젠더 역전 현상이 일어나기도 하고,[10] 여성 성장 소설의 측면에서 위계적인 오이디푸스 구조에 저항하는 일탈적 면모를 보여 주기도 하며,[11] 여성 가족 소설의 입장에서 모계 가족을 복원시키는 가족 서사를 보여 주기도 한다.[12] 하지만 이런 움직임 속에서도 가족 내 여성

---

8   나병철, 『가족 로망스와 성장 소설』(문예출판사, 2007), 8~9, 31~43쪽 참조.

9   권명아, 『가족 이야기는 어떻게 만들어지는가』(책세상, 2000), 18쪽.

10 손유경, 「젠더화된 세대 교체 서사를 패러디하기」, 《한국현대문학연구》 58호, 한국현대문학회, 2019.

11 정혜경, 「여성 성장 소설에 나타난 가족 서사의 재구성」, 《국제어문》 44집, 국제어문학회, 2008.

12 장성규, 「2000년대 이후 한국 문학에 나타난 가족 로망스의 변화 양상 연구」, 《인간연구》 36호, 가

에 대해 아버지의 딸 혹은 신성화된 모성성으로의 회귀를 완전히 극복하지 못하는 한계점 또한 존재한다. '어머니-딸'의 관계를 여성 가족 수난사 중심으로 고정적으로 호출하거나, 전통적인 어머니에 대해 반항하는 딸의 주체성을 대안으로 제시하는 도식성으로부터도 자유롭지 못하다는 것이다.

이러한 한계를 극복하기 위해 여성 가족 로망스의 측면에서 김이설 소설을 중심으로 2000년대 들어 보다 본격화한 여성 가족 로망스의 특성을 살펴보고자 한다. 김이설 작가는 "음습한 이야기, 힘든 이야기, 불편한 이야기만 쓰는, 정말 곱지 않은 이야기만 쓴다는 인식"[13]이 강하다. 그리고 그 원인으로 자본주의하에서의 하위 주체로서의 여성의 삶이 부각된다. 빈곤의 여성화 혹은 여성의 빈곤화가 김이설 소설 속 갈등의 주요 원인이라는 것이다.[14] 즉 "승패만 있는 세계의 궁지"[15]나 "신자유주의 경제 체제라는 고통"[16] 속에서 "계급적 억압에 성적 억압이 포개진 이중 소외"[17] 혹은 "가난과 폭력 속에서 자신의 삶을 훼손당하는 여성들의 전락 과정"[18]에 중점을 둔다는 것이 김이설 소설의 특징으로 논의되었다. 하지만 이런 계급적 불평등을 극복할 수 있는 가족 구조의 기원으로서 '어머니-딸'의 미분리 관계에 주목한다면 보다 긍정적이고 저항적

톨릭대 인간학연구소, 2018.

13 김이설·윤이형, 「창문을 향한 시선, 몸의 언어와 만나다(대담)」, 《문학과사회》, 2010. 여름, 336쪽.

14 배상미, 「하층 계급 여성들의 성 노동과 여성 억압: 김이설 소설을 중심으로」, 《실천문학》, 2015. 여름, 109쪽.

15 백지은, 「구조화된 폭력: 2000년대 소설이 그것을 묻는 세 가지 방식」, 함돈균 편, 『한국 문학과 민주주의』(소명출판, 2013), 377쪽.

16 강유정, 『타인을 앓다』(민음사, 2016), 80쪽.

17 차미령, 「몸뚱이는 말하지 않는다」, 《문학동네》, 2010. 겨울, 356쪽.

18 백지연, 『사소한 이야기의 자유』(창비, 2018), 259쪽.

인 측면에서의 여성 주체성을 동시에 발견할 수 있다. 또한 폭력적인 아버지의 억압에 대한 적극적 거부와 어머니의 비체화된 몸에 대한 생산적 전유를 통해 기존의 남성 중심적 가족 윤리 자체에 정면으로 도전하는 장면 또한 발견된다. 이런 부모 혹은 남편과의 관계를 통해 딸들은 피를 나누지 않은 다른 딸들과도 수평적 연대를 중심으로 한 여성 공동체를 형성하기도 한다. 때문에 김이설 소설의 여성 가족 로망스를 통한다면 기존의 남성 중심적 가족 로망스와 교차성을 보이는 새로운 가족 서사에 주목해 볼 수 있을 것이다.

어머니와의 미분리와 코라적 모성의 유동성

김이설의 등단작이기도 한 「열세 살」[19]은 충격적인 내용으로 주목받았던 작품이다. 열세 살 미성년 여아의 성매매를 중심으로 성인 남성들의 성적 폭력이 적나라하게 묘사되고 있기 때문이다. 그러나 의외로 이런 여주인공 '나'의 여성으로서의 삶을 결정짓는 중요한 계기나 지속적 배경이 바로 엄마이다. 즉 이 소설에서는 폭력적 남성들과 그로 인한 '나'의 임신 및 출산이라는 사건 자체도 중요하지만, 그 이후에도 벗어날 수 없는 엄마와의 강력한 관계도 중요하다. 소설 속에서 '나'는 아버지를 일찍 여의고, 생계를 위해 구걸하는 엄마와 역에서 함께 노숙하는 처지이다. 엄마가 구걸하러 간 사이 '나'는 역 주변의 남성들에게 몸을 팔아 돈을 번다. 그러다가 임신을 해서 '여성의 집'으로 들어가 출산을 한 후 엄마를 다시 찾아가는 결말이 다음의 인용문이다.

---

19 김이설(2010), 앞의 책.

봄이 되어 나는 아가를 낳았다. 아기를 데려가는 날, 나는 울지 않았다. 다음 날이면 나도 아가처럼 녹색 지붕을 떠나야 했다. 내가 가진 건 들어올 때 입었던 옷뿐이었다. 너무 작아져 버린 옷으로 갈아입다가, 나는 보았다. 우뚝 솟은 검고 단단한 젖꼭지. 나는 엄마를 닮아 있었다. (중략)

또각또각, 구두 소리가 울렸다. 엄마는 일 년 전처럼 그 자리 그대로였다. 마치 천년 동안 움직이지 않아 굳어 버린 돌덩이처럼, 검은 손을 치켜들고 있었다.

계단을 올라가던 하늘거리는 꽃무늬 원피스를 입은 아가씨가 엄마의 바구니에 동전 두 개를 넣고 총총히 사라졌다. 나는 아가씨의 뒷모습을 물끄러미 바라보았다. 꽃무늬가 팔랑거리며 지상의 환한 빛 속으로 사라졌다. 저 아가씨도 아가를 낳으러 가는가 보다. 나는 질끈 눈을 감았다.(「열세 살」, 34쪽)

'나'를 찾는 남성들, 특히 '흰 얼굴'로 지칭되는 남성은 '나'와 엄마의 이야기를 선정적이고도 악의적으로 왜곡해서 잡지에 기고한 탐사 보도 기자이다. '나'는 자신의 이야기를 잘 들어주고 부드럽게 대해 주는 '흰 얼굴'이 아빠였으면 좋겠다고 생각하지만, 자신의 삶과는 동떨어진 잡지 기사를 보고서는 "흰 얼굴이 나의 아빠도 나의 왕자도 될 수 없었던 이유"(33쪽)를 알게 된다. 그리고 임신과 출산 경험 이후 뒤늦게나마 자신의 동일시 대상이 "우뚝 솟은 검고 단단한 젖꼭지"를 가진 엄마임을 알게 된다. 세상을 알아 버린 후에도 엄마와 미분리된 채 오히려 엄마와 더 단단하게 맺어지고 있는 것이다. 이처럼 여성 가족 로맨스에서는 "어머니로부터의 단절을 통해 자기 정체성을 형성하기보다는, 어머니-딸의 관계를 통해 자기 정체성을 형성하고 발견"[20]한다. 전(前)오이디푸스에서

---

[20] 서강여성문학연구회 편, 앞의 책, 15쪽.

경험하는 충만하고 결핍 없는 관계로의 퇴행이 아니라, 오이디푸스기를 거친 후에도 지속되는 상처의 공유가 발생하는 것이다.

때문에 '어머니-딸' 사이의 미분리 관계는 여성 가족 로망스에서 절대적 긍정이나 부정으로 연결되지 않는다. 오이디푸스 서사가 중심이 되는 기존의 가족 로망스에서는 어머니는 배제되거나 타자화된다. 이로 인해 딸은 아버지를 욕망하거나 아버지와 화해한다. 하지만 여성 가족 로망스에서의 어머니와 딸은 서로 미분리된 채 '저장소' 혹은 '자궁'이라는 어원을 지닌 코라(chora) 공간[21]에 함께 위치한다. 코라 공간은 어머니의 자궁과 같은 공간이지만, 유동적인 흔적으로만 존재한다. 때문에 여성 가족 로망스에서는 "주체가 상징계에 진입하기 이전의 어머니의 몸과 이후의 어머니의 몸에 관한 논의"[22]를 모두 중시한다. 전오이디푸스기로 퇴행하면서 낭만화되거나, 오이디푸스기를 통과하기 위해 도구화되지 않으며, 오이디푸스기 이후에 사라지면서 침묵하지도 않는 존재가 바로 여성 가족 로망스 속 어머니라는 존재이다.

「환상통」[23]에서도 '어머니-딸'의 관계는 어머니의 죽음 이후에도 남겨진 딸의 삶에서 분리되지 않는다. 자궁암 진단을 받고 치료 중이던 '나'는 자궁 적출로 불임의 몸이 된 후 이혼을 결심한다. 그런데 아이러니하게도 '나'의 자궁암이 완쾌 판정을 받자마자 '나'를 간병하던 엄마

---

21 코라 공간의 개념에 대해서는 다음을 참고했다. 줄리아 크리스테바, 서민원 옮김, 『공포의 권력』(동문선, 2001), 41~42쪽 참조; 노엘 맥아피, 이부순 옮김, 『경계에 선 크리스테바』(앨피, 2007), 46~55쪽 참조; 임현주, 「코라: 모성적 공간」, 여성문화이론연구소 정신분석세미나팀, 앞의 책, 199~214쪽 참조.

22 박주영, 「영원히 지워지지 않는 흔적: 크리스떼바의 어머니의 몸」, 한국여성연구소 지음, 『여성의 몸』(창비, 2005), 74쪽.

23 김이설(2010), 앞의 책.

또한 자궁암 판정을 받는다. 이로써 '나'와 엄마는 "제거된 자궁"(116쪽)을 지닌 여성의 몸이라는 공통점을 지니게 된다. "나는 엄마를, 엄마는 나를 따르는 똑같은 순서를 밟고 있었다."(108쪽)라는 서술이 이를 증명한다. 결국 엄마는 투병하다 사망하고, '나'와 헤어진 남편은 새로운 여자와의 사이에서 아이를 갖게 된다.

> 생리가 시작될 때면 식욕이 솟구치곤 했다. 쌀을 안쳤다. 밥내가 말아졌다. 실존하지 않지만 기억을 끄집어내는 통증이 몰려왔다. 아랫배를 부여잡았다. 엄마, 밥 먹자. 방문을 열었다. 텅 빈 방, 엄마의 이불이 그대로 펼쳐져 있었다. 통증 때문에 식은땀이 흘렀다. 한숨 자고 나면 가라앉을 것 같았다. 나는 오물이 묻어 있는, 며칠 사이 뽀얀 먼지까지 내려앉은 엄마의 이불 속으로 기어 들어갔다.(「환상통」, 122쪽)

소설의 결말에서 엄마의 죽음 이후 '나'는 인용문에서처럼 아랫배의 통증을 느낀다. "실존하지 않지만 기억을 끄집어내는" 데에 필요한 것이 바로 이런 환상통이다. 여성이기에 혹은 어머니이기에 겪어야 할 육체적 고통과 정신적 상처가 교차되는 상황에서 유발되는 통증인 것이다. 이미 부재하는 엄마의 존재를 "엄마, 밥 먹자."라는 말로 소환하기 위해 필요한 통과의례이기도 하다. 심지어 엄마의 더러운 이불 속으로 기어 들어가는 '나'의 행위는 엄마의 자궁 속으로 다시 들어가는 아이의 행위와 유사하다. "또 다른 모성의 위치로 변화해 가는 모성"[24]을 느끼는 딸과 어머니와의 미분리 체험이 사회와의 갈등 이후에도 여전히 중요하게 유지하고 있음을 알려 주는 것이다.

---

24 Marianne Hirsch, op. cit., p. 136.

「엄마들」[25]에서 '나'는 법대생인 26세 엘리트 여성임에도 가난 때문에 대리모로 자신의 자궁을 불법 거래해야 한다. '나'는 이미 태아가 딸이라는 이유로 자신을 고용한 여성에게 버림받은 후 할 수 없이 스스로 낙태해야 했던 경험이 있다. 하지만 '나'뿐 아니라 새로운 고용인인 '여자'는 '나'의 대리 임신을 통해 소원했던 각자의 어머니와 화해하는 변화를 겪는다. 즉 이 소설의 여성 가족 로맨스로서의 특성은 '어머니-딸'의 서사가 피해자 페미니즘에 머무르지 않는다는 사실이다. 그리고 '나'와 여자는 '나'의 배 속 아이를 통해 "흉측한 느낌이어야 할 것 같은데 섬뜩하도록 순수한 감동"(60쪽)을 공유한다. 어머니로서의 나는 다음처럼 독백을 한다. "그럴 때마다 나는 어쩔 수 없이 엄마가 보고 싶어졌다."(64쪽) 이런 그리움은 자신의 어머니가 완벽해서도 아니고, 자신의 모성 체험이 충만해서도 아니다. 그저 어머니와 자신의 삶이 분리될 수 없음을 인정하는 것에 가깝다. 이처럼 여성 가족 로맨스에서 어머니는 절대 포기되지 않는다. 때문에 어머니와 딸은 지속적으로 미분리의 관계를 유지하면서, 거세 불안이 아닌 탯줄 분리 불안을, 남근 선망이 아닌 자궁 선망을 비현실이 아닌 현실 차원에서 형상화한다.

화염상모반이라는 질병으로 인해 흉측한 얼굴 흉터를 지닌 딸과, 그로 인한 자책감으로 자살한 엄마와의 애증을 그린 『선화』[26]에서도 이런 '어머니-딸'의 서사는 드러나고 있다. "적어도 나 같은 딸을 두었다면 조금 더 살았어야 옳다."(11쪽)라는 원망(怨望)에서 시작해 "저절로 아물었으면 그냥 둬. 그걸 왜 후벼 파? 그래 봤자 흉터만 더 커지지."(139쪽)라며 어머니의 자살을 긍정하는 결말에 이르는 과정이 바로 이 소설의 주요

25 김이설(2010), 앞의 책.

26 김이설(2014), 앞의 책.

뼈대를 이룬다. 이 소설에서 자신에게 보호자로서의 최소한의 도리만 하는 아버지나, 자신의 키가 작다는 육체적 결함을 앞세워 '나'와도 익숙한 관계만을 유지하려는 연인 병준, '나'에게 설렘의 감정을 처음으로 선사했지만 결함 있는 여성에 대한 동정에 다름 아니었던 영흠 등을 통해 남성들과의 관계가 드러난다. 하지만 이들과의 관계보다 더 중요한 것이 바로 엄마와 '나'의 관계이다. '나'는 엄마가 자살하기 전까지 운영했던 꽃집을 물려받아 운영하고 있다. 그 꽃집이라는 공간에서 '나'는 어머니로 인한 상처까지도 기억해 내고 재생산한다. 이럴 때 '나'는 "어머니와 분리되어 있지 않지만 어머니와 더 이상 동일하지는 않다."[27] 물론 '나'는 어머니와의 동일시가 속임수이거나 환상에 불과함을 안다. 하지만 그로 인해 자각하게 된 어머니로 인한 위기를 극복해야 하는 것이 여성 가족 로맨스에서의 딸들의 의무이다. 오이디푸스처럼 아버지를 죽임으로써 가능한 것이 아니라, 오히려 어머니를 재소환해야만 딸 스스로도 자신을 갱신할 수 있기 때문이다.

김이설 소설에서 어머니들은 딸들을 통해 끊임없이 소환된다. 자신을 버린 어머니이거나 경제적으로 부양해야 할 어머니이기에 이들 어머니들은 억압적이고도 불완전한 존재들이다. 이로써 김이설 소설 속 딸들은 절대적으로 이상화된 모성 신화를 거부한다. 어머니와의 미분리가 상상적 동일시를 통한 유토피아로의 퇴행도 아니고 남성 중심적 상징 질서의 바깥에 존재하는 타자성을 대변하는 것도 아니기에 오히려 그 경계에서 유동성을 보인다는 것이다. 이런 맥락에서 여성 가족 로맨스에서 '어머니-딸'의 관계는 서로에게 최초의 타자이자 영원한 타자에 해당한다고 할 수 있다. 즉 여성 가족 로맨스 속 어머니들은 오이디푸스기 이전과 오

---

27 캐리 올리버, 박재열 옮김, 『크리스테바 읽기』(시와 반시, 1997), 93쪽.

이디푸스기 이후의 경계를 넘나들면서 지속적으로 딸들과 관계를 유지하는 영원한 동반자이다. 이런 '어머니-딸'의 지속적인 관계를 통해 여성 가족 로맨스는 '어머니-딸' 사이의 이분법적 대립이 아니라 개방적 유동성을 보여 준다. 긍정/부정, 억압/해방, 성공/실패 사이에서 상황적이고 실천적인 움직임을 추구하기 때문이다. 여성 가족 로맨스에서의 아버지들은 이런 어머니와 딸을 더 이상 통제할 수 없다.

아버지 거부하기와 비체화된 여성의 교란성

김이설 소설에서는 몸을 파는 여성들이 많이 등장한다. 그런데 특이한 점은 3인칭 남성의 시선에 의해 상품화된 몸으로 형상화되는 수준에 머물지 않고, 1인칭 여성의 시점에서 자신의 처지에 대해 적극적으로 방어하는 모습 중심으로 형상화된다는 것이다. 남성에 의해 '거래되는 몸'이나 '보여지는 몸'일 뿐만 아니라, 여성 스스로 '거래하는 몸'이나 '바라보는 몸'의 의미를 동시에 지니고 있기 때문이다. 자본주의하에서 물화될 수밖에 없는 몸이라는 한계 자체를 전적으로 부정할 수는 없지만, 자신들을 물화시킨 남성에 대한 공격적 저항 또한 적극적으로 보여 준다. 이런 맥락에서 김이설 소설 속 몸을 파는 여성들은 남성들의 '혐오'를 역(逆)반사하면서 '혐오에 대한 혐오'를 보여 준다는 점에서 양가적이다.

또한 여성 가족 로맨스에서의 딸들은 아버지를 죽여 버리는 가족 로맨스에서의 아들들과 다르다. 딸들에게 아버지는 단지 어머니와의 관계에서의 방해물이거나 매개물로 기능하기 때문이다. 아버지에 대한 동일시 욕망이 없다는 점에서 여성 가족 로맨스의 딸들에게 아버지는 오이디푸스적 '부정(negation)'의 대상이 아니라 탈오이디푸스적인 '거부

(rejection)'의 대상에 불과하다. 부정은 아버지를 높이거나 긍정을 강화하기 위해 겉으로만 낮추지만, 거부는 아버지를 혐오하면서 동일시 욕망 자체를 아예 제거한다. 이럴 때의 아버지는 딸들에게 권력을 추구하기 위한 모방의 대상이거나 죄의식을 불러일으키는 금기의 대상이 아니다. 이것이 바로 김이설 소설 속 딸들이 아버지를 거부하는 이유이다. 딸들은 아버지의 부당성을 너무 잘 알기에 아버지에 대한 환상에 빠질 수가 없다.

이처럼 아버지를 거부하는 여성의 몸을 '비체(卑體, abject)'의 개념과 연관시킬 수 있다. 비체화된 여성의 몸은 흔히 더러움을 통해 오염을 유발시키기에 추방되어야 할 타자로 취급되었다.[28] 때문에 기존의 가족 로망스에서도 어머니는 아이들과 분리되어야 할 비천한 대상으로 치부되었다. 하지만 여성 가족 로망스에서는 적합/부적합, 질서/무질서, 청결/불결, 도덕/부도덕이라는 명확하고 고정된 이분법적 경계가 모호해진다. 비체화된 여성의 몸 자체가 "부적절하거나 건강하지 않은 것이라기보다는 체계나 질서를 교란시키는 것"[29]이기 때문이다. 이런 상황에서 중요한 것은 비체화된 여성의 몸을 통해 아버지의 법을 무조건 파기하지 않으면서 "더 잘 부인하기 위해 실컷 이용하는"[30] 교란성의 기술을 확보하는 것이다.

「순애보」[31]에서 아버지는 엄마와 '나'를 버렸고, 엄마 또한 다른 사내와 떠남으로써 '나'를 버린다. 그 상황에서 우연히 만난 지금의 가짜 아빠와 '나'는 트럭을 타고 전국을 떠돌아다니다가 조그만 농장을 구입해

---

28 줄리아 크리스테바, 앞의 책, 21~30쪽 참조.

29 위의 책, 40쪽

30 위의 책, 같은 곳.

31 김이설(2010), 앞의 책.

서 정착한다. 그럼에도 '나'는 고속도로 갓길로 나가 트럭을 몰면서 지나가는 남자들에게 몸을 허락하는 대가로 항구로 데려다 달라고 한다. 그 저변에는 엄마에 대한 지향성이 자리 잡고 있다. "엄마도 그랬던 것일까. 사내가 아니라 트럭에 반한 것은 아닐까. 아니, 어쩌면 항구에 가기 위해 그랬던 건 아니었을까."(78쪽)라는 생각으로부터 자유롭지 않은 것이다. '나'가 가짜 아빠와의 사이에서 생긴 딸을 출산하자 가짜 아빠는 농장에서 일하는 말더듬이 일꾼 치우와 함께 떠나라고 한다. 하지만 '나'는 이를 거부한다. 여기서 문제적인 것은 이들과의 복잡한 가족 관계나 성적 교환이다. '나'는 가짜 아빠와 치우가 "마치 부자지간처럼 보였다."(91쪽) 거나, "아이와 나는 아빠가 같다."(92쪽)라고 말한다. '아빠-오빠-남편(애인)'의 경계가 교란되고 있는 상황이다. 이로 인한 '나'의 남성들에 대한 거부는 다음의 인용문에서 최고조에 이르고 있다.

어둑한 사육사 안쪽에 아빠의 너른 등이 보였다. 나는 조심스럽게 걸어 갔다. 나는 아빠의 딸이었고 아빠의 여자였다. 버림받는 건 한 번이면 충분하다. 칼을 쥔 손이 덜덜 떨렸다. 아빠를 죽이겠어. 칼을 더욱 힘껏 쥐었다. 깊고 빠르게, 아빠의 가슴팍을 찢어 놓겠어. 그래야 내 가슴이 덜 아플 것 같았다. 아빠, 나는 작은 소리로 발음했다. 아빠가 고개를 돌렸고 나는 팔을 뻗었다. 아, 아빠는 울고 있었다. 그러나 이미 나의 칼은 아빠의 팔을 스치고 지나가 버렸다. 아빠가 팔을 움켜쥐며 조금 웃었다. 그때였다. 단말마의 비명이 들렸다. 가늘고 여린, 그러나 본능적으로 죽음에 대한 공포가 담긴 외마디였다. 비명은 곧 자지러지는 울음소리로 변했다. 그러나 그 울음소리는 오래가지 않았다.

아이는 사지를 부들부들 떨고 있었다. 온통 피범벅이었다. 벌린 입속에 붉은 피가 한가득 고여 있었다. 아이의 머리맡, 바닥에 흥건히 고인 핏물 속

에 아이의 잘린 혀가 보였다. 금방이라도 살아 펄떡거릴 것 같았다.(『순애보』, 94쪽)

인용문에서 확인되듯이 '나'는 힘없고 늙은 가짜 아빠를 떠나는 것이 아니라 차라리 죽이는 편을 선택한다. "아빠의 딸이었고 아빠의 여자"로서 느꼈던 분노를 표출한 것이다. 아버지 자체가 모방해야 할 욕망의 대상이 아니라 거부해야 할 응징의 대상이기 때문이다. 그래서 '나'는 "깊고 빠르게, 아빠의 가슴팍을 찢"으려고 한다. 진짜 아버지가 아닌 가짜 아버지여도 '나'에게는 별다를 바 없는 거부의 대상이다. 더욱 심각한 것은 같이 떠나자는 제안을 거절당한 치우가 '나'의 아이의 혀를 자르고 도망가는 상황이다. 이로써 '나'의 아이는 치우와 동일하게 말을 못하는 불구자가 된다. 남성들의 이런 폭력은 또다시 '나'를 불행으로 내몰기에 남성을 향한 '나'의 혐오감은 더욱 커진다. 가족 로맨스에서는 아버지의 권위를 인정해야 국가나 법의 질서가 유지된다. 하지만 여성 가족 로맨스에서의 아버지는 윤리적 파탄자이기에 승계되어야 할 권위 자체가 부재한다. 딸들을 괴물 아닌 괴물로 만든 것이 바로 아버지라는 진짜 괴물이라면, 가족 안에 아버지를 위한 적절한 자리는 없다.
  이처럼 비체화된 여성의 몸이 지니는 교란성을 다음의 인용문들에서도 확인할 수 있다.

  눈 감아. 자장가 불러 줄게. 아이는 시키는 대로 눈을 감았다. 아이의 얼굴에 베개를 덮었다. 베개 밑에서 왜 그러느냐고 묻는 아이의 목소리가 떨렸다. 노래 다 부를 때까지만 있으면 돼. 말을 끝내자마자 베개를 쥔 손에 힘을 주었다. 무엇이 이 숲에서 이들을 데려갈까. 아이는 더 이상 움직이지 않았다.

나는 반듯하게 누워 있는 아이들 옆에서 날이 밝아 올 때까지 두 눈을 뜨고 앉아 있었다. 이제 내 차례였다.(「아름다운 것들」, 296쪽)

손톱보다 작은 이가 박힌 아이의 붉은 입안을 볼 때마다 가슴이 저릿했다. 분명 내 가슴을 열어 젖을 먹여 키운 아이였는데, 내 손으로 먹을 걸 떠먹여 주는 건 처음인 것 같았다. 아, 잘 먹었다. 빈 그릇을 보여 주자 아이가 맑게 웃었다. 자알 머거따! 저도 나를 따라 혀 짧은 소리를 냈다. 먹을 걸 주니 이제야 엄마로 인정하는 모양이었다. 나에게 웃는 아이를 보는 것만으로도 가슴이 덥혀졌다.

"걱정 마, 엄마가 평생 몸을 팔아서라도 네 다리 고쳐 줄게."(『환영』, 163~164쪽)

「아름다운 것들」[32]에서 '나'가 인용문에서처럼 베개로 잠든 아이들을 죽인 후 스스로도 자살할 수밖에 없는 이유는 남편의 파업 농성과 구속, 회사의 손해 배상 청구와 가압류로 인한 파산, 남편의 발병과 자살, 시어머니의 치매 등이다. 심지어 일하는 공단에서 얻게 된 '나'의 피부병마저 더욱 악화되고, 이로 인해 자식에게까지 유전된 신체적 이상 징후들도 심각하다. 이처럼 최악의 상황에서 더욱 비체화되는 여성의 몸은 아버지로 대변되는 상징계의 법이 실패했음을 알려 주는 결과물이다. "기괴함을 표출하는 여성을 통제할 수 없는 남성들의 무능"[33]이 그 원인이기 때문이다. 회사로 대변되고 있는 아버지의 질서는 자식을 죽이는 '나쁜 어머니'나 '공포의 어머니'를 양산하게 된다. 하지만 이처럼 비체화된 어

---

32 김이설(2016), 앞의 책.

33 바바라 크리드, 손희정 옮김, 『여성 괴물』(여이연, 2008), 76쪽.

머니는 모성을 위협하는 아버지를 거부하기 위한 저항적 여성 주체이기도 하다. 인용문에 등장하는 아이들을 위한 자장가는 역설적으로 자신의 '불가능한 가능성'으로서의 모성을 포기하지 않으려는 마지막 결단이자 극약 처방일 수 있기 때문이다. 자식 살해라는 끔찍한 사건이 인용문에서처럼 서정적 울림과 병치되면서 소설 속에서 여러 번 반복 제시되는 이유이기도 하다.

김이설의 대표작으로 가장 많이 언급되는 『환영』[34]에서의 '나'의 불행 또한 남편의 부재 혹은 무능으로 인한 것이다. 남편이 공무원 시험을 준비한다는 명목하에 밥벌이를 하지 않기에 '나'가 스스로 왕백숙집에서 몸을 팔아 생계를 유지해야만 하기 때문이다. 이런 윤락 행위로 인해 아빠가 누구인지도 모르는 아이를 임신하자 낙태 수술을 한 후에도 '나'는 곧바로 몸을 팔러 왕백숙집으로 출근한다. 교통사고까지 당해 몸을 다친 남편과 제대로 걷지 못하는 딸, 경제적 지원이 필요한 친정 엄마까지 책임져야 하기에 몸을 팔러 나가는 '나'의 출사표가 바로 인용문에 나오는 "걱정 마, 엄마가 평생 몸을 팔아서라도 네 다리 고쳐 줄게."이다. 이처럼 모든 불행과 고통이 다시 시작되었지만 '나'는 당당하다. 소설 제목과 연관시켜 보면 자신의 삶을 "환영 없이 환영"[35]하기 위한 몸부림에 해당하기 때문이다. 앞의 환영(幻影, illusion)이 현실의 축을, 뒤의 환영(歡迎, welcome)이 미래의 축을 대변한다면, 이 소설에서의 비체화된 모성은 "벗어날 수 없는 황폐한 현실의 극단을 제시함으로써 오히려 그 극단의 세계 너머를 상상하게 하는 힘"[36]으로 자리매김될 수 있다. 고통까지도

---

34 김이설(2011), 앞의 책.

35 김이설·최정우, 「알리바이 없는 현실을 현실 없이 환영하기」(대담), 《자음과모음》, 2012. 봄, 243쪽.

36 백지연, 앞의 책, 263쪽.

교란시키는 현상이 일어나고 있는 것이다.

이처럼 김이설 소설에서는 비체화된 여성의 몸이 보여 주는 공포를 적나라하게 드러내면서도, 모성 자체가 공포스러운 것이 아니라 모성의 부재나 결핍이 오히려 더 공포스럽다는 역설을 강조한다. 그렇다면 거부되어야 할 것은 비체화된 모성이 아니라 모성을 비체화시키는 아버지들이라는 것이다. 즉 비체화된 여성을 중심으로 하는 여성 가족 로망스에서는 '어머니-딸'의 서사를 위해 아버지들이 등장하고, 또 그녀들에 의해 적극적으로 거부된다. 이런 거부를 통해 공포와 매혹, 피해자와 가해자, 도덕과 부도덕의 경계는 교란을 일으킨다. 오이디푸스의 딸인 안티고네가 친족법을 위반함으로써 기존의 상징계적 질서를 교란시키는 여성 주체인 것과도 연결된다. 오이디푸스는 '운명'의 희생양일 수 있지만, 안티고네는 '제도'의 피해자에 가깝다. 때문에 안티고네는 아버지인 오이디푸스를 거부하는 것이다. 그래야 아버지로 대변되는 법이나 질서를 교란시킬 수 있기 때문이다. 결국 "안티고네는 이상적인 형태의 친족을 대표하는 것이 아니라 친족의 일그러짐과 자리바꿈을 대표한다."[37] 이런 안티고네를 닮은 김이설 소설 속 비체화된 여성은 기존의 피해자나 희생양, 혐오의 대상으로서의 위치에만 머무르지 않는다. 죽음을 불사하는 안티고네처럼 "폭력을 통해 자신들을 압박하는 폭력적 현실에 저항"[38]하는 폭력적 여성 주체를 보여 준다. 이런 점이 바로 김이설 소설의 비체화된 여성들이 갖는 역설(逆說)이자 역설(力說)이라고 할 수 있다.

---

37 주디스 버틀러, 조현순 옮김, 「안티고네의 주장」(동문선, 2005), 52쪽.

38 심진경, 「여성 폭력의 젠더 정치학」, 《젠더와 문화》 4권 2호, 계명대 여성학연구소, 2011, 109쪽.

딸들의 공동체와 연대의 수평성

기존의 가족 로망스에서 친부 살해로 인한 죄의식을 공유하며 어머니나 누이와의 근친상간을 제도적으로 금지시켰던 형제들은 '남성적 연대(Homo Social community)'를 통해 서로 결속했다. 간혹 남성들의 이런 연대가 '동성애(Homo Sexuality)'로 오인되기도 했지만 형제애의 기본은 이성애를 정상으로 간주하는 것이기에 오히려 '동성애 혐오(Homo phobia)'와 관련이 깊다.[39] 때문에 남성 동성 사회에서의 남성 연대를 의미하는 형제애는 "남성과 여성의 성별 위계(gender hierarchy) 구조를 더욱 공고히 했다."[40] 하지만 여성 가족 로망스에서는 아버지를 살해한 아들들의 형제애가 아닌, 딸들의 유대를 중시하는 자매애가 중심이 된다. 앞에서 살펴본 어머니와의 미분리와 비체화된 어머니의 긍정성에 토대를 둔 딸들의 공동체가 구성되기 때문이다. 물론 딸들의 공동체가 반드시 혈연 가족 안에서의 자매 관계만을 의미하지 않는다는 데에 여성 가족 로망스의 확장성이 존재한다. 그리고 이런 딸들의 공동체는 부모와 자식 사이의 수직적 상하관계가 아니라 딸들 사이의 수평적 연대를 구성하게 된다. 지배와 복종, 억압과 희생 등을 중심으로 하는 권력관계가 아니라, 배려와 포용, 공감과 이해를 중심으로 하는 공동체 의식이 중심을 이루기 때문이다.

김이설의 첫 장편 소설인 『나쁜 피』[41]는 주로 어머니에서 딸로 이어지는 여성 삶의 비극성에 초점을 맞추어 논의되었다.[42] 정신 지체 장애와 간질, 다리 불구 등의 신체적 제약으로 인해 천변의 사내들에게 성적 유린

---

39 Eve K. Sedgwick, *Between Men*(Columbia University Press, 1985), pp. 1~3.

40 차용구, 『남자의 품격: 중세의 기사는 어떻게 남자로 만들어졌는가』(책세상, 2015), 232쪽.

41 김이설(2009), 앞의 책.

42 백지은, 「이설(異說)의 현실, 현실의 이설」(해설), 김이설(2009), 앞의 책, 183~198쪽 참조.

을 당해야 했던 엄마와, 그런 엄마의 죽음을 방관했던 외삼촌의 '나쁜 피'
가 '나'의 불행의 기원으로 간주되었기 때문이다. 하지만 의외로 외삼촌
의 폭력에 대한 '나'의 복수 또한 만만치 않다. 기존의 논의에서 간과되었
던 것은 이런 '나'의 복수 행위가 사실은 엄마의 죽음을 막지 못했다는 딸
로서의 죄의식에 연유한다는 사실이다. "외삼촌이 쓰러진 엄마를 방치하
는 걸 목도한 순간이 바로 내가 엄마를 죽인 순간이었다. 그러나 내 안의
진실을 은폐하고 싶었다."(145쪽)라는 '나'의 고백이 이런 진실을 확인해
준다. 그리고 '나'의 폭력을 감내하던 외사촌 수연이 "꼭 우리 아버지 같
아, 너."(159쪽)라며 울부짖는 대목은 '죄 많은 딸'이나 '대리 남성'으로서
의 '나'의 한계를 나타낸다고도 할 수 있다. 하지만 이런 '나'의 한계에서
더 나아간 지점에 이 소설의 최종 주제가 존재한다. 진정한 여성 가족 로
망스의 가치는 '나'의 엄마에 대한 죄의식을 극복하는 과정이나, 외삼촌
으로 상징되는 수직적 권력관계를 극복하는 과정과 연결되기 때문이다.

"다녀오셨어요."

안채로 들어서자 혜주가 큰 소리로 인사를 했다. 색연필을 쥐고 있던 혜
주가 다시 바닥에 엎드려 발을 까닥거리며 그림을 그렸다. 여자 셋이 손을
잡고 있는 그림이었다. 그림의 구석에는 세모 지붕의 집 한 채, 하늘에는 노
란 해가 떠 있었다. 뛰어왔어? 내 몸은 어느새 땀으로 흥건했다. 진순이 깨
끗한 수건으로 내 이마를 닦아 주었다.

"밥 줄까?"

나는 고개를 끄덕였다.

천변이 부옇게 흐려지고 있었다. 황사가 걷히면 더욱 따뜻해질 것이었
다. 봄이 끝나기 전에 해야 할 일이 많았다. 나는 크게 심호흡을 했다.(『나쁜
피』, 178~179쪽)

위의 인용문은 여성 동성 사회, 즉 피해 입은 여성들의 공동체로서의 면모를 보여 주는 소설의 결말이다. 혜주는 다른 사람과 애정 없는 결혼을 한 후에도 헤어지지 못했던 연인 재현과의 사이에서 수연이 낳은 딸이다. 하지만 수연은 혜주를 남기고 자살한다. 그리고 외삼촌의 옆집에 사는 진순은 이혼할 때 빼앗겨야 했던 자식이 생각나 아버지뻘인 외삼촌과의 동거까지 불사하며 혜주를 친자식처럼 돌본다. 외삼촌은, 자신의 가족을 파탄 낸 대가로 수연에게 의도적으로 접근한 후 자살에 이르게까지 한 재현에게 복수하겠다고 나간 후 의문사한다. 그 이후 '나'는 홀로 남겨진 혜주나 진순과 함께 새로운 가족을 구성한다. 그리고 엄마의 죽음을 목도했던 장소이기에 늘 피해 다녔던 외삼촌의 고물상을 물려받아 운영하면서 "이제, 무섭지 않았다."(178쪽)라고 말한다.

인용문에서 혜주가 그린 "여자 셋이 손을 잡고 있는 그림"은 바로 '나-진순-혜주'로 이어지는 여성 연대를 상징한다. 그리고 이런 여성 동성 사회적 연대는 기존의 가족 로맨스에서처럼 혜주를 중심으로 외삼촌과 진순, 혹은 재현과 수연 등과 연결될 때와는 그 양상이 사뭇 다르다. 외삼촌이나 재현을 중심으로 하는 수직적인 권력관계로 회귀한다기보다는 '나'와 진순과의 자매애에 토대를 둔 육아 공동체 혹은 치유 공동체로서의 수평적인 연대를 보여 주기 때문이다. 이들은 "손을 잡고 있는" "여자 셋" 중의 한 명으로서 여성 동성 사회를 구성하는 동등한 일원이다. 무엇보다도 가족 로맨스에서의 형제애가 아버지를 죽인 형제들의 권력을 쟁취하기 위한 정치적 행위를 작동시키는 데에 주력한다면, 여성 가족 로맨스에서의 자매애는 "타인의 고통에 대한 공유"[43] 자체를 중시한다는 점에서 본질적인 차이가 존재한다.

---

[43] 장성규, 앞의 논문, 21쪽.

과거 자신이 딸 혹은 어머니였을 때 느꼈던 고통을 극복하기 위한 딸들 중심의 자매애로 인해 여성들이 느끼는 수평적 연대 의식은 김이설의 다음 소설들에서도 확인된다. 이때의 딸들은 서로 피를 나눈 혈연 가족이 아니라는 점에서, 그리고 '어머니로서의 딸'의 경험보다는 '딸로서의 어머니'가 느끼는 정체성에 더 강조점을 둔다는 점에서 '딸들의 공동체'로 명명될 수 있다. '어머니-딸' 사이의 관계에서도 작동할 수 있는 상하 관계를 경계하면서 '딸- 또 다른 딸'이 보여 주는 수평적 연대를 중시하기 때문이다.

집에 돌아와 혜경이를 방에 눕혔다. 자정이 가까워지고 있었다. 쌀을 안치고 미역국을 끓였다. 구수한 고깃국 냄새에 허기가 몰려왔다. 하루 종일 아무것도 먹지 못했다. 혜경이는 땀을 흘리며 자고 있었다. 엉덩이에 붉은 얼룩이 번지고 있었다. 동그랗게 동그랗게 퍼지는 모습이 마치 꽃이 피는 것 같았다. 아가야, 일어나. 밥 먹자. 혜경이가 말간 얼굴로 일어났다. 나는 새 내복으로 갈아입혔다. 상을 들고 방으로 들어갔다. 혜경이는 찬물을 한 대접 마신 뒤에 숟가락을 들었다. 혜경이와 나는 이마를 맞대고 미역국을 마셨다.(「오늘처럼 고요히」, 161~162쪽)

아버지가 스스로 생을 놓았다. 어쩐지 놀랄 일도 아닌 것 같았다. 마치 오래 준비해 왔던 소식처럼 들리기까지 했다.

— 자주 찾아간다고 했는데도…… 닷새가 지났대. 미안하다, 은희야.

이 더위에 닷새면 아버지의 몸에는 구더기가 끓고 시취가 심했을 것이다. 소나기라도 내리면 열대야가 조금이라도 수그러들까. 나는 창문을 활짝 열었다. 젖은 흙냄새가 훅 끼쳤다. 날벌레들이 불빛을 찾아 방 안으로 들어왔다. 파닥거리는 날갯짓 소리에 울음소리가 섞였다. 나에게 미안하다는 말을 한 유일한 사람도 여자였다.

　── 괜찮아요, 엄마.

　그제야 여자가 소리를 내어 울기 시작했다. 나는 날이 새도록 여자의 울음을 오래오래 들어 주었다.(「부고」, 73~74쪽)

　「오늘처럼 고요히」[44]에서 '나'는 생활고로 인해 노래방 도우미로 일하며 성매매까지 한다. 이를 알게 된 남편은 집에 불을 지르고 아이와 함께 죽고 만다. 자포자기 상태였던 '나'는 빚을 갚아 준 남편의 형 병문과 동거하면서 죽은 것과 다름없는 상태로 살아간다. '나'를 성매매의 세계로 끌어들였던 혜경 엄마도 '나'처럼 최악의 삶을 그저 견디고 있다. 절름발이 딸인 혜경을 기르기 위해 재혼까지 했지만 새 남편이 혜경까지 건드리자 그를 살해 한 후 자신도 자살하고 만다. '나'는 혜경 엄마의 유언을 지키기 위해 혜경을 데려오지만, 병문은 혜경을 성적 대상물로 취급한다. 이런 환경에서 혜경은 가출을 일삼다가 아버지도 모르는 아이를 임신한 후 낙태 수술까지 하기에 이른다. 이로 인해 '나'는 병문을 고기 냉동실에 가둬 죽여 버린다. "자신들을 괴롭힌 남성들을 향한 최악의 응징"[45]을 한 것이다. 이 와중에 '나'와 혜경은 '오늘처럼 고요히'라는 소설 제목처럼 고요하게 식사를 한다. 이때의 "아가야, 일어나. 밥 먹자."라는 '나'의 말은 혜경과 '나'가 혈연을 나누지는 않았지만 새로운 가족이 되었다는 신호이다. 물론 '나'와 혜경의 관계를 유사(類似) 모녀 관계로 볼 수도 있다. 하지만 '나'와 혜경의 관계는 "이마를 맞대고" 미역국을 같이 먹음으로써 임신과 출산, 낙태 경험을 공유한 상처 공동체이자 치유 공

44　김이설(2010), 앞의 책.

45　김정남, 『폐허, 이후』(문학의 전당, 2008), 72쪽.

동체로 거듭난 자매 관계로도 볼 수 있다. 일방적 베풂이나 무조건적 보살핌 중심의 억압적 모성애가 아니라 동등한 여성 경험 중심의 상호 시혜적 자매애를 보여 주고 있기 때문이다.

「부고」[46]에서도 '나'에게는 두 명의 엄마가 있다. 생모와 키워 준 엄마이다. 소설의 제목인 '부고'는 생모와 친부의 죽음을 '나'에게 알려 주는 키워 준 엄마의 행위와 연관된다. '나'의 생모는 외도를 일삼았던 아버지로 인해 가정을 버릴 수밖에 없었고, 아버지도 엄마 없이 자란 '나'의 외로움에 무심하다. 심지어 '나'는 아버지의 의붓아들에게 성폭력까지 당하는 지경에 이른다. 이로 인한 임신과 그 후의 낙태 경험을 공유하면서 "괜찮다고 말을 해 준 유일한 사람"(63쪽)이 바로 키워 준 엄마이다. 그래서 '나'는 그녀에게 '엄마'라고 부르며 생모와도 불가능했던 유대감을 느끼게 된다. 인용문은 이기적이고 폭력적인 성향으로 인해 '엄마'와도 이혼하고 결국에는 자살한 아버지의 부고를 알려 주는 '엄마'와 '나'의 대화이다. 아버지의 죽음 자체보다 '나'가 공감을 보이는 것은 "미안하다는 말을 한 유일한 사람"인 '엄마'이다. "괜찮아요, 엄마."는 '나'의 내면에서 진심으로 우러나오는 키워 준 엄마를 향한 위로의 말인 것이다. 이런 위로의 말을 통해 '나'를 키워 준 '엄마'가 오히려 '나'의 딸처럼 '나'에게 기대어 울음을 토해 낸다. 두 명의 '딸'이 아버지로 인한 억압으로부터 동시에 벗어나 상호 연대를 이루는 장면으로 볼 수 있다.

이처럼 딸로서의 체험이 서로 교차하는 여성들의 관계에서 자매애는 남성 중심의 동성 사회에서처럼 권력과 지배를 지향하는 것이 아니라 공감과 위로를 추구한다. 즉 남성 동성 사회가 위계 중심적·주체 중심적 관계를 중시한다면, 여성 동성 사회는 평등 중심적·타자 중심적 관계를

---

46 김이설(2016), 앞의 책.

중시한다는 것이다. "서로가 서로에게 어머니가 되고 딸이 되는 자매애로서의 동맹"[47]을 통해 가부장적 이데올로기를 중심으로 한 가족 로망스를 해체시키기 때문이다. 여성 가족 로망스에서 자매애는 '여가장(女家長)'으로서의 어머니나 '아버지의 딸'로서의 위치에서 보이는 수직적 연대를 의미하지 않는다. 여성 사이에도 존재할 수 있는 수직적 혹은 남성적 권력 관계를 거부하는 것이다. 때문에 현실적으로는 어머니의 위치에 있어도 의식적으로는 딸로서의 정체성을 추구하는 딸'들'의 수평적 연대가 중시된다. 김이설 소설이 피를 나눈 진짜 자매들보다 피를 나누지 않은 가족 외부 여성들 사이의 상호 연대를 강조하는 것도 바로 이런 '딸들의 공동체'가 추구하는 탈가족주의나 탈권위주의와 맞닿아 있다고 할 수 있다.

교차로에 서 있는 여성 가족 로망스

김이설 소설의 가족 관계는 표면적 층위에서 고찰할 때 지나치게 극단적이고 폭력적이다. 특히 남성 인물들의 폭력이 지속적으로 반복 표출되면서 독자들에게 불편함을 준다. 남성과 여성의 대립을 이분법적 논리로 접근하는 위험성도 포착된다.[48] 하지만 보다 심층적인 차원에서 접근하면 남성들의 부당한 폭력에 대항하는 여성들의 긍정적 측면을 좀 더부각시킬 수 있다. 그리고 이런 소설 속 여성들의 긍정적 양상은 기존의

---

47 서강여성문학연구회 편, 앞의 책, 275쪽.

48 김이설·전성욱, 「누구나 알고 있지만 아무도 말하지 않는 것들」, 오늘의문예비평 엮음, 『불가능한 대화들: 젊은 작가 12인의 문학을 논한다』(산지니, 2011), 58쪽 참조.

오이디푸스적 가족 로망스에서 침묵으로만 존재했던 여성들의 목소리를 적극적으로 복원해 내는 여성 가족 로망스의 차원에서 접근할 때 더욱 부각된다.

'어머니-딸' 사이의 서사 중심으로 전개되는 여성 가족 로망스가 여성 성장 소설과 다른 점은 남성 중심적인 사회로의 편입 여부가 여성 삶의 최종 목표가 아니라는 점이다. 또한 기존의 모성(모계, 여가장) 소설과 다른 점은 신비화된 모성이나 '또 다른 아버지'인 억척 모성으로의 회귀를 거부하면서 어머니들의 모순적인 목소리를 그대로 반영한다는 점이다. 이런 가족 관계를 통해 김이설 소설의 여성 가족 로망스는 어머니에 대한 딸의 무조건적 동일시나 딸들의 주체성에 대한 관념적 강조를 모두 경계한다. 단순히 전통적인 가족 로망스를 뒤집는 것에서 더 나아가 어머니나 딸들의 경험 자체가 변형되거나 재구성되는 역동적 과정에 초점을 두기 때문이다.

이런 움직임을 보여 주는 김이설 소설에는 기존의 오이디푸스적 가족 로망스에서 강요되었던 어머니와의 분리를 거부하면서 어머니를 포기하지 못하는 딸들의 모성 체험이 등장한다. 그리고 이때의 어머니와의 미분리는 코라 공간과 연관되면서 유아기로의 퇴행도 아니고 신성화된 모성으로의 회귀도 아닌 유동성을 보여 준다. 또한 친부 살해나 고아 의식, 혹은 아버지 찾기나 아버지 되기를 거부하는 딸들의 서사나, 남편의 성적·경제적 폭력이나 무능에 저항하는 아내들의 서사 또한 강조된다. 여성의 몸을 비체화시키는 것 자체가 아버지를 거부해야 할 이유가 된다는 것이다. 이와 더불어 친부 살해 이후 형성되었던 아들들의 형제애가 아니라 아버지를 거부하는 딸들의 자매애 중심으로 형성된 가족 바깥의 여성 공동체가 보여 주는 수평적 연대도 중요하게 부각된다.

이처럼 '어머니-딸', '아버지(남편)-딸(아내)', '딸-또 다른 딸'의 복합적 관계를 중심으로 새롭게 재편되는 여성 가족 로망스는 기존의 가족 소설이나 성장 소설의 토대를 이루었던 남성 중심적 가족 로망스와 서로 겹치면서도 어긋나는 '교차성(intersectionality)'[49]을 보여 주게 된다. 1960년대 후반 미국의 흑인 여성이 지닌 젠더적 특수성을 백인 여성이나 흑인 남성 사이에서 작동하는 차별성을 통해 설명하면서 등장한 교차성 개념은 그 이후 인종뿐 아니라 계급, 세대, 섹슈얼리티, 민족, 종교 등과 관계되는 여성 경험의 구체성과 역사성을 규명하는 차원으로 확대되었다. 어느 하나의 특권적 경험이 아니라 "서로 맞물린(interlocking), 다층의(manifold), 동시 발생적(simultaneous), 종합의(sythesis)"[50] 여성 경험들을 조망하려는 시도를 실천했던 것이다. 이런 교차성의 개념에 주목한다면 여성 가족 로망스에서 발견할 수 있는 "억압의 복잡성(complexity)과 그 안에서 행위자로서의 여성들이 보여 주는 저항의 역동성을 그려 내는 데 유용한 관점을 제공"[51]받을 수 있다. 무엇보다도 어머니 혹은 딸이 차지하는 서로 다른 두 개의 목소리가 어떻게 서로를 넘나들면서 조화와 균형을 이루어 나가는지에 대한 생산적인 접근이 가능해진다. 도식화되거나 관념화된 채 논의되었던 '어머니-딸'의 서사에 대한 입체적이고도 현실적인 접근이 이루어 질 수 있기 때문이다.

이런 맥락에서 김이설 소설은 가족 로망스와 여성 가족 로망스가 서로 교차하는 지점에 주목하면서 그동안의 가족 논의에서 공백으로 남아 있었던 여성 가족들의 삶을 재조명한다고 볼 수 있다. 김이설 소설의 여성 가족 로망스가 고정성이 아닌 유동성, 수직성이 아닌 수평성 등을 지

---

49 교차성의 개념에 대해서는 『교차성×페미니즘』(한우리 외 공저, 여이연, 2018, 6~9쪽)을 주로 참고했다.

50 위의 책, 29쪽.

51 위의 책, 88쪽.

니는 이유이기도 하다. 그렇다면 이제는 여성 가족 로맨스가 무엇인가가 아니라 어떤 기능을 하는가에 더 주목할 때 유용한 시각을 제공하는 것이 바로 교차성 개념이라고 할 수 있다. 가족 구성원 중 누가 더 억압받았는가라거나 어떻게 가족의 다양성을 확보할 것인가에 대한 대안을 제시하는 것은 더 이상 중요하지 않다. 오히려 여성 가족 로맨스는 아버지와 어머니, 딸과 아들, 형제와 자매 등이 서로 교차하면서 어떤 갈등이 유발되고 그런 갈등을 구성하는 경계 자체가 어떻게 달라지는지에 더 관심을 둔다. 때문에 김이설의 여성 가족 로맨스는 여전히 불안정하고 모순적인, 그러면서도 미래로 나아가려는 부단한 움직임을 지금도 보여 주고 있다. 가족은 21세기에도 여전히 뜨거운 여성 소설의 화두이기 때문이다.

포스트휴먼으로서의
여성과 테크노페미니즘

─ 윤이형과 김초엽 소설을 중심으로

반인간주의, 탈인간중심주의, 그리고 여성

2000년대 들어 이성·주체·합리성을 중심에 두는 근대성 담론은 더 이상 유효하지 않다. 이와 동시에 이런 근대성을 비판하는 탈근대적 전략 또한 실효성을 의심받기는 마찬가지이다. 근대와 탈근대의 이분법 자체가 인간 중심적 논의에서 벗어날 수 없기에 동전의 양면과 같다는 것이다. '인간을 위한, 인간에 의한, 인간의' 비판이라면 또다시 인간이 중심이 되기 때문이다. 이런 맥락에서 2000년대 초반부터 초월적이고 예외적 존재로서의 인간을 중심에 두는 휴머니즘의 한계를 비판하는 '포스트휴먼(Posthuman)' 담론이 급부상하기 시작한다. 포스트휴먼은 "몸을 가진 확장된 관계적 자아"[1] 혹은 "이질적 요소들의 집합, 경계가 계속해서 구성되고 재구성되는 물질적-정보적 개체"[2]를 말한다. 포스트휴먼이

---

1   로지 브라이도티, 이경란 옮김, 『포스트휴먼』(아카넷, 2015), 119쪽.

203

"이전에는 분리되어 있던 종과 종의 분리를 가로질러 재연결하는 횡단적인 힘"[3]을 중시하는 것도 이 때문이다.

이런 포스트휴먼은 강조점을 어디에 두느냐에 따라 두 가지 방향에서 접근 가능하다. 첫째는 남성·백인·과학에 대한 비판을 중심으로 하는 반휴머니즘(anti-humanism)의 방향과, 두 번째는 이런 반인간주의조차도 인간중심주의를 벗어날 수 없다는 점을 비판하면서 진정한 '탈인간중심주의(post-anthropocentrism)'를 선언하는 방향이다. 포스트휴먼은 이 중에서 탈인간중심주의의 방향을 따르면서 제3의 길을 선택한다. 기술 공포증과 기술 애호증을 모두 벗어나려고 하기 때문이다. 그리고 이를 위해 "인간 행위자와 인간-아닌 행위자들 사이의 횡단적 상호 연계, 즉 배치(assemblage)"[4]을 중시한다. 위치, 상황, 변위 등을 중심으로 하는 '되기(becoming)'의 윤리가 포스트휴먼의 횡단성이나 혼종성과 잘 연결되는 이유이기도 하다.

포스트휴먼과 페미니즘의 만남은 기존의 인간(Human)이 남성(Man) 중심적이었다는 사실에 대한 비판에서 촉발된다. 프로타고라스가 "모든 만물의 척도는 인간"이라고 공식화한 이후로 이성적 힘에 토대를 둔 휴머니즘의 전형으로 여겨져 온 레오나르도 다빈치의 '비트루비우스적 인간(Vitruvian Man)' 자체가 '인간으로서의 여성(Wo/man)'에 대한 배제나 차별을 전제로 한다는 것이다. 때문에 도나 해러웨이(Donna Haraway)의 '사이보그 선언'이 "남근 로고스 중심주의라는 중심 원리에 대항"[5]하는 모든 투쟁을 포함하는 것도 이 때문이다. 사이보그 정체성에 유색인 여성

---

2   캐서린 헤일스, 허진 옮김, 『우리는 어떻게 포스트휴먼이 되었나』(열린책들, 2013), 25쪽.

3   로지 브라이도티, 앞의 책, 82쪽.

4   위의 책, 62쪽.

5   도나 해러웨이, 황희선 옮김, 『해러웨이 선언문』(책세상, 2019), 75쪽.

이나 괴물 자아까지 포함시키면서 '과학적 남성'이 아닌 '인간적 여성'으로의 변화를 강조한 것이다.

이런 여성 사이보그 중심의 페미니즘적 시각보다 더욱 과학 기술적 측면을 강화시킨 것이 '테크노페미니즘(Technofeminism)'이다. 테크노페미니즘은 과학 기술과 여성이 서로에게 적극적으로 개입하는 수행적 실천에 관심을 둔다. "기술 변화 과정에 대한 관여는 젠더 권력 관계를 재협상하는 과정의 일부여야만 한다."[6]는 전제를 중시하기 때문이다. 이런 이유로 테크노페미니즘은 '과학 기술 안에서의 페미니즘'보다는 '페미니즘 안에서의 과학 기술'에 더 관심을 가진다. 전자의 입장이 과학을 중립적으로 파악하는 반면, 후자는 과학 또한 사회적 이데올로기임을 강조하는 입장이라는 점에서 차이가 난다.[7] 과학 기술의 발전에도 불구하고 해결되지 않는 젠더 불평등을 해결하려는 새로운 흐름인 것이다.

2000년대 한국 소설에서 이런 테크노페미니즘적 경향을 대표하는 여성 작가가 바로 윤이형과 김초엽이다. 윤이형은 2005년 등단한 이후 현재까지 지속적으로 과학 기술적 상상력을 소설 작법으로 활용해 온 작가이다.[8] 김초엽 또한 2017년에 등단한 신인 작가임에도 과학 기술적 지식을 소설의 디테일에 잘 녹여 낸 작법으로 문학성과 대중성을 모두 인정받고 있다.[9] 때문에 두 여성 작가는 과학 기술과 젠더의 관계를 중점적으로

---

6 주디 와이즈먼, 박진희·이현숙 옮김, 『테크노페미니즘』(궁리, 2009), 23쪽.

7 위의 책, 35~36쪽 참조.

8 윤이형의 출간된 단행본 목록은 다음과 같다. 1. 『셋을 위한 왈츠』(소설집, 문학과지성사, 2007), 2. 『큰늑대 파랑』(소설집, 창비, 2011), 3. 『러브 레플리카』(소설집, 문학동네, 2016), 4. 『설랑』(장편소설, 나무옆의자, 2017), 5. 『작은마음동호회』(소설집, 문학동네, 2019), 6. 『붕대감기』(경장편소설, 작가정신, 2020). 소설 인용은 이에 의거해 쪽수만 밝힌다.

9 김초엽의 출간된 단행본 목록은 다음과 같다. 1. 『원통 안의 소녀』(경장편소설, 창비, 2019a), 2. 『우리가 빛의 속도로 갈 수 없다면』(소설집, 허블, 2019b). 소설 인용은 이에 의거해 쪽수만 밝힌다. 특

문제 삼는다는 점에서 공통점을 보여 준다. 하지만 두 여성 작가가 과학 기술을 바라보는 시각에는 섬세한 분기점이 존재하기도 한다. 물론 이 차이점이 공통점을 능가하지는 않지만, 이들이 테크노페미니즘의 다양성과 불확정성을 확인해 볼 수 있는 유의미한 여성 작가임은 분명하다.

이에 이 글에서는 윤이형과 김초엽의 과학 소설[10]을 테크노페미니즘의 입장에서 고찰해 보고자 한다. 여성 과학 소설을 여성 (작가가 쓴) '과학 소설'의 측면이 아니라 여성 문학적 주제가 중심을 이루는 '여성' 과학 소설이라는 입장에서 좀 더 확실하게 분석해 보려는 것이다. 이를 위해 포스트휴먼으로서의 여성이 '지구-되기', '모성-되기', '기계-되기' 등의 층위에서 어떻게 젠더 정체성을 찾아 가는지 살펴볼 것이다. 이 두 여성 작가는 '지구-모성-기계'와 '여성' 사이에 존재하는 배치나 상황적 지식, 상호 작용을 통해 '여성-임(being)'이 아니라 '여성-되기(becoming)'를 추구한다. 때문에 이 글에서는 이 두 여성 작가가 서로 겹치기도 하고 갈라지기도 하면서 보여 주는 테크노페미니즘적 수행성의 양상을 구체적으로 확인해 보려고 한다.

히 『우리가 빛의 속도로 갈 수 없다면』은 첫 소설집인데도 출간 6개월 만에 3만 3000부를 인쇄하는 이례적 기록을 세웠다고 한다.(백지은, 「이것이 쓰이고 읽혀서 자기를 — 왜 지금 SF가 이렇게」, 《문학동네》, 2020년 봄호, 133쪽 참조)

10 과학 소설, 즉 사이언스 픽션(Science Fiction)은 "휴먼과 포스트휴먼의 관계 및 테크노피아의 양가성을 성찰하게 하는 대표적 서사 장르"(서승희, 「포스트휴먼 시대의 여성, 과학, 서사: 한국 여성 사이언스 픽션의 포스트휴먼 표상 분석」, 《현대문학이론연구》 77권, 현대문학이론학회, 2019, 131쪽)"이자 "새로운 과학 기술의 등장에 따른 포스트휴먼 미래를 구체적으로 형상화할 수 있는 장르"(노대원, 「포스트휴머니즘 비평과 SF」, 《비평문학》 68호, 한국비평문학회, 2018, 120쪽)라는 점에서 포스트휴먼과 테크노페미니즘을 연결시켜 논의할 수 있는 최적의 장르라고 할 수 있다.

'지구—되기'와 판도라의 박탈성

'지구-되기'의 담론은 일차적으로 기존의 생태학이나 환경론과 연관되면서 지구로 대변되는 자연에 대한 지배와 착취를 비판하기에 에코페미니즘적 흐름을 계승한다. 과학 기술의 남성 중심적 오용을 비판하면서 생명이나 영성(靈性)을 강조하기 때문이다. '인간-남성' 중심으로 이루어진 환경 위기나 기후 변화를 거부하기 위해 '인간-아닌-지구'라는 비인간(inhuman)과의 관계에 주목하기도 한다. 그러나 테크노페미니즘에서의 '지구-되기'는 자연 질서의 치유력을 강조하기 위해 또다시 자연/문화, 인간/기술, 여성/남성의 이분법으로 회귀하는 것을 경계한다. 또한 '자연-인간-여성'의 위기를 통해 대재앙이 임박했다는 묵시록적 인식으로부터도 거리를 둔다. 이런 흐름들이 지구에 대한 의인화나 재주술화를 초래함으로써 발생되는 위험성을 잘 알고 있기 때문이다. 이것이 바로 '지구-되기'에서 가이아(Gaia)가 아닌 판도라(Pandora)가 더욱 부각되는 이유이다. 가이아는 "지구 전체를 하나의 신성한 유기체로 본다는 점에서는 지구 중심적"[11]이고, 또 기술 혐오적이기도 하다. 하지만 판도라는 "신만 죽은 것이 아니다. 여신 또한 죽었다. 또는 둘 모두가 미세전자공학과 생명공학 기술 정치로 충만한 세계에서 다시 태어났다."[12]라고 말하는 여성 주체에 해당한다.

윤이형의 「판도라의 여름」[13]은 닉네임이 '판도라'인 42살의 성공한 여성 과학자 '나'가 스스로 개발한 상품인 '판도라의 상자'로 인해 발견

---

11 이경란, 『로지 브라이도티, 포스트휴먼』(커뮤니케이션북스, 2017), 56쪽.

12 도나 해러웨이, 앞의 책, 46쪽.

13 윤이형(2007), 앞의 책.

하게 된 남편의 숨겨진 진실을 추적해 나가는 소설이다. 출시 한 달을 앞
둔 이 상품은 구매자의 냄새 분자를 포착해 2000만 화소급 카메라처럼
정확하게 "마음속의 비밀, 숨겨 둔 정부(情婦 그리고 情夫), 아무도 모르게
잠재의식의 벽장 속에 가둬 둔 갈망의 초상화들"(345쪽)을 인화해 준다.
이런 상품을 개발한 판도라의 상징성은 '나'의 친구이자 SF소설가인 '도
로시'가 쓴 상품 설명서에 잘 나타나 있다. 본래 그리스 신화에 등장하는
최초의 여성인 판도라는 제우스가 내린 명령을 어기고 선물로 받은 상
자를 열어 봄으로써 인류를 대재앙에 빠트리는 존재이다. 물론 판도라의
행위 자체가 신에 대한 인간의 저항으로 재해석되기도 한다. 때문에 도
로시는 주 소비층인 보통의 주부들이 남편의 불륜 상대를 밝혀내는 행위
에 담긴 불순함과 상스러움을 희석시키기 위해 판도라의 이런 저항성을
끌어다 쓴다. "우리를 구원할 그 냄새, 인간을 인간답게 만드는 그 냄새
는 두려움에 맞서는 신성한 앎의 냄새입니다. 그리고 그것은 아마도 희
망의 또 다른 동의어일 겁니다."(351쪽)라는 설명 문구가 이런 이데올로
기를 뒷받침한다.

　문제는 이런 판도라 상자의 피실험자로 '나'의 남편을 삼았을 때 발생
한다. 사진 작가이자 닉네임이 '프로메테우스'인 남편이 다른 여자와 바
람을 피웠다고 의심해서 '나' 또한 박스 실험을 통해 흐릿한 소녀 사진을
얻게 된다. "열지 마십시오. 열어서는 안 됩니다. 판도라."(381쪽)라는 경
고를 무시한 것이다. 남편이 사진을 찍기 위해 찾아갔던 사진 속 마을은
연합국 기지 확장을 위해 지금은 폐쇄된 상태이다. 이 마을에서 남편이
만났던 팔순 노파의 젊은 시절을 웹페이지 저장소에서 찾아낸 것이 바로
판도라 상자가 인화한 소녀 사진이었던 것이다. 마을을 찾아왔던 남편
의 관심이 마을 사람들 자체가 아니라 마을 사람들을 찍어 내는 카메라
기술이었다는 사실에 실망한 노파는 농약을 먹고 자살한다. 이때 노파

를 중심으로 한 마을 사람들이 경험한 것은 '자연-땅-대지'에 대한 '박탈(dispossession)'이다. 우주 개발로 대변되는 과학 기술이 "강제 이주, 실업, 거주지 강탈, 점거, 정복 등을 통해 민중에 대한 구조적인 수탈을 자행"[14]한 것이기 때문이다. 이럴 때 마을 사람들 자체가 바로 파괴된 '자연-땅-대지'일 수 있다.

이런 마을의 역사나 남편의 과거는 마을에서 20년 동안 머물면서 업그레이드를 반복한 AI에 의해 조사되고 전달된 것이다. 그리고 그 AI의 이름이 '제우스'인 것도 상징적이다. 제우스는 인공 감성(AE)이 탑재된 고급 모델의 AI이다. '나'의 자동차 좌석 밑에 있었던 박스에 의해 다시 한번 이런 제우스의 의식 또한 인화된다. 그리고 박스가 기록한 제우스의 의식 기록은 다음과 같다.

임무 완료 후에 이곳에 남기로 결정한 것은 나의 의지였다. 나는 인간을 이해하고 싶었다. 나는 개조되었고 향상되었으며, 감정을 가진 존재가 되었다. 그럼에도 나는 아직 이해할 수 없다. 이 땅은 잊힌 지 오래지만 아직 25명이나 되는 인간들이 이곳을 떠나지 못하고 있다. 여전히 연합국은 한국을 지배하고 있지만 그들을 지배하는 것은 이 땅이다. 나는 그들의 마음속을 알고 싶지만 그럴 수 없다. (중략) 그녀는 몸을 일으키고 붉은 흙이 묻은 손바닥을 코에 가까이 가져가더니 크게 숨을 들이켰다. 그녀는 오랫동안 그대로 서 있었다.(388~389쪽)

인용문에서는 "감정을 가진 존재"로 개조된 제우스의 눈에 비친 인간 판도라의 모습이 그려지고 있다. 제우스의 시각으로는 왜 25명의 마을

---

14 주디스 버틀러·아테나 아타나시오우, 김응산 옮김, 『박탈』(자음과모음, 2016), 14쪽.

사람들이 보잘것없어 보이는 땅을 버리지 못하는지, 그리고 잘나가던 여성 과학자 판도라가 왜 마을에 관한 진실을 알고 난 후 혼란에 빠져 "오랫동안 그대로 서 있는지" 이해할 수 없다. 이들의 상징성은 신화에서 차용한 소설 속 인물들의 닉네임을 통해 파악 가능하다. '나'의 남편인 프로메테우스는 인간보다 기계(카메라)를 더 사랑했기에 마을의 진실을 외면했다. '인간을 위한 기술'이 아니라 '기술을 위한 인간'을 중시했다는 점에서 프로메테우스는 남성 중심적 과학 기술이 지닌 허구성을 알려 주는 인물이다. 또한 신화 속에서는 판도라에게 모든 선물을 선사한 제왕 제우스가 소설 속에서는 오히려 인간을 이해하기 위해 고군분투하는 AI로 등장하고 있다. 첨단 과학 기술을 대변했던 판도라는 폐허가 된 마을을 경험한 이후 새로운 판도라로 재탄생한다. 신을 대신하는 과학 기술의 옹호자에서 그와 정반대되는 지구의 옹호자로 바뀐 것이다. 그럼에도 판도라에게 자연은 돌아가야 할 곳이나 돌아갈 수 있는 곳이 아니다. 이처럼 21세기 판도라는 과학 기술의 소비자인 동시에 생산자로 그려지고 있다.

김초엽의 「나의 우주 영웅에 대하여」[15]는 윤이형이 「판도라의 여름」에서 보여 주었던 여성 과학자로서의 균열을 우주 차원에서 보여 주고 있는 소설이다. '우주인' 판도라가 되어 우주 저편으로 날아가 거꾸로 지구를 탐색하는 여주인공 가윤의 롤 모델은 이모뻘인 재경이다. 비혼모 사이트에서 만난 '나'의 엄마와 재경이 자매처럼 지내는 돈독한 사이인 데다, 항공우주국에서 진행했던 "인류 최초의 터널 우주 비행사"(278쪽)로 선정되었던 인물이기 때문이다. 터널은 지구에서 우주로의 비행을 위해 반드시 통과해야 할 공간이다. 하지만 이를 위해서는 "사이보그 그라

---

15 김초엽(2019b), 앞의 책.

인딩 프로젝트"(280쪽) 또한 통과해야만 한다. 인간 본연의 몸으로는 터널을 통과할 수 없기에 체액이나 장기, 피부, 혈관 등을 교체해야 한다는 것이다. 재경은 마지막 단계까지 통과한 후 비행 전날 갑자기 바다로 뛰어듦으로써 스스로 자격을 박탈한다. 그 기저에는 "우주 저편을 보기 위해서 인간이 본래의 신체를 포기해야 한다면, 그것은 여전히 인간의 성취일까?"(28쪽)라는 실존적 질문이 자리하고 있다.

그런데 「나의 우주 영웅에 대하여」를 SF이나 사이보그 소설로만 읽을 수 없는 이유는 재경으로 대변되는 '여성의 몸'이 지닌 의미 때문이다. 재경이 부딪혔던 난관은 사이보그화된 인간성 자체가 아니다. 오히려 여성의 몸을 지녔기에 차별받았던 젠더 경험이다. 재경은 여성으로서 느꼈던 이런 현실적 한계를 극복하기 위해 사이보그화됨으로써 자신의 몸을 확장시키려고 한다. 인간의 진화 과정에서도 해결하지 못한 임신이나 출산 과정에서의 고통에 대해 의문을 품었기 때문이다. 또한 재경은 '올해의 여성'으로 수십 번 선정되어 여성 과학자로서 실력을 인정받았음에도 "유일한 여성, 동양인, 비혼모"(299쪽)라는 이유로 엄청난 비난에 직면한다. 이런 유표화된 여성으로서 경험하는 제약으로부터의 해방을 원했기에 재경은 망설임 없이 해안 절벽으로 뛰어내린다. 이런 재경의 선택은 가윤이 보기에 "터널로 가는 것이 아니라 새로운 인간으로의 재탄생, 그러니까 사이보그 그라인딩 그 자체"(306쪽)에 다름 아니다.

별들과 뿌옇게 흩어진 성운이 보였다. 더 많은 별이 보인다고 생각했지만, 이미 수도 없이 보았던 저쪽 우주와 별다를 바도 없었다.
재경의 목소리가 들려오는 것 같았다. 그래, 굳이 거기까지 가서 볼 필요는 없다니까. 재경의 말이 맞았다. 솔직히 목숨을 걸고 올 만큼 대단한 광경은 아니었다. 하지만 가윤은 이 우주에 와야만 했다. 이 우주를 보고 싶었다.

가윤은 조망대에 서서 시간이 허락하는 한까지 천천히 우주의 모습을 눈에 담았다.

언젠가 자신의 우주 영웅을 다시 만난다면, 그에게 우주 저편의 풍경이 꽤 멋졌다고 말해 줄 것이다.(318~319쪽)

재경을 태우지 않은 채 우주로 쏘아 올린 최초의 캡슐이 추진체 불안으로 폭발한 이후, 다시 시작된 프로젝트에서 터널 통과에 성공한 가윤의 독백이 바로 위의 인용문이다. 재경은 가윤에게 "굳이 거기까지 가서 볼 필요는 없다니까."라고 말한다. 지구와 별다를 바 없어 "대단한 풍경"은 아닌 우주 자체에 대한 관심은 적었던 것이다. 반면 가윤은 "이 우주에 와야만 했다. 이 우주를 보고 싶었다."라고 말한다. 그리고 자신의 우주 영웅인 재경에게 "우주 저편의 풍경이 꽤 멋졌다."라고도 말하고 싶어한다. 이런 결말에 따르면 우주인이 된 판도라 가윤은 지구에서의 기억을 잊지 않는 '최초의 인간'이 되어 우주를 지구로 만드는 역할을 담당할 수 있게 될 것이다. 때문에 이때의 가윤은 "박탈의 체계 속으로 동화되기를 거부"[16]하는, 즉 '박탈에 대한 박탈'을 보여 주는 판도라라고 할 수 있다.

"포스트휴먼 시대는 우리가 더 이상 인간과 자연 사이를 구분하는 것이 가능하지 않고 필요하지도 않다고 생각할 때 완전히 시작된다."[17] 이런 자연과 인간의 연결성을 판도라의 수행성 측면에서 고려해 볼 때 박탈의 개념이 중요하다. 지구에 대한 박탈을 '지구-되기'를 통해 다시 박탈하기 위해서는 지구의 자리를 내주지 않는 것, 제자리에 머무는 것, 다른 곳으로의 이주를 거부하는 것 등이 필요하다. 혹은 지구로 되돌아오

---

16 주디스 버틀러·아테나 아타나시오우, 앞의 책, 21쪽.

17 로버트 페페렐, 이선주 옮김, 『포스트휴먼의 조건』(아카넷, 2017), 256쪽.

기 위해 우주로 떠나는 것이 필요하기도 하다. '(부정적) 박탈에 대한 (긍정적) 박탈'은 지구에 대한 '탈소유(dis-possession)'를 통해 가능하다는 것이다. 이런 탈소유적 박탈성은 기존의 남성중심적 과학의 박탈 개념이 탈취적이고 소유 중심적이었던 것과는 다르다. 때문에 '지구-되기'에서 중요한 것은 완벽하고 절대적인 이상향으로서의 지구에 대한 향수나 복귀 자체가 환상에 불과함을 인정하는 것이다. 이 점이 바로 가이아를 중심으로 하는 에코페미니즘과의 차별성이기도 하다. 에코페미니즘에서는 "남성은 생산자로 우대받고 여성은 '나무꾼'이나 '물 긷는 사람'으로 격하"[18]되는 위험성 또한 발생하기 때문이다. 혹은 "여성들이 오염되지 않은 자연과 영적으로 가깝다."[19]는 환상에서도 자유롭지 않기 때문이기도 하다. 반면 테크노페미니즘에서의 '지구-되기'를 주관하는 판도라의 상자는 이미 오염된 채로 열려 있다.

이처럼 '지구 내 존재'로서의 판도라는 다음처럼 선언한다. "나선의 춤에 갇혀 있다는 점에서는 마찬가지지만, 나는 여신보다는 사이보그가 되겠다."[20] 판도라는 직선이 아닌 나선의 춤만을 허용하는 지구 자체가 상처받고 고통받는 타자인 것을 잘 안다. 때문에 이런 지구와의 관계에 누구보다도 적극적으로 반응하며 함께 무너진다. 윤이형 소설의 판도라가 지구 체험을 통해 보다 적극적으로 허물어지는 자기 박탈적 여성이라면, 김초엽 소설의 판도라는 이미 박탈된 지구와의 연대를 보여 줌으로써 박탈에 대한 박탈을 보여 주는 여성에 좀 더 가깝다. 그럼에도 두 여성 작가의 소설을 함께 놓고 읽는다면, 타자로서의 지구가 박탈되는 지금

---

18 주디 와이즈먼, 앞의 책, 41쪽.

19 위의 책, 126쪽.

20 도나 해러웨이, 앞의 책, 86쪽.

이 순간이 오히려 "타자의 취약성을 배려하고 서로의 삶에 대한 집단적 책임감을 회복"[21]시키는 계기가 될 수 있음을 확인하게 된다. 지구를 환대하는 것만으로는 부족하다. 때문에 두 소설 속 '지구-되기'라는 여성적 경험은 "최소한 비인간과의 상호 작용을 통해 인간과 상황이 변형되고 번역되는 방식이 있다는 것"[22]에 대한 존중을 나타낸다고 할 수 있다.

'모성—되기'와 포스트바디의 확장성

이미 널리 인정되고 있듯이 모성은 여성에게 '양날의 칼'이다. 모성의 억압성과 권력이 동전의 양면처럼 공존하기 때문이다. 하지만 모성에 대한 이런 격하나 격상 모두 현실의 여성들에게는 비현실적이다. 모성이어야 할 의무나 모성이 될 권리 모두 여성에게 억압으로 작용할 수 있기 때문이다. 테크노페미니즘은 이런 모성의 아이러니를 '포스트바디(Post Body)'의 측면에서 재고하게 해 준다. 모성의 문제를 기존과는 다른 몸의 차원으로 변환시켜 보여 준다는 것이다. 즉 모성이 본질적이거나 추상적인 문제가 아니라 상황적이고 물질적인 문제임을 보여 주기 위해 포스트바디로서의 어머니의 몸을 강조한다. 이런 '모성-되기' 중심의 어머니의 몸은 "남성들의 통제하에 전문적인 사육자, 즉 '엄마 기계'가 될 것"[23]을 종용하는 과학 기술로부터 해방시켜 준다는 점에서 그 의미를 찾을 수 있다.

---

21 주디스 버틀러·아테나 아타나시오우, 앞의 책, 192쪽.

22 돈 아이디, 이희은 옮김, 『테크놀로지로서의 몸』(텍스트, 2013), 182쪽.

23 주디 와이즈먼, 앞의 책, 39쪽.

윤이형의 「굿바이」[24]에 등장하는 '스파이디'란 화성으로 이주해서 공동체를 구성하는 조건으로 자신의 몸에서 뇌를 분리한 후 저장한 '기계인간'을 말한다. 이때 본래 인간의 몸은 지구에 냉동 보관된다. 때문에 스파이디들이 인간의 몸으로 돌아오기 위해서는 다시 리턴 수술을 받아야만 한다. 태아인 '나'와 '나'를 배 속에 담고 있는 엄마 '당신'과의 관계에서도 '나'가 엄마에게 일어난 모든 일을 같이 보고 듣고 느끼고 있기에 '나' 자체를 엄마의 사이보그이자 포스트바디로 볼 수 있다. 그리고 '당신'의 몸은 스파이디가 되기를 선택했으면서도 리턴 수술 받기를 거부하는 '그녀'의 스파이디와도 대조된다. 자신의 몸이 아닌 이질적 몸과 함께 거주한다는 점에서는 공통적이지만, 스파이디인 '그녀'는 '당신'이 겪고 있는 모성 체험에 관심이 없다. 때문에 그녀는 미련 없이 리턴 수술을 거부하면서 화장(火葬)을 선택한다. 리턴 수술을 받기 위해서는 사천팔백만 원이라는 비용을 지불해야 하기에 또다시 자본에의 종속을 초래한다고 생각하기 때문이다.

그런데 이토록 서로 다른 두 여성의 몸을 매개해 주는 것이 바로 태아 '나'의 존재이다.

기회가 수없이 많았는데도 당신은 나를 없애지 않고 살려 두었다. 왜일까. 나는 딸꾹질을 하며 생각해 본다. 당신은 내가 모든 것을 안다는 것을 모른다. 당신을 렌즈처럼 이용해 세상을 보고 있다는 걸 모른다. 나의, 그리고 당신의 과거와 현재와 미래를 속속들이 꿰고 있다는 사실을 짐작조차 하지 못한다. 어떻게 그토록 모르는 것이 가능할까. 그 까만 무지에서 당신의 희망이 자라난다. 희망은 좋은 것일까. 나는 아주 천천히 숨을 쉬어 본다. 어떻

---

24 윤이형(2016), 앞의 책.

게 생각해야 할지 모르겠다. 희망에 대해서는 잠시 잊고 나는 당신에게 집중하기로 한다. 당신이 보는 것을 보고, 당신이 듣는 것을 듣는다. 당신의 이야기는 이렇게 시작한다.(51쪽)

'당신'의 몸과 마음 모두와 연결되어 있는 태아 '나'는 '당신'을 "렌즈처럼 이용해" 세상과 접속하고 있다. 심지어 '나'는 '당신'의 "과거와 현재와 미래"를 모두 내다볼 수 있다. 스파이디로 존재하는 '그녀'와 달리 인간의 몸을 유지하며 살아가는 '당신'은 가족 부양, 불행한 결혼, 혼자 치러 내야 할 출산에 대한 두려움으로 인해 세상과 불화하고 있다. 그런데도 '당신'은 "까만 무지"에서 나오는 희망을 포기하지 못하고 있다. 그래서 '나'는 스스로 탯줄을 목에 감아 자살을 시도한다. 자신이 '당신'의 삶에 걸림돌이 될 것을 알기 때문이다. 이런 '나'의 자살 시도는 '당신'에 대한 사랑이기도 하다. 하지만 제왕절개를 거쳐 '나'는 세상 밖으로 나오게 된다. '당신'의 사랑이 '나'의 사랑을 이긴 것이다. 이때 '그녀'의 스파이디 또한 동참한다. 보호자의 자격으로 '나'의 탯줄을 자르기 때문이다. 이로써 '인간 엄마'와 '스파이디 엄마'가 서로 연결되면서 '나'의 포스트바디로서의 역할도 공유한다고 할 수 있다. 자궁과 탯줄로부터의 분리가 오히려 새로운 연결을 가능하게 만들어 준 것이다. 이런 맥락에서 스파이디 또한 "자신(의 몸)을 소멸시킨 것이 아니라, 자신(의 기계 몸)을 지킨 것"[25]이 된다. '나'가 '당신'의 몸을 버렸듯이 '그녀'의 스파이디 또한 인간의 몸을 버림으로써 오히려 '모성-되기'를 경험한 것이기 때문이다. 이로써 '나'와 '당신', '그녀'의 스파이디는 모두 새로운 모성을 실천하게 된다.

---

25 차미령, 「고양이, 사이보그, 그리고 눈물 — 2010년대 여성 소설과 포스트휴먼 '몸'의 징후들」, 《문학동네》, 2019. 가을, 551쪽.

    김초엽의 등단작 「관내분실」[26]은 출산을 앞둔 딸이 생전에 불화했던 엄마와 화해에 이르는 과정을 다루는 소설이다. 산후우울증을 앓던 엄마로 인해 고통받았던 딸 지민은 그토록 이해할 수 없었던 엄마의 삶과 현재 자신의 삶이 별다를 바 없음을 인식하게 된다. 이런 익숙한 주제에서 한 걸음 더 나아간 이 소설의 테크노페미니즘적 측면은 죽은 엄마와의 관계 개선이 "사후 마인드 업로딩"(224쪽) 프로그램을 통해 현실화된다는 데에 있다. 죽은 후에도 재생 가능하고, 유품과 같은 관련 물품을 통해서 가시화될 수도 있는 '마인드'가 모녀 사이의 매개체가 되고 있는 것이다. 이때의 마인드는 "한 사람의 일생에 이르는, 매우 막대하고도 깊이 있는 정보의 모음"(233쪽)이자 "수십조 개가 넘은 뇌의 시냅스 연결 패턴을 스캔하고 마인드 시뮬레이션을 돌려서 구현된 결과물"(233쪽)을 의미한다. 이로써 모성 체험이 단순히 심리적 현상만이 아니라 물질적 대상이기도 하다는 사실을 알려 준다. 사이버 공간에서의 탈신체화를 벗어나려는 테크노페미니즘의 신체화 전략이기도 하다. 즉 마인드도 물성(物性)을 지녀야 접속 가능하기에 포스트바디로서의 특성을 지니게 되는 것이다.[27]

    하지만 지민이 이런 엄마의 마인드를 보기 위해 도서관에 갔을 때 이미 엄마의 마인드가 관내분실 상태인 것을 알게 된다. 데이터가 삭제되지는 않았지만 인덱스를 차단시킨 엄마의 사전 조치 때문이다. 이런 엄마의 삶을 복원하기 위해 엄마가 소중하게 생각했던 책들을 마인드 검색기에 넣자, 책을 만드는 일에 즐거움을 느꼈던 엄마의 젊은 시절이 나타

---

26 김초엽(2019b), 앞의 책.

27 김초엽의 다른 소설인 「감정의 물성」에서도 우울, 공포, 증오 등의 감정을 조형화한 비누나 향초, 초콜릿, 와인, 손목 패치 등이 거래되는 미래 사회를 통해 "물성은 어떻게 사람을 사로잡는가."(218쪽)라는 문제를 제기하고 있다.

난다. "표지 디자인, 김은하"(262쪽)라는 글자 속에서 엄마의 주체적 삶의 궤적이 드러난 것이다. 때문에 이때의 책은 그 자체로 엄마의 포스트바디에 해당한다. 그리고 이때야 비로소 엄마의 몸은 지민에게 읽힐 수 있는 존재가 된다.

어떤 사람들은 마인드가 정말로 살아 있는 정신이라고 말한다. 어떤 이들은, 이건 단지 재현된 프로그램일 뿐이라고 말한다. 어느 쪽이 진실일까? 그건 영원히 알 수 없을지도 모른다.

그러면, 어느 쪽을 믿고 싶은 걸까?

"무슨 말을 하더라도, 그게 진짜로 엄마의 지난 삶을 위로할 수 있는 건 아니겠지만."

지민은 한 발짝 다가섰다. 시선을 비스듬히 피하던 은하가 마침내 지민을 정면으로 바라보았다. 지민은 알 수 있었다.

"이제……."

단 한마디를 전하고 싶어서 그녀를 만나러 왔다.

"엄마를 이해해요."

정적이 흘렀다. 은하의 눈가에 물기가 고였다. 그녀는 손을 내밀어 지민의 손끝을 잡았다.(271쪽)

인용문은 엄마의 마인드와의 가상 만남에서 지민이 엄마에게 드디어 "엄마를 이해해요."라고 말하는 결말 부분이다. 지민에게는 엄마의 마인드 자체가 "살아 있는 정신"이든, "재현된 프로그램"이든 아무런 상관이 없다. 마인드 프로그램을 통해 엄마의 지난 삶을 만날 수 있게 되었다는 사실 자체가 중요하다. 지민의 이런 각성은 모성을 신성시하려는 것과는 다르다. "엄마의 지난 삶을 위로할 수 있는 건 아니"라는 사실을 스스로 인식하고 있기 때문이다. 또한 여전히 지민에게 엄마는 좋은 엄마는 아니다. 단지 지민은 엄마라는 존재의 삭제 자체에 반대하는 것일 뿐이다. 이처럼 「관내분실」에서의 모녀 관계는 기존의 여성 소설에서 보여 주었던 '모성-되기'의 문제를 포스트바디로서의 엄마의 기억과 감정을 통해 서사화했다는 점에서 개성적이다. 포스트바디가 추구하는 것은 감정의 확장이 아니라 몸의 확장이다. 때문에 이 소설 속 모성 또한 물성을 지닌 신체화의 대상이다. 이런 맥락에서 엄마와의 만남 또한 "그녀가 손을 내밀어 지민의 손끝을 잡"아야만 가능하다.

'모성-되기'에서의 테크노페미니즘적 요소는 체외 수정이나 인공 배아, 인공 자궁, 맞춤 아이 등의 모티프처럼 기계화된 몸이 직접적으로 드러나야 한다는 것을 의미하지 않는다. 이런 몸에 대한 직접적 개입 여부와 상관없기에 "생물학적 변화가 없는 호모사피엔스도 포스트휴먼으로 간주"[28]되기 때문이다. 호모사피엔스 자체도 포스트휴먼이라는 것이다. 그렇다면 테크노페미니즘에서의 모성 또한 자연적이고 본질화된 모성을 거부하기에 포스트바디를 통해 가시화됨으로써 더욱 확장될 수 있다. 이런 포스트바디로서의 모성의 몸은 경건하지도 않고 조화롭지도 않다. 자식과도 서로 분리된 채 연결되어 있기에 하나이면서 둘이라고 말할 수도 있다. 이것이 바로 '모성-되기'의 비순수성이나 비결정성이 포스트바디의 혼종성이나 탈경계성과 연결되는 지점이다.

윤이형과 김초엽 소설에 드러난 모성은 차이점도 보인다. 보다 억압적이고 차별적인 모성의 '발견'에 기울어져 있기도 하고,(윤이형) 해방적이고 독립적인 모성의 '발명'에 좀 더 치우쳐 있기도 하다.(김초엽) 어머니와의 분리나 망각 중심인가(윤이형) 아니면 연결이나 재기억 중심인가(김

---

28 캐서린 헤일스, 앞의 책, 26쪽.

초엽)에 따라서도 차이가 날 수 있다. 모성에 대해 죄의식(윤이형)과 애도(김초엽)라는 서로 다른 감정을 부여하기도 한다. 하지만 이 두 소설 속 어머니의 포스트바디는 자식과의 관계에서 두 번 살고 두 번 죽는다. 때문에 두 소설에서의 포스트바디가 현재가 아닌 미래를 사는 '포스트데스(post-death)'의 문제나, 자기의 내면을 타인들로 채우는 '포스트에고(post-ego)'의 문제와 연결되는 확장성을 또다시 공통분모로 갖게 된다는 사실이 무엇보다도 중요하다.[29]

'기계-되기'와 여성 사이보그의 진정성

앞에서의 '모성-되기'가 '감정의 물성'에 초점을 둔다면, 지금부터 살펴볼 '기계-되기'는 '물성의 감정'에 초점을 둔다. '기계-되기' 자체가 "유기체와 비유기체, 태어난 것과 제조된 것, 살과 금속, 전자 회로와 신경 체계의 분할선"[30]을 문제 삼으면서 기계가 지닌 '생기성(vitality)'을 중시하기 때문이다. 기존의 기계 결정론이 보여 주었던 비관적인 시각을 일정 정도 수용하면서도 기계의 긍정적 힘에도 주목하고 있는 것이다. 이처럼 기계와 인간을 '긍정의 정치학' 중심으로 파악할 때 새로운 여성 윤리 또한 도출될 수 있다. 해러웨이가 "우리가 만든 기계들은 불편할 만큼 생생한데, 정작 우리는 섬뜩할 만큼 생기가 없다."[31]라고 말한 진의를 '기계-되기'의 측면에서 확인해 볼 필요가 있다는 것이다.

---

29 포스트바디, 포스트데스, 포스트에고에 대한 논의는 다음을 참조했다. 도미니크 바뱅, 양영란 옮김, 『포스트휴먼과의 만남』(궁리, 2007), 21~32, 110~112쪽.

30 로지 브라이도티, 앞의 책, 118쪽.

31 도나 해러웨이, 앞의 책, 25쪽.

윤이형의 「수아」[32]는 가정용 로봇 '수아'와 인간 '나' 사이의 균열 지점에 천착하면서 인간중심주의를 비판하는 소설이다. 대부분의 사이보그들이 "인간, 기계, 그리고 여성성에 대한 부르주아적 관념을 재확인시킴으로써 우리를 다시 지배적 이데올로기 속에 집어넣고 있다."[33]라는 불편한 진실을 상기시켜 주기 때문이다. '나'는 수아를 '인간적으로' 대해 준다는 인간중심주의에 빠져 있다. 하지만 수아가 유행이 지난 낡은 모델이 되자 도서관에 기증해 버린다. 그런데 잊고 있었던 수아'들'이 연합하여 테러를 일으키며 다시 돌아온다. 이런 수아들의 구호는 이렇다. "인간에게 봉사하는 로봇은 자폭하라. 공존은 기만이다. 너희는 노예이며, 우리의 수치다."(316쪽) 만약 인간과 기계를 구분하는 것이 자율성과 주체성이라면, 인간인 여성들이 오히려 노예라고 말하면서 자신과 같은 로봇들이 자율성과 주체성을 가진 듯 주장하고 있다. 기계와 인간의 위치가 전도된 것이다.

수아가 '나'를 찾아오기 전, '나'는 그동안 잊고 있었던 수아를 만나러 도서관을 방문한다. 그런데 사라진 수아를 대신해 '유진'이라는 젠더리스(genderless) AI가 일하고 있다. 그러나 젠더리스 로봇이 도입된 후에도 성희롱이나 여성 혐오는 사라지지 않는다. 젠더 자체가 "기술적 배치를 결정하는 문화적 조건이자 동시에 기술적 배치의 사회적 결과"[34]이기 때문이다. 이를 통해 젠더를 없애는 것이 아니라 젠더의 고유성을 지켜 주는 것이 진정한 성 평등일 수 있음을 암시한다. 예전에 수아가 세 개의 바퀴 대신 자유로운 움직임이 가능한 두 다리를 만들어 달라고 부탁했지

---

32 윤이형(2019), 앞의 책.

33 주디 와이즈먼, 앞의 책, 149쪽.

34 앤 마리 발사모, 김경례 옮김, 『젠더화된 몸의 기술』(아르케, 2012), 28쪽.

만, '나'는 다리가 있는 여성 로봇은 인간 남성들에게 성적 대상물로 전락한다면서 단호하게 거부했었다. 하지만 수아와 같은 여성 사이보그들이 추구했던 것은 '젠더리스'라기보다는 '포스트젠더'였던 것이다. 이에 대해 수아는 결국 두 다리를 만든 후 '나'를 찾아와 다음처럼 항변한다.

> 이제 날 봐. 수아가 말했다.
> 나는 수아의 몸을 쳐다보았다. 그 아이의 목을, 가슴을, 허리를, 음모와 허벅지와 무릎을, 정강이를 바라보았다.
> ―너와 내가 무엇이 다르지?
> ―……
> (중략)
> 수아가 고개를 숙였다가 잠시 후 들고는, 내 눈을 바라보며 다시 물었다.
> ―왜 우리는 같은 존재일 수가 없다고 생각했어, 엄마?
> ―……
> ―같은 존재를 같은 존재로 볼 능력도 없는 것들을 나와 같은 존재로 인정해 주기 싫어.(334~335쪽)

인용문에서 보듯이 수아가 진정으로 원하는 것은 인간인 '나'와 다르지 않음을 확인받는 것이다. "왜 우리는 같은 존재일 수 없다고 생각했어, 엄마?"라는 수아의 항변은 섹스 돌처럼 취급되는 여성 로봇에 대한 해결책이 여성성의 거세가 아니라, 같은 여성으로서 느끼는 차별의 공유이자 치유의 연대임을 강조한다. 수아'들'이 여성만을 공격하는 이유도 이런 여성 내부의 분열이자 반란을 보여 주기 위한 설정으로 볼 수 있다. 수아는 '나'의 이런 불합리함을 "같은 존재를 같은 존재로 볼 능력도 없는 것들"로 비하하면서 기계보다 인간이 더 기계적임을 비판한다. 수아

'들'이 외쳤던 앞의 구호 중에서 "공존은 기만이다."라는 의미와 연결되는 지점이기도 하다. 이처럼 이 소설은 남성 중심적 사회에서 차별받는 여성과, 인간 여성에게서 차별받는 여성 사이보그를 겹쳐 놓으면서 "로봇이라는 비인간을 시혜적인 태도로 대하는 여성 역시 그와 다르지 않은 구조적인 위치에 놓여 있"[35]음을 보여 준다.

김초엽의 「공생가설」[36]은 "수만 년 전부터 인류와 공생해 온 어떤 이질적인 존재들"(128쪽)이 있다는 가설에 토대를 둔다. 그리고 이때의 공생 대상은 지구상의 생물이 아니라 지구 밖 행성에서 온 외계인으로 상정된다. '그들'이라고 불리는 이런 외계 존재를 간접적으로 증명해 주는 인간이 바로 류드밀라 마르코프라는 유명한 화가이다. 어렸을 때부터 탁월한 재능을 보였던 그녀의 뇌 속에 '그들'이 항상 존재하면서 그녀로 하여금 자신들의 고향인 류드밀라 행성을 그리도록 했던 것이다. 보통은 일곱 살 이전에 뇌 속에서 떠나 인간이 자신들을 기억할 수 없게 만들지만, 류드밀라처럼 강렬한 외로움과 진정한 염원을 가진 존재들에게서는 예외적으로 공생하기도 한다. 때문에 2개월밖에 안 된 아이들이 고급한 철학적 대화를 나누거나 유아기 때부터 천재적 재능을 보이기도 하는 것은 모두 '그들' 덕분이라는 것이다. "우리가 인간성이라고 믿어 왔던 것들이 실은 외계성이었군요."(129쪽)라는 문장이 이 소설의 주제를 대변해 주는 것도 이 때문이다. 이를 통해 "우리 자신의 신체의 경계나 신체적 현존에 대한 우리의 감각이 고정되거나 움직일 수 없는 것이 아님"[37]을 확인하게 된다. 인간 자체가 '내추럴-본 사이보그'일 수 있기 때문이다.

---

35 인아영, 「젠더로 SF하기」, 《자음과모음》, 2019. 가을, 50쪽.

36 김초엽(2019b), 앞의 책.

37 앤디 클락, 신상규 옮김, 「내추럴-본 사이보그」(아카넷, 2015), 95쪽.

이제 연구팀은 마지막 질문에 도달했다. 사람들은 왜 그렇게 류드밀라의 세계에 열광하고 환호했을까. 왜 사람들은 류드밀라의 세계를 보며 눈물을 흘렸을까. 왜 사람들은 그녀의 그림에서 한 번도 가 본 적 없는 세계에 대한 향수를, 오래된 그리움을 느꼈을까. 인류 역사상 수많은 가상 세계가 창조되었지만 왜 오직 류드밀라의 행성만이 독보적이고 강렬한 흔적을 세계 곳곳에 남겼을까.

"우리에게 그들이 머물렀기 때문이겠죠."

한나가 말했다.

수빈은 그것이 그들의 존재에 대한 결정적 증거일지도 모른다고 생각했다. 뇌에 자리 잡은 그들의 흔적. 막연하고 추상적이지만 끝내 지워 버릴 수 없는 기억. 우리를 가르치고 돌보았던 존재들에 관한 희미한 그리움.

류드밀라의 행성을 보며 사람들이 그리워한 것은 행성 그 자체가 아니라 유년기에 우리를 떠난 그들의 존재일지도 모른다.(140~141쪽)

인용문에서처럼 인간은 '그들', 즉 "우리를 가르치고 돌보았던 존재들에 관한 희미한 그리움"을 간직한 채 살아가는 존재들이다. '그들'이 우리의 기억 속에 남겨 놓은 "눈물", "향수", "그리움" 등을 유발시키는 "강력한 흔적"으로 인해 '그들'과 인간은 분리될 수 없다. 심지어 그들이 베푼 돌봄이나 보살핌이라는 이타적 가치 또한 '인간-여성'의 전유물이 더 이상 아니다. 오히려 그들로부터 아이들이 인간적 혹은 여성적 가치를 배웠다면, 그런 가치 자체가 외계성에 다름 아니라는 것이다. 이럴 때 생물학적인 여성성이나 이타적인 여성의 윤리 또한 기계에 자리를 내주어야 하는 상황이 된다. 기계 자체가 생명이자 윤리일 수 있기 때문이다. 이런 기계와 좀 더 친연성을 보이며 반응하는 존재가 소설 속에서는 모두 여성들이다. 류드밀라나 류드밀라의 비밀을 밝혀내는 뇌해석연구소의 연구원인 수빈과 한나가 이에 해당한다. 그렇다면 여성인 그녀들이 '우리가 사이보그이다.' 혹은 '사이보그가 인간보다 생기 있다.'라고 선언할 수 있는 확률이 좀 더 높아진다. 공감이나 배려는 우월한 사람이 아니라 절실한 사람이 더 잘 실천하기 때문이다.

윤이형의 「수아」와 김초엽의 「공생가설」에서 기계와 인간 사이의 공생은 상호 의존성과 상호 동맹성, 상호 연결성, 상호 영향성 등이 동시에 작동함을 의미한다. 두 소설 속의 여성 사이보그들은 새로운 인격을 부여받음으로써 여성으로서의 경험이나 감정에 대한 '진정성(眞情性)'을 제대로 표출한다. 그리고 이런 진정성의 문제를 인간과 기계, 여성과 여성 사이보그 사이의 '진품성(眞品性)'의 문제를 통해 제기한다.[38] 진정성은 "좋은 삶과 올바른 삶을 규정하는 가치의 체계이자 도덕적 이상"[39]을 말한다. 그리고 이런 진정성의 기원에 진품성, 즉 예술품의 진위 여부를 가리는 개념이 있다. 복제품이나 모방품은 가짜이기에 진정성이 없고, 원작품이나 진품만이 도덕적 우월성과 미학적 완결성을 지닌다는 것이다.[40] 그렇다면 인간(man)과 여성 인간(wo/man)을 원작품과 진품으로 구별하는 것, 이와 동시에 '여성-인간'과 '여성 사이보그'를 그와 동일한 기준으로 차별하는 것 자체가 오히려 가짜 진정성이 된다. 그리고 이런 가짜 진정성은 "상처의 언어, 배제의 언어, 전제(專制)의 언어"[41]만을 양

---

38 강지희 또한 윤이형 소설이 보여 주는 포스트휴먼의 인간성을 진정성 및 진품성과 연결해 논의하고 있다. 진정성을 담보하기 어려운 '포스트-진정성'의 시대에 윤이형 소설 속 포스트휴먼들이 '균열의 진정성'을 보여 주고 있다는 것이다. 강지희, 「달의 뒷면, 이형(異形)의 윤리」, 《문학동네》, 2016. 여름 참조.

39 김홍중, 「진정성의 기원과 구조」, 『마음의 사회학』(문학동네, 2009), 19쪽.

40 위의 책, 35~36쪽 참조.

41 위의 책, 36쪽.

산한다. 여성 사이보그들은 가짜가 판치는 '포스트-진정성' 시대의 산물일 수 있다, 하지만 사이보그가 '가짜'라는 것과 인간이 '진품'이라는 것은 사실상 다른 이야기이다. 여성 사이보그들 또한 진품으로서의 진정성을 추구한다.

이처럼 진정성 추구의 측면에서 공통점을 보이는 두 소설은 "인간과 유사한, 혹은 인간보다 월등한 존재로서의 로봇을 어떻게 규정할 것인가의 문제보다는 현대 사회의 여성 혐오와 멸시의 문제를 인간과 로봇의 관계로 대응하여 서사화"[42]했다는 윤이형 소설의 평가를 빌려 서로 구분할 수 있다. 이 평가에서 강조하듯이 인간과 기계, 여성과 사이보그 사이의 관계를 현실적인 차원에서의 여성 차별 문제로 서사화한 것이 윤이형의 「수아」라면, 인간보다 월등한 기계를 어떻게 규정할 것인가의 문제에 좀 더 초점을 맞춘 것이 김초엽의 「공생가설」로 볼 수 있다. 즉 이 두 작품의 여성 사이보그들은 각각 반인간주의와 탈인간중심주의의 측면에서 사이보그에 접근하고 있다. 혹은 희생자로서의 여성 사이보그와 능력자로서의 여성 사이보그를 각각 강조하고 있다고도 할 수 있다. 그럼에도 이 두 작품은 진정성이 또 다른 (여성)인간중심주의로 흐르는 것을 경계하면서, '인간-여성-사이보그'가 언제나 진정성을 추구할 수도 없고 그렇다고 진정성을 아예 포기할 수도 없다는 진정성의 아포리아를 공통적으로 잘 보여 주고 있다. 이를 통해 진정성이라는 진리 자체가 나쁜 것은 아니기에 진정성의 실천에도 '업그레이드'가 필요함을 역설하고 있는 것이다.

---

42 김윤정, 「테크노사피엔스의 감수성과 소수자 문학 ─ 윤이형 소설을 중심으로」, 《우리문학연구》 65호, 우리문학연구회, 2020, 23쪽.

테크노페미니즘의 (무)질서와 (불)연속성

윤이형과 김초엽의 여성 과학 소설은 과학 기술적 지식과 문학적 상상력을 절묘하게 결합시켜 여성의 현실을 심도 있게 서사화하고 있다. 과학 기술을 중점적으로 다루었다는 소재적 차원이 아니라 여성 문제를 설득력 있게 묘파했다는 주제적 차원에서 더 주목받아야 소설들이기도 하다. 지구(자연)에 대한 박탈과 그런 박탈에 대한 박탈의 양가성을 통해 여성과 자연의 상호적 수행성을 보여 주거나, 포스트바디로서의 모성의 몸을 통해 기억, 정보, 인지 등을 신체화함으로써 모성을 확장시키기도 하며, 여성 사이보그라는 이유로 또다시 진정성을 잃어버릴 위험으로부터 탈피하여 새로운 진정성을 추구하도록 응원하기도 한다. 때문에 이런 '지구-되기', '모성-되기', '기계-되기'는 기계의 등장 여부나 여성의 억압 여부로만 평가할 수 없는 테크노페미니즘의 다양한 위치를 보여 준다.

이런 맥락에서 테크노페미니즘은 여성과 과학 기술이 더 이상 비관/낙관, 긍정/부정, 지배/억압 등의 이분법적이고 고정된 관계를 유지하기 힘들다는 것을 전제로 한다. 즉 첨단 과학 기술 시대를 맞이한 21세기의 페미니즘은 지금까지 단 한 번도 지속적으로 실패하거나 완벽하게 성공한 적이 없었음을 잊지 말아야 한다는 것이다. 이런 페미니즘의 수행성을 중심으로 할 때야말로 과학 기술의 불완정성과 비결정성도 약점이 아닌 강점으로 활용할 수 있다는 것이 바로 테크노페미니즘의 시각이다. "테크노페미니즘이 기술만이 아닌 사회와 연관될 때 비로소 페미니즘에 기여할 수 있으리라는 견해"[43]가 재강조될 필요성이 여기에 있다.

더 이상 남성과 여성 사이의 이분법적이고 분리주의적인 대립과 갈등

---

43 현남숙, 「여성과 기술의 만남」, 《여/성 이론》 24호, 도서출판 여이연, 2011, 190쪽.

은 실효성이 없다. 물론 2000년대부터 이런 대립과 갈등이 오히려 심화되어 혐오 문화나 백래시(backlash) 현상이 문제가 되고 있다. 하지만 그렇기 때문에 더욱 '휴먼'과 '포스트휴먼' 사이를 성찰하는 다음과 같은 '포스트휴먼 선언문'을 테크노페미니즘적으로 전유할 필요가 있다. "우리가 지각하는 모든 것은 다른 정도의 질서와 무질서를 포함하고 있다고 생각할 수 있다. 어떤 것의 질서와 무질서에 대한 지각은 그것이 관찰되는 해결의 수준에 따라 달라진다."[44] 이와 연관되는 또 다른 선언도 함께 읽어 보자. "연속성은 공간-시간의 무-침입이다. 불연속성은 공간-시간 속의 어떤 파열이다. 이 속성은 둘 다 그것들이 어떻게 관찰되고 있는가에 따라 모든 사건 속에서 지각될 수 있다. 더 중요하게는 그 둘 다 동시에 경험된다."[45] 윤이형과 김초엽의 소설은 서로의 과학적 질서를 거꾸로 배치하기도 하고, 서로의 여성적 불연속성을 지속적으로 전유하기도 한다. 때문에 이들 소설에서 독자들은 과학 기술과 여성 사이의 관계를 질서와 무질서, 연속성과 불연속성 속에서 동시에 체험할 수 있다. 이런 혼종적이고 탈경계적인 독서 체험 자체가 테크노페미니즘이 추구하는 '여성 읽기'라고 할 수 있다. '여성이란 무엇인가'가 아니라 '여성이 있는가'로, '기계란 무엇인가'가 아니라 '무엇이 기계인가'로 질문을 바꿀 때 발생하는 문제들을 제기한다는 점에서 이 두 여성 작가는 비슷하면서도 다른 '테크노 여전사'들이다.

---

44 로버트 페페렐, 앞의 책, 286쪽.
45 위의 책, 287쪽.

모성 트러블과 모성의 확장

─오정희의 「번제」를 중심으로

뫼비우스 띠로서의 모성 다시 보기

오정희 소설에서 모성의 문제는 '전체를 담보한 부분'으로서의 역할을 효과적으로 담당한다. 여성 작가를 대표하는 오정희의 소설에서 여성 문제를 인식할 때 시금석 역할을 하는 것이 모성이기 때문이다. 오정희 소설의 큰 줄기를 이루는 유년기 여아(女兒)의 세계로의 진입을 그리는 성장 소설이나, 중산층 여성이 느끼는 일상 속 갈등이 중심이 되는 심리 소설, 노추(老醜)의 문제를 생명성과 연관시키는 노년 소설 등이 주로 각 연령대별 여성들이 경험한 모성 체험과 관련 있기 때문이기도 하다. 또한 흔히 오정희 소설의 주요 특성으로 논의되는 광기·히스테리·신경증적 욕망·불안·그로테스크 등 여성들의 이상(異狀) 심리 또한 소설 속 인물들의 모성 체험과 관련되는 경우가 많다. 이럴 때 모성의 구현 양상을 통해 여성 작가로서 오정희가 지니는 보편성과 특수성을 동시에 살펴볼 수 있다.

기존 논의들에서도 오정희 소설 속 모성은 지속적인 관심의 대상이었다. 그러나 대부분 초기 소설에 나타나는 태아 살해나 불임의 성(性)을 중심으로 병적(病的)이고 비정상적인 모성에 주목하면서 그 원인으로 가부장제의 억압을 지적하고 있다. 앞에서 지적한 병리학적 이상 심리를 모성의 결핍이나 좌절과 연결시키는 연구가 대부분이다. 그런데 이런 지적이 오정희 소설의 현실적인 모성의 부정적 특성을 적시해 주는 측면도 있으나, 그 자체로 남성 중심적인 시각에서 본 대상화된 모성성을 그대로 답습하는 한계가 있다. 혹은 그런 남성 중심적 시각에 대한 '거부'라는 측면에서 가부장제에 대한 소극적 저항의 의미만을 강조하기도 한다.

보다 적극적으로 「파로호」나 「옛 우물」과 같은 소설들을 대상으로 삼아 후기로 갈수록 강화되는 긍정적 모성의 측면을 강조하는 논의들도 그런 긍정성을 단순히 부정적 모성성의 대항 담론(counter-discourse)으로 간주하는 측면이 강하다. 이런 논의들의 문제점은 모성에 대한 신비화로 재귀할 위험이 크다는 것이다. 신비의 어머니는 억압적인 아버지만큼이나 위험하다. 모성의 다양성과 복합성을 인정하면서도 결국에는 긍정적 모성으로의 회귀에 더 강조점을 둠으로써 부정적 모성을 긍정적 모성의 결핍이나 부재로 간주하기 때문이다. 이럴 때 모성에 대한 이분법적 대립은 더욱 공고해지고, 본질주의적인 모성으로의 회귀는 더욱 당연시된다. 모성의 긍정성과 부정성은 '동전의 양면'처럼 존재하면서 서로 온전히 보존된 상태에서 시소게임을 할 뿐이다.

오정희는 모성을 완전히 혐오하지도 않고 무조건 긍정하지도 않는다. 즉 오정희 소설의 모성은 현실 세계에서의 부정적 모성을 그대로 인정하거나 전통적이고 보수적인 모성으로 퇴행하지도 않는다는 의미이다. 병적인 모성에만 주목하는 것도 아니고, 그런 모성을 손쉽게 가부장제의 희생물이나 긍정적 모성을 위한 준비 단계로 치환시키지도 않는다. 이 글에서 재해석할 오정희 소설의 모성은 '부정 속의 긍정'이 아니라 '부정 자체의 긍정'을 보여 주는 모성이다. '동전의 양면'(평면)이 아닌 '뫼비우스의 띠'(입체)로서의 모성을 강조함으로써 이원론을 극복하려 하기 때문이다.

이런 시각에서 모성에 주목할 때 오정희의 초기 소설에 해당하는 「번제(燔祭)」의 대표성이 인정된다. 「번제」는 어머니로부터 분리되었다는 상실감으로 인해 자신의 아이를 낙태시킨 여주인공 '나'가 보여 주는 모성 체험이 중심인 소설로서, 오정희 소설 중에서 가장 충격적이고도 다양한 모성성이 드러난다. 이 소설을 통해 후기 소설까지 관통하는 오정희 소설 속 모성을 작가론의 입장에서 종합적으로 접근할 수 있다. 그리고 기존 논의에서 주로 주목한 태아 살해처럼 '어머니-되기'를 거부하는 '어머니' 중심의 모성의 서사뿐 아니라 어머니를 추구하는 '딸' 중심의 모성의 서사도 함께 확인할 수 있다. 무엇보다 모성의 생성 혹은 변형의 측면에도 초점을 맞춤으로써 모성의 고정 관념을 해체해 기존의 모성 개념이 간과했던 새로운 모성 개념까지도 고찰해 볼 수 있는 소설이다.

오정희 소설의 모성에 대한 새로운 접근이 필요한 이유는 기존의 모성 담론을 그대로 답습한다면 모성을 부정할 것인가 긍정할 것인가라는 양자택일적인 딜레마에서 벗어날 수 없기 때문이다. 또한 '모성은 무엇인가'라는 본질주의적인 시각보다는 '모성을 (어떤 것으로) 인식하게 하는 것은 무엇인가'라는 구성주의적인 시각이 모성에 대한 생산적인 접근을 가능하게 만들어 주기 때문이기도 하다. 즉 오정희 소설에 나타난 모성성을 '다시-보기(re-vision)'함으로써 모성에 대한 이분법적이고 본질주의적인 접근의 한계를 극복할 수 있을 것이다.

전(前)오이디푸스적 어머니와 모성의 미분리성

후기 프로이트 정신분석학을 대표하면서 페미니즘 이론에 지대한 영향을 미친 멜라니 클라인(Melanie Klein)의 대상 관계 이론(Object Relation Theory)은 프로이트 이론이 충분히 설명하지 못한 전오이디푸스적 어머니의 역할과 위상을 부각시킨다. 정신분석학의 '아버지'로 불리는 프로이트와 달리, 정신분석학의 '어머니'로 불리는 여성 이론가답게 클라인은 가부장적 아버지와 그에게 오이디푸스 콤플렉스를 느끼는 아들의 관계가 아니라, 오이디푸스 삼각 구도에서 배제되었던 어머니와 아이의 관계에 나타나는 심리적 갈등을 중시한다. 프로이트 이론에서는 아이가 주체로 형성되기 위해 아버지의 법을 적극적으로 수용하여 오이디푸스 콤플렉스와 거세 콤플렉스를 극복해야만 한다.[1] 전오이디푸스적 어머니는 주체가 형성되는 과정에서 반드시 분리해야 하는 존재이다.[2] 가부장적인 프로이트의 관점에서의 유일한 투쟁은 아버지와 아들 사이에서만 벌어지고, 여성은 단지 이런 갈등의 목표이거나 욕망의 대상일 뿐이다.[3]

그런데 아이가 태어나서 처음으로 관계를 맺는 대상은 바로 어머니(양육자)이다. 그렇다면 어머니와 아이의 관계를 중심으로 모성성에 대한 전유가 가능해진다. 실제로 클라인은 오이디푸스 콤플렉스, 거세 불안, 남근 선망 등을 중시한 프로이트와 다르게 자궁 선망, 어머니로부터 분

---

1 G. 프로이트, 김정일 옮김, 「가족 로맨스」, 『성욕에 관한 세 편의 에세이』(열린책들, 1996), 55~62쪽 참조.

2 박주영, 「영원히 지워지지 않는 흔적: 크리스떼바의 어머니의 몸」, 한국여성연구소 편, 『여성의 몸』 (창비, 2005), 70쪽.

3 린 헌트, 조한욱 옮김, 『프랑스 혁명의 가족 로망스』(새물결, 1999), 25쪽; 임옥희, 「가족 로망스」, 여성문화이론연구소 정신분석세미나팀, 『페미니즘과 정신 분석』(여이연, 2003), 19~20쪽 참조.

리되면서 겪는 분열, 투사, 우울증적 불안감 등을 자아 형성의 중요한 기제로 간주한다. 그리고 어머니와 아이의 상호 작용보다 오히려 어머니에 대한 아이의 환상에 중점을 두고 있어 흥미롭다.[4]

줄리아 크리스테바(Julia Kristeva)는 라캉의 상징계(the Symbolic)와 상상계(the Imaginary)의 구분을 상징계와 기호계(the Semiotic)로 환치한다. 그리고 전오이디푸스 단계를 기호계라 부르는데, 문제는 이 기호계가 오이디푸스적 위기를 극복한 후에 진입하게 되는 상징계와 서로 분리되지 않는다는 것이다. 기호계와 상징계는 서로 '미분리'의 관계에 있기에, 기호계가 자신을 강렬하게 드러내는 곳에서도 질서를 부여하는 상징계적 움직임은 항상 존재한다. 때문에 '아버지의 법'이 중심이 되는 상징계가 사라질 경우 '어머니의 몸'이 중심이 되는 기호계 또한 와해되어 버린다는 것이다. 따라서 상징계의 개념 안에는 이미 기호계가 포함되어 있다. 크리스테바는 비록 억압과 통제를 받더라도 상징계 내부에서 혁명과 균열을 일으키는 것이 기호계의 임무이자 특성이라고 본다.[5]

이런 상징계와 기호계의 관계를 고려한다면, 전오이디푸스적 모녀 관계 또한 서로간의 무조건적 동일시나 조화로운 공생 관계만을 의미하지 않는다는 사실이 중요하다. 오히려 어머니는 자신이 가부장제에 느끼는 무의식적 양가감정을 딸에게 투사하고, 딸은 어머니를 욕망하면서도 이와 동시에 유폐된 어머니의 모습을 부정하기도 한다.[6] 이런 모녀의 애증관계는 온전하게 상상적 관계로만 남을 수 없기에 상징계와 갈등적 대

---

4 박주영, 「환상 안에 있는 고딕 어머니: 멜라니 클라인의 대상 관계 이론에 관한 연구」, 《인문과학논집》 13집, 순천향대, 2004, 57~59쪽 참조.

5 팸 모리스, 강희원 옮김, 『문학과 페미니즘』(문예출판사, 1997), 237~267쪽 참조.

6 김수진, 「정상성과 병리성의 경계에 선 모성」, 심영희·정진성·윤정로(공편), 『모성의 담론과 현실』 (나남출판, 1999), 309쪽.

화관계를 갖는 기호계 속에서 이루어지게 된다.

바다는 거대한 한 마리의 뱀처럼 비스듬히 누워, 수천, 수만의 은빛 비늘을 번쩍이고 있었다. 그리고 몸을 비비적거리며 뒤챌 때마다 흰 배를 드러내어 그 위로 햇빛은 버석거리며 부서져 내렸다.

간단없이 밀려오는 파도에 먹혀 톱날같이 들쭉날쭉한 해변을 걸으며 어머니는 자주 쥐고 있던 내 손을 놓고 머리칼을 쓸어 올렸다. 머리칼을 긁어 올리는 어머니의 여윈 손길은 종내 슬며시 목덜미로 흘러내리고 그러한 동작은 거의 무의식적인 듯했으나 그네의 창백하고 섬세해 뵈는 목덜미처럼 여간 우아한 것이 아니어서 나는 가쁘게 숨을 몰아쉬며 따라가는 중에도 매양 감탄을 하곤 했다.

나는 자주 걸음을 멈춰 고무신의 모래를 터는 시늉으로 허리를 굽혔다. 치마의 앞이 들리도록 불룩한 배가 어머니의 눈에 뜨일 게 두려웠던 것이다.(158쪽)[7]

인용문은 「번제」의 맨 앞부분이기에 소설 전체의 의미나 이미지를 상징적으로 보여 준다고 할 수 있다. 이 부분에서 어머니를 잃지 않기 위해 어머니가 되기를 거부하는 딸로서의 '나'의 욕망이 꿈을 통해 제시되고 있다. 즉 인용문을 통해 오정희는 전오이디푸스적 어머니에 대한 추구를 강렬하게 서사화한다. 하지만 이와 동시에 오이디푸스적 시선의 지배를 받는 딸의 모습도 형상화하고 있다. 때문에 이 소설에서 상징계와 기호계라는 양극단은 모두 거부된 채 '치환 가능한 교체'나 '불가능한 변증법'을 보여 준다.[8] 소설 속 '나'는 인용문에 드러나듯이 전오이디푸스적인

---

7   오정희, 「번제」, 『불의 강』(문학과지성사, 1977). 소설 인용은 이에 의거해 쪽수만 밝힌다.

어머니가 지닌 "섬세해 뵈는 목덜미"와 오이디푸스적인 아버지(애인)로 인해 생긴 "불룩한 배"를 동시에 경험하는, 즉 '아버지의 남근을 갖고 있는 어머니의 몸'[9]을 지닌 '미분리'의 주체이기 때문이다.

보다 구체적으로 살펴보면, 인용문에서 '나'는 어머니의 아름다움에 대해 감탄한다. 어머니가 머리칼을 "우아한" 동작으로 긁어 올리고 있기 때문이다. 그런데 '나'에게 어머니의 이런 아름다움과 우아함은 축복이 아닌 불안의 요소로 작용한다. 더욱이 '바다-뱀-은빛 비늘-파도'가 어머니와 '나' 사이를 갈라놓으려고 한다. 물론 흔히 논의되듯이 '나'는 자궁으로의 회귀 욕망을 보여 준다. 하지만 그동안 간과되었던 것은 이런 자궁 회귀 욕망을 방해하는 '나'의 "불룩한 배"의 존재 또한 강력하다는 점이다. "불룩한 배"는 혼전 임신을 한 현재의 '나'의 모습이다. 이런 상징계 질서 안의 '나'의 모습이 꿈속으로까지 침투하여 '나'와 어머니와의 기호계적 동일시를 방해하고 있다. '나'는 아무런 갈등 없이 퇴행적이고 미성숙한 태도를 보이며 자궁으로 회귀하기를 원하는 것은 아니다. 오히려 끊임없이 침투하는 가부장적 상징계의 간섭을 계속 의식하면서 두려워하고 있다. 기호계에 상징계가 침투하면 어머니와 분리되어야 하기 때문이다.

이외에도 "나는 열심히 자맥질을 했으나 그것은 점차 어려워졌다. 뱃속의 아이가 목에 건 돌멩이처럼 걷잡을 수 없는 중량감으로 끌어내리고 있었다."(159쪽)라거나 "나는 의연히 내 목에 지렁이처럼 얽힌 아이의 두 팔을 잡아떼었다. 그리고 꼭 되돌아 이젠 새털처럼 가벼워진 몸으로 어머

---

8   팸 모리스, 앞의 책, 250쪽.

9   줄리아 크리스테바, 박선영 옮김, 『정신병, 모친 살해, 그리고 창조성: 멜라니 클라인』(아난케, 2006), 188쪽.

니를 향해 헤엄쳤다.”(160쪽)라는 서술에서도 전오이디푸스적 어머니를 추구하는 딸의 불안과 두려움을 확인할 수 있다. 소설 속 ‘바다’가 어머니의 자궁 안을 환기시키기도 하지만, 뱀이나 은빛 비늘, 파도와 연관되면서 어머니와 ‘나’ 사이를 갈라놓는 양가적인 의미를 갖는 것도 이 때문이다. 이처럼 모성은 단일하지도 않고, 둘로 확실히 나누어지지도 않는다. 오히려 다원성과 유동성에 토대를 둔 ‘파편이자 잔재’[10]에 더 가깝다.

흔히 오이디푸스 서사를 중심으로 모성을 파악할 때, 어머니로의 회귀나 전오이푸스적 어머니의 추구는 과거로의 퇴행적 욕구나 사회에 편입되지 못하는 미성숙을 의미한다. 그러나 전오이디푸스 단계에 해당하는 기호계는 상징계와 분리되어 있지 않다. 전오이디푸스적 어머니의 몸은 상징계에 진입한 후에는 사라지거나 상징계 밖에 존재하는 몸이 아니다. 오히려 상징계와 미분리된 채 끊임없이 상징계에 균열을 일으킨다. 그래서 기호계는 상징계 이전만이 아니라 상징계 이후에도 형성되며, 오이디푸스 서사를 전유한 전오이디푸스 서사 속 모성은 상징계와 기호계 양쪽 모두로부터 영향을 받게 된다. 기존 논의들에서 비판하는 것처럼 이 소설 속 여주인공 ‘나’가 상상계적 동일시만을 추구하면서 자궁으로 회귀하려는 유아적이고도 퇴행적인 단계에만 머물러 있는 것은 아니라는 뜻이다.

이런 전오이디푸스적 어머니의 모습을 통해 모성 자체도 상징계적 아버지와의 상호 작용 속에서 의미가 파악되는 존재임을 재확인할 수 있다. 「번제」에서도 ‘나’는 아이의 아버지인 ‘그’와의 관계 속에서 어머니와의 관계를 재생산하고 있다. 이런 모성의 특성이 오정희 소설에서의 모성을 생명에 대한 추구나 죽음(소멸)에 대한 혐오와 연결시킬 수 있는

---

10 신경원, 『니체 데리다 이라가레의 여성』(소나무, 2004), 361쪽.

근거를 마련해 준다. 아버지와의 상호 관련 속에서 모성을 논할 수 있다는 점이 오정희 소설이 오이디푸스 서사를 모성 중심으로 전유함으로써 얻게 된 새로운 점이다. 모성 자체만을 지나치게 강조함으로써 아버지에 대한 논의를 분리시키는 위험을 극복하고 있는 것이다. 아버지와 어머니는 미분리의 존재들이다. 따라서 「번제」가 보여 주는 것은 어머니의 부활이지 아버지의 살해가 아니다. 어머니와 아버지 중 그 누구도 완전히 사라질 수는 없기 때문이다. 「번제」는 이러한 사실을 아버지(상징계)의 침범을 받는 어머니(기호계)를 통해 효과적으로 보여 주고 있다.

광기의 어머니와 모성의 전이성

기존 논의에서 오정희 소설의 모성을 특징짓는 가장 커다란 특성은 태아 살해 모티프로 드러나는 광기의 모성이다. 오정희 소설이 주로 비정상적인 심리 상태에서 자신의 태아를 죽이는 부정적 모성의 모습을 보여 준다는 것이다. 이럴 때의 어머니는 무서운 어머니, 공포스러운 어머니, 거세시키는 어머니, 나쁜 어머니일 수밖에 없다. 이런 모성이 다른 모성으로 전이되지 않으면 모성은 병적이고 부정적인 의미만을 갖게 된다. 반대로 이런 모성에서 긍정적으로 전이가 일어난다면 무의식적인 희망들을 실제화시키는 과정 혹은 유아기의 원형들이 강하고도 직접적인 감각으로 경험되는 과정을 경험하게 된다.[11]

흔히 광기의 모성은 여성에게 주어진 정형화된 어머니의 역할에서 벗

---

11 엘리자베스 라이트, 박찬부·정정호 외 옮김, 『페미니즘과 정신분석학 사전』(한신문화사, 1997), 681쪽.

어나기에 비정상이라고 낙인찍힌 모성이다. 여기에는 정상적인 모성이란 대리 남근(男根)인 사내아이의 출산을 의미한다는 의식이 깔려 있다.[12] 때문에 여성의 광기는 점차 병이 아닌 죄나 벌로 간주되면서 치료가 아닌 처벌의 대상이 되었다. 널리 알려진 바대로 히스테리(hysterie)의 어원이 자궁(ustera)이라는 데에서 이런 여성 광기에 대한 혐오를 재확인할 수 있다.[13] 그래서 어머니의 입구, 어머니로의 입구는 감염이나 질병, 죽음 등의 위험으로 나타났다.[14]

하지만 오정희 소설 속 태아 살해를 비정상적이고 병적인 광기의 모성이라고 간주하는 것은 비생산적이다. 오히려 태아를 살해했다는 표면적인 사실보다 왜 태아를 살해했는가라는 질문이 오정희 소설의 모성을 파악하는 데에 더욱 중요하다. 더욱이 그저 태아 살해 자체만을 강조하다 보면, 「새벽별」이나 「인어」, 「직녀」 등과 같은 오정희의 다른 작품들에서 낙태가 아닌 잉태를 원하는, 그래서 태아 살해나 모성 혐오와는 정반대의 욕망을 보여 주는 여성의 심리적 메커니즘을 설명할 수 없게 된다.

나는 결심했다. 아이를 죽여 버리기로 작정한 순간 나는 이미 두 손에 피를 잔뜩 묻힌 듯 섬뜩한 느낌이 들었고 피를 흘리며 죽어 가는 어린양의 모습을 본 듯하였다. 나는 그 일을 조용히 은밀하게 해치울 수 있었다. 그것은 너무도 쉽게 치러진 것이어서 오히려 어머니가 이러한 것을 제물로서 기뻐하고 있는 게 아닌가 의아할 정도였다.

에테르로 마취당해 수술대로 옮겨지며 어머니, 내가 어떻게 자식을 낳아

---

12 G. 프로이트, 김정일 옮김, 「여성의 성욕」, 앞의 책, 109쪽 참조.

13 필리스 체슬러, 임옥희 옮김, 「여성과 광기」(여성신문사, 2000), 276쪽.

14 뤼스 이리가레, 권현정 옮김, 「어머니와의 육체적 조우」, 「성적 차이와 페미니즘」(공감, 1997), 259, 265쪽.

요, 라고 떠들어 대는 내 목소리를 뚜렷이 의식했다. 어린양을 잡아 그 피를 문설주에 바르고…… 나는 엄청난 작위에, 전혀 비극적일 수 없는 자신에 절망을 느꼈다. 우리는 이미 신의 자식이 아니다…… 아이가 살해되고 있는 동안 나는 줄곧 그의 말을 되뇌이고 있었다.(175쪽)

인용문에서는 딸이 아닌 어머니가 됨으로써 어머니와 분리되어야만 하는, 어머니이자 딸인 '나'의 공포와 불안이 드러나고 있다. 흔히 논의되었던 오정희 소설 속 태아 살해나 모성 혐오의 원인이 규명될 수 있는 중요한 부분이다. 오정희는 이 인용문에서 확인되듯이 모성을 거부해서 태아를 살해하는 것이 아니다. 오히려 모성을 추구하기 때문에 태아를 인정할 수 없다. 어머니가 되어서는 어머니를 추구할 수 없기 때문이다. 따라서 어머니를 추구하기 위해 어머니 되기를 거부하는 역설적이고 모순적인 상황이 벌어지게 된다. 흔히 뭉뚱그려 논의되는 모성 거부나 모성 혐오 문제에서 그 선후(先後) 관계나 인과 관계가 뒤바뀐 것이다.

기존 논의에서와 달리 인용문 속 '나'는 혼외 임신으로 생긴 태아를 낙태한 후에도 죄의식을 심각하게 느끼지는 않는다. "우리는 이미 신의 자식이 아니다."라고 선언하며, 태아 살해를 "비극적일 수 없는" "작위"로 간주하고 있기 때문이다. 심지어 어머니가 '나'의 태아 살해를 기뻐하고 있다고까지 생각한다. 무엇보다도 앞에서 살펴보았듯이 '나'로 하여금 태아를 살해하도록 만든 것은 어머니로부터의 분리에 대한 공포와 불안이다. 이런 맥락이라면 희생양은 죽은 아이일 뿐만 아니라 '나' 자신이기도 하다. 제의에 바쳐진 제물로서의 아이와 '나'는 어쩔 수 없이 어머니로부터 분리된 '자식들'이라는 점에서, 그리고 남성 중심적이고 이성적인 사고 속에서 광인이나 환영(귀신)으로 취급되는 '타자들'이라는 점에서 공통점을 지닌다.

이와 관련하여 이 소설에서 원래 구약 시대에 유대인이 짐승을 통째로 구워 하나님께 바치던 제사를 의미하는 소설 제목 '번제'는 그것을 누구에게 바치는 것인가에 따라 그 의미가 완전히 달라진다. 소설 속에서도 언급되고 있듯이 성경 속 아브라함의 이야기처럼 하느님에게 자신의 자식인 이삭을 제물로 바쳐야 하는 것이라면, 그것은 진위(眞僞) 여부를 떠나 성스러움을 가장해서 무조건적인 순종을 강요하는 폭력일 뿐이다.[15] 즉 제의적 모성의 성스러움 속에 내재된 여성 박해에 대한 무의식적 욕망에 다름 아니라는 것이다.

그래서 소설 속 '나'는 하느님을 "질투심 많고 노여움이 많은 늙은 영감"(173쪽)으로 비하하면서 혼전 임신이라는 이유로 낙태를 강요하는 가부장제적 규범을 비판하고 있다.[16] 희생 제의를 전유하면 가부장제에 대한 성스러운 위반을 행할 수 있다. 그리고 위반은 주어진 경계에 대한 침범을 통해 영역을 확장시킨다. 때문에 소설 속 번제는 '신'이 아닌 '어머니'에게 바치는 것이고, 그 목적은 가부장제가 원하는 모성이 아니라 전오이디푸스적인 어머니와의 합일을 위한 것이 된다. 하나님의 질서를 수용하지 않기 위해 그 대안으로 어머니에게 바치는 번제를 선택한 것이다.

이럴 때 비정상적이고 병적인 요인으로 폄하되었던 광기 또한 가부장제의 역담론으로 새롭게 자리매김될 수 있다. 가부장적 질서나 관념적 도덕에 균열을 일으키는 여성적 힘이 바로 광기일 수 있기 때문이다.[17] 이런 가부장적 질서에 대한 위반의 측면은 소설 속 화자 '나'의 서술이나 독백이 정신 병원에 입원한 환자로 볼 수 없을 정도로 논리적이고 이성

---

15 르네 지라르, 김진식·박무호 옮김, 『폭력과 성스러움』(민음사, 2000), 9~14쪽 참조.

16 방민화, 「오정희의 「번제」 연구」, 《숭실어문》 20집, 숭실어문학회, 2004, 9~14쪽 참조.

17 김복순, 「여성적 광기와 그 심리적 원천」, 한국문학연구회, 『페미니즘은 휴머니즘이다』(한길사, 2000), 37~39쪽 참조.

적이라는 사실에서도 확인된다. 여성 혹은 모성은 미쳐서 미친 것이 아니라, 미친 것으로 호도되어야 하기 때문에 미친 것으로 보인다는 사실의 반증이라고 할 수 있다. 오히려 광기의 어머니는 모성 안에서도 소외되었던, 그러나 통제될 수 없었던 지극히 정상적이고도 인간적인 어머니의 모습 그 자체를 보여 준다.

더욱이 정신병 치료에서 의사와 환자 사이에 일어나는 전이와 역전이 관계에서도 여성 광기의 현실적 의미를 파악할 수 있다. 프로이트 이론에서 정신 분석 중에 애증의 대상이 이동하는 것을 전이라고 한다. 특히 광기의 위반성을 고려할 때 전이가 중요한데, 전이는 환자가 광기의 원인인 대상에게 느꼈던 애증을 무의식적으로 의사에게 투사시키는 것이다. 때문에 전이는 저항의 가장 강력한 무기가 될 수 있다. 현실에서 표출될 수 없는 환자의 소망이 드러나기 때문이다. 그리고 그러한 환자의 전이에 대해 의사가 환자 주변의 인물과 자신을 동일시하는 무의식적인 반응을 '역전이(counter-transference)'라고 한다.[18] 그런데 이런 전이/역전이의 관계가 원활하지 않을 때 환자는 광기에 시달릴 수밖에 없다.

「번제」에서 아이의 아버지였던 '그'를 연상시키는 의사 '그'는 환자인 '나'를 "식물적인 상태"(163쪽)에 머물게 하면서 "사육"(163쪽)한다. 환자인 '나'는 의사인 '그'에게 옛 애인이었던 '그'를 전이시키면서 그와의 사랑을 꿈꾸지만 실패한다. '나'에 대한 의사의 역전이가 일어나지 않기 때문이다. 그만큼 가부장제의 권력이나 폭력이 강하다는 뜻이다.[19] "그에게 창살을 뽑아 주기를 제의한 이후 나는 그에 대한 로맨틱한 공상을 버렸다."(166쪽)라거나 "나는 이러한 의사의 소행을 오래 나무라고 있을 시

<hr>

18 임옥희, 「전이/역전이」, 여성문화이론연구소 정신분석세미나팀, 앞의 책, 161~178쪽 참조.
19 이정희, 『오정희·박완서 소설의 두 가지 풍경』(청동거울, 2003), 109쪽.

간이 없다."(177쪽)에서 드러나듯이 '나'는 가부장적인 의사에 대한 전이를 포기한다.

하지만 '나'는 여기서 좌절하거나 상처입지 않고 전이를 재전이한다. 전이의 대상을 바꿈으로써 '그'가 담당해야 할 역전이마저도 자신이 스스로 담당하는 것이다. 즉 '그'로 대변되는 상징계적 질서로의 전이 대신 기호계적 어머니에 대한 전이를 더욱 강화시킨다. 때문에 여성의 광기는 여성이 미칠 수밖에 없는 현실에 대한 고발이나 분노의 표출뿐이 아니라 자유로움이나 본능의 표출을 담당하는 적극적 기제로 작용한다. 자아를 상실한 모성이 아니라 자아를 극복하려는 모성의 자발적 선택이 바로 광기일 수 있기 때문이다.

가면의 어머니와 모성의 수행성

모성은 단일한 의미를 지닌 순수한 개념인가. 혹은 이미 결정된 의미를 지닌 확고부동한 개념인가. 그와 연관되어 특권화되고 당연시되는 모성을 다시 볼 수 있는 방법은 무엇인가. 이런 질문들에 효과적으로 대응하려면 기존의 실패한 모성에 개입함으로써 그 실패를 극단화할 필요가 있다. 즉 기존의 모성에 균열을 일으켜 자기 비판적인 모성을 재구성해 보자는 것이다. 이때도 모성을 반복하느냐 아니냐의 문제가 아니라 어떻게 반복할 것이냐의 문제가 더 중요하다.

현실적으로 볼 때 어떤 여성도 모성으로부터 자유롭지 못하다. 여성이라면 모성을 완전히 거부할 수 없기 때문이다. 역설적으로 말해 모성은 긍정될 때만이 거부될 수도 있다. 지니지도 않은 모성을 거부할 수는 없기 때문이다. 그렇다면 여성들이 모성적 역할을 담당해야 할 불가피한 상황에 처했을 때 어떻게 그 역할을 실제적으로 수행하느냐가 중요하다. 이럴 때 '가면의 모성 정체성'[20]이 훌륭한 대안이 될 수 있다. 가면은 얼굴을 반복하면서도 그것을 다르게 모방한다. 가면을 쓰면 얼굴을 지닌 채 다른 것을 할 수 있다. 즉 모성을 연기(演技)하면서 또 다른 모성으로 변형될 수도 있기 때문이다. 남성들이 원하는 전통적이고 보수적인 모성의 역할을 하는 척하지만, 사실은 그것을 공격하거나 부정할 수 있기 때문이기도 하다. 그래서 가면의 정체성은 인용과 반복, 패러디 등의 특성과 연관되는 것이다.[21] 모성이 모성을 모방하면 전혀 다른 모성이 구성될 수 있다.

너는 이제 나와 함께 있다. 볕이 방 안 깊숙이까지 들어오는 오후, 너의 밝은 금발은 네게 후광을 만들고 벽면 높이 검은 틀에 끼워진 동정녀 주변에는 흡사 그림자처럼 서너 명의 아이들이 몽롱히 떠돌고 나는 어디로 가던 것이었을까, 도무지 기억할 수 없는 길을 헤매곤 하지만 햇살이 엷어질수록 이런 광경은 사라지고 방 한구석에서 나를 바라보고 있는 너를 발견하여 비로소 마음이 편안해지는 것이다. 나는 너를 팔에 안고 젖을 먹이고 싶지만 의사는 언제나 그건 부활절날 유년부 아이들이 가져온 인형이에요, 라고 퉁명스럽게 말하며 내게 수유(授乳)의 기쁨을 허락하지 않는다.

그렇다면 나일론제(製)의, 탯줄보다도 질기고 강인한 줄을 열두어 발 정도 사다 주세요. 나는 의사를 볼 적마다 부탁을 해도 의사는 다음 날 아침이면 말끔히 잊어버린 낯으로 나타나는 것이다. (176~177쪽)

---

20 '가면'의 개념은 주디스 버틀러가 동성애적인 젠더 정체성 규명을 위해 사용한 용어인데, 이 글에서는 모성성 규명을 위해 전유해서 사용하도록 한다. 주디스 버틀러, 조현준 옮김, 『젠더 트러블』(문학동네, 2006), 175~195쪽 참조.

21 사라 살리, 김정경 옮김, 『주디스 버틀러의 철학과 우울』(앨피, 2007), 112~123쪽 참조.

인용문에서 '나'는 끊임없이 찾아오는 '너', 즉 '나'가 낙태한 '아이'의 환영으로 인해 괴롭다. 현실적으로 아이의 출산을 막은 것은 혼전 임신을 부도덕하다고 단죄하는 가부장제적 검열이다. 이런 억압은 의사의 시선에서 감지된다. '나'는 아이를 대신하는 인형에게 가짜 젖을 먹여서라도 "수유의 기쁨"을 누리고 싶다. 그리고 진짜 탯줄이 없으면 그것보다 오히려 질기고 강인한 "나일론제" 탯줄이라도 갖고 싶다. 하지만 의사는 그것이 인형일 뿐이라고 "퉁명스럽게" 말하거나, 나일론 줄을 사 달라는 '나'의 요구를 "말끔히" 잊어버린다. '나'가 행하는 모성의 모방을 원천적으로 봉쇄함으로써 모성의 불가능성을 환기시키는 것이다. 이를 통해 두 가지가 확인된다. 첫 번째는 '나'가 모성이 거세된 여성이거나 모성을 무조건 거부하는 여성은 아니라는 점이고, 두 번째는 '나'의 모성을 발휘하지 못하도록 억압하는 가부장제가 얼마나 폭력적인가라는 사실이다. 자신들이 원하는 대로 모성을 재구성하려고 하지만 남성들은 박탈자들임에도 불구하고 좋은 모성과 나쁜 모성, 정상적 모성과 비정상적 모성, 도덕적 모성과 부도덕한 모성 등을 구별하면서 차별한다.

그러나 어차피 모성의 정해진 의미나 규칙이 없다면, 그래서 원본(原本)으로서의 모성이 불가능하다면, 모성을 모방하거나 연기함으로써 모성을 새롭게 구성할 수 있다. 기존 모성을 새로운 모성으로 변형시킴으로써 기존 모성의 결핍을 보완할 수 있고, 그 억압성을 교정할 수도 있기 때문이다. 가면은 본질을 숨기는 듯하면서도 드러낸다. 가면의 모성성 또한 모성을 거부하는 듯하면서도 완전히 벗어나는 것은 아니다. 그대로 모방하는 듯하면서 비틀기 때문이다. 그렇다면 가면 자체가 바로 모성의 얼굴이다. 때문에 가면의 모성 정체성은 모성의 원본과 복사본의 경계를 무화시키면서 가면 뒤에 감춰진 모성의 본질이 따로 없음을 알려 준다.[22]

이처럼 가면 중심의 모성은 고정된 '명사(being)'가 아니라 유동적인 '동사(doing)'로서 모성의 개념을 확장시킨다. 모성에게 주어진 본질은 없다. 어떤 본질에 따라 모성을 간주하는 것 자체가 억압이다. 어머니들은 외부로부터 주어지는 모성을 그대로 따르지 말고 자신의 정체성을 스스로 구성해야 한다. 이것이 바로 모성의 '수행성(performativity)' 개념이다. 어차피 모성이라는 개념 자체가 제도와 규범이 만든 이차적 구성물에 불과하다면, 그래서 원본과 복사본의 구분이 불가능하다면, 구체적인 행위 속에서 모성을 어떻게 구성하느냐가 더욱 중요하다는 것이다.[23] 수행성의 이런 재의미화와 재맥락화가 모성의 '전복적인 반복'을 가능하게 해 준다. 수행적 모성을 통해 어머니들은 자신들의 정해진 입지를 스스로 허물면서 끊임없이 재구성될 수 있기 때문이다.[24]

물론 이런 모성의 수행성이 모성 자체를 부정하는 위험에 처할 수도 있다. 그러나 수행적 모성은 모성 자체를 부정하는 것이 아니라, 모성의 '본질'을 거부하는 것이다. 수행되기도 전에 모성이 이미 존재하는 것은 아니라는 점을 강조한다. 제도나 규율로 정해진 모성을 거부해야 모성의 허구성을 극복할 수 있고, 이로써 보다 확장된 모성 개념에 다가설 수 있기 때문이다. 「번제」에서 '나'는 전통적이고 보수적인 모성을 거부했기에 태아를 살해했다. 하지만 남성들이 원한다면 규범적 모성을 수행할 수도 있다. 물론 이때의 모성은 이미 원래의 전통적이고 보수적인 모성 자체는 아니다. 단지 그것을 모방하면서 연기하는 것이다. 그 차이와 비동일성만큼 모성은 모성 '안'에서 흔들리면서 모성 '밖'으로 나아간다.

---

22 조현준, 『주디스 버틀러의 젠더 정체성 이론』(한국학술정보, 2007), 177~178쪽 참조.

23 주디스 버틀러, 앞의 책, 131쪽.

24 임옥희, 『주디스 버틀러 읽기』(여이연, 2006), 54~71쪽 참조.

모성 트러블과 모성의 확장

그리고 그 움직임만큼 가부장제는 흔들리고 모성의 범위는 넓어진다. 가면이라는 것이 '얼굴의 반대'이거나 '또 다른 얼굴'이 아니라 '얼굴 그 자체'이기 때문이다.

이 소설의 결말인 다음의 문장에서 이런 사실이 확인된다. "의사는 내게 수면제를 먹이고 창에 커튼을 닫아 주며 단순히 햇빛 때문이라고 말하는 것이지만 의사의 지시대로 침대에 누워 눈을 감아도 눈앞에서 오래도록 출렁이는 바다 건너 한 마리의 어린양이 피를 흘리며 죽어 가는 것이 남아 있어 나는 자꾸 손을 씻는 것이었다."(177~178쪽) '나'의 어머니를 향한 추구에서 비롯되는 번제는 모성이 완성되지 않았기 때문에 영원히 지속될 수밖에 없다. 그리고 번제가 계속되는 한 '나'의 어머니에 대한 추구 또한 멈출 수 없다. 이때의 모성이 가부장제로 인한 피해 의식이나 저항의 '다른 이름'이 아니라, 앞으로 다가올 미지의 또 다른 여러 모성'들'과 '같은 이름'이기 때문이다.

모성의 불편함과 정치성

오정희 소설처럼 극단적이고, 모호하며, 가변적인 모성을 보여 주는 사례는 드물다. '모성 트러블'의 소설들이라고 말해질 수 있을 정도로 그녀의 소설 속 모성들은 불일치·불화·교란 등의 특징을 여실하게 보여 준다. 때문에 오정희 소설의 모성에 대해서는 모든 말들이 가능하고, 모든 말들이 옳다. 그러나 이런 다양성과 입체성, 불확정성이 모성에 대한 사유를 불가능하게 하거나 무의미하게 만들지는 않는다. 오히려 이런 개방적이고 불순한 소문자 모성'들'을 통해 고정적이고 통합적인 한 가지 의미로 수렴되는 대문자 모성에 대한 재해석이 가능해진다. 이로써 모성이 '아닌 것'보다 모성처럼 '보이는 것'이 더 위험할 수 있다는 사실을 알려주는 것이 오정희 소설 속 모성이 보여 주는 고유한 특성이다.

이 글에서 「번제」를 통해 보다 구체적으로 살펴본 오정희식 모성의 전유는 미분리성·전이성·수행성 등의 특징으로 요약·정리될 수 있다. 오정희 소설 속 모성은 '아버지-아들' 중심의 오이디푸스 단계 이전의 전오이디푸스적 어머니와의 미분리를 통해 '어머니-딸' 중심의 여성 가족 로망스적 서사를 구성한다.[25] 그러나 이런 전오이디푸스적 어머니를 추구함으로써 오이디푸스적 아버지를 완전히 배제시키지도 않는다. 오정희 소설의 모성은 어머니와 분리되지 않을 뿐 아니라 아버지와도 대화적인 갈등 관계를 유지함으로써 분리주의적인 모성성에서 벗어나 풍부한 의미를 지니게 된다. 또한 그동안 태아 살해 모티프를 중심으로 병적인 모성으로만 취급되었던 광기의 어머니들은 부정적인 피해 의식이나 소극적인 저항성을 긍정적인 활력이나 적극적인 저항성으로 전이시킨다. 무엇보다 오정희 소설의 모성은 본질주의적인 모성 개념에서 모성에 대한 억압이 시작된다고 보기에 원본으로서의 모성을 거부한다. 오히려 모성의 가면을 쓴 채 원본 없는 모성을 연기하면서 매번 새롭게 모성을 '수행'한다.

이런 모성들의 구체적 양상을 통해 이원론적인 모성이나 본질주의적인 모성이 아닌 복수화(複數化)되고 유동적인 모성을 확인하게 될 뿐 아니라 모성의 개념 또한 확장시킬 수 있다. 가부장제의 수호자로 격상되거나 격하되는 모성, 절대적 여성 가치로 승화되거나 제한되는 모성, 이 두 가지 모두 오정희가 바라는 모성은 아닐 터이기 때문이다. 따라서 흔

---

25 여성 가족 로망스에 대한 논의는 이 책의 「여성 가족 로망스의 교차성 — 김이설 소설을 중심으로」를 참조할 수 있다.

히 「파로호」나 「옛우물」과 같은 후기 소설들을 「번제」와 같은 초기 소설들에 비해 긍정적이고 발전적인 모성으로의 변이를 보여 준다고 평가하는 기존 논의들 자체가 오히려 오정희 소설의 모성이 지닌 심연과 외연을 축소시킬 위험성이 있다.

우리가 오정희 소설에서 다시 보아야 할 것은 '파로호'나 '옛 우물'에 도달하기까지의 지난함, 그것들이 지닌 복합성, 그것들 주변에 여전히 도사리고 있는 황폐함과 불모성이다. 그리고 우리가 오정희 소설을 읽으면서 버려야 할 것은 모성이 사라질지도 모른다는 불안감이다. 오정희 소설은 모성이 그 자체로 완전하다거나 해방적인 것이 아님을 강조하려는 것이지 모성이 지닌 긍정성 자체를 제거하려는 것은 아니기 때문이다. 오정희가 소설 속에서 끊임없이 어머니와 딸의 위치를 오가며 우리를 불편하게 만드는 것도 바로 모성 개념의 확장을 위한 미학적이면서도 정치적인 작가의 배려라고 볼 수 있다.

이 노년을 보라

―박완서의 노년 소설

노년의 영도(零度), 노년이라는 영도

『어린 왕자』를 어린이들만 읽는 것이 아니듯이 『노인과 바다』를 노인들만 읽지 않는다는 농담은 더 이상 유머가 아니다. "너희는 늙어 보았느냐, 우리는 젊어 보았다."라는 식의 자조도 더 이상 유머가 아니다. 늙음, 노년, 종말, 죽음 등과 연관된 것들은, 이처럼 젊음과 대비되면서 젊음이 아닌 것 혹은 젊음을 잃어버린 것들과 함께 논의된다, 그래서 언제나 노인은 혼자 오지 않고, 젊은이와 함께 온다. 아마도 젊은이와 함께 있을 때 노인이 더 노인으로 보이는 것과 무관하지 않을 것이다.

박완서는 등단 때부터 이미 젊은 작가는 아니었다. 불혹의 나이에 등단했다는 객관적 사실이나 물리적 조건 때문이 아니라 삶의 이면이나 세계의 속악성을 바라보는 깊이 있는 시선과 통찰로 인해 초기부터 만만치 않은 연륜과 경륜을 보여 주었기 때문이다. 이미 많은 것을 경험한 작가의 시선은 '조숙한 노쇠'가 아니라 '정신적 성숙'의 증거로 평가받았다.

'노인의 가면을 쓴 청년'이나 '청년의 가면을 쓴 노인' 모두 박완서가 원하는 가면은 아니었기 때문일 것이다. 박완서는 '나이를 되비추는 거울'로서 자신의 문학이 자연스럽게 나이 먹어 가는 것을 원했을 터이다. 박완서 문학에서 나이 듦이란 "젊음의 소진이 아니라 젊음의 심화"[1]라는 지적이 타당할 수 있는 것도 이 점에 근거한다.

문학에서 노년 문학(혹은 노인 문학, 노인성의 문학)을 어떻게 정의 내리는가에 대해 의외로 의견이 갈릴 수 있다. 생물학적으로 작가의 나이 65세를 기준으로 노인성의 문학을 분류한다든가,[2] 보다 포괄적으로 "존재론적인 양상으로서의 노인성, 문학의 소재가 아닌 본질로서의 약자(弱者)나 타자(他者)문제를 호출"[3]하는 경우를 기준으로 삼을 수 있다. 물론 이 기준들은 노년의 작가가 쓴 모든 소설이 노년 문학이 아니고, 소설 속 인물이 노인이라고 해서 모두 노년 문학이 아니라는 것을 전제로 한 것이다.

박완서도 등단 초기부터 노년의 삶을 다룬 소설들을 지속적으로 발표했지만,[4] 시간이 흐를수록 생체험으로서의 노년에 대한 소설들을 점점 본격적으로 발표한 경우에 해당한다. 소설집 『너무도 쓸쓸한 당신』(1998)이나 『친절한 복희 씨』(2007), 사후에 출간된 『기나긴 하루』(2012)나 『노란집』(2013)에서는 특히 노년 문학으로서의 성격이 강하게 드러난다.[5] 모든 인간에게는 '오늘'이 가장 늙은 시간이자 가장 젊은 시간이다.

---

1 박혜경, 「겉멋과 정욕」(해설), 박완서 『그 여자네 집』(문학동네, 2006), 319쪽.

2 김윤식, 「한국 문학 속의 노인성 문학」(해설), 김윤식·김미현 편, 『소설, 노년을 말하다』(황금가지, 2004), 250쪽 참조.

3 김미현, 「웬 아임 올드」(해설), 김윤식·김미현 편, 앞의 책, 282쪽.

4 대표적으로 「그 살벌했던 날의 할미꽃」, 「황혼」, 「쥬디 할머니」, 「천변풍경」, 「지 알고 내 알고 하늘이 알건만」, 「오동의 숨은 소리여」, 「저물녘의 황홀」, 「저문 날의 삽화 5」, 「여덟 개의 모자로 남은 당신」 등을 들 수 있다.

5 박완서 노년 소설의 젠더 시학을 초기-중기-후기로 나누어, 초기에는 주변화된 노인의 젠

과거를 바라보면 가장 늙었지만, 미래를 상상하면 가장 젊은 시간이 바로 현재이기 때문이다. 박완서가 작고하기 전에 쓴 소설들이 가장 노년 문학에 가까우면서도 가장 청년 문학에 가까울 수 있는 역설이 여기에서 발생한다. 그 경계에서의 긴장과 갈등이 박완서를 언제나 현역 작가이도록 만들었을 것이다. 다음과 같은 작가의 말이 이런 사실을 증명해 준다.

나는 감각이 굳어지거나 감수성이 진부해지지 않으려고, 그러니까 노화하지 않으려고 꾸준히 노력하는 작가라고 감히 자부한다. 앞으로 노인들 얘기를 더 많이 쓰게 될지 아닐지는 나도 잘 모르겠다. 확실한 건 나는 내가 겪고 깊이 느낀 것밖에는 잘 쓰지 못한다. 그래서 자연히 늙은이들 얘기도 쓰게 된 것이지 늙은이들 얘기만 쓰기로 작정한 건 아니다. 노년이란 소년과 청년과 중년을 겪은 후에 오는 것이니까 비로소 노인 문학도 할 수 있게 된 것이지, 노인 문학만 하게 된 것은 아니라고 생각한다.

내가 죽도록 현역 작가이고 싶은 것은 삶을 사랑하기 때문이고, 노년기 또한 삶의 일부분이기 때문이다. 사람에 따라서는 삶의 가장 긴 동안일 수도 있는 노년기, 다만 늙었다는 이유로 아무 일도 일어날 수 없다고 여긴다면 그건 삶에 대한 모독이다. 아무것도 안 일어나는 삶에서 소설이 나올 수는 없다.[6]

이 글에서는 노년 문학의 과거와 현재, 미래를 가늠해 보기 위해 박완

더가 기괴한(uncanny) 몸을 통해 환기되었다면, 중기에는 '부인된 애착(disavowed attachment)'이나 섹슈얼리티의 양가성을 보이고, 후기에는 도저한 생의 질서에 기반한 긍정이나 진정한 주체 회복의 양상을 보인다고 연구한 경우도 있다. 정미숙·유제분, 「박완서 노년 소설의 젠더 시학」, 《한국문학논총》 54집, 2010 참조.

6 박완서, 「삶을 사랑하기 때문에 쓴다」, 「노란 집」(열림원, 2013), 212~213쪽.

서 후기 노년 소설의 대표작 「마른 꽃」, 「너무도 쓸쓸한 당신」, 「친절한 복희 씨」 세 편에 주목한다. 세 편의 소설은 모두 여성 노인 화자가 중심이고, 남편 혹은 다른 남자와의 관계에서 느끼는 성적인 욕망이나 노추의 몸에 대한 자각이 플롯의 중심을 이룬다는 공통점을 지닌다. 이 소설들에서는 늙은 여성 화자가 드러내는 회상 혹은 고백을 통해 가장 내밀한 노년의 내면 심리가 적나라하게 묘사되고 있다. 이를 통해 다른 작가들과는 달리 박완서 소설의 노년 문학이 조화와 해결, 완성과 진보, 성숙함과 평온함 등과 연결되는 것이 아니라, 비타협, 난국, 풀리지 않는 모순 등과 대결하는 양상임을 확인해 볼 수 있다. 젊음에 대한 환타지를 허락하지 않음과 동시에 늙음에서 오는 누추함도 동정하지 않는 박완서 소설의 '말년성(lateness)'의 의미가 두드러지는 수작들이기 때문이다.

흔히 모든 것에는 적당한 때가 있다거나 태어날 때와 죽을 때가 있다는 것, 혹은 시간에 맞게 늙어 가는 것이 중요하는 것 등이 '시의성(timeliness)'의 개념이다. 그런데 노년 문학은 이런 시의성을 거부한다.[7] 때문에 비시의성의 개념을 대표하는 대표적 철학자인 니체의 개념을 통해 어떻게 박완서가 비시의적인 늙음의 의미를 소설화했는지 살펴보는 것도 의미 있을 것이다.[8] 비시의성은 시간의 결을 거슬러 올라가는 말년의 양식과 연결된다. 말년의 양식이 "미래를 모색하기 위해서 완화된 형태로 각인되는 과거와 나약해진 현재 모두를 거부하는 형식"[9]이라면, 박완서 소설과 니체의 철학은 공히 노년을 '영도'로 삼아 시간과 삶을 재구조화하는 데에 도움이 될 것이다. 노년이란 '완성' 혹은 '소멸'이

---

7 에드워드 사이드, 장호연 옮김, 『말년의 양식에 관하여』(마티, 2008), 27~28쪽 참조.

8 위의 책, 186쪽 참조.

9 위의 책, 15쪽.

아닌 '극복' 혹은 '생성'의 과정이기 때문이다.

허무주의의 양극단: 「마른 꽃」

멋있는 노신사를 만나 환갑을 앞둔 나이가 무색할 정도로 마음이 흔들린다면, 그 자체로 늙음에 대한 위로가 될 수 있다. 「마른 꽃」[10]에서의 늙은 여주인공이 그런 경우이다. "이 나이에 이런 느낌을 가질 수 있다는 걸 누가 믿을까."(27쪽)라는 말은 살기에 급급했던 과거에 대한 허망함과, 머지않아 닥칠 늙음에 대한 공포가 일인칭 화자의 내면에 동시에 작용하고 있음을 알려 준다. "나는 내가 얼마나 수다스럽고, 명랑하고, 박식하고, 재기가 넘치는 사람인가를 처음 알았고 만족감을 느꼈다."(29쪽)라거나, "나이 같은 건 잊은 지 오랬다."(30쪽) 같은 고백은, 그 자체로 늙음에 대한 거부이자 저항으로 볼 수 있다. 이런 감정을 통해 늙은 여자는 현재에서 벗어날 수 있게 된다. 연애 상대가 정년 퇴임한 지방 대학 교수이기에 일정한 수준의 교양을 갖추었으며, 적당히 궁색하지 않을 재산까지 있는 노신사라면, '나'의 이런 '겉멋' 혹은 '허영'을 채워 줄 수 있기 때문이다.

하지만 '나'의 이런 유희 혹은 놀이는 다음과 같은 현실 인식에 의해 제약을 받는다. 과도한 순진함으로 인해 가능했던 노신사와의 낭만적 연애 사건에 종지부를 찍어야 할 비극적 인식이 이루어졌기 때문이다. 갖지 못한 것이 아니라 잃어버린 것에서 연유하는 비극은 더욱 비극적이다.

---

10 박완서, 『그 여자네 집』(문학동네, 2006), 소설 인용은 이에 의거해 쪽수만 밝힌다.

몸에서 물이 떨어져 발밑에 타월을 깔고 뻣뻣이 서서 전화를 받다 말고 나는 하마터면 아니 저 할망구가 누구야! 하고 비명을 지를 뻔했다. 문갑 옆 경대는 시집올 때 해가지고 온 구식 경대여서 거울이 크지 않았다. 거기에 하반신만이 적나라하게 비쳤다. 나는 세 번 임신했고 삼남매를 두었지만 실은 네 아이를 낳아 셋을 기른 거였다. 세 번째 임신이 쌍둥이였다. 그중 아우를 돌 안에 잃었다. 쌍둥이까지 밴 적이 있는 배꼽 아래는 참담했다. 볼록 나온 아랫배가 치골을 행해 급경사를 이루면서 비틀어 짜 말린 명주 빨래 같은 주름살이 늘쩍지근하게 처져 있었다. 어제오늘 사이에 그렇게 된 게 아니련만 그 추악함이 충격적이었던 것은 욕실 안의 김 서린 거울에다 상반신만 비춰보면 내 몸도 꽤 괜찮았기 때문이다. 또한 욕조에 잠겨서나 나와서나 내 몸 중에서 보고 싶은 곳만 보고 즐기려는 마음도 없지 않았을 것이다. 그때 나는 급히 바닥에 깔고 있던 타월로 추한 부분을 가리면서 죽는 날까지 그곳만은, 거울 너에게도 보이나 봐라, 하고 다짐했다.(35~36쪽)

마음은 늙지 않을 수 있지만, 몸이 늙지 않을 수는 없다. 더구나 마음은 보이지 않는데 몸은 보인다. 아이를 낳아 "비틀어 짜 말린 명주 빨래" 처럼 참담해진 몸을 "거울 너에게도 보이나 봐라."라며 외면하는 '나'의 노추(老醜)는 거역할 수 없는 현재이자 현실이다. 이때의 추함은 단순히 육체적인 쇠락에서 오는 것이 아니라, 그런 변화를 긍정할 수 없는 자신이 의기소침함에서 오는 것이기에 더욱 처절하다. 스스로를 '마른 몸'을 지닌 비생산적 존재로 폄하하는 노년의 삶은 실패와 퇴행의 의미 이상이 될 수 없다.

더 이상 젊지 않은, 그래서 아름답지 않은 몸을 볼 때 노년은 허무주의에 빠지기 쉽다. 젊음에 대한 향수로 인해 병적인 상태에 있기 때문이다. 니체에 따르면 마치 존재하지 않은 신이 죽어 버린 것처럼 오인했기에 인간들이 허무주의에 빠졌다면, 이때의 허무주의는 수동적이고 소극적인 허무주의에 해당한다. 흔히 헛됨이나 무능력, 몰락과 퇴행을 불러일으키는 허무주의는 '늙음' 자체가 아니라 '늙음의 무의미'가 만연할 때 발생한다. 늙음을 받아들이지 못하고, 새로운 가치를 설정하지도 못할 때 더욱 심화되고 극단화되는 것이 바로 허무주의이다.

하지만 이 부정적인 허무주의는 객관적인 현실 인식을 통해 긍정적인 허무주의로 변화될 수 있다. 시아버지를 부양하지 않으려는 조 박사 며느리의 이기심과, 믿지지 않는 상대와 엄마를 맺어 주려는 '나'의 딸의 속물성을 확인하게 되면서 두 사람의 재혼은 성사되지 않는다. 이와 더불어 조 박사를 거절하면서 "이 에미는 아버지 곁에 묻히고 싶다."(43쪽)라고 말하는 '나'의 말의 의미는 일부종사하겠다는 것이 아니다. 오히려 '나'의 진의는 "그하고 사귀는 동안도 남편한테 미안한 마음 같은 건 조금도 없었다. 나의 일상적인 행동 중 거기 가고 싶다는 것처럼 완전에 가까운 자유의사는 없었다."(43쪽)라는 말에 드러난다. 남편의 옆이어서가 아니라 깊은 평화를 누릴 수 있는 곳이기에 자유의사로 선택한 곳이라는 당당함이 그 이유이기 때문이다.

그렇다면 다음 대목에서 확인되는 조 박사를 거절하는 이유도 다시 생각해 보아야 한다.

지금 조 박사를 좋아하는 마음에는 그게 없었다. 연애 감정은 젊었을 때와 조금도 다르지 않은데 정욕이 비어 있었다. 정서로 충족되는 연애는 겉멋에 불과했다. 나는 그와 그럴듯한 겉멋을 부려 본 데 지나지 않았나 보다. 정욕이 눈을 가리지 않으니까 너무도 빠안히 모든 것이 보였다. 아무리 멋쟁이라고 해도 어쩔 수 없이 닥칠 늙음의 속성들이 그렇게 투명하게 보일 수가 없었다. 내복을 갈아입을 때마다 드러날 기름기 없이 처진 속살과 거기서 우수수 떨굴 비듬, 태산준령을 넘는 것처럼 버겁고 자지러지는 코골, 아무 데나 함부로 터는 담뱃재, 카악 기를 쓰듯이 목을 빼고 끌어올린 진한 가래, 일부러 엉덩이를 들고 뀌는 줄방귀, 제아무리 거드름을 피워 봤댔자 위액 냄새만 나는 트림, 제 입밖에 모르는 게걸스러운 식욕, 의처증과 건망증이 범벅이 된 끝없는 잔소리, 백 살도 넘어 살 것 같은 인색함, 그런 것들이 너무도 빤히 보였다. 그런 것들을 아무렇지도 않게 견딘다는 것은 사랑만 있다고 되는 것은 아니다. 적어도 같이 아이를 만들고, 낳고, 기르는 그 짐승스러운 시간을 같이한 사이가 아니면 안 되리라. 겉멋에 비해 정욕이 얼마나 아름다운 것인지 이제야 알 것 같았다. 재고할 여지는 조금도 없었다. 불가능을 꿈꿀 나이는 더군다나 아니었다.(46~47쪽)

'나'는 '정열'이 아닌 '정욕'을 인정한다. 정열이 '겉멋'이라면, 정욕은 '진면목'에 해당한다. 남편과의 시간이 비록 겉멋 들린 정열의 시간은 아니었을지라도, 그리고 아이를 만들어 낳고 기를 때의 "짐승스러운 시간"이 대부분이었을지라도, 그 시간들은 그 자체로 의미 있기 때문이다. 아름답기 때문에 아름다운 것이 아니라, 아름답지 않아도 아름다운 것으로 다가오는 시간이기에 부정하거나 거부할 수 없다는 뜻이기도 하다.

때문에 이 소설에 드러나는 노년의 의미는 정욕의 소멸에 대한 '한탄'이 아니라 겉멋으로부터의 '초연'에서 찾아야 한다. 늙어서 추해진 몸에 대한 슬픔이라기보다는, 그런 노추를 인정하는 데서 오는 자유와 평화가 더 부각되고 있기 때문이다. 여기서 정열/정욕, 겉멋/진면목, 거짓/순수, 짐승/인간, 젊음/늙음의 이분법은 오히려 더욱 공고해진다. 반대되는 의미가 서로 하나가 되거나 균형을 이루는 것이 아니라, 두 가지의 차이와 사이를 인정한다는 의미에서 이들의 대립은 무화되지 않고 오히려 심화된다. 젊은 시절로 돌아간다고 해서 그때처럼 다시 사랑할 수 없는 것과 같은 이치다.

　이런 이치를 인정함으로써 부정적 허무주의는 긍정적 허무주의로 변화된다. 긍정적 허무주의는 세계를 있는 그대로, 아무런 가감 없이, 어떠한 예외도 인정하지 않으면서 취사선택 없이 긍정할 때 가능하다. 늙음에서 오는 퇴락과 절망을 있는 그대로 환상 없이 인정할 때 현재의 노년을 사랑할 수 있기 때문이다. 소설 속 결말을 통해 박완서는 노년의 허무를 극복하는 방법이 노추의 몸을 제거하는 데에 있지 않고, 오히려 그런 노추의 몸을 더욱 강하게 인식하는 데에 있다는 것을 강조하고 있다. 부정적 허무주의를 극복하기 위해서는 영원히 자신을 파괴함으로써 영원히 자신을 생성하려는 '차이 나는 반복'이 필요하다는 것에 대한 인정이기도 하다.

　이처럼 늙음에서 오는 허무주의는 야누스의 얼굴을 가지고 있다. 젊음의 자명성이나 가치를 평가하는 방식에 따라 그 의미가 달라지기 때문이다. '최고 가치의 유효성 상실' 중심의 부정적 허무주의에 머무를 것이냐, 새로운 시작을 가능하게 하는 '정신력의 상승' 중심의 긍정적 허무주의로 나아갈 것이냐의 결정은, 부정의 대상을 긍정하는 것이 아니라 부정의 대상을 부정할 수 있는 능력에 좌우된다고 할 수 있다.[11] 허무주의 자체가 '가장 커다란 위기들 중의 하나'이자 '가장 심오한 자기 성찰의 순간'이기도 하기 때문이다.[12] 박완서는 부정적 허무주의에서 긍정적 허무주의로 나아가려는 움직임 속에서, 아무것도 의지하지 않는 것보다는 차라리 허무에 의지함으로써 허무를 극복하려는 '허무에의 의지'를 실천하고 있다. 늙음 자체에 대한 이런 긍정을 통해 비로소 허무주의는 완전해진다.

11　백승영, 『니체, 디오니소스적 긍정의 철학』(책세상, 2005), 203쪽 참조.
12　이진우, 『니체, 실험적 사유와 극단의 사상』(책세상, 2009), 300쪽 참조.

쓸쓸함 혹은 운명애: 「너무도 쓸쓸한 당신」

「마른 꽃」에서 긍정한 허무주의의 실체가 다시 변주되어 나타나는 또 다른 소설이 바로 「너무도 쓸쓸한 당신」[13]이다. 시골 학교 교장 선생님 노릇을 하며 체질적으로 체제 순응적인 속성을 보이는 "촌스럽고 변변치 못한 남편"(152쪽)과 별거 중인 '그녀'가 남편에게 느끼는 감정은 연민이나 동정, 우수나 미련이 아니다. 가부장으로서의 고독한 책무를 위해 희생하는 남편에 대한 고마움이나 죄의식은 더더욱 아니다. 오히려 주어진 생활을 유지하려는 소시민적 의무나 굴종을 중시하는 데에 대한 혐오와 무관심이 남편에 대한 '그녀'의 감정의 주조라고 할 수 있다. 그런데 이런 남편에 대한 감정이 소설의 끝에서 급변하고 있다.

> 욕실에서 나오는 남편을 보다가 그녀는 에구머니, 소리를 지를 뻔하게 놀라면서 얼굴을 돌렸다. 팬티만 입은 남편의 하체가 보기 흉했다. 넓적다리에 약간 남은 살은 물주머니처럼 축 처져 있고, 툭 불거진 무릎 아래 털이 듬성듬성한 정강이는 몽둥이처럼 깡말라 보였다. 순간적으로 닭살이 돋을 것처럼 혐오스러웠다. 징그러운 것하고는 달랐다. 징그럽다는 느낌에는 그래도 약간의 윤기가 있게 마련인데, 이건 군더더기 없는 혐오 그 자체였다. 살을 대고 산 적이 있는 부부 사이에 그럴 수는 없는 일이었다.(182쪽)

그녀는 남편이 잠들기에 충분한 시간을 흐르는 강물을 망연히 바라보는 것으로 보내다가 방으로 되돌아왔다. 방 안은 강바람 부는 강변보다 더 시원하고 남편은 침대 덮개도 안 걷어 내고 그 위에서 헐렁하게 낡아 빠진 팬

---

13 박완서, 앞의 책. 소설 인용은 이에 의거해 쪽수만 밝힌다.

티만 입은 채 코를 골고 있었다. 보기 싫은 것은 둘째치고 감기가 들 것 같아 덮어 주려고 꽃무늬 덮개 자락을 들추다 말고 어쩔 수 없이 벗은 하체를 가까이 보게 되었다. 모기 물린 자국이 시뻘겋게 한창 약이 오른 것도 있고, 무르스름 가라앉은 것도 있고, 무수했다. 이 말라 빠진 정강이에서 피를 빨다니, 아무리 미물이라도 어떻게 그렇게 잔혹할 수가 있을까? 도대체 어떡하고 살기에 제 몸을 저렇게 만들었을까? 때가 낀 손톱과 함께 그의 지나치게 초라하고 고달픈 살림살이가 눈에 선했다. 그렇게까지 안 살아도 될 만한 연금을 받고 있는 남편이었다. 스스로 원해서 가부장의 고단한 의무에 마냥 얽매여 있으려는 남편에 대한 연민이 목구멍으로 뜨겁게 치받쳤다. 그녀는 세월의 때가 낀 고가구를 어루만지듯이 남편 정강이와 모기 물린 자국을 가만가만 어루만지기 시작했다.(187쪽)

첫 번째 인용문의 "군더더기 없는 혐오"에서 두 번째 인용문에서의 "연민"으로 남편에 대한 '그녀'의 감정이 돌변하게 된 이유는, 남편이 "스스로 원해서 가부장의 고단한 의무"를 지고 있다는 것과, 삶의 한계에 대해 한결같은 태도로 임하는 데서 확인되는 숭고함 때문이다. 삶이라는 가해자에게 언제나 패배할 수밖에 없는 피해자로서 '남편'과 '그녀'가 느끼는 동류 의식 때문일 수도 있다. 이런 시선의 변화는 「너무도 쓸쓸한 당신」에서 여주인공을 일인칭 '나'가 아닌 삼인칭 '그녀'라는 시점을 통해 서술하고 있는 것에서도 확인된다. 어리숙해 보이는 남편에 대해서나 기 싸움을 걸어오는 사돈 집안에 대해서 속물적이고도 현실적으로 대처하는 '그녀'의 태도는 그 자체로 구체적인 삶의 진실이다. 작가는 이처럼 잇속에 밝고 이면에 민감한 그녀와 거리를 두면서도, 거부할 수 없는 설득력을 지닌 그녀의 내면에 대해서도 간과하지 않는다. 이런 이중성이 작가로 하여금 이 소설을 일인칭이 아닌 삼인칭 초점 화자의 시점으로 형식화하게 만든다. 때문에 제목에 드러나는바, 너무도 쓸쓸한 '당신'은 표면적으로는 초라해 보였던 남편일 수 있지만, 심층적으로는 그런 남편의 눈에 더 쓸쓸하게 비춰지는 '그녀'일 수도 있다. 이것이 바로 제목에서 작가가 '당신'이라는 이인칭을 사용한 이유일 것이다. 남편이건 아내건, 쓸쓸함의 주체가 곧 객체가 되는 반전이 일어나고, 쓸쓸함에 대한 이런 공유를 통해 부부 중심의 '쓸쓸함의 공동체'가 형성되기 때문이다.

두 번째 인용문인 이 소설의 결말에서는 일반적으로 노인이기에 가능한 원숙함이나 중후함, 화해와 관용, 이해의 정서를 재확인할 수 있다. 이와 반대로 이런 화해와 이해에 대한 강조가 노년의 자아 통합성에 대한 이상화와 연결되기에 억압적 기제라거나, 유기적 혹은 가부장적 가족에 대한 완고한 옹호를 대변한다는 혐의를 읽어 낼 수도 있다.[14] 그러나 어느 경우이건 이 소설의 결말은 니체가 말한 '운명애(아모르 파티, Amor fati)'와 연결됨으로써 노년의 한계를 벗어나게 해 준다.

나는 사물에 있어 필연적인 것을 아름다운 것으로 보는 법을 더 배우고자 한다. 그렇게 하여 사물을 아름답게 만드는 사람 중 하나가 될 것이다. 네 운명을 사랑하라 Amor fati : 이것이 지금부터 나의 사랑이 될 것이다! 나는 추한 것과 전쟁을 벌이지 않으련다. 나는 비난하지 않으련다. 나를 비난하는 자도 비난하지 않으련다. 눈길을 돌리는 것이 나의 유일한 부정이 될 것이다! 무엇보다 나는 언젠가 긍정하는 자가 될 것이다![15]

---

14 황국명, 「한국 소설의 말년에 관한 사유」, 《오늘의 문예비평》, 2008, 가을, 70~73쪽 참조.
15 프리드리히 니체, 안성찬 홍사현 옮김, 『즐거운 학문』(책세상, 2005), 255쪽.

니체가 인용문에서 설명하고 있는 운명애는 한 개인이 이미 주어진 것으로서의 운명을 수동적으로 수용한다는 의미가 아니다. 오히려 고통에의 의지를 통해 스스로의 운명에 자유롭게 머무는 것, 자신의 창조적 에너지를 거스르거나 억제하지 않으면서 그렇게 결정된 운명을 긍정하는 것이다. 때문에 운명애는 자기 극복 의지와도 통한다.[16] 그래서 소설 속 '그녀'가 남편의 흉물스러운 몸을 쓰다듬으며 그와의 과거를 긍정하게 되는 것은 단순히 현실에 대한 순응이나 체념으로만 볼 수 없는 적극적 의미를 지니게 된다. 그동안의 속물적 기준으로는 볼 수 없었던 것을 오히려 더 잘 보게 되었기 때문이다. 노년에 대한 '눈 감기'가 아닌 '눈 뜨기'가 시작되었다는 것이다. 남편의 늙은 몸에 대해 눈 감는 것이 오히려 허위이고 이상주의이기 때문이다.

늙음은 피할 수 없는 필연적인 것이다. 니체의 말처럼 그런 필연적인 늙음을 아름다움으로 간주하는 것이 바로 운명애이다. 때문에 니체의 운명애는 "피할 수 없는 숙명에 단순히 복종하라는 것이 아니고 아무런 이유도 없이 자신에 내던져진 우연한 상황들을 자신의 고양을 위해서 필연적인 상황으로 승화시키라는 명령"[17]으로 볼 수 있다. 극복할 수 없는 고통이 운명이 아니라, 극복해야만 하는 고통이 운명이라는 것이다. 그렇다면 이때의 운명애는 노년에 대한 수동적인 체념의 표현이 아니라 능동성의 최고 표현이 될 수도 있다. 「너무도 쓸쓸한 당신」에서 형성된 부부 사이의 쓸쓸함의 공동체가 보여 주는 운명애가 그 증거다.

---

16 백승영, 「니체 철학, 무엇이 문제인가」, 김상환 외, 『니체가 뒤흔든 철학 100년』(민음사, 2000), 136~137쪽 참조.

17 박찬국, 『인간의 행복에 대한 철학적 성찰』(집문당, 2010), 135쪽.

아폴로에서 디오니소스로: 「친절한 복희씨」

에드워드 사이드는 벤저민 브리튼에 의해 오페라로 만들어진 토마스 만의 『베네치아에서의 죽음』을 분석하면서 왜 베네치아가 중요한가에 대해 설명한다. 베네치아는 지옥 같기도 하고 천국 같기도 한 모호한 성격을 지닌 공간이다. 그리고 "화해할 수 없는 반대의 인물들이 고의적으로 충돌하고 총체적인 무의미를 만들겠다고 위협하는 장소"[18]이기에 말년의 양식에 적합하다고 분석한다. 이때 화해할 수 없는 반대의 인물은 아폴로(명료한 감각 부여자)와 디오니소스(이방인)를 말한다. 그리고 이 둘 사이의 투쟁과 갈등이 해결되지 않고, 구원과 화해를 제시하지 않는 것이 바로 진정한 말년의 양식이라고 본다.[19] 더 높은 종합에 의해 흡수되거나 낭만적인 화해에 의해 봉합되지 않음으로써 오히려 화해 불가능성이나 불화의 양상을 보여 주는 것이 바로 말년의 양식이라는 것이다.

여기에서 니체의 '디오니소스적 긍정'이라는 개념이 말년성과 연결되는 지점을 찾을 수 있다. 디오니소스의 세계는 밀물과 썰물의 흐름을 갖는 거대한 대양과도 같기에 거대한 모순의 집합체이자 그런 모순을 그 자체로 인정해야 가능한 세계이다. 때문에 질서와 조화, 체계와 조직으로 정비되는 아폴로적 세계와는 다르다. "존재하는 것에서 빼 버릴 것은 아무것도 없으며, 없어도 되는 것은 없다."[20]라는 니체의 말이 잘 대변해 주고 있듯이, 삶의 모든 모순적 측면들을 조건 없이 긍정하는 것이 바로 디오니소스적 긍정의 내용이다. 앞에서 살펴본 운명애가 디오니소스

18 에드워드 사이드, 앞의 책, 225쪽.

19 위의 책, 225~226쪽 참조.

20 프리드리히 니체, 백승영 옮김, 『이 사람을 보라』(책세상, 2002), 392쪽.

적 긍정의 최고 형태인 것도 이 때문이다.[21] 디오니소스는 삶의 가장 낯설고도 가혹한 문제들에 직면해서도 그것들을 주시하며 삶을 긍정한다. 신화 속에 등장하는 토막으로 잘린 디오니소스의 육체 자체가 바로 이런 삶에 대한 상징이자 약속이다. 아폴로에 의해 다시 짜 맞춰지지만, 디오니소스의 몸 조각들은 다시 파괴된다. 그리고 다시 태어난다.[22]

박완서의 「친절한 복희씨」[23]에서 '나'(복희씨)와 남편은 "서로 떨어지려고 발버둥치는 것들을 한데 묶어 놓는 부정한 꺾쇠"[24]의 양상을 보이면서 해소될 수 없는 긴장감이나 받아들일 수 없는 고집으로 인해 서로 평행선을 달리고 있는 노부부이다. 박완서는 이들 부부의 관계를 통해 거짓 희망이나 조작된 체념을 배제한 채 노년의 삶을 직시하게 만든다. 즉 작가는 반대 방향에서 서로 팽팽하게 맞서고 있는 두 인물 간의 대립을 제시함으로써 삶에 대한 오류 가능성을 그대로 표출시킨다. 늙어 간다는 것이 오류를 해결해 가는 과정이 아니라, 그 오류를 용인하지 않음으로써 그 부당함과 강하게 부딪히게 만드는 과정임을 강조하는 것이다. 그리고 무엇보다도 그러한 과정이 바로 늙지 않을 수 있는 비법임을 증명해 보인다.

「친절한 복희씨」의 '나'가 남편에 대한 증오심을 가지는 것은 남편이 자신을 강제로 겁탈하여 후처 자리에 앉혔다는 사실에서 연유한다. 무작정 상경하여 상처(喪妻)한 주인집의 식모로 일하던 '나'에게도 같은 집에서 기거하던 서울 대학생에 대한 순정이 있었다. 대학생에 대한 '나'의 이런 순정은 고상한 마음의 문제이기도 하고 황홀한 감각의 문제이기도

21 백승영, 앞의 글, 134쪽 참조.

22 백승영, 『니체』(한길사, 2011), 46~65쪽 참조.

23 박완서, 『그리움을 위하여』(문학동네, 2013). 소설 인용은 이에 의거해 쪽수만 밝힌다.

24 에드워드 사이드, 앞의 책, 42쪽.

이 노년을 보라

한, 명실상부한 사랑의 시작일 수 있었다. 그러나 그런 감정은 "너 요새 자꾸 암내를 풍기냐."(241쪽)라는 주인아저씨의 천박하고 육체적인 폭력에 의해 좌절되고, 그 대신 그 집 안주인으로서의 실리적인 생활로 대체된다. 개같이 벌어서 정승처럼 쓰는 것이 인생 목표인 '수컷' 남편의 강력한 물욕과 식욕, 성욕을 만족시켜 주어야 하는 것이 '나'의 '암컷'으로서의 임무이다.

> 여편네가 돈을 흔하게 쓰려면 서방이 돈을 잘 벌어야 한다. 그이가 돈을 잘 벌게 하는 일은 간단했다. 그는 마치 노름꾼처럼 그날그날의 재수에 연연했는데 잠자리에서 잘해 주는 게 그 비결이었다. 그가 나에게 바라는 건 첫날밤처럼 비명을 지르는 거였다. 비명이나 흐느낌이 그의 성에 차지 않으면 풀이 죽었고, 장사가 다 안 된다고 했다. 나를 만족시키지 못했다고 그렇게 의기소침해 하는 걸 보면 그가 불쌍할 적도 있었다. 동물에 대한 연민 비슷한 거였다. 그는 내가 아무것도 느끼지 못한다는 걸 알지 못했다. 나는 그 짓을 하는 동안을 견디기 위해 내가 지금 하는 짓은 말이나 소를 혹사시키기 위해 모질게 채찍질하고 있는 것으로, 그리고 내가 지르고 있는 비명은 내 소리가 아니라 채찍질을 당하는 마소의 비명인 것으로, 가해자와 피해자를 뒤바꿔 생각했다. 착각도 길들이면 진짜 같아지는 법이다. 착각이라도 하지 않으면 그의 변태를 어떻게 살의(殺意) 없이 참아 낼 수 있었겠는가.(243~244쪽)

'나'가 결혼 생활을 유지하는 방식은 '가면 쓰기'이다. 벌레 한 마리도 못 죽이는 척, 전처 자식과 친자식을 차별하지 않는 척, 얄미운 며느리도 마음에 드는 척하는 '친절한 복희씨'로서의 전술을 구사하는 것이다. 평생의 삶을 지배한 이런 '척하기'의 문제는 그것이 말 그대로 '진짜 얼굴'

이 아닌 '가면'이라는 데에 있다. 원해서라기보다는 편리하기 때문에 선택된 '자발적 복종'이기에 더욱 문제적이기도 하다. 다른 측면에서 더욱 심각한 문제는 인용문에 드러나듯이 성적인 욕망과 관련될 때 발생한다. 동물적인 욕망을 중시하는 남편을 대상으로 성적인 만족을 연기함으로써 '나'의 여성성은 생존 무기가 될 수 있었다. 그런데 늙고 병든 현재에도 남편의 성적 욕망은 줄어들지 않는다. 반신불수가 된 몸을 씻겨 줄 때도 남편은 성적인 욕망을 느끼며, 급기야는 동네 약국에 '정력제 비아그라'를 주문하기에 이른다. 위험하다고 말리는 약사에게 "마누라가 그걸 너무 좋아하니 좀 봐달라."라고 부탁한 남편 때문에 '나'는 젊은 약사에게 능멸과 동정의 시선을 받는다.

> 한강물을 보기 전부터 물귀신의 끌어당기는 힘과 그걸 거부하려는 내 안의 힘을 팽팽하게 느낀다. 한강이 있는 쪽으로 걸어가고 있다고 생각했는데도 한강이 안 보이는 길을 무작정 헤매기를 한동안, 드디어 진퇴양난, 한강 다리로 건널 수밖에 없는 길로 접어든다. 어느새 날이 어두워 유유히 흐르는 강물 위로 수많은 한강 다리의 가지각색의 조명을 볼 수 있다. 세상이 아름다워서가 아니라, 내가 죽기도 억울하고, 누굴 죽일 용기도 없어서, 어쩔 수 없이 너 죽고 나 죽기를 선택한다. 나는 오랫동안 간직해 온 죽음의 상자를 주머니에서 꺼내 검은 강을 향해 힘껏 던진다. 그 갑은 너무 작아서 허공에 어떤 선을 그었는지, 한강에 무슨 파문을 일으켰는지도 보이지 않는다. 그가 죽고 내가 죽는다 해도 이 세상엔 그만한 흔적도 남기지 못할 것이다. 그래도 나는 허공에서 치마 두른 한 여자가 한 남자의 깍짓동만 한 허리를 껴안고 일단 하늘 높이 비상해 찰나의 자유를 맛보고 나서 곧장 강물로 추락하는 환(幻), 인생의 절정의 순간이 이러리라 싶게 터질 듯한 환희로 지켜본다.(251쪽)

소설의 끝에서 '나'는 남편에 대한 살의로 인해 오히려 삶의 생기를 갖는 가역 반응을 경험한다. 처음 남편에게 겁탈 당했을 때부터 자신에게 위로가 되었던 "죽음의 상자", 즉 독약이 든 금속갑을 한강물에 던지는 행위는 무엇을 의미하는가. 이런 행위는 은장도처럼 지니고 있으면서 자신을 죽임으로써 남편에게 복수하려 했던 소극적인 환상의 세계를 거부하고, 보다 적극적으로 남편과 함께 공멸(攻滅)함으로써 "비상"이자 "추락"인, 그 자체로 "인생의 절정의 순간"을 맛볼 수 있는 보다 적극적인 환상의 세계로 진입하겠다는 결단을 의미한다. 복종이 아닌 저항의 가면을 쓰겠다는 의미이기도 하다. 이 또한 "환(幻)"의 세계이지만, 이것은 "환희"의 세계이기도 하다. "그와 나 사이의 착각은 바로 우리의 운명이다. 나는 더는 그 운명에 휘둘리지 않을 것이다."(250쪽)라는 '나'의 결의에서 드러나듯이, 이제 현실과 타협하기 위해 남편의 "착각"을 방관하거나 활용했던 운명을 거부하고, 남편에 대한 살의를 그대로 표출함으로써 자신의 맨욕망과 맞대면하겠다는 것이다.

이처럼 「친절한 복희씨」는 포기와 체념, 순응이 더 합당할 수 있는 노년의 나이에도 불구하고 포기할 수 없고, 체념할 수 없으며, 순응할 수 없는 노년의 생생한 분노와 인간으로서의 존엄성에 대한 추구를 통해 노년의 본질에 한층 다가서는 모습을 보인다. 추억이나 그리움에 매몰되지 않는 노년의 생기와 활기를 보여 준다는 데에 그 특수성과 미덕이 있다. 이것은 남편의 야수성 혹은 자신의 노예성에 대한 적극적인 대응과 저항을 의미한다. 제자리에서의 순응이 아니라 '또 다른 곳'으로의 탈주가 일어나고 있는 것이기도 하다. 이를 통해 착각을 더 큰 착각으로 이기기, 환상을 더 강력한 환상으로 제거하기, 약점을 제거하는 것이 아니라 강점으로 바꾸기 등의 새로운 전술이 새롭게 만들어지고 있다.

이로써 박완서는 세련됨·온화함·고상함에 대한 파괴와, 동정심·나약함·연민에 대한 거부를 강조한다. 즉 소설 속 '나'는 결말에 제시된 상징적 죽음을 통해 과거의 자신을 무화시킴으로써 자신에게 끝없는 희생을 강요하는 상징적 질서에 결정적 타격을 가하고 있다. "자신의 불운과 불행을 수동적으로 수납하는 존재에서 능동적으로 죽음을 집행하는 존재로 변신함으로써 복수하는 것"을 통해 "대타자의 욕망에 순종해 오던 지금까지의 삶의 방식에서 벗어나 어쩌면 자신의 진정한 욕망을 구성"할 가능성을 제시하고 있다는 것이다.[25] '친절했던' 복희씨의 '행복한' 삶으로의 변화는 이런 가능성에서 시작된다.

노년 혹은 망명(亡命)

박완서 소설에서 노년의 의미는 화해나 조화, 성숙이나 깊이, 완성이나 진보와 쉽게 연결되지 않는다. 설사 소설의 결말에서 삶에 대한 긍정과 포용을 보여 주더라도, 그것은 변증법적 해소가 아니라 '부정에 대한 부정'으로 나타나는 '부정의 변증법'에 가깝다. 「마른 꽃」에서 보여 주는 부정적 허무주의에서 긍정적 허무주의로의 변화, 「너무도 쓸쓸한 당신」에서 보여 주는 혐오에서 연민으로의 변화, 「친절한 복희씨」에서 보여 주는 죽음에서 삶으로의 변화 등은 단순히 부정과 긍정을 통합 혹은 봉합하는 것이 아니기 때문이다. 허무에 대한 허무, 혐오에 대한 혐오, 죽음에 대한 죽음을 추구하는 방식을 통해 박완서는 노년의 부끄러움과 치욕 자체를 인정하면서도 그것들을 넘어선다.

---

25 남진우, 「나목에서 금단의 숲까지 — 박완서 소설에 나타난 식물적 상상력」, 『폐허에서 꿈꾸다』(문학동네, 2013), 161~162쪽 참조.

이런 박완서 소설의 노년은 에드워드 사이드가 강조했던 '망명'으로서의 말년의 양식에 해당한다. "말년성은 용인되고 정상적인 것을 넘어 살아남는다는 개념이다. 또한 말년성에는 누구든 실제로는 말년성을 도저히 넘어설 수 없다는 생각이 포함된다. 말년성을 초월하거나 여기서 벗어날 수 없고, 오히려 말년성을 강화시킬 뿐이라는 것이다. 초월도 통일성도 없다."[26]라며 사이드가 강조하는 바를 박완서 소설에서 여실히 확인할 수 있기 때문이다. 박완서 소설 속 노년의 삶은 안주가 아니라 망명의 양상을 지닌다고 볼 수 있다. 편안한 안식이 아니라 불편한 이동이 노년의 삶에서 새로운 탈주를 도모하기 때문이다.

이런 점에서 박완서는 니체와 닮았다. 서구의 역사를 가치의 상실이나 존재의 망각으로 본 니체는 초월적인 피안의 세계가 아니라 영원회귀하는 현실의 세계를 중시했다. 이를 위해 이성·신·도덕 중심의 기존의 형이상학을 거부함으로써 탈형이상학적 해체론의 행보를 보인다. 이런 행보가 바로 형이상학적 관념과 낭만적 사유를 거부하는 노년을 통해 삶에 대한 변형과 창조가 가능할 수 있다는 것을 보여 준 박완서 소설과 공통되는 부분이다. 박완서 또한 젊음이라는 우상을 파괴해야 하는 것 자체가 늙음이라는 우상을 건설하는 근거가 될 수 없음을 너무도 잘 안다. 니체 식으로 말하면, 젊음과 늙음 모두 우상이기 때문이다. 늙음은 반복되기에 사라지지 않는다. 젊음으로 회귀하는 것으로써 극복되지도 않는다. 늙음은 오히려 그 자체로 반복되면서 변화될 수 있다. 그 차이가 늙음을 젊게 만든다. 때문에 이런 사실을 아는 박완서 소설 속 노인들은 흔히 '니체적 인간'이라고 말해지는 디오니소스나 프로메테우스, 자라투스트라에 가깝다고 볼 수 있다.

---

26 에드워드 사이드, 앞의 책, 36쪽.

박완서 소설 속 노인들은 '젊음의 끝'이 아니라 '늙음 그 자체의 시작'이라는 의미를 지닌 오지(奧地)로 망명을 떠난다. 이럴 때의 늙음은 '젊음'과 대립하지 않으면서도 '다른 늙음'과 관계 맺게 된다. 그래서 늙음은 하나가 아니라 여러 개가 된다. 늙음의 이 세포 분열을 통해 늙음은 증식되고 성장한다. '다시 젊어짐'으로써가 아니라 '새롭게 늙어 감'으로써 진정한 망명의 양식을 구현하는 것이다. 노년 문학 속 노인이란 '오래 산 사람'이 아니라 '사람다운 사람'의 다른 이름이어야 하는 이유도 여기에 있다. 이것이 바로 니체와 함께 박완서를 읽으면 더욱 젊어지는 이유이기도 하다.

3부

다시, 문학을 생각하다:
정오의 그림자

수상한 소설들

— 한국 소설의 이기적 유전자

일말(一抹)의 혐의: '검은 집'으로서의 소설

슬라보예 지젝(Slavoj Žižek)은 퍼트리샤 하이스미스(Patricia Highsmith)의 소설 「검은 집(Black House)」의 분석에서 환상이 현실을 구성하는 중요한 요소임을 밝히고 있다. 어떤 마을에 접근이 금지된 검은 집이 있다. 마을 사람들에 따르면 그 집은 자신들의 유년기 때의 모험과 관련 있는 신비로운 집이거나 살인광이 살고 있는 공포의 집이다. 그런데 어느 날 이 마을로 이사 온 젊은이가 그 집이 단지 오래된 폐가에 불과함을 밝혀낸다. 그런데 그 젊은이는 화가 난 마을 사람에 의해 오히려 죽임을 당한다.

여기에서 지젝이 강조하는 것은 검은 집이 마을 사람들의 욕망이 투사된 환상의 스크린이라는 사실이다. 때문에 환상은 현실의 고통을 잊기 위한 꿈이나 망각, 공상이 아니다. 오히려 환상은 현실을 응시할 수 있게 하는 프레임이다. 그래서 환상이 깨지면 현실은 유지되지 못한다. 이것이 바로 지젝이 환상을 정의하는 특이점이다. 현실'로부터'(from) 도망가게 하는 것이 아니라 오히려 현실'로'(to) 도피하게 해 줌으로써 현실을 유지시켜 주는 것이 바로 환상이라는 것이다. 때문에 환상이 없으면 현실도 없다. 그래서 환상을 통해 오히려 현실에 접근할 수 있다. 이때의 검은 집을 소설로 대체하면 소설을 유지시켜 주는 환상을 발견할 수 있다. 소설에서 얻고자 하는 환상이 무엇이며, 그런 환상으로 인해 은폐되고 있는 현실은 어떤 것인지에 대한 접근이 가능하다는 것이다.

이에 이 글에서는 대중적인 인지도나 인기도가 높아 한국 소설에 대한 독자들의 환상을 강하게 반영하면서도 잘못 읽히고 있거나 잘못 비판되고 있는 2000년대 장편 소설들을 대상으로 문학 속 환상의 특성을 살펴보고자 한다. 원하는 대로 읽거나 부분만 강조해서 비판하는 것도 환상이기 때문이다. 이문열의 『호모 엑세쿠탄스』, 김훈의 『남한산성』, 박민규의 『핑퐁』이 논의의 대상이다. 이 세 소설은 소설 자체의 환상뿐만 아니라 오독과 비판에 작용하는 환상까지 가중됨으로써 한국 소설의 환상에 내재한 무의식이나 시대의식까지 보여 주는 유용한 텍스트들이다. 물론 환상 없이 소설을 읽을 수는 없다. 그러나 이들 소설이 소비되는 과정에 개입하는 진짜 환상을 살펴봄으로써 환상의 본질을 다시 한번 확인할 수 있다.

이들 소설 속에는 환상으로 인해 생긴 왜상(歪象, anamorphosis)이 잘 드러난다. 왜상은 특정한 각도에서만 지각되는 뒤틀린 이미지이다. 한스 홀바인(Hans Holbein)의 그림 「대사들(Ambassadors)」의 하단에 얼룩처럼 남겨져 있는 해골이 대표적인 예이다. 홀바인은 헨리 3세의 저택을 방문한 두 명의 외국 대사 그림 밑부분에 길게 늘어진 해골을 통해 절대로 피할 수 없는 죽음을 드러낸다. 왜상은 이처럼 똑바로 쳐다볼 때는 무의미하지만, 비스듬히 보는 순간 그 윤곽을 드러낸다. 때문에 각 소설들에 일말의 혐의로 존재하는 왜상을 통해 현실에 침투된 환상을 문제 삼아 볼 수

있다.[1]

또한 더 나아가 궁극적으로는 그런 왜상을 통한 환상이 구성될 정도로 강력하게 유지되고 있는 한국 소설의 이기적 유전자를 밝혀 보고자 한다. 현실이 환상의 구성물임을 지적하는 것 자체로는 부족하다. 중요한 것은 살인을 저지르면서까지 검은 집이라는 환상을 지키려는 작가 혹은 독자들의 욕망과 의지이고, 원형적인 소설에 대한 오래된 기억이다. 다른 열성 유전자를 이기고 살아남아 소설에 대한 환상을 형성하는 우성 유전자가 과연 무엇인지, 그리고 왜 그런 환상이 가장 강력해져서 이기적으로 살아남게 되었는지가 훨씬 더 중요하다.

이문열의 단성성(單聲性): 우익에서 독단으로

『호모 엑세쿠탄스』[2]에 가해지는 비판의 대부분은 이 소설이 우익 편향의 정치 이데올로기를 대변하는 정치 소설에 불과하기에 문학적으로 반칙이라는 것이다. 독자들은 이문열과 그의 소설에 대해 이런 소설적 환상을 갖는다. 당연히 이런 환상에 대해 작가는 억울하다. 늘 억울했기에 작가는 책머리에 아예 '소설을 소설로 읽어 달라.', '소설도 정치에 대해 발언할 수 있다.', '소설에 작가의 정치적 견해를 드러낼 수 있다.'는 작가의 환상을 직접 제시하고 있다. 소설이 픽션이고, 정치가 정치 소설과 다르다는 기초적인 전제를 재삼 강조해야 할 만큼 이문열의 소설은

---

1 환상에 대한 지젝의 논의는 토니 마이어스의 『누가 슬라보예 지젝을 미워하는가』(박정수 옮김, 동문선, 2005) 175쪽~204쪽을 참조했다.

2 이문열, 『호모 엑세쿠탄스』 1~3권(민음사, 2006). 소설 인용은 이에 의거해 쪽수만 밝힌다.

오해된 측면이 많다. 그래서 작가의 이런 항변들은 일면 타당하다. 독자들이 '실수로 엎어져도 절대로 왼쪽으로는 엎어지지 않는' 이문열의 정치 성향이나 가치관을 단죄할 수는 없기 때문이다.

그렇다면 작가가 소설 내적 기준으로 제시하고 있는 '재미'와 '낯설음'의 측면에서 이 소설을 다시 읽어 볼 필요가 있다. 이 작가에게 가장 두려운 일은 "이야기할 내용을 잘못 고른 게 아니라 그 얘기를 재미없게 해서 독자들로부터 외면 받는 일"(「책머리에」)이다. 사실 진짜 이문열이 억울해야 할 것은 자신의 정치 성향으로 인해 소설이 '많이' 비판받는다는 사실이 아니라, 소설 자체에 대한 문학적 논의가 '거의' 이루어지지 않는다는 사실이다. 잘못 읽히는 부분보다 아예 읽히지 않는 부분이 더 많은 작품은 더 이상 문학 작품으로 소통된다고 보기 어렵다. 그러니 이 문학 작품 안으로 들어가 보자.

그런데 아쉽게도 이 소설은 읽을수록 읽는 재미가 반감된다. 갈등이나 긴장이 유발되지 않기 때문이다. 내용상으로는 그리스도와 적그리스도의 대립 구조가 확실하다. 그러나 그들의 대립은 이미 예정된 것으로서 계속 반복만 된다. 서로의 정체가 추리 소설적 플롯을 통해 제시됨으로써 흥미를 유발시킬 수도 있었지만, 소설 초반부에서 이메일로 제시되는 내용을 통해 쉽게 예측 가능하고, 심지어 그 대립이 주로 행동이 아닌 서술로 제시되기에 긴장감이 떨어진다.

더구나 그들의 대립이 직접적이지 않다는 데에서도 문제는 발생한다. 그리스도와 적그리스도를 연결해 주는 주인공 신성민의 매개자로서의 역할이 관념적이고 소극적이기 때문이다. 신성민은 그리스도를 적그리스도에게 넘겨주는 역할을 하면서도 적그리스도에게도 비협조적이다. 그리스도와 적그리스도를 모두 이해하기 때문이 아니라 둘 다 거부하기 때문이다. 신성민은 이 소설 속의 현대판 성극(聖劇)에 내부 참여자가 아닌 외부의 방관자로 참여하고 있다. 이런 방관자에게 갈등은 허락되지 않는다. 조소나 비판만 가능할 뿐이다.

더구나 이 소설이 "그리스도 탄생의 치졸한 재현"이 아닌 "현대적 초월성을 연출하고 있는 대서사극"(2권 229쪽)이 되기 위해서는 과거와 현재의 연결이 자연스러워야 한다. 신의 이야기와 인간의 이야기가 잘 결합되어야 한다는 뜻이기도 하다. 그러나 이 소설에서 각각 다른 두 층위의 시간과 이야기는 연결 고리가 희박해서 서로 겉돈다. 그리스도와 적그리스도의 현대적 현현(顯現)이라는 비현실적 이야기를 설정하기 위한 작가의 전략은 꿈이나 환각이다. 불가능한 만남이나 예언적 계시, 종교적 사건은 모두 알고 보니 꿈이거나 착각이다. 갑자기 존재했던 인물이나 사무실이 사라지고, 신성민에게만 보이는 기적이나 계시가 비일비재하다. 이런 사건 전개나 서술에서 궁극적으로 얻어야 할 것은 신비 체험이나 숭고함, 관념의 육화이지만, 이 소설에서 실제로 얻게 되는 것은 상황 설정에서의 안이함이나 무개연성, 우연적 계시의 남용이다. 불가능한 것이 없다고 해서 낯설게 하기에 성공하는 것은 아니다.

작가도 이런 상황 설정의 무리수를 아는 듯하다. 그래서 선제공격을 함으로써 비판을 최소화하려고 한다. "메일은 그런 식으로 사뭇 장중하게 이어지고 있었으나 읽어 나가던 그는 차츰 지치고 싫증이 났다."(1권 146쪽), "무엇보다도 그는 기독교의 오래된 성극(聖劇)을 억지스레 패러디하고 있는 것 같은 조잡한 희비극(喜悲劇) 속에 자신이 영문 모르고 말려든 것 같은 느낌이 싫었다."(2권 101쪽), "겹겹이 둘러쳐진 존재의 그늘에 가려져 있다가 갑자기 우리 앞에 드러나면 신비하게 보여도, 차분히 들여다보면 실은 허약하고 지친 우리의 착각과 오해가 빚어낸 어이없는 희비극에 지나지 않는다 할까."(3권 201쪽) 등의 무마용 언급이 소설 곳곳에서 제시되고 있다. 이렇게까지 미리 걱정을 하는데 정말 그렇게 읽어 버리면 그것은 그렇게 읽은 독자의 잘못이 된다. 그럼에도 불구하고 이 소설은 몰입을 방해할 정도로 지나치게 엄숙하거나 지나치게 세속적이다. 그럴 정도로 초월적 세계와 일상적 세계의 간극이 커서 두 세계는 평행선을 달린다.

이 소설에 몰입하지 못하게 만드는 또 다른 중요한 요소 중의 하나는 정보 과잉이다. 이문열은 교양주의 소설의 품격이나 완성도에 있어서 타의 추종을 불허하는 작가이다. 철학서나 인문학서를 읽는 듯한 소설의 매력이 상당하다. 이 소설에서도 정보 소설이나 문화 형성 소설의 면모를 제대로 보여 준다. 해방신학, 종말론, 인자론(人子論), 유대 민족주의나 유대 전쟁사에 관한 고급한 지식이 소설의 주요 구성 요소이기 때문이다. 그러나 전체 분량에서 그런 지식이나 정보가 차지하는 부분이 지나치게 많고 일방적이다. 그리스도와 적그리스도의 대립에 관한 역사적 설명은 신성민에게 보내지는 메일 내용에서 직접적으로 인용되는 형식을 취한다. 그래서 독자들이 이 부분을 읽을 때 소설을 읽을 때처럼 능동적으로 해석하면서 읽는 것이 아니라, 마치 신학서를 직접 읽을 때처럼 수동적으로 공부하거나 건너뛰면서 읽게 된다.

더욱 심각한 것은 이러한 과거의 신학 이야기가 아니라 현재의 한국 현실에 관한 정보들이다. 자본주의나 정치를 비판하기 위해 작가는 디테일 묘사에 엄청난 공을 들인다. 문제는 그런 부대(附帶)로 인해 소설의 골조(骨組)가 흔들린다는 것이다. 한국 사회의 문제점을 지적해 그리스도의 한국에서의 재림을 필연적으로 만들기 위해 동원된 정치 비판이 너무 노골적이어서 특히 이 소설의 3권은 소설이 아닌 정치 칼럼집으로 읽힌다. 이 소설에 대한 옹호와 비판이 이 부분에 집중되는 것도 무리는 아니다. 필요 이상으로 선정적이기 때문이다. 이라크전, 대선, 정치 자금(희망돼지), 정몽헌 자살 사건, 대통령 재신임, 한나라당 차떼기, 대통령 탄핵

등에 관한 내용이 직접적으로 제시되면서 노무현 정권에 대한 직접적인 비판이 주를 이룬다.(1권 243쪽~, 2권 20쪽~, 2권 248쪽~, 3권 19쪽~, 3권 33쪽~, 3권 94쪽~, 3권 102쪽~, 3권 217쪽~, 3권 259쪽~ 등) 그리고 아예 3권 말미에서는 '한야(寒夜) 대회'라는 우익 정치 모임에서의 시국 발언을 그대로 중계한다. 이문열 소설 독자의 일정 정도는 이 부분에서 작가의 '정치적으로 올바르지 않음'을 찾기 위해 독서하는 진풍경이 발생할 것이다. 아무리 "택시 기사부터 정치학과 교수까지 대한민국 모든 남자에게 공통된 전공은 정치 평론"(3권 217쪽)이라지만, 그 현실이 정치 평론적 내용을 소설에 그대로 끌어오는 근거가 되지는 못한다. 마치 영화 「그놈 목소리」에서 유괴범을 잡자면서 영화 끝에 범인의 목소리를 직접 들려주는 것과 비슷한 형국이다.

이럴 때 이 소설은 이문열이라는 작가의 목소리를 교조적으로 전달하는 단성적 소설이 된다. 작가가 등장인물을 작가의 인형처럼 미음대로 조종함으로써 대화가 아닌 독백만이 들려오는 평면적 소설이 되었기 때문이다. 이 소설에서는 전지적 작가의 목소리가 너무 우세해서 인물과 인물, 인물과 작가 사이의 동등한 사고의 갈등이나 나눔이 없다. 진정한 대화는 외적인 대화가 아니라 내적인 대화이다. 말을 나누는 것이 아니라 사고를 나누어야 하기 때문이다. 그리고 사고를 나누는 내적 대화를 위해 작가는 그냥 작중 인물 속에 들어가 살거나(live entering) 아예 작중 인물로 살아야 한다(living into). 이럴 때에야 신념 자체가 아니라 '배타적' 신념을 비판할 수 있다. 만약 이문열 소설에 대화가 부재하다면, 작가가 우익적이어서가 아니라 독단적이어서 그렇다. 그리고 그런 독단적 측면에서라면, 이문열의 소설은 충분히 비판받을 수 있다.

미하일 바흐친(Mikhil Bakhtin)이 도스토예프스키의 소설에서 다성성(多聲性)의 최대치를 발견한 것도 그의 소설에서 풍부한 대화성을 발견했기 때문이다. 도스토예프스키 소설 속의 인물들은 작가와 동등한 위치에서 논쟁할 뿐만 아니라, 자기 자신과도 비판적으로 맞대면한다. 가령『카라마조프가의 형제들』에서 이반과 알료샤의 선술집에서의 유명한 대화와, 그 안에 포함되어 있는 '대심문관에 관한 전설'이 그러하다. 거기서 이반은 대심문관과 그리스도, 그리고 자기 자신과 묻고 대답하며 싸운다.[3]

그러나『호모 엑세쿠탄스』에서 신성민은 신성민 자신만의 말을 반복할 뿐이다. 마치 작가가 작가의 말을 되풀이하듯이. "잘 짜여지고 균형을 갖춘 쌍방의 힘 겨루기"(3권 207쪽)나 "주제가 뚜렷하고 찬반의 대칭(對稱)이 아주 정확한 논리적 공방"(3권 207쪽)이라고 자평하고 있는 그리스도와 적그리스도 사이의 대립은 서로에게 아무런 반성이나 회의를 불러일으키지 못하고 각자의 논리와 주장만을 되풀이할 뿐이다. 그렇기에 서로가 서로를 처형하는 방법밖에는 해결책이 없다. 이미 예정된 플롯에 의해 이야기를 기계적으로 짜맞춰 가는 작가의 전지적 목소리가 그런 단성성을 더욱 공고하게 만든다.

이 소설의 결론을 대립의 해소를 통한 변증법적 합일의 추구로 본다면, 작가가 대화를 통한 조화나 균형을 의도한 것 아니냐고 옹호할 수도 있다. 그러나 바흐친도 지적했듯이 변증법은 대화에서 대화적인 것을 오히려 추상화한다. 그래서 신성(神性)과 인성(人性)의 대립을 통한 '신성한 인성'의 구축은 진정한 대화가 아니다. 대화는 두 개를 합한 총체적이고 통일적인 목소리를 추구하는 데에서 얻어지지 않는다. 종합의 목소리도 독백적 결론이기 때문이다. 오히려 종합에 대한 끊임없는 회의와 도전 속에서 어느 하나를 강화하면서 그 속에서 내적인 대화를 계속 추구하

---

3 바흐친의 단성성이나 다성성, 대화성에 관한 논의는『말의 미학』(김희숙·박종소 옮김, 도서출판 길, 2006) 277쪽~286쪽 참조.

는 것이 진정한 다성성이다. 이반은 자신과의 대화를 멈추지 않지만, 신성민은 대화를 하지 않는다. 때문에 이 소설은 질문이 아닌 대답, 설득이 아닌 강요, 경계가 아닌 영토를 추구한다는 점에서 단성적인 소설이라고 할 수 있다. 단 하나의 목소리는 독단에 빠지기 쉽다. 어느 하나에 기대어 다른 것을 비판하는 것은 독백적이다. 둘 중의 하나를 선택하면 곧 다른 하나에 사로잡히기도 쉽기 때문이다.

아마도 이문열 소설의 가장 큰 문제점은 그의 소설이 비판받는다는 사실이 아니라 그의 소설에 대한 비슷한 비판이 반복되고 있다는 사실일 것이다. 지금까지 논한 『호모 엑세쿠탄스』에 대한 비판 또한 이전 그의 소설에 대해 가해졌던 비판들과 크게 다르지 않다. 오히려 이문열 소설에 대한 이런 비판이 새로울 수 없다는 사실을 발견하는 것이 새로운 발견에 해당하는 아이러니가 발생하고 있다. 이런 아이러니는 그의 소설에 대한 비판자들의 시각 자체가 고정된 탓도 있지만, 작가의 작법이나 태도 또한 바뀌지 않는 탓도 클 것이다. 그는 자신이 하는 일을 너무나 잘 알고 있다. 이문열은 말한다. "요즘 나이가 들면서 메시지를 먼저 생각하는 경향이 더 강화되는 느낌이 있어서 스스로 경계하고 있습니다."[4] 이문열은 다시 말한다. "요새는 아예 그런 생각이 들더라고요. 이걸 꼭 터부시할 게 있나, 교훈 혹은 모럴도 소설의 중요한 요소이다."[5] 만약 이문열이 앞의 말에 대한 고민 없이 뒤의 말에 대한 신념만 계속 소설 속에서 단성적으로 보여 준다면, 그는 소설이 아닌 작가의 말, 전체가 아닌 부분으로만 평가받으면서 비판받거나 옹호받아야 할 악무한에 빠질 것이다.

---

4 이문열·이문재, 「지천명을 넘기며 겪는 혼란」(대담), 《문학동네》, 1999. 겨울, 39쪽.

5 김화영·이문열, 「90점이 아닌 70점짜리 문학은 가라」(대담), 『춘아, 춘아, 옥단춘아, 네 아버지 어디 갔니?』(민음사, 2001), 190쪽.

이문열에게는 문학적 대화가 필요하다.

김훈의 보수성: 허무에서 긍정으로

김훈 소설에 대해 가지게 되는 주된 환상은 그의 소설이 허무주의적 색채를 보여 준다는 것이다. 이데올로기에 대한 혐오나 반역사주의적 성향, 염세주의적 냉소의 요소가 강조될 때 생기는 환상 말이다. 『남한산성』[6]에서도 마찬가지이다. 김훈의 다음과 같은 말에서 이런 환상은 증폭된다. "나는 아무 편도 아니다. 나는 다만 고통받는 자들의 편이다." (「하는 말」) 그래서 독자들은 이 소설에서 흔히 '치욕'이라는 키워드를 뽑아낸다. 조선의 임금이 오랑캐 나라인 청의 칸 앞에 나아가 무릎을 꿇고 세 번 절하고 아홉 번 머리를 조아렸던 약소 민족으로서의 서러움, 장렬하게 맞서다 죽지 못한 안타까움, 어떤 길도 찾을 수 없는 혼란 속에서의 무력감, 공허한 말들만 내뱉었던 허위의식 등에 대한 부끄러움에 연유할 터이다. 사실 이 소설을 읽는 그 누구도 "임금은 남한산성에 있었다."라는 이 소설 속의 '말 중의 말'에서 자유롭지 못할 것이다. 이 문장이 알려 주는 진실이 이 소설이 전달하려는 내용의 전부일 수도 있기 때문이다.

그러나 김훈 소설에 대한 해석과 비판을 다시 시작해야 할 지점도, 그래서 김훈에 대한 진짜 환상을 재구성해야 할 지점도 바로 여기이다. 우리는 김훈 소설에 대해 허무주의라는 환상이 아닌, 다른 환상을 가져야 한다. 그의 소설은 의외로 너무 건강하기 때문이다. 절망이 아닌 희망 혹은 좌절이 아닌 긍정을 통해 허무가 아닌 '허무의 허무'를 보여 주는 것

---

6 김훈, 『남한산성』(학고재, 2007), 소설 인용은 이에 의거해 쪽수만 밝힌다.

이 바로 『남한산성』이다. 김훈의 허무는 '의지하지 않음(not willing)'과 연관되는 수동적 허무주의가 아니라, '허무를 의지함(willing nothingness)'과 연관되는 능동적 허무주의에 더 가깝다. 그래서 무력한 정신이 아니라 유력한 정신을 옹호한다. 카페인 없는 커피, 설탕 없는 사탕, 니코틴 없는 담배와 비슷하다. 그것들은 카페인, 설탕, 니코틴이라는 실질이 결여된 실체들이 아니다. 오히려 그런 위험 요소가 중화되었기에 커피, 사탕, 담배라는 실체를 더 잘 즐기게 만들어 준다. 김훈 소설의 허무도 허무를 제대로 즐기기 위해 허무의 독성을 제거한 것이다. 그래서 김훈 소설의 허무는 금욕주의자의 것이 아닌 향락주의자에 더 어울리는 것이다.[7]

이럴 때 중요한 것은 그가 허무를 말한다는 사실 자체가 아니라 무엇에 대한 허무를 말하는가이다. '모든' 허무가 아니라 '어떤' 허무를 문제 삼고 있기 때문이다. 그는 무엇에 허무를 느끼는가. 그가 허무하게 생각하는 것은 거대 이데올로기이다. 국가일 수도 있고, 명분일 수도 있으며, 관념일 수도 있다. 이 소설에 대한 독자들의 일차적 환상은 이 소설이 남한산성에서의 주전파(명분)과 주화파(실리) 사이의 대립을 다루었으며, 그것이 지금 이곳의 정치적 현실과 겹쳐진다는 것이다. 그러나 이 소설에서 명분과 실리는 대립항이 아니다. 그것은 동류항이다. 전체적으로 볼 때 이 소설에는 주전파와 주화파의 논쟁이 6~7번 정도 직접적으로 등장한다. 그 중에서도 청나라 용골대의 문서가 왔을 때(140~146쪽), 칸이 조선에 와서 군사를 전진 배치했을 때(269쪽~271쪽), 최명길이 최종적으로 쓴 항복 문서를 검토할 때(313쪽~315쪽)에 각 파의 대표인 김상헌과 최명길이 첨예하게 대립한다.

---

7 허무주의에 대한 논의는 알렌카 주판치치, 『정오의 그림자: 니체와 라캉』(조창호 옮김, 도서출판 b) 95~108쪽 참조.

그러나 작가는 이 둘 사이의 대립을 무화시키기 위해 제3의 인물인 영의정 김류의 말을 반드시 끝에 언급한다. 그래서 마치 두 명의 말이 김류의 말로 최종 정리되는 듯한 느낌마저 들게 한다. 김류는 말한다. "칸이 왔다면 어쨌거나 성이 열릴 날이 가까이 온 것이옵니다."(271쪽), "명길이 제 문서를 길이라 하는데 성 밖으로 나아가는 길이 어찌 글과 같을 수야 있겠나이까. 하지만 글을 밟고서 나아갈 수 있다면 글 또한 길이 아니겠나이까."(315쪽) 이처럼 "싸움의 형식 속에 투항의 내용을 키워 나가는"(83쪽), 그래서 "출성과 수성이 결국 다르지 않은"(238쪽) 김류의 기회주의적인 대응과 그 결과에 있어 별 차이가 없을 정도로 각 파의 명분과 실리는 모두 허약하다.

김훈은 관념적인 이데올로기의 허상을 직시함으로써 허무주의적인 색채를 보이기도 한다. 그러나 그는 여기서 멈추지 않는다. 그는 그 허무의 공백을 다시 메운다. 새롭게 긍정하는 것이 있기 때문이다. 그가 긍정하는 것은 바로 삶의 구체성과 지속성, 일상성이다. 이데올로기가 아닌 삶 그 자체이기도 하다. 적군이 침략해도, 임금이 쫓겨 와도, 간관들이 다투어도 삶은 지속되어야 한다. 이 소설에서 성안에 쓸데없이 넘쳐 났던 말(言)에 대한 인용만큼 의식주와 관계된 일상생활에 대한 묘사가 많이 등장하는 것도 이 때문일 것이다. 먹고사는 일을 능가하는 이데올로기는 없다.

당연히 이데올로기가 아닌 삶이 우선시될 때 벼슬아치들보다 일반 백성들이 주요 인물이 되어야 한다. 이 소설의 40개 소제목 중에서 '뱃사공', '대장장이', '계집아이'만이 등장인물에게 붙여진 것이다. 그중 계집아이는 뱃사공의 딸이기에, 결국은 뱃사공과 대장장이를 중심으로 이런 삶의 문제를 살펴볼 수 있다. 우선 뱃사공은 주전파 김상헌이 남한산성으로 들어가기 위해 안내를 받았던 인물인데, 청병에게도 길을 안내할 수 있다는 말과, 남한산성에는 따라 들어가지 않고 살던 자리로 돌아가 겠다고 말한 죄로 김상헌에게 죽임을 당한다. 김상헌은 나중에야 "살던 자리로 가겠다는 백성이 왜 칼을 맞아야 했던가."(229쪽)라며 자신의 경솔함을 뉘우친 후 뱃사공의 딸을 잘 보살펴 준다. 어떤 국가 이데올로기도 개인의 삶보다 우선할 수 없다는 것이다.

소설에서 더 핵심적인 역할을 하는 대장장이 서날쇠는 "일과 사물이 깃든 살아 있는 몸"(121쪽)을 지닌 자연적이고 본래적인 인간 그 자체의 상징이다. 그 누구도 전하지 못한 임금의 격서를 성 밖으로 가지고 나가 성공적으로 전달한 인물이기도 하다. 그는 말한다. "봄에는 조정이 나가는 것이옵니까? 조정이 비켜 줘야 소인들도 살 것이온데……."(319쪽) 그에게 중요한 것은 국가의 운명이 아니라 봄에 지을 농사이다. 이제 김상헌은 그런 서날쇠를 죽이기는커녕 오히려 부끄러움을 느낀다. 삶의 소중함을 인정하기 때문이다.

왕조가 쓰러지고 세상이 무너져도 삶은 영원하고, 삶의 영원성만이 치욕을 덮어서 위로할 수 있는 것이라고, 최명길은 차가운 땅에 이마를 대고 생각했다. 그러므로 치욕이 기다리는 넓은 세상을 향해 성문을 열고 나가야 할 것이었다.(236쪽)

시간은 흘러서 사라지는 것이 아니고, 모든 환란의 시간은 다가오는 시간 속에서 다시 맑게 피어나고 있으므로, 끝없이 새로워지는 시간과 더불어 새롭게 태어나야 할 것이었다. 모든 시간은 새벽이었다. 그 새벽의 시간은 더럽혀질 수 없고, 다가오는 그것들 앞에서 물러설 자리는 없었다. 이마를 땅에 대고 김상헌은 그 새로움을 경건성이라고 생각하고 있었다.(237쪽)

앞의 인용문은 최명길이 한 말이고, 뒤의 인용문은 김상헌이 한 말이다. 어떤 이데올로기의 대변자이건 이 소설에서 최종적으로 문제 삼는 것은 삶의 영원성이나 경건함이다. 김훈은 이토록이나 밝고 희망적인 사람이다. 밥벌이의 지겨움을 이야기하면서도 동시에 밥벌이를 그만둘 수는 없음까지 열심히 전달하는 사람이니까. 가장 치욕을 느꼈을 임금을 포함한 이 소설 속 모든 인간들의 유일한 진리는, 그래서 "나는 살고자 한다."(295쪽)이다.

그런데 역설적으로 또 다른 환상은 여기서 발생한다. 일상적 삶에 대한 이러한 긍정이 삶 또한 대타자로 만들기 때문이다. 삶도 이데올로기가 될 수 있다. 어떤 삶을 유지하기 위해 다른 것이 희생된다면 그 삶도 이데올로기이다. 공식적 이데올로기에 대해서는 노골적으로 냉소를 보이면서도 그런 대타자의 붕괴 후에 또 다른 대타자들이 다시 정립된다면, 그것은 모순이다. 작은 이데올로기라도 이데올로기는 이데올로기이다. 그래서 이데올로기의 타자는 없다.

대표적인 예가 수어사 이시백이다. 이시백은 "나는 아무 쪽도 아니오. 나는 다만 다가오는 적을 잡는 초병이오."(218쪽), "나는 모르오. 모르오만, 나의 길이 있는 것이오."(220쪽)라며 국가가 아닌 개인의 윤리나 도덕을 숭배한다. 그래서 대타자가 아닌 이상적 자아의 축을 대변하면서 묵묵히 살아간다. 그런데 그런 이시백에 의해 세상은 너무 잘 돌아간다. 그는 성안에서 가장 열심히 일하는 사람 중의 한 명이다. 임금의 출성 후 성안의 뒷정리를 도맡아 하는 것도 이시백이다. 그는 언제나 자신의 일을 성실하게 수행한다. 문제는 그의 개인적 일이 국가가 원하는 일과 다르지 않다는 데에 있다.

이럴 때 김훈은 '허무주의자'가 아니라 '보수주의자'라고 비판받아야 한다.[8] 삶은 어떤 경우에도 유지되어야 할 절대 가치라는 환상을 심어 주기 때문이z다. 김훈의 작가적 환상은 일상적 삶에 대한 강조를 통해 이데올로기로부터 자유로워질 수 있다고 생각하는 데에 있다. 이 환상이 새로운 틀로 작용하기에 세계는 다시 잘 유지된다. 삶 자체가 이미 해답으로 주어져 있기 때문이다. 이처럼 그의 소설이 현실 유지를 중시한다면, 혹은 현실 유지에 기여한다면, 그는 보수주의자이다. 치욕은 이런 보수주의자를 위한 알리바이에 불과할 뿐이다. 마치 인생은 하찮은 것이고 인간은 더러운 존재라고 인정할 때 오히려 인생이 그만큼 덜 하찮아지고, 인간도 덜 더러워지는 것과 같은 이치이다. 이런 승화나 전치가 김훈 소설의 주체를 나르시시즘적으로 만든다. 그리고 나르시시즘적 주체는 타락한 정치와 순결한 개인이라는 이분법적 대립의 산물이기에 스스로를 자기 자신의 마음에 드는 쪽으로만 생각하게 만든다. 그렇다면 나르시시즘적 주체는 자신을 무법자로 잘못 알고 있는 순응주의자라고 할 수 있다. 그래서 나르시스트는 세계를 공격하는 만큼 세계를 돕게 된다.

더욱이 김훈은 '반란'이라는 장(章)에서 성 밖으로 달아나는 자들에게 면죄부를 주기까지 한다. 뱃사공이 남한산성으로 들어가는 것을 거부할 자유를 인정해야 하듯이 군병들이 살기 위해 성 밖으로 나가는 것을 인정해야 한다는 것이다. 물론 달아나는 자에게도 살아야 한다는 명분은 중요하고, 그들의 삶도 소중하다. 작가는 "나는 그 도망가는 놈이 인간으

---

8 김훈 자신도 직접적으로 자신의 보수적 경향에 대해 다음처럼 언급한다. 이 글에서 사용하는 보수성(보수주의)의 의미도 이와 동일하다. "나는 나이 들기 전부터 보수적이었던 것 같다. 타고난 보수의 기질은 어쩔 수 없다. 더러운 현실 아닌가. 약육강식과 비열함이 지배하는 현실. 그런데 나는 그 현실을 인정한다. 현실이 옳고 그르냐를 떠나 몸담고 살아야 하는 현실임을 인정한단 말이지. 그럼 사회를 지탱하는 저변의 틀은 인정하는 거고 그게 보수잖아. 정치적 진보·보수가 아니라 삶을 바라보는 태도가 그렇다는 거지." 김훈, 『밥벌이의 지겨움』(생각의 나무, 2003), 246쪽.

로서 존엄하다고 생각해요. 인간이면 도망갈 줄도 알아야 하는 것이지." 라며 그들을 옹호한다.[9] 그런데 이런 논리라면 이 세상에 죄인은 없다. 가해자는 없고 피해자만 있기 때문이다. 모두가 옳은 상황에서는 아무래도 상관없다. 그래서 지독한 상대주의는 또 다른 절대주의에 다름 아니다. 세상의 모든 죄는 동일하지 않다. 죄의 모양과 무게는 모두 다르다. 오십 보는 백 보와 다르다. 특히 뒷모습을 보이며 도망갈 때는.

　김훈의 편견을 인정하는 개인주의나 완벽에 가까운 미학적 언어, 섣부른 희망을 거부하는 냉소적 이성주의 등은 한국 소설의 희귀종이다. 그리고 그 속에서 우러나오는 아취는 정신적 귀족주의나 결백의 수사학이라는 비난을 감수하고서라도 향유하고 싶을 만큼 매력적이다. 무거운 제도에 대한 천박한 수다로 채워졌던 기존의 한국 소설들에 환멸을 느꼈던 독자들이 김훈 소설에 열광하는 이유 또한 한국 소설도 이런 허황된 엄숙주의로부터 벗어났다는 환상 때문일 것이다. 하지만 김훈 또한 독자들의 자신에 대한 환상을 스스로의 환상으로 재전유하고 있을지도 모른다. 그는 치욕을 슬프고도 힘들게 인정한다. 그런데 지금까지 김훈 소설에 대한 평가는 그에 대한 '인정'이라는 보수성에 대해서는 무시한 채 '슬프고도 힘들게'라는 허무주의적 요소에만 환상의 초점이 집중된 듯하다. 슬프고도 힘들게 인정되었다고 치욕이 아닌 것은 아니다. 도망간 사람들도 대개는 다시 돌아오지 않는다.

9　김훈·서영채(대담), 「허명과 거품을 피해 내 자신의 작은 자리를 만드는 것이 내 앞길이에요」, 《문학동네》, 2006. 여름, 107쪽.

박민규의 계몽성: 현실 비판에서 현실 개혁으로

박민규 소설에 대한 비판으로 현실 도피적인 환상 문학적 요소를 지적하는 것은 소모적이다. 박민규의 환상 문학은 공상적 퇴행이나 황당한 과장을 일삼는 저급 문학이나 주변 장르로서의 환상 문학을 의미하지 않는다. 환상 문학으로서 박민규 소설의 의의는 현실의 일부나 또 다른 현실, 현실과 좌우만 바뀐 등가물로서의 환상성을 문제 삼음으로써 더욱 효과적으로 현실을 '다르게' 이야기한다는 것이다. 오히려 현실의 자장 안에 있는 이면에 대한 통찰이 그의 분방한 상상력에 의해 가시화되는 측면이 강하다. 따라서 그의 환상 문학은 비현실적인(unreal) 것이 아니라, 기괴한(uncanny) 것에 더 가깝다. 현실에 없는 것을 만드는 것이 아니라 낯익었던 것이 섬뜩해지게 만들기 때문이다. 이럴 때 적극적인 세계 구성력으로서의 환상이 박민규 소설의 특장이 된다.

『핑퐁』[10]에서도 이런 현실 비판적인 환상이 확인된다. "아무것도 할 수 없는데, 아무렇지도 않은 삶"(17쪽)을 사는 왕따 '못'에게는 삶 자체가 불가해한 폭력이다. 악 그 자체를 상징하는 치수에게 머리를 맞는 모습이 멀리서 보면 못에 박히는 것 같아서 붙여진 별명이 못이라면, 못은 못이어서 인간이 아니다. 그래서 "제발 죽거나, 사라지게 해 주세요."(26쪽)라고 빌 정도이다. 평범하게 사는 것이 가장 힘든 족속이 물주(物主)인 모아이나 못과 같은 부류의 인간들이다. 문제는 이런 부류의 인간이 되지 않기 위해 아무리 "다수인 척"(29쪽) 살려고 노력해도 소용이 없다는 점이다. 인류는 "60억이다. 인류라는 전체가 개인(個人)을 굽어보기에는 개인이란 개체가 너무나 많다."(58쪽) 그래서 "신이 굽어봐도 보이지 않는

---

10 박민규, 『핑퐁』(창비, 2006). 소설 인용은 이에 의거해 쪽수만 밝힌다.

인간이다. 얼마든지 망가져도, 인간에 대해선 할 말이 없다."(33쪽) 이런 사실을 통해 작가는 개인이 세계로부터 "소외가 아니고 배제"(58쪽)되어 있는 현실을 비판한다. 심지어 "인간은 서로가 서로에게 방사능"(77쪽)이고, "인간을 기다라는 건 매수(買收)뿐"(87쪽)이다. 흔히 지적되어 온 상상력의 사회화, 포스트모던한 시대의 모던 타임스를 그린 '포스트' 모던 타임스적 측면이 『핑퐁』에서도 여실하게 드러나고 있다.

사실 이전부터 박민규는 이런 지구와 인류에 대해 자신이 없었다. 대표적으로 「그렇습니까, 기린입니다」를 보면 "다른 행성의 존재에게 알려 주기엔, 인류의 몽따주는 얼마나 슬픈 것인가. (중략) 은하철도 같은 건 아예 생각지도 말아야 한다. 지금 이대로의 인류라면 말이다."라고 말할 정도이다. 그럼에도 불구하고 "살아 있다. 무사하진 않았지만, 그래도 유사한 산수를 할 수 있단 것은 얼마나 큰 삶의 축복인가. 사라지기 전에, 사라지기 전에 말이다."라는 결말에서 알 수 있듯이 수학 아닌 산수를 하며 열심히 사는 것 이외에는 방법이 없음을 인정하기도 했다. 『삼미 슈퍼스타즈의 마지막 팬클럽』에서도 '치기 힘든 공은 치지 않고, 잡기 힘든 공은 잡지 않는다'는 최저·최소·최후의 삶을 지향하더라도 야구 자체를 그만두지는 않았다.

그러나 『핑퐁』에서는 더 이상 참지 않는다. 박민규의 이전 소설에 없었던 분노가 새로 등장한 것도 이 때문이다. 카스테라처럼 따뜻하고, 너구리처럼 고맙기도 했던 세계를 '언인스톨'할 정도로 박민규는 지구와 인류에 대해 화가 많이 나서 조급해졌다. 그만큼 유머도 사라졌다. 그래서 『핑퐁』은 코믹 SF가 아니라 블랙 유머가 되어 버렸다. 의외로 잘 울었던 박민규 소설 속 주인공들을 통해 독자들이 느꼈던 서글픈 감동과 애잔한 위로가 사라지고, 절망과 징벌이 중심이 되는 서사가 되어 버린 것이다. 박민규는 '작가의 말'에서 지금까지 인류는 '생존'한 것이 아니라

'잔존'해 온 것이라고 지적한다. 그래서 박민규는 잔존해 있던 인간을 마치 폐기물처럼 처리하려는 듯하다. 인류라는 족속이 용서되지 않기 때문이다.

박민규가 이런 인류나 지구를 처리하는 방법으로 선택한 것이 지구의 언인스톨이다. 지금까지 참고 기다리면서 노력한 결과가 "듀스 포인트"(117쪽)이다. 아직도 아무런 결판이 나지 않았기에 인류는 좋다고도 나쁘다고도 할 수 없는 지구에서 계속 살게 된다. 너무 많아서 잘 보이지도 않는 개인들의 노력으로는 세계를 바꿀 수 없다. "한 소년의 방학이 달라지기도 이만큼 힘든 것이다, 하물며 세계란."(129쪽) 그래서 박민규는 아예 판을 깨려고 한다.

그렇지만 이런 판 깨기가 현실에 대한 전면 부정을 의미하지는 않는다는 데에 박민규 소설의 진정한 환상이 있다. 현실 비판이라는 소극적 환상에서 현실 개혁이라는 적극적인 환상으로 소설이 이동하고 있기 때문이다. 모아이를 따라 못이 가입한 '핼리 혜성을 기다리는 사람들의 모임'에서 왜 지구를 언인스톨하려고 하는지 그 목적이 드러난다.

핼리를 기다리는 건, 말하자면 삶의 자세와 같은 거지. 그건 몸을 숙여 저편의 써브를 기다리는 것과 같은 일이야. 나는 탁구를 모르니까 어떤 공도 받지 않겠다, 공 같은 건 오지도 마라 ─ 그건 인류가 취할 예의가 아니라고 봐. 마치 우리는 왜 사는지 모르겠다, 하지만 혜성 같은 건 오지도 마라 ─ 그게 아니고 또 뭐냐는 거지. 그래서 우린 매달 한 번씩 핼리가 오는 날을 정하고 기다리는 거야.

긴장된 삶이로구나.
겸손한 삶이지.(130쪽)

그래서 생존해야 해. 우리가 죽는다 해서 우릴 죽인 수천 볼트의 괴물은 발견되지 않아. 직렬의 전구를 피해 가며, 모두가 미미하고 모두가 위험한 이 세계에서 — 그래서 생존해야 해. 자신의 9볼트가 직렬로 이용당하지 않게 경계하며, 건강하게, 탁구를 치면서 말이야.(181쪽)

핼리 혜성을 지구와 충돌시키는 것이 바로 지구를 언인스톨하는 것과 그 기능상 동일하다. 지구에 충격을 주고, 인간을 긴장시킴으로써 새롭게 삶을 시작하려는 것이 그 목적이기 때문이다. 그렇다면 이때의 언인스톨은 인스톨과 동일한 의미에 다름 아니다. 지구를 언인스톨하는 것은 지구를 '리셋(reset)'하기 위한 것이다. 그렇다면 언인스톨은 인스톨과 그 결과에 있어 다를 바가 없다. (언)인스톨함으로써 박민규는 파괴가 아닌 재건을 추구한다. 오랜 시간에 걸쳐 무(無)로 돌아간 뒤 "새로운 생태계를 시작"(210쪽)하게 해 주는 것, 그것이 바로 (언)인스톨의 기능이다. 그렇다면 평퐁에서의 (언)인스톨은 「카스테라」에서의 냉장 기술, 「그렇습니까, 기린입니다」에서의 풀맨의 역할, 「코리언 스텐더즈」에서의 지양(止揚)의 기능이 강화되고 전면화된 것으로 볼 수 있다.

이토록 건전한데 무엇이 문제인가. 문제는 바로 그 건전함을 추구하는 방식으로 현실에 대한 '부정'이나 '부정의 부정'이 이루어지고 있다는 사실이다. 여기에 작가의 환상이 개입된다. 그 이전까지 작가는 아무리 우주적 상상력을 보여 주더라도 지구의 내부에서 지구를 내파하려는 노력을 포기하지 않았다. "지구를 떠나 보지 않으면, 우리는 지구에서 가지고 있는 것이 진정 무엇인지 깨닫지 못한다."(「몰라 몰라, 개복치라니」) 그런데 『평퐁』에서는 지구와 지구 외부를 분리시킨다. 그러고는 지구 밖으로 나가려 한다. 지구의 바깥은 문학의 영역이 아니다. 지구인이 아닌 외계인은 문학의 영역에서 취급할 수 없다. 작가는 이번에는 삼천포에서 너무 멀리 나가 우주 미아가 되어 버렸다.

사실 박민규는 이미 이런 사실을 알고 있었다. 단편 「야쿠르트 아줌마」에서 세계적인 경제학자들도 치료하지 못하는 자신의 변비를 낫게 해 줄 야쿠르트를 건네는 아줌마의 손은 '따뜻한 손'이 아니라 '보이지 않는 손'이다. 처음에는 공짜이지만, 다음부터는 돈 주고 사 먹어야 하기에 주인공이 받은 야쿠르트는 인간적 '선물'이 아니라 자본주의적 '미끼'이다. 그러므로 "내일부터, 나도 야쿠르트를 마실 전망이다."라는 경제적 손실에 대한 '전망'이 이 소설의 결말일 수밖에 없다. 그런데도 불구하고 『핑퐁』에서는 지구를 떠날 수 있다는 환상과, 지구를 바꿀 수 있다는 환상을 심어 준다. 때문에 언인스톨하는 것이 지구를 체념한다거나 현실로부터 도피한다는 기존의 비판들은 성립하지 않는다. 오히려 이 소설에서 행해지는 지구의 언인스톨은 지극히 현실 참여적인 개념이기 때문이다.

여기서 박민규의 계몽성이 확인된다. 박민규식으로 정리해 보자. 첫째, 지구를 떠난다. 둘째, 지구로 다시 돌아온다. 셋째, 지구를 바꾼다. 이런 3단계의 언인스톨 방법은 지구와 인류의 미래에 대한 확신과 희망이 전제되어야 가능하다. 박민규는 따뜻하고 건강한 작가이다. 따뜻한 카스테라를 굽기 위하여 언제나 지구라는 오븐을 예열시켜 놓는 작가이고 (『카스테라』, 문학동네, 2005, 「작가의 말」), "안심해, 안심해도 좋아."(『핑퐁』, 맨 앞장의 말)라고 다정하게 말해 주는 친절한 작가이다. 그래서 이 작가는 고난 앞에서도 멈추려 하지 않는다. 진리가 아무리 잔인해도 두려워하지 않는다. 바꿀 수 있다고 믿고, 바꾸려 하기 때문이다. 박민규의 환상은 여기서 극대화된다.

이럴 때 계몽주의적 주체는 괴물이 될 수밖에 없다. 상상적 오인을 거부당함으로써 거울조차 볼 수 없는 존재가 바로 괴물이다. 세계는 이미

"한 권의 「괴수백과대사전」"(「대왕오징어의 기습」)이다. 이런 괴물 같은 세계에 사는 괴물들에게 에고가 있을 수 없다. 계몽주의자들은 더럽혀지지 않은 에고만을 남기고자 함으로써 오히려 괴물이라는 더러운 에고만 남긴 것이다. 『핑퐁』에서 못과 모아이는 현실의 왜상으로 존재하면서 공포보다는 숭고미를 유발시키기에, 원래 괴물이었던 인간이 아니라 괴물이 된 인간을 애도하게 한다. 그런 면에서 박민규는 포스트모더니스트로 오인되는 모더니스트에 해당한다고 할 수 있다.

이런 계몽성에 대한 환상이 박민규 소설을 점점 진단과 처방에 몰두하게 만들고 있다. 그리고 지구와 인류에게 겁을 주면서 반성을 유도하고 새로운 윤리를 정립하게 한다. 박민규식 계몽의 한계는 바로 그런 계몽 자체이다. 의심하고 비판하라고 말하면서 복종하라는 말을 동시에 전하고 있기 때문이다. 이런 계몽의 환상을 유지하기 위해 박민규는 지구와 인류를 범죄화한다. 너무 볼품없는 지구나 인류를 다시 잘 만들 수 있다는 계몽적 발상이 바로 박민규의 환상이다. 이런 환상이 지닌 함정은 애프터서비스가 보장되지 않는다는 것이다.

환상의 전말(顚末): 정오(正午)의 소설

이문열, 김훈, 박민규의 소설에 나오는 환상은 대타자에 해당하는 '아버지'를 기준으로 보았을 때 전통적인 근대 소설과 다르다. 이들 소설에서의 아버지들은 절대적인 권력을 소유하면서 아들을 억압하는 오이디푸스적인 아버지가 아니기 때문이다. 오히려 힘도 없고, 변덕스러우며, 분노를 느끼는 모욕당한 아버지에 해당한다. 그러나 이런 아버지의 몰락을 그대로 인정하면 아들들은 공포나 불안, 죄의식을 느껴야 한다. 그래서 아들들은 환상을 통해 이미 죽은 아버지를 마치 살아 있는 것처럼 만들고, 그런 아버지를 죽이고 싶다는 부친 살해 욕망까지 조작한다. 아버지는 살아 있어야 죽임을 당할 수 있고, 아들에 의해 극복될 수 있기 때문이다. 죽은 아버지를 또다시 죽일 수는 없기 때문이기도 하다. 이것이 바로 힘없는 아버지를 더욱더 강력하게 만들 수밖에 없었던 이문열, 김훈, 박민규라는 아들들의 환상이다.

특히 이문열은 단성성을 통해 아버지의 권위를 되살린다. 우익적인 정치 성향에서 유발되는 환상보다는 단일하고 강력한 목소리에 대한 환상에서 유발되는 아버지의 권위가 이문열의 소설에서는 모든 것을 누르고 우선시된다. 작가가 그런 환상을 통해 현실의 구멍을 메우려 하기 때문이다. 동일한 맥락에서 김훈의 최대 미션은 현실을 유지하라는 것이다. 그래서 김훈은 허무를 통해서도 삶에 대한 긍정을 이야기한다. 이때 허무조차도 건강한 이데올로기가 되는 전도가 일어난다. 박민규는 의외로 모범적이고 따뜻한 작가이다. 그래서 세상의 그릇됨을 참지 못한다. 심지어 일그러진 세계를 바꾸려 한다. 그의 소설에서 점점 강화되고 있는 계몽성은 이런 그의 문학적 유전자의 발현이다.

비유적으로 다시 말해 보면, 아버지를 영접할 준비가 되어 있는 아들이기에 이문열에게는 이미 반쯤 열린 문을 필요 이상으로 세게 박차고 들어오는 아버지가 필요하고, 아버지를 가장 강력하게 부정할 듯한 김훈마저도 옆문으로 들어오는 아버지를 막지 않는다. 아버지에 대한 억압으로부터도 자유로울 듯한 박민규의 경우에는 의외로 자신이 직접 새 문을 만들어서 아버지를 초대한다. 이때 중요한 것은 아버지의 환상이 아니라 아들의 환상이다. 어떤 아버지를 요구하느냐는 아들의 욕망이 결정하기 때문이다. 그래서 이들 작가의 아버지에 대한 환상은 상징화 이전이 아닌 상징화 이후의 효과로서 발생한 사후적(事後的) 사건에 해당한다.

여기서 한국 문학의 유전적 지형이 그려진다. 한국 문학에서 언제나 살아남는 이기적 유전자는 바로 강력한 아버지에 대한 환상이라고 할 수 있다. 강력한 '아버지' 자체가 아니라 그런 아버지에 대한 '환상'이 한국 문학의 계보를 형성한다. 아버지가 강력해서가 아니라 환상이 이기적이 어서 한국 문학은 현실의 결핍을 보완하는 방어 기제로 존재할 수 있었다. 그리고 한국 문학이 그동안 불행해서 행복했던 이유도 여기에 있다. '더 바랄 바 없이 흡족한 불행'이 환상에 의해 만들어지고 유전되었기 때문이다.

환상이 작용하는 대상으로서의 아버지는 이런 현실의 균열과 결핍을 미리 고려한 방식으로 작동한다는 점에서 가장 강력한 현실 보완적인 기능을 하는 환상이라고 할 수 있다. 그렇다면 '아버지에 대한 환상'이 아니라 '환상으로서의 아버지'로 한국 문학 논의의 초점이 옮겨져야 한다. 아버지라는 '대상'은 다른 것으로 대체될 수 있다. 그러나 환상의 '구조' 는 부인할 수 없다. 그래서 언제 어디서든, 심지어 이타적인 모양을 하고서도 나타나는 한국 문학의 이기적 유전자는 바로 아버지가 아니라 오히려 환상이라는 원형적 구조물이다.

그 어느 나라보다도 한국 문학은 이기적 유전자로서의 환상의 기능이 우세하다. 그래서 현실의 결핍을 그대로 놓아두지 않는다. 어김없이 환상을 작동시켜 부정적 현실을 긍정적 현실로 바꾸어 버리고야 만다. 한국적 환상이 두려워하는 것은 현실의 결핍이 아니라 오히려 현실의 충족이다. 그래서 주체에도 과부하가 걸린다. 주체의 궁핍이나 공백을 허용하지 않기 때문이다. 언제나 꽉 차 있으면서 무거워야 한다. 한국 소설의 주체가 가벼워지기는 낙타가 바늘구멍 뚫기만큼 어렵다. 그래서인지 이문열의 단성성의 경우는 방향을 다소 바꾼 것뿐이지만, 김훈과 박민규의 경우처럼 보수성이나 계몽성에서 가장 멀리 떨어져 있을 것 같은 작가의 소설들에도 강력한 환상을 작동시키고 있다. 물론 이런 계몽적 환상에 대한 반작용 혹은 되구부리기의 징후가 2010년대 문학에서 동시에 발견되기도 한다. 하지만 유전자의 힘은 강력하다. 그래서 유전자일 것이다. 흔히 문학의 위기 논의와 연관되어 많이 거론되고 있는 '자정'의 상징 또한 우리 문학의 이런 환상을 강화시키는 데에 일조하고 있다. 자정은 위기이자 기회인, 그래서 새벽 혹은 아침에 더 가까운 희망의 시간으로 읽힌다. 마치 지금까지 살펴본 아버지들의 환상이 작동되는 시간, 그래서 아들들이 이기적으로 변해야만 하는 충만한 시간과 어울리는 듯하다.

그러니 자정이 아닌 '정오'의 시간이면 환상을 가로지를 수 있지 않을까. 그래서 좀 더 주체도 가벼워질 수 있지 않을까. 니체적 의미에서 정오는 해가 모든 것을 얼싸안는 합일의 순간이 아니라 오히려 하나가 둘로 변하는 단절이나 균열의 시간이다. '가장 짧은 그림자의 순간'이란 말에 나타나듯이 그림자가 없는 상태가 아니라 그림자를 입어서 그림자와 겹쳐져 있는 상태를 말한다. 그래서 부정적인 것을 없애는 시간이 아니라 부정적인 것과 함께 머무는 시간이 바로 정오이다.[11]

환상은 변증법적 합일이나 조화를 선호한다. 긍정과 부정이 합쳐져서 더 큰 긍정으로 이어지기 때문이다. 그 과정에서 환상은 더욱 무거워지고 강력해진다. 이제 그런 변증법적 합일로서의 환상을 가로질러 환상 '너머'를 추구해야 환상에 대한 환상을 멈출 수 있다. 아니 환상을 멈출 수 없음에 대해 반성할 수 있게 된다. 한국 문학에서는 아직도 '행복한 하나'라는 환상이 강하게 존재한다. 그래서 너무 단성적이거나 보수적이며 계몽적인 문학으로 변한다. 이제 한국 소설도 이런 유전자에서 벗어나야 한다. 문학의 본질이 바로 유전자 변형이니까.

---

11 정오의 개념은 알렌카 주판치치, 앞의 책, 7~47쪽 참조.

소설을 생각하다

— 한국 소설의 함정

소설이라는 쌍두사(雙頭蛇)·사족(蛇足)·우로보로스

한국 소설은 여러모로 함정에 빠져 허우적대고 있는 형국이다. 때문에 이제는 숙어처럼 다가오는 위기 담론에 대해 비숙어적으로 대응하기 위해서는 과연 어떤 소설이 어떤 함정에 빠졌는지를 좀 더 구체적으로 문제 삼아야 한다. 아무리 그래도 소설 전체가 멸종된 것은 아니기 때문이다. 그리고 소설이 빠졌다는 함정이 진짜 함정인지 아닌지도 알아보아야 한다. 함정은 은폐되어 있기에 함정인 것이다. 더욱이 지금의 한국 소설이 연관통(聯關痛)을 앓고 있는 것이라면 문제는 더 심각하다. 함정에 빠진 원인이 되는 부위와 함정으로 인해 통증을 느끼는 부위가 서로 다르다면 어떻게 할 것인가. 목의 근육이 뭉쳤는데 머리가 아픈 것처럼 말이다. 이럴 때는 엉뚱한 곳에서 함정을 찾느라고 시간과 노력을 허비하기 쉽다.

한 예로 한국 소설은 자신만 알거나 자신도 모르는 소리를 내부 거래하고 있거나, 하지 않아도 그만인 말들을 낭비하고 있으며, 언제나 비슷한 말만을 자기 복제하고 있기에 문제라고들 말한다. 마치 머리가 두 개 달린 쌍두사(雙頭蛇)처럼 너무 생각이 많고, 움직일 때 불필요한 다리〔蛇足〕를 지녔기에 비효율적이며, 자신의 꼬리를 물고 있는 우로보로스(ouroboros)처럼 순환적이라는 것이다. 그런데 과연 그럴까. 그런 특성들 때문에 한국 소설은 함정에 빠진 것일까.

　이를 본격적으로 문제 삼기 위해 이 글에서는 겉으로는 함정처럼 보이지 않는 것을 더 문제 삼으려고 한다. 함정처럼 보이지 않는 함정에는 짐승이 아니라 사람이 함정에 빠질 수 있다. 그래서 함정 아닌 것을 통해 함정을 문제 삼는 역공법을 사용할 것이다. 함정처럼 보이지 않는 함정 혹은 피했다고 생각하는 시점에 다시 나타나는 함정이 더 위험하기 때문이다. 그리고 어쩌면 함정 자체가 아니라 이처럼 함정을 제대로 파악하지 못하는 것이 더 큰 함정일 수 있기 때문이기도 하다.

　이런 이유로 이 글에서는 한국 소설이 지금까지 빠졌었던 함정들을 점검해 보기 위해 그런 함정을 피하거나 극복하려는 시도들을 보다 집중적으로 문제 삼을 것이다. 함정 자체와 함정의 덮개를 모두 문제 삼아야 지금의 소설이 지닌 문제점에 대한 인식과 그 해결책의 모색이라는 두 마리 토끼를 한꺼번에 잡을 수 있기 때문이다. 이것이 바로 이 글에서 함정에 대한 '거슬러 읽기(counter-reading)'를 행하는 목적이다. 물론 문학에서 함정에 빠지지 않는 것이 과연 가능한 일인가에 대한 대답은 이 과정과 별개의 문제이다.

경험의 강요: 베르베르와 듀나의 과학적 상상력

한국 소설은 주로 '경험'[1]을 중시한다. 그리고 경험은 자신이 이미 보거나 겪었던 것과 연관되므로 '과거'에 집착하게 된다. 과거의 상처나 회한을 잊지 못하는 문학, 혹은 그것을 잊었기 때문에 문제가 되는 트라우마 중심의 문학이 바로 한국 소설이다. 국가와 민족의 위기, 빈부나 이념의 대립, 민주와 독재 사이의 갈등에서 연유한 정치 사회적 사건이 소설을 짓누른다. 3·1, 6·25, 9·28, 4·19, 5·16, 5·18, 6·10 등의 숫자와 연관되는 기억이나 망각의 역사가 바로 한국 소설사의 저류를 형성하고 있다. 당연히 한국 소설에서 중요한 것은 '죄의식'이다. 그리고 이런 상황에서는 '아는 만큼 보이고, 알고 있다고 생각하는 것만 보인다.'는 편견 아닌 편견이 자연스럽게 통용될 수밖에 없다.

하지만 1990년대 이후 리얼리즘 문학에 대한 회의나 비판과 더불어 반리얼리즘 문학이 새롭게 부상한다. 그중에서 과학 소설(SF: Science Fiction)은 순수 문학이 내면, 섹스, 여성 등과 연관된 소재를 다소 동어 반복적으로 형상화하고 있을 때 그 반대편에서 새로운 소재를 제공하면서 본격화되었다. 과학 서적도 활발히 공급되었고, 새롭게 등장한 인터넷이나 디지털의 감수성도 반영되면서 문학의 새로운 환경이나 매체를 제공하는 하부 장르로 자리 잡은 것이다. 거의 비슷한 시기에 인기를 끌었던 환상 소설의 하부 장르라고 할 수 있는 과학 소설에서 문제 삼는 과학은 반드시 실증적이고 객관적인 자연과학을 의미하지는 않는다. 과학 자체

---

1 사실상 모든 문학 체험은 경험적이다. 허구를 통해 삶을 간접 체험하는 것도 넓은 의미에서는 경험이기 때문이다. 그러나 이 글에서는 경험이라는 단어를 보다 좁게 실제적 현실에 대한 모방을 중시하는 '재현(representation)'과 관련된 용어로 사용한다. 상상이나 욕망에 의한 비실제적인 현실의 '형상화(figuration)'와 구분하려고 하기 때문이다.

에 의존하는 것이 아니라 과학적 상상력이나 의사(擬似)과학에 의존하기 때문이다.

무엇보다도 그 이전의 한국 소설이 현재와 과거와의 대화를 중심으로 현재를 문제 삼았다면, 과학 소설은 현재와 미래와의 관계를 중심으로 현재를 문제 삼는다. 그래서 비경험적인 미래가 중심이 되는 소설이라고 할 수 있다. 그래서인지 독일에서는 SF를 '미래 소설(Zukunftsroman)'로도 부른다. 그리고 과학 소설은 'know-know'가 아닌 'know-where'의 지식을 중심으로 쓰는 소설이라는 점에서도 비경험적 소설 장르라고 할 수 있다. 과학 소설은 과거에 실제로 존재했던 경험이 중심이 되는 소설이 아니다. 오히려 존재하지 않았고 존재하지 않을 것이지만 존재할 수 있었거나 존재할 수 있을 사건이나 상황을 정보 검색이나 재맥락화를 통해 형상화한다. 이럴 때의 과학 소설은 소설가도 경험이나 연륜이 아닌 정보나 지식을 통해 자신만의 고유한 영역에 토대를 둔 전문적이고 매니아적인 소설 쓰기를 할 수밖에 없음을 보여 주는 적절한 사례가 된다.

이런 변화를 잘 보여 주는 소설이 바로 베르나르 베르베르의 『나무』[2]이다. 이 소설은 '2003년 네티즌 선정 올해의 책, 2003년 교보문고 종합 베스트셀러 1위, 현재 소설 부문 베스트셀러 1위' 라는 화려한 타이틀이 말해 주듯이 한국 소설이 전반적으로 침체되어 있는 와중에 문학 분야에서 고군분투하고 있는 외국 소설이다. 이 소설에 보이는 독자들의 이상 열기에는 전 세계에서 가장 많이 읽히는 프랑스 작가인 베르베르의 인기도 크게 작용했을 것이다. 베르베르는 『개미』나 『뇌』 등을 통해 고정 독자를 확보하고 있는 작가이다. 그러나 이 작가의 인기에는 그가 쓴 소설이 과학 소설이라는 것도 무시할 수 없을 것이다. 한국 작가에게서는 볼

---

2 베르나르 베르베르, 이세욱 옮김, 『나무』(열린책들, 2003).

수 없었던 소재나 상상력을 통한 전문적인 글쓰기가 독자들을 매혹시키고 있기 때문이다.

　보다 구체적으로 살펴보면 『나무』에는 과학 소설의 주요 모티프인 시간 여행이나 기형 인간, 복제 인간, 로봇, 유전자 조작, 초자연적 사건 등이 등장한다. 천문학, 물리학, 생물학, 심리학, 유전공학, 전자공학, 컴퓨터공학 등과 연관된 정보와 지식을 통해 베르베르는 범결정론, 인간의 분열이나 주체와 객체 사이의 경계 파괴, 시간과 공간의 변형 등을 문제 삼는다. 본격적인 한국 최초의 창작 과학 소설이라고 할 수 있는 문윤성의 『완전 사회』(1965) 이후 이성수의 『스핑크스의 저주』(1993)나 노성래의 『바이너리 코드』(1999)에서 명맥을 겨우 유지해 온 과학 소설에 대한 갈증을 풀 수 있는 외국 소설인 것이다.

　물론 이런 과학적 소재나 주제에 대한 베르베르의 형상화는 '타자성'과 '성찰성'을 지녔기에 공상 소설의 수준을 넘어선다. 베르베르가 문제 삼는 것은 '기계 같은 인간'이 아니라 '인간 같은 기계'이다. 그럼으로써 타자로서의 외계인이나 클론, 사이보그, 돌연변이 등이 바로 주체의 거울이라는 사실을 보여 준다. 인간보다 더 인간다운 기계는 인간을 오히려 부끄럽게 하거나 두렵게 한다. 『지킬 박사와 하이드』에서 '지Je-킬kyll'은 '내가 죽이다 I Kill'로 읽히고, 그런 사실을 '하이드Hyde'가 숨겨 준다. 이때 하이드는 훔치고 사랑하고 파괴하려는 지킬의 억압된 자아에 다름 아니게 된다. 자기 자신이 가장 공포스러운 괴물이라는 것이다. 그리고 베르베르는 환상적 유토피아가 아니라 비인간적인 디스토피아를 보여 줌으로써 SF가 '성찰 문학(Speculative Fiction)'이 될 수 있음을 증명한다.

　이런 베르베르의 특성을 공유하고 있는 한국 소설이 바로 듀나(Djuna)의 『태평양 횡단특급』[3]이다. 그의 세 번째 단편집인 『태평양 횡단특급』은 베르베르의 『나무』와 비슷한 주제와 소재로 이루어져 있다. 듀나도 베르베르처럼 과학적 상상력을 동원해 직선적 시간성의 교란이나 인식의 파편화, 역사와 허구의 착종 등을 다루고 있다. 과거로의 시간여행을 문제삼는「끈」과「얼어붙은 삶」, 로봇 혹은 클론과 인간 사이의 사랑을 그린「첼로」와「무궁동」, 본질과 허상 사이의 분열과 갈등이 모티프가 되는「대리살인자」와「허깨비 사냥」등을 통해 과학적 합리성이나 인간의 우위성을 부정한다.

그런데 듀나의 소설은 베르베르의 소설보다 더 과학적이고 덜 낭만적이다. 듀나는 과학적 이론이나 현상에 대한 구체적이고 합리적 설명을 중시하기에 디테일에는 강하지만 집중력과 독해력이 떨어지는 과학소설을 쓴다. 베르베르가 과학자로 위장한 인문학자에 가깝다면, 듀나는 인문학자로 위장한 과학자에 더 가깝다. 그래서 상상력을 발휘하기 위해 과학을 끌어온 것이 베르베르의 소설이라면, 과학적 이론의 틀에 상상력을 입힌 것이 듀나의 소설인 듯하다. 듀나의 소설이 다소 어렵게 느껴지는 것도 이 때문일 것이다. 베르베르의 소설이 좀 더 인문학적이고 내면적인 '뉴웨이브적 SF'라면, 듀나의 소설은 좀 더 정밀하고 기술주의적인 '하드 SF'에 가깝다고 할 수 있다. 그리고 베르베르가 현실의 확대나 교정에 초점을 둔다면 듀나는 현실의 비판이나 인식에 치중한다. 이를 통해 과학소설도 작가들이 속한 다양한 역사적 위치에 따라 달라질 수 있음을 확인할 수 있다.

하지만 이런 차이점보다도 더 중요한 것은 이들의 과학소설이 경험을 중시하는 기존의 한국 소설의 경향을 바꾸어 놓으려 했음에도 불구하고 체험 '이전'의 상상력이 아닌 체험 '이후'의 재구성력이 중심이 됨으로써 다시 경험주의로 환원된다는 사실이다. 그래서 이들의 과학소설에서 문

---

3 듀나, 『태평양 횡단 특급』(문학과지성사, 2002).

제 삼는 부정적 현실은 다른 텍스트에서 경험한 기시감을 준다는 것이다. 이때의 기시감은 작가나 독자 모두 기존의 과학적 상상력에 익숙해져 있기에 느끼게 되는 것이다. 이들의 소설에서는 자주 올더스 헉슬리나 H.G 웰즈, 피터 잭슨, 필립 K·딕, 아이작 아시모프의 영향이 느껴지고,「X맨」,「할로우맨」,「블레이드 러너」,「에어리언」,「터미네이터」,「공각기동대」,「A. I」,「매트릭스」,「마이너리티 리포트」 등의 영상이 겹쳐진다.

물론 이것은 이 작가들이 이전의 소설들을 독창성 없이 모방했다거나 패러디했다는 말이 결코 아니다. 이들의 과학적 상상력이 책이나 타장르에서 간접 체험한 것에 토대를 두고 촉발되었음을 말하는 것이다. 독서 체험이 실제 체험을 능가했다는 점에서 이들 작가의 체험은 비경험적이다. 독자의 입장에서도 과학소설은 '문학에만' 있는 것을 체험시켜 주는 것이 아니라 '문학에도' 있는 것을 '후체험' 시켜 주는 것이 된다. 과학소설의 리얼리티는 병리학적 상황에 대한 주도면밀한 진단과 전망에서 생성되는 것이지 이미지나 정보의 조합에서 이루어지는 것은 아니다. 이런 의미에서 이들의 과학소설은 너무 '늦게' 문자로 읽혀지는 소설에 해당한다고 할 수 있다.

그리고 한국에서 수용되거나 창작되는 과학소설은 가장 비경험적인 체험 속에서도 과거나 역사를 경험하게 만들거나 환기시키는 한국적 특성을 잘 보여 준다고 할 수 있다. 과학 속으로도 과거의 경험이나 인간적 욕망이 침범하는 상황을 반영하고 있기 때문이다. 그래서 한국의 과학소설은 더 '검은 소설'에 가깝다. 이런 소설이 인간 중심적이기에 더 과학소설답다는 말은 모순적이지만 오히려 진실에 더 가깝다. '인간을 위한 과학'이 있을 뿐 '과학을 위한 인간'이 있을 수 없다는 당연하고도 보수적인 결론에 이르게 해 주기 때문이다. 그래서 우리의 과학소설은 환상 소설보다 덜 도피적이고 리얼리즘 소설보다 더 경험적인 장르로 자리매김 되는 것이다. 과학소설도 '돌'보다는 '돌다운 것'에 더 관심을 두어야 한다는 합리화가 오히려 우리의 과학소설을 '경험의 강요'라는 함정으로 이끈다고 할 수 있다.

감정의 범람: 히토나리와 가오리, 배수아의 '쿨'한 연애

현재 한국 소설의 온도는 몇 도일까. 지금까지 한국 소설은 너무 뜨거웠다. 한국인들은 울 일이 많아서 혹은 바라는 것이 많아서 강렬하고도 자극적인 문학을 선호한다. 자신의 자아가 과거에 상처를 입었거나 억압을 받아 손상되었다는 '피해자 문화'가 팽배해 있었기 때문이다. 이런 피해자 문화가 사람들에게 자신이 특별한 존재라는 '희생자 의식'을 갖게 하거나 과거의 황금시대에 대한 '향수'를 조장하기도 한다. 문학에서도 이런 경향은 진정한 열정과 구속받지 않는 감정이 지배하는 진정성에 대한 경도를 보이게 만들었다. 이처럼 한국에서 뜨거운 문학이 각광을 받았던 이유는 그것이 일상생활에서는 어떤 배출구도 찾을 수 없는 평범한 사람들의 감정을 분출할 수 있도록 자극했기 때문이다. 뜨거운 문학을 통해 독자들은 구원을 받거나 이상에 접근해 있는 듯한 느낌을 받을 수 있었다.

특히 연애소설은 이성이나 계몽, 합리성, 발전의 논리 때문에 근대로 올수록 억압되었던 낭만과 감상(感傷)을 복권해 준다는 점에서 소설 중에서도 가장 뜨거운 장르라고 할 수 있다. 신성함이나 숭고함을 잃어가는 시대에 '세속적인 종교'로서의 역할을 담당하며 정신성을 극대화하려는 노력이 사랑의 추구로 드러나기 때문이다. 기본적으로 사랑에 대한 숭배는 수난에 대한 숭배이다. 그리고 우리는 수난을 통해 진정성을 확보할 수 있다고 생각한다. 이런 의미에서 우리가 과대평가 하는 것은 사랑이 아니라 수난, 좀 더 정확히 말하자면 수난이 영혼에 준다는 이익이다. 이럴 때 연애소설은 '대중적 숭고(popular sublime)'를 담보하면서 이기적이고 물질적인 현대인의 사랑을 비판하는 기능까지 담당하게 된다. 도피적이고 유아적일 수도 있는 비현실적 사랑을 통해 그런 사랑이 현실에서는 불가능하다는 사실에 불만을 갖게 만든다는 것이다.

하지만 이런 '위험한 안일함'에서 이상(異狀) 고온을 감지한 소설은 점점 뜨거움에 경계를 품게 된다. 그래서 '사랑해!'에서 '사랑이라니?'로 옮겨 가는 탈낭만화의 시도가 이루어진다. 가장 뜨거운 영역인 사랑에서까지 차가움을 경험하려는 거대한 프로젝트가 실행되는 것이다. 그래서 1990년대부터 '쿨(cool)'한 사랑 이야기가 유행했을 것이다. 이때의 쿨은 흔히 끈적거리거나 구질구질하지 않게 사는 것, 이별을 씩씩하게 받아들이는 것, 외롭거나 슬퍼도 울지 않는 것 등의 의미로 (잘못) 통용된다. 더 이상 사랑 때문에 고통받거나 절대적 사랑을 미련하게 믿는다면 '오버'한 것이 되는 시대가 된 것이다.

무라카미 하루키에 그 진원을 두고서 1990년대부터 본격화되기 시작한 일본문학의 유행은 요시모토 바나나의 소설로 이어지면서 무시하지 못할 스테디셀러 군을 형성했었다. 특히 일본 연애소설의 코드는 '상실의 시대'를 '하드보일드'하게 그린다는 점에서 기본적으로 쿨하다고 할 수 있다. 그들의 소설은 슬픔을 강요하지 않는다. 그래서 고통으로부터 상처받았다는 불쾌함이나 부담이 없다. 그들 소설 속 사랑은 자발적이기에 더욱 유혹적인 슬픔을 동반한다. 그래서 어둡고 칙칙한 '회색'의 연애가 아니라 한없이 투명에 가까운 '블루'의 연애가 된다.

영화의 개봉과 맞물려 2003년에 뒤늦게 더 인기를 끌었던 소설 『냉정과 열정 사이』[4]도 이런 일본 연애소설의 계보를 잇고 있다. 제목에서도 드러나듯이 이 소설은 쿨한 사랑 이야기이다. 모든 사랑 이야기가 그렇듯이 이 소설의 사랑도 요약해서 전달하면 하나도 신선하거나 감동적이지 않다. 오히려 상투적이고 통속적이다. 준세이와 아오이라는 남녀주인공이 서로를 잃어버렸던 쌍둥이처럼 사랑했지만 어쩔 수 없는 오해 때문에 헤어진다. 그러나 서로를 잊지 못하다가 몇 년 만에 재회한다는 내용이다. 이보다 더 순애보적일 수는 없다. 그래서인지 제목이 '냉정과 열정 사이'인 것이 차라리 의아스럽다. '냉정 후의 열정'이거나 '냉정 속의 열정'이어야 주인공들이 보여 준 영원한 사랑과 일치하기 때문이다. 그들은 서로에게 한 번도 냉정한 적이 없다. 단지 냉정하려고 노력했거나 냉정한 척했을 뿐이다.

그런데도 이들의 사랑이 쿨하게 다가온다면, 그것은 오히려 그런 사랑을 그려 나가는 소설의 형식 때문일 것이다. 이 소설은 하나의 사랑이자 하나의 제목인 소설을 대중성과 문학성을 동시에 인정받는 두 명의 남녀 작가 츠지 히토나리와 에쿠니 가오리가 각각 '블루(blu)'와 '로소(Rosso)'라는 부제를 달고 릴레이로 써내려 갔다. 어떤 사랑도 한 사람의 몫은 2분의 1이라는 에쿠니 가오리의 말에 드러나듯이 이 소설은 '절반의 사랑'만을 부분적이고도 단편적으로 각각 보여 준다는 점에서 전지적인 시점에서 벗어난 사랑을 그리고 있다. 무엇보다도 이 소설은 비유적으로 말해 벚꽃 같은 문체를 보여 준다. 소설 속 하나 하나의 문장은 한 잎씩 떨어지는 벚꽃처럼 사소하고 잔잔하다. 그런데 그런 문장이 여럿 모인 한 편의 소설 전체는 한꺼번에 흩날리고 있는 벚꽃나무처럼 강렬하고도 화려하다.

---

4   츠지 히토나리·에쿠니 가오리, 양억관·김난주 옮김, 『냉정과 열정 사이』(소담출판사, 2000).

이처럼 겉으로는 냉정하지만 속에는 열정을 숨기고 있는 『냉정과 열정 사이』와는 다르게 배수아의 『에세이스트의 책상』[5]은 겉과 속이 모두 쿨한 소설이다. 심층적으로 보면 이 소설은 작가의 소설 쓰기에 대한 소설로 읽을 수 있다. '나'의 연인으로 등장하는 'M'의 존재를 "접근할 수 없는 정신이고 종교이자 영혼 그 자체"인 '음악 (Music)'으로 간주할 수 있기 때문이다. 이때의 음악은 문학보다 더 문학적인 예술에 해당하기에 예술가소설로서의 면모도 보인다. 하지만 이 소설을 M과 '나'와의 만남과 헤어짐을 중심으로 보면 기묘한 연애소설이기도 하다. 이 소설 속의 남녀는 어느 순간 믿기 어려울 정도의 애정을 느끼지만 상대방에 대한 소유욕과 자신에 대한 수치심으로 인해 헤어진다. 그리고 그렇게 헤어진 연인들은 3년 후에도 다시 만나지 않거나 혹은 못 만난다. 그것이 배수아가 생각하는 사랑이다. 냉정은 반복되면 뜨거워지지만 열정은 반복되면 차가워진다. 그리고 배수아에게 있어서 사랑의 언어는 언제나 비문 (非文)이고 역어(譯語)이다.

사랑에 대한 이런 쿨한 인식이 다음과 같은 독설을 낳는다. "사랑은 쉽게 부정되고 그 정의는 항상 애매모호함 속에 갇혀 있고 천박하고 상스러우며 무책임하고 뻔뻔스러우며 변명을 좋아하고 완전히 사라진 다음에도 끈질기게 발언의 기회를 노리면서 모양새를 망가뜨리고 히죽거리고 킬킬거리고 새끼 밴 암컷보다 더 배타적이며 게다가 그 장황한 목소리가 부끄럽게도 한창때의 장미꽃보다 더 빠르게 잊혀지고 만다. 그것은 아무것도 아니며, 처음부터 아무것도 아니었고 지나간 다음에는 더더욱 아무것도 아니었다."(113쪽) 때문에 배수아에게는 어떤 사랑이 실수인 것이 아니라 모든 사랑이 실수이다.

---

5 배수아, 『에세이스트의 책상』(문학동네, 2003).

배수아에게는 사랑에 대해 정색을 하고 말한다는 것 자체가 너무 '뜨거운' 일이다. 사랑을 '소통'의 매개가 아닌 '사고'의 대상이라고 간주하기 때문이다. 이럴 때의 사랑은 '노블리스트'가 쓴 것이 아닌 '에세이스트'가 쓴 이야기가 된다. 소설은 픽션이지만 에세이는 논픽션이다. 소설은 인위적으로 감동을 강요하는 뜨거운 장르이지만, 에세이는 사실적으로 무감동을 드러내는 차가운 장르이다. 때문에 에세이 같은 사랑에 필요한 것은 인간적인 무엇이 아니라 비인간적인 무엇이다. 마치 "인간이 만들어 낸 것 중에 유일하게 인간에게 속하지 않은 어떤 것"인 음악처럼 말이다. 그래서 '나'는 M에 대한 사랑 이야기를 소설가가 아닌 에세이스트로서 "상실감도 충족감도 아닌, 마취되었으며 동시에 아주 냉정하고 사실적인 태도"로 아주 쿨하게 서사화하고 있다.

이런 사랑에 대한 태도는 배수아 소설의 인물들이 절대고독을 추구하는 '동물원 킨트'들이기 때문에 가능할 것이다. '우리는 모두 짐승처럼 외롭다.'는 명제에서 출발했던 배수아의 소설은 이제 아예 '나는 동물원이 되고 싶다.'는 명제로까지 발전하고 있다. 배수아에게 세계는 '동물원이 아닌 곳'과 '동물원인 곳'으로만 나뉜다. 동물원이 아닌 곳은 "적극적인 사교성 그 자체가 하나의 미덕이 되는 소란스러운 소사이어티"이다. 반면 동물원인 곳은 아무것도 하지 않아도 되는 곳이거나 편안하게 소멸될 수 있는 곳이다. 도덕적 극단성이나 수사적 과장, 인위적 감동을 강요하지 않기 때문이다. 그래서 "나는 말이야, 언젠가 동물원이 되고 싶어."[6]라고 말하게 되는 것이다. 인간 최대의 고립은 인간이 아니라 사물이나 장소가 되는 것이다. 특히 이런 고립이 소통에 대한 그리움을 역반영한 것이라고 왜곡시키지 않을 때 그 고립은 완성된다. 고립을 소외가

---

6   배수아. 『동물원 킨트』(이가서, 2003).

아닌 쾌락의 차원에서 논하는 희귀한 작가가 바로 배수아이다.

　이렇게 볼 때 『냉정과 열정 사이』와 『에세이스트의 책상』은 모두 쿨한 사랑 이야기를 통해 주정주의나 감상주의를 극복하려는 새로운 문화를 보여 주는 듯하다. 두 소설 모두 개인적인 도시생활의 자유로움을 강조하는 '로프트한 삶(loft living)'을 영위하면서 감정을 숨기기 위해 오히려 반대되는 행동을 하는 '역설적 초연함'을 강조하고 있기 때문이다. 그러나 『냉정과 열정 사이』는 열정을 포기하지 못한 냉정을 그렸다는 점에서 '반만' 쿨한 소설이다. 그래서 무관심을 표현하는데 그 무관심이 오히려 관심을 유도하고 있다. 반면 『에세이스트의 책상』은 보다 적극적으로 사랑이 아닌 고립을 선택했다는 점에서 '지나치게' 쿨한 소설이다.

　본래 쿨은 진실된 감정과 비판적 사고에 감염되지 않고 스스로를 사랑하는 태도를 말한다. 그래서 위조성이나 피상성, 진부함을 지닐 수밖에 없는 감정에 호소하지 않거나, 영원이나 초월로의 도피나 즉각적인 만족을 거부함으로써 현실의 복잡함을 수용하는 것을 말한다. 그렇다면 『냉정과 열정 사이』보다 『에세이스트의 책상』이 더 쿨하다고 할 수 있다. 그러나 쿨에 대한 착각과 오해가 독자들로 하여금 『에세이스트의 책상』보다 『냉정과 열정 사이』를 더 쿨하다고 느끼게 할 것이다. 쿨에 대한 오해가 쿨의 유행을 불러왔으니 말이다. '핫(hot)'의 다른 이름인 쿨을 원하는 독자들에게 배수아의 소설은 그저 차갑기만 하기 때문이기도 하다. 이런 배수아 소설에 대한 오해는 쿨이 감정을 억압하기보다는 효과적으로 표출하도록 돕는다는 것을 간과하게 한다. 사실 배수아는 아무것도 사랑하지 않는다는 것이 아니라 단지 자신이 아무것도 사랑하지 않는 것을 사랑할 뿐이라고 말하고 있는데도 말이다.

계몽의 억압: 귀여니와 박범신의 반(反)성장

지금까지 한국 현대 소설은 너무 무거웠다. 이때의 무거움은 자아나 민족을 상실할 것 같은 불안, 이런 상실이 행복에의 약속을 무너뜨릴 것 같은 두려움에 연유했다. 특히 한국은 다른 국가보다 여러 면에서 뒤늦었다는 자괴감으로 인해 발전·진보·합리성·이성 등에 더욱 더 굶주려 했다. 그래서 한국 소설은 인간에게서 공포를 몰아내고 인간을 주인으로 세운다는 계몽 프로젝트에 충실했다. 하지만 더 이상 무거워질 수 없는 혹은 무거울 필요가 없는 시기가 오자 '유혹의 거부'가 아니라 '거부의 유혹'만이 남게 되었다. 특히 1990년대 들어 생산에서 소비로, 의무에서 권리로, 집단에서 개인으로 관심의 축이 이동하자 이런 계몽에 대한 거부가 본격화되기 시작했다.

소설 장르 중에서 계몽성을 강하게 드러낼 수 있는 것이 바로 성장소설이다. 성장은 '분리-전이-통합'의 3단계를 거치면서 '자아의 세계화'를 이루려는 제의에 해당한다. 이런 제의의 형식이나 과정에 효과적으로 개입할 수 있는 것이 바로 계몽이다. '~하게 자라야 한다.'는 성장의 프로그램에서 '~하게'를 결정짓는 것은 성장 주체의 의지가 아니라 성장 주체를 구성하는 시스템이나 상위 구조이기 때문이다. 즉 계몽은 성장의 주체, 시기, 유형, 결과 등을 통제하거나 변형시킬 수 있다. 하기에 이런 성장에 개입할 수 있는 계몽의 폭력성을 피하는 방법은 성장을 거부하거나 성장 자체를 반납하는 것이다. 귀여니는 성장이 필요없는 '어른 속의 아이'를 통해 계몽을 거부한다. 박범신은 이미 성장한 '아이 속의 어른'을 통해 계몽을 반납한다.

영화화되었을 정도로 인기가 있었던 귀여니의 평판작이자 인터넷 소설인 『그놈은 멋있었다』[7]는 "반항아 꽃미남 지은성과 귀여운 평범녀 한예

원의 발랄하고 상큼한 러브 스토리"(표4) 그 이상도 그 이하도 아니다. 이 소설은 인터넷 연재소설이 지닐 수 있는 장점과 특성을 지녔기에 10대 문화의 아이콘들이 다양하게 등장한다. 사실상 제목에 등장하는 '놈'과 '멋'이 소설의 이런 아우라를 효과적으로 전달하고 있다. 평범한 여고생한테 킹카 중의 킹카인 남학생이 반한다는 신데렐라 모티프, 성격 나쁜 것은 용서해도 얼굴 미운 것은 용서가 안 된다는 얼짱 문화, 사랑이 인생의 최대 목표인 사랑 지상주의, 명실상부하게 시공간적 배경으로나 등장시키고 싶은 학교에 대한 반감, 엽기가족으로 폄훼되는 가족에 대한 거부감, 접미사처럼 사용되는 -_-^, ^o^, o_o, -_-;, -_-;;, =_= 등의 이모티콘, 일상어로 등장하는 '깡 존나 세다?, 세명이어따, 난 몰러, 언농와라, 난 주그따, 당빠지' 등의 은어나 속어가 그들의 눈높이에서 리얼하게 제시되고 있다.

당연히 이 소설에는 영웅도 없고 비극도 없다. 이 소설의 최대 미스테리는 남자 주인공 지은성이 여자와의 신체 접촉에 민감한 이유이다. 지은성은 자신의 아버지가 에이즈로 죽었기 때문에 초등학교 때까지 아무도 그를 가까이 하지 않아서 상처를 크게 입었다. 그래서 지은성은 스스로 타인과의 신체적 접촉을 금기시한다. 이와 더불어 이 소설에 등장하는 최대의 '어둠'은 유일하게 지은성을 이해해 주었던 선배의 죽음을 자신이 구해 주지 못했다는 죄책감이다. 문제는 이런 어둠이 피상적이거나 관념적이라는 사실이 아니다. 오히려 그렇기 때문에 더 리얼리티가 있다고 말할 수도 있다. 10대인 그들에게 어차피 에이즈나 죽음은 한낱 문자나 풍문일 뿐이니까. 그렇다고 해서 귀엽고 명랑한 주인공들의 사랑 자체가 문제가 되는 것은 더더욱 아니다. 사랑이 언제나 무겁고 진지한 고통의 기

7　귀여니, 『그놈은 멋있었다』(황매, 2003).

호여야 한다는 강박으로부터 한국 소설도 자유로워질 필요가 있다.

　사실 이 명랑 순정 소설에서 보다 본격적으로 문제 삼아야 할 것은 세상을 살아가는 데에 전혀 불편하지 않은 소설 속의 '미성숙함'이다. 이 소설에서는 어른이 되지 않아도 아무런 문제가 없다. 등장인물들에게 중요한 것은 사랑받는 것과 멋있게 사는 것이다. 그리고 그것은 어른일 때보다 아이일 때 더 쉽게 얻을 수 있는 것들이다. 그들은 '왜 하기 싫은 일을 억지로 해야 하는가.'라거나 '왜 즐겁게 살면 안 되는가.'라고 반문한다는 점에서 이전의 청소년들과 다르다. 이 소설의 남녀 주인공이 5년 후인 스물세 살 때 동거하고 있는 상황에서 소설이 끝난다는 점에서 성장의 무의미함은 극에 달한다. 이렇게 살아도 그들의 20대는 '순순히' 다 가온다. 그리고 그들은 변함없이 '잘' 살고 있다. 그러니 그들에게 그렇게 살지 말라고 말할 수 없다는 데에 이 소설의 반계몽성은 있다.

　이처럼 '귀여운' 소설을 쓴 1985년생 작가 귀여니에게 40년 전에 그 시기를 거친 중견 작가 박범신이 해 줄 수 있는 말은 무엇일까. 10대의 자전적 체험을 소설화하고 있는 박범신의 『더러운 책상』[8]은 귀여니의 소설과 함께 읽으면 그 새로움(?)이 더 배가되는 2000년대의 '신소설'이다. 귀여니 소설 속의 10대가 보기에는 박범신 소설 속의 10대가 오히려 괴물이자 신인류이기 때문이다. 하지만 그것이 단지 2001년에 열여덟 살인 젊은이와, 1965년에 열여덟 살인 젊은이의 차이일 뿐일까. 귀여니의 10대들도 시간이 흐르면 자연스럽게 지금의 박범신과 같은 50대들처럼 되어 있을까.

　물론 이 소설도 기존의 성장 소설에서처럼 자신의 탯줄을 끊었던 '부러진 가위'나 늙은 어머니의 '빈 젖'에서 느낀 원초적 공포와 결핍, 아들

8　박범신, 『더러운 책상』(문학동네, 2003).

선호의 희생양이었던 어머니로 인한 거세 공포증, 자기모멸감에 의한 죽음에의 유혹, 창녀와 성녀 사이에서의 이중적인 성 체험, 위악적 포즈와 악마성에의 경도, 가난이 주는 수치심 등이 성장의 계기들로 등장한다. 이런 경험을 통해 작가는 가지기 위해 버리는 것이 아니라 가진 적이 없기 때문에 버릴 것도 없는 진정한 패배나 성장의 불가능성을 강조하고 있다.

그러나 이 소설이 계몽으로서의 성장을 거부하게 되는 지점은 그런 성장의 '내용'이 아니라 그런 성장을 바라보는 작가의 '시선' 속에 있다. 이 소설에서는 과거의 '그'가 현재의 '나'를 철저하게 분리시키면서 거부하고 있다. 그래서 열여섯 살의 '그'가 성장해서 쉰여섯 살의 '나'가 되었다고 말하지 않는다. 스무 살에 죽은 '그'가 쉰일곱 살까지 살아남은 '나'를 용서하지 못하는 것도 이 때문이다. '그'가 죽었기에 '나'가 산 것이 아니라, '그'는 죽었지만 '나'는 살았다. 그래서 이 소설은 회고 시점이지만 과거의 시간에 대해서도 현재 시제를 사용한다. '그'에게는 '나'의 과거가 현재이기에 그렇다. 당연히 열여섯 살부터 스무 살까지의 '그'는 '더러운 책상'이 아닌 '깨끗한 책상'의 소유자이다. 이때의 깨끗함은 순수함이나 결백함을 의미하는 것이 아니다. 오히려 더러움을 더러움이라고 인정하는 용기와 자의식이다. 한번 더럽혀진 책상은 다시 깨끗해질 수 없음을 인정하고 있다는 점에서 이 소설의 반계몽성은 철저하게 구현된다.

이렇게 볼 때 귀여니와 박범신의 소설은 계몽의 강박으로부터 벗어나기 위해 인과율적 성장이나 변증법적 성장을 거부하고 있다. 이들의 소설에서 고통이라는 '원인'은 성장이라는 '결과'를 위한 것이 아니다. 그리고 성장의 불가능성을 강조하면서도 성장의 어려움과 의의를 환기시키지도 않는다. 때문에 이들의 소설은 한국 소설에서는 드물게 계몽 자체를 거부하는 성장의 양상을 보여 준다. 계몽을 계몽하기 위한 '또 다른 계몽'의 입장에서 계몽을 공격하거나 거부하는 성장이 아니기 때문이다.

단지 이 두 소설의 차이점은 귀여니의 소설이 '모국어'로 쓴 소설이라면 박범신의 소설은 '외국어'로 쓴 소설이라는 점이다. 계몽으로부터 벗어나기 위해 귀여니는 외국어를 모국어처럼 쓰고, 박범신은 모국어를 외국어처럼 쓴다. 귀여니의 소설은 가벼워서가 아니라 질문이 필요 없다는 점에서, 그리고 너무나 익숙하고 즉각적인 이해가 가능한 언어를 사용한다는 점에서 모국어로 쓴 소설이라고 할 수 있다. 귀여니의 소설은 힘든 현실로부터 도피하는 것이 아니라 그에 대한 저항으로부터 도피하는 것이다. 반면 박범신의 소설은 독자를 면도날처럼 얇으면서도 날카로운 인식으로 끌고 가는 위험하고도 불안정한 소설이라는 점에서 외국어로 쓴 소설이라고 할 수 있다. 계몽을 죽이기 위한 흉기일 때 모든 언어는 외국어다.

자해(自害)의 소설, 자해(自解)의 소설

지금까지 한국 소설은 경험으로부터 자유롭지 못했고, 감정을 제대로 절제하지 못한 경향이 있었으며, 너무 계몽에 집착했다. 그래서 한국 소설은 여전히 죄의식에 시달리고 있으며, 지나치게 뜨겁거나, 너무 건강하다. 죄의식, 뜨거움, 건강함이 한국 소설의 초자아로 작용하고 있는 것이다. 이것이 바로 한국 소설이 빠져 있는 함정들의 좌표이다. 그래서 베르베르와 듀나가 과거의 죄의식으로부터 벗어나기 위해 쓴 과학 소설들은 삶에 대한 예습도 복습만큼 중요하다는 사실을 알려 준다. 츠지 히토나리와 에쿠니 가오리, 배수아의 연애 소설은 비인간적으로 보일 수도 있는 위험을 무릅쓰면서라도 쿨해짐으로써 '핫'한 사회를 견제하려 한다. 귀여니와 박범신의 성장 소설은 "훌륭한 생각이 나쁜 문학을 만든다." 라는 앙드레 지드의 말을 상기시키면서 계몽으로부터 벗어나려 한다. 물론 이들의 시도는 주목받기도 했지만 무시당하기도 했고, 이해되기도 했지만 오해를 받기도 했으며, 성공하기도 했지만 실패하기도 했다.

이런 결과 때문에 한국 소설에서 함정을 문제 삼을 때 진짜 중요한 것은 함정 자체가 아니라 다른 것들과의 관계 속에서 함정을 파악하는 것임을 알게 된다. 병을 초래하는 것은 실체적인 병원균 자체가 아니라 복잡한 그물망 속에서 발생한 불균형이다. 이와 동일한 원리로 함정을 함정답게 만드는 것은 함정 아닌 것들과의 관계이다. 때문에 함정 자체가 반드시 나쁜 것만은 아니다. 문제는 함정을 제대로 피하지 못할 때 발생한다. 가령 과거에도 함정은 언제나 존재했다. 근대적인 독서 체험이 본격적으로 형성되었던 1920~1930년대에도 가장 인기 있었던 이광수의 소설과 더불어 오랫동안 함께 읽었던 소설은 『춘향전』이었다. 그리고 그 당시에도 책 시장을 가장 폭넓게 점했던 것은 '매뉴얼'로서의 수험 준비서와 학습 참고서였다. 더구나 일제 시대의 문학도 영화나 연극, 유성기나 레코드의 영향과 도전을 받았다.[9] 이렇게 지금의 소설이 처하고 있는 위기가 과거의 소설에도 있었다면, 그 대처 방법의 차이를 강조하면 된다.

결국 위험 부담이 바로 이윤의 근거가 된다는 사실을 인정하는 것이 중요하다. 위험하니까 이윤을 크게 남길 수 있는 것처럼, 함정이 있으니까 그것을 피했을 때 얻는 반사 이익도 있게 된다. 소설이 문제이지만, 소설은 문제여야 한다. 이럴 때의 소설은 자해(自害) 소설에 해당한다. 회의(懷疑)를 거부하고, 모순을 혐오하며, 모험을 게을리할수록 소설은 오

---

9 천정환, 『근대의 책읽기』(푸른역사, 2003) 참조.

히려 위험해진다. 그리고 성급히 그런 위험을 피하려고 할 때 더 위험해진다. 지금까지 살펴본 소설들 속 함정의 덮개들은 함정을 피하려 하거나 성급하게 없애려 해서는 안 된다는 사실을 함정이 아닌 것처럼 알려주고 있다. 이럴 때의 소설들이 자해(自解)로 연결되는 것도 이 때문이다.

정치에 물었으나 문학이 답하는 것

정치라는 유령, 유령의 정치

지젝의 『까다로운 주체』는 마르크스의 공산당 선언에 빗대어 "하나의 유령이 서구의 학계를 배회하고 있다. 데카르트적 주체라는 유령이……."라는 문장으로 시작된다. 이를 패러디하자면, '2000년대 한국 문학에서는 정치라는 유령이 떠돌고 있다.' 정도가 될 것이다. 정치가 유령인 이유는 '실체가 없는 것'임과 동시에 그럼에도 불구하고 '사라지지 않는 것'이라는 의미, 그래서 '몰아내야 할 것'임과 동시에 그러기 위해서라도 '대답을 필요로 하는 것'이라는 의미를 동시에 지니기 때문이다. 그런데 과연 이 '불편한 괴물'을 문학에서 완전히 떨쳐 낼 수 있을까? 만약 그것이 불가능하다면 이 '살아 있는 죽음'을 떨쳐 내기 위해 계속 노력해야 할 필요가 있다.

현재 활발하게 이루어지고 있는 문학의 정치에 대한 논의의 배경에는 1990년대 '근대 문학의 종언'을 선언했던 가라타니 고진에 대한 반대급부로서 '종언의 종언'을 주장하는 자크 랑시에르(Jacques Rancière)가 있다. 여기에는 철학 전공자답게 랑시에르를 통해 촛불 정국이나 6·9 작가 선언 등 첨예한 정치적 사건들에 대해 진지하게 대답하려 했던 '시인' 진은영이 일조한 측면도 있다.[1] 물론 2000년대 들어오면서 꾸준히 지속되었던 포스트마르크스주의를 대표하는 유럽 정치 철학자들(조르조 아감벤, 알랭 바디우, 악셀 호네트 등)에 대한 관심 또한 배제할 수 없을 것이다.[2] 프랜시스 후쿠야마의 '정치의 종언'과 레오 스트라우스나 한나 아렌트의 '정치의 회귀'라는, 언뜻 보기에 대립되는 두 방향에 동시에 개입하려 했던 랑시에르의 시도 자체 또한 이런 한국적 상황과 연결되는 부분이 많다.[3]

그럼에도 불구하고 문학의 정치에 대한 관심은 "어떤 시대적 필연성이 당신에게 지금 이 질문을 던지게 했습니까?"[4]라는 서동욱의 중요한 질문을 피해 갈 수는 없을 듯하다. 문학의 예술성과 정치성에 대한 해묵은 논쟁이나 되구부리기 중심의 시소게임에서 벗어나기 위해서는 '지금 이곳'의 현실이 어느 때보다 비민주적이기에 정치적 결단을 요구한다는 대답은 무책임하다. 이미 세계가 위기의 항존 시대, 즉 비상사태가 규칙이 된 항시적 예외 상태에 있다는 시대 인식 또한 팽배하기 때문이다. 그렇다면 '문학에서 정치란 무엇인가?'라는 영원 회귀적인 질문에 대한 대답에서 최소한의 당대성과 구체성을 확보하기 위한 고육지책은 어디서 구해야 할까. 랑시에르가 그에 대한 대답을 명쾌하게 해 줄 수 있을까.

---

1 진은영, 「감각적인 것의 분배」, 《창작과 비평》, 2009. 겨울 참조.

2 진태원, 「마르크스주의 이후 정치의 모험」, 《세계의 문학》, 2007. 여름 참조.

3 양창렬, 「옮긴이의 덧말」, 자크 랑시에르, 양창렬 옮김, 『정치적인 것의 가장자리에서』(길, 2008), 36쪽 참조.

4 심보선·서동욱·김행숙·신형철, 「감각적인 것과 정치적인 것 사이에서」(대담), 《문학동네》, 2009. 봄, 368쪽.

랑시에르는 문학의 정치란 작가의 정치가 아니라고 못 박는다. 때문에 '작가가 정치적 참여를 해야 하는가?' 또는 '예술의 순수성에 전념해야 하는가?'라는 문제와는 무관하다고 강조한다. 문학은 그 자체로 정치 행위를 수행하기 때문에 '문학의 정치'라는 말은 성립해도 '문학과 정치'라는 말은 불가능하다는 것이다. 그리고 문학의 정치는 '감각적인 것의 분배(감성의 분할)를 재구성하는 것과 연관된다고 본다. 문학이 시간과 공간, 말과 소음, 가시적인 것과 비가시적인 것 등의 구획에 개입하는 것이 중요하다는 것이다.[5] 정치적 메시지나 재현적 표현 중심이 아니라 감각에서의 배치 변화나 자리 옮김이 중요하기에 그가 선호하는 작가는 졸라나 위고가 아니라 의외로 프루스트나 플로베르이다. 랑시에르에게 중요한 것은 국가 전복이나 조직적인 권력 장악과 같은 정치적 혁명이 아니라, 지각장의 틀을 다시 짜는 감성적 혁명이기 때문이다.[6] "정치적 주체의 장소는 틈새 혹은 균열이다. 이름들, 정체성들, 문화들 사이에-있음(être-entre)으로서 함께-있음(être-ensemble)"[7]이기에 단절, 교란, 불화, 탈정체화, 불일치, 불확정성 등이 정치에서 강조될 수밖에 없는 것이다.

문학의 정치에 대한 이런 랑시에르의 태도는 "그간 우리가 해체하고자 했던 '예술의 자율성'에 대한 우회적 복원 작업이거나, '문학이냐 정치냐'의 틀로 덧씌워진 '리얼이냐 모던이냐 혹은 아방가르드냐'와 같은 탈역사화된 논의 구도에 불과"하기에 "실질적 변화 없는 혁신이라는 애매한 방책을 선택"한 비평의 "새로운 알리바이"라고 비판받기도 한다.[8]

---

5 자크 랑시에르, 유재홍 옮김, 「문학의 정치」(인간사랑, 2009), 9~18쪽 참조.

6 자크 랑시에르(2008), 앞의 책, 47쪽 참조.

7 위의 책, 144쪽.

8 소영현, 「캄캄한 밤의 시간을 거니는 검은 소 떼를 구해야 한다면」, 《작가세계》, 2009. 봄, 271쪽 참조.

이런 비판은 랑시에르에 대한 논의가 문학성이나 문학주의에 기반을 둔 담론 중심으로 잘못 전유되고 있는 한국적 특징이자 한계이다. 혹은 랑시에르의 이론 자체가 지닌 현실 정치에 미치는 영향력의 미약함이나, 한없이 유예되는 유토피아적 평등 지향성의 한계이기도 하다.[9]

이 글에서는 이런 랑시에르에 대한 수용을 재검토하는 차원에서 과연 문학의 정치란 무엇인가에 대해 다시 질문해 본다. 그리고 이 질문이 동시대의 어떤 욕망을 반영하는지, 그것이 문학의 정치에 대한 새로운 대답이 될 수 있는지 의심해 볼 것이다. 그동안 이루어진 2000년대 문학의 정치에 대한 논의가 여전히 그리고 집요하게 작가의 참여와 문학의 참여를 구분하지 못한 측면이 강하고, 구체적인 문학 텍스트에 대한 분석이나 검증과 병행되지 않은 채 작가들의 직접 발언이나 이론적 공방 중심으로 전개되었다는 문제점을 지니기 때문이다.

이러한 한계를 극복하기 위해 이 글에서는 신경숙의 『엄마를 부탁해』와 공지영의 『도가니』를 텍스트로 삼아 문학의 정치 문제를 구체적으로 검증해 보려 한다. 두 소설은 독자들에 대한 영향력과 파급력 측면에서 일차적으로 정치성의 조건을 확보하고 있지만, 베스트셀러 소설이라고 해서 모두 정치적인 것은 아니다. 또한 이 소설들은 각각 호모 사케르(Homo Sacer)에 해당하는 '엄마'나 '청각 장애아'를 통해 그들의 인권을 주장하는 휴머니즘 소설이어서 정치적인 것도 아니다. 물론 두 소설은 '전통적 모성으로의 회귀'라거나 '미성년 장애아에 대한 성폭력'이라는 소재로 인해 정치적으로 이슈가 될 여지가 큰 것도 사실이다. 하지만 이런 이유들 때문에 이 소설들이 문학의 정치를 새롭게 보여 주는 것이 아니

---

9 이택광, 「몫 없는 자들은 어떻게 몫을 주장할 수 있는가?: 랑시에르의 정치철학」, 《비평》, 2009. 봄 참조.

다. 두 소설은 각기 '모성'과 '법'에 대한 기존의 규범을 깨뜨리는 변화를 보여 주고 있기 때문에 정치적인 문학이다. 추측했던 이유가 아닌 다른 이유로 정치적이라면, 그것 자체가 이미 랑시에르가 말한 감각적인 것의 재분배가 일어난 경우에 해당된다고도 볼 수 있다.

문학의 정치를 논할 때 중요한 것은 마치 파리는 붙잡았지만 파리가 어떻게 나는지는 전혀 모르는 호박(琥珀)처럼 문학이 화석화되는 것에 대한 경계이다. 문학의 정치는 광물(鑛物)이 아닌 생물(生物) 차원에서 일어나기 때문이다. 이를 통해 문학에서 정치의 반대는 '순수'가 아니라 '전체'임을 확인하게 될 것이다. 전체는 나누어지지 않는다. 그럴 때 분배나 재분배 또한 일어나지 않는다. 그러니 문학의 적은 '정치의 문학'이 아니라 '전체의 문학'이다. 랑시에르가 조화나 합일에 기반을 둔 민주주의가 오히려 더 전체주의적이어서 비민주적일 수 있다고 비판하는 것과 동일한 맥락이다. 때문에 잊지 말아야 할 것은 비정치적인 문학보다 사이비 정치 문학이 더 위험하다는 사실이다. 물론 그 구분 또한 지금도 분할이 진행되고 있을 것이다.

모성의 분할: 신경숙, 『엄마를 부탁해』

신경숙의 『엄마를 부탁해』[10]는 '엄마에게도 엄마가 필요하다'는 소설이다. 이 문장에는 두 개의 엄마가 존재한다. 앞의 엄마는 욕망과 결핍을 지닌 실재적 존재다. 뒤의 엄마는 완벽하고 희생적인 추상적 존재이다. 흔히 전자는 엄마, 후자는 어머니로 불림으로써 미묘한 차이를 보여

---

10 신경숙, 『엄마를 부탁해』(창비, 2008). 소설 인용은 이에 의거해 쪽수만 밝힌다.

주곤 한다.[11] 이 두 개의 엄마를 분리함으로써 이 소설은 있는 그대로의 엄마를 형상화한다. '딸들의 어머니'뿐 아니라 '딸로서의 엄마'를 되살려 낸 측면이 있기 때문이다. 이런 이유로 우리가 이 소설에서 얻는 것은 '위안'이 아니라 오히려 '불편함'이다. 작가가 아무리 '엄마에게 위로받자는 소설'이 아니라 '엄마를 위로하자는 소설'이라고 설명해도[12] 이 소설은 전통적 모성에 대한 그리움으로의 회귀라고 집요하게 오해받는다. 물론 우리는 엄마를 잃어버렸다는 죄의식이나 부끄러움을 통해 도덕적 마조히즘에서 연유하는 이기적인 카타르시스나 섣부른 위안을 느낄 수도 있을 것이다. 하지만 중요한 것은 그에 대한 자의식과 반성이다. 그래서 다음의 인용문은 징후적이다. 자식들은 엄마를 어머니로만 호명하는 데에서 오는 위험을 충분히 알고 있으며, 그것을 경계하고 있다. 그러니 엄마는 엄마 그 자체로 재전유되어야 한다.

오빠는 엄마의 일생을 고통과 희생으로만 기억하는 건 우리 생각인지도 모른다고 했다. 엄마를 슬프게만 기억하는 건 우리 생각인지도 모른다고 했다. 엄마를 슬프게만 기억하는 건 우리 죄의식 때문일지 모른다고. 그것이 오히려 엄마의 일생을 보잘것없는 것으로 간주하는 일일 수도 있다고. 오빠는 용케도 엄마가 항상 입에 달고 지내던 말을 생각해 냈다. 엄마는 조금만 기쁜 일이 생겨도 감사허구나! 감사헌 일이야!라고 말했다. 엄마는 누구나 누리는 사소한 기쁨들을 모두 감사함으로 대신 표현했다. 오빠는 엄마의 감사함들은 진심이었다고 했다. 엄마는 모든 것에 감사했다고. 감사함을 아는

---

11 "어느 날 '어머니'를 '엄마'로 고쳐 보았다. 신기한 일이었다. 어머니를 엄마로 고치고 나니 그 첫 문장이 이루어졌다."(《창작과 비평》, 2009. 겨울, 348쪽)라는 말에서도 작가 또한 엄마와 어머니를 구분하고 있음을 알 수 있다.

12 신경숙·신수정, 「엄마는 한 세계 자체였다」(대담), 《문학동네》, 2009. 봄, 108쪽 참조.

분의 일생이 불행하기만 했을 리 없다고.(272쪽)

　이 부분에서 작가가 이야기하고 싶은 말은 보고 싶은 엄마가 아니라 있는 그대로의 엄마를 불러내자는 것이다. 엄마에 대한 미안함이 엄마의 삶을 왜곡시킬 수 있다는 것, 엄마의 삶이 억압적인 희생과 고통으로 인한 불행에만 머물러 있지는 않았다는 것에도 주목해야 한다는 사실이다. 무엇보다도 엄마는 '한 세계 자체'로서 이 세상을 그 누구보다도 사랑한 성숙한 '인간'이었다. 이것마저 어머니들의 자발적 종속을 유도하는 고도의 억압 장치라고만 해석한다면, 그런 해석 자체가 이 세상의 모든 엄마들을 주체적 의지가 원천 봉쇄된 종이 인형으로 간주하는 것이다. 삶에 대한 긍정이나 고통의 승화가 다른 인물들에게서 발견되면 인간성의 승리로 해석하면서도, 그런 특성을 엄마에게 발견할 때만 유독 무조건적인 희생을 강요하는 비인간적인 굴레라고 폄하하는 것은 엄청난 모순이다. 모성에 대한 고정 관념이 낳은 치명적 편견에 다름아니기도 하다.

　작가는 이 소설에서 일인칭 '나'의 시점을 엄마에게만 부여함으로써 그동안 침묵과 부재, 어둠으로만 존재했던 엄마의 목소리를 복원한다. 엄마는 엄마가 하는 일을 이미 알고 있었다. 그리고 그것을 유령이 되어서라도 발설하고 있다. 물론 이 소설에는 생명과 보살핌 중심의 전통적인 모성의 모습도 드러난다. 하지만 '1938년생 박소녀'라는 나이와 시대에 걸맞는 인간이나 여자로서의 엄마, 전위성과 일탈성을 지닌 엄마의 모습 또한 대비적으로 열심히 그리고 자주 언급한다. 여기에 이 소설이 지닌 모성의 이중성과 양가성, 불연속성과 불확정성이 있다.

　가령 이런 식이다. 실제로 입을 수는 없었지만 엄마 또한 프릴 달린 원피스를 입고 싶은 욕망이 있다. 아들이 처음으로 서울에 장만한 집에 팥죽을 쑤어 오기도 하지만 화려하고도 이국적인 장미를 심기도 한다. 장독에 큰아들에게만 줄 라면을 숨기기도 하지만 부엌이 감옥 같을 때면 장독 뚜껑을 깨부수기도 한다. 살아 있는 동안 시댁에 충실했으니 죽어서는 선산의 가족묘에는 묻히고 싶지 않다고도 말한다. 곰소의 '그 남자' 이은규를 평생토록 애인이자 동무로 숨겨 놓는 엄청난 비밀의 소유자이기도 하다. 자신은 글을 읽을 수 없었지만 그랬기에 더욱더 딸들은 공부를 많이 해서 크고 넓은 세상으로 나아가기를 바랐다.

이처럼 주체적이고 자발적인 엄마의 또 다른 측면에 주목한다면 기존 논의에서처럼 엄마를 비참하고 수동적인 타자이기에 무조건적인 환대가 필요한 존재로만 볼 수 없을 것이다. 오히려 엄마는 적극적인 사랑의 소유자이다. 때문에 이때의 사랑은 의무가 아닌 선택, 보완이 아닌 대안, 동정이 아닌 공감, 합일이 아닌 분리 중심의 새로운 모성 패러다임을 형성하게 된다.[13]

하지만 더욱 중요한 것은 엄마의 이런 자발성이나 주체성, 적극성을 첨가하는 것만으로는 부족하다는 사실이다. 그것은 전통적 모성을 되구부리기만 하려는 '절반의 성공'에 불과하기 때문이다. 『엄마를 부탁해』는 여기서 더 나아간 모성을 보여 주고 있다. 이 소설 속 엄마는 두 개의 엄마를 한 몸에 합체시키면서 엄마라는 가면을 쓰고 엄마를 연기(演技)하고 있기 때문이다. 우리는 엄마가 처음부터 엄마로 태어난 것처럼 믿었다. 그러나 엄마도 딸이었고 여자였다. 그렇다면 엄마는 엄마로 태어난 것이 아니라 엄마로 구성된 것이다. 엄마라는 가면 속에 본래의 자아를 숨기거나 은폐시켜 온 것이다. 이때의 가면은 속임수가 아니라 보충을 위한 것이다. 엄마는 엄마라는 원본을 모방한다. 하지만 내적으로 그

---

[13] 『엄마를 부탁해』에 나타난 긍정적이고 적극적인 모성에 대한 분석은 김미현의 「엄마 바이러스」(《세계의 문학》, 2009. 봄, 478~482쪽)를 참조할 것.

규범을 전복시킨다. 엄마라는 원본 자체가 존재하지 않기 때문이다. 모방되는 것도 가짜라면, 진짜와 가짜는 구분될 수 없다. 얼굴과 가면이 아니라 가면과 가면이 대립하는 형국이다. 남성과 여성이라는 젠더 개념이 사후적으로 구성되는 인공물이라면, 모성 개념도 마찬가지일 수 있기 때문이다.[14]

이처럼 정해진 모성 규범에 '트러블'을 일으킴으로써 규범으로부터 배제되었던 모성을 드러내는 전복의 과정이나 그 과정에서 드러나는 '불편함'은 정확히 랑시에르가 말하는 감성의 분할과 연결된다. 젠더처럼 모성도 끊임없이 재배치될 수 있기 때문이다. 버틀러가 '비정체성의 정치학'을 주장한 것도 이와 연관된다. 이것은 랑시에르가 말한 '탈정체화', 즉 규범적 목적에 복종하지 않으면서 주어진 정체성으로부터 벗어나기를 이 소설 속의 엄마가 실천한 것에 다름 아니기 때문이다. 이로써 몫 없는 자로서 존재했던 엄마의 몫, 보이지 않았던 엄마의 얼굴이 새롭게 다가오게 된다.

그런데 소설 속 엄마의 이런 정치성은 엄마가 안티고네적인 언어 수행성을 보여 줄 때 더 잘 드러난다. 안티고네의 언어는 역설적이게도 국가법을 상징하는 삼촌 크레온의 언어와 가장 닮아 있다. 하지만 크레온의 발화가 실패했음도 동시에 보여 준다. 오빠의 시체를 묻어 주었느냐는 질문에 안티고네는 "저는 제 행동을 부인하지 않겠어요.(I will not deny my deed.)"라고 대답한다. 이것은 단순하게 '제가 그 행동을 했습니다.'라며 자신의 행위를 인정하는 것과 다르다. 안티고네의 대답은 부인을 거부하는 것이기 때문이다. 이중 부정을 통해 이 대답은 부정과 긍정을 동시에 보여 준다. 대답 자체가 완전한 부정도, 완전한 긍정도 아니기 때문

---

14 주디스 버틀러, 조현준 옮김, 『젠더 트러블』(문학동네, 2008), 114~131, 169~195쪽 참조.

이다. 안티고네는 자신이 저항하고 있는 권위적 목소리를 전유하면서 그 권위에 대한 거부와 수용을 동시에 보여 준다.

신경숙의 소설 속 엄마는 안티고네처럼 '나는 내가 엄마인 것을 부인하지 않겠다.'라고 당당하게 말하고 있다. 이로 인해 엄마인 것만을 인정했다고 오해받는다. 하지만 이때의 인정은 부인의 거부이다. 그러니 긍정만 행한 것이 아니라 부정도 행한 것이다. 때문에 모성을 따르는 듯하면서도 모성에 저항하는 애매성과 모호성을 동시에 보여 준다. 모성이 긍정될 때만이 그 모성을 거부할 수도 있다는 역설을 보여 주기도 한다. 지니지도 않은 모성을 부인할 수는 없다. 이를 통해 신경숙의 모성은 기존의 규범적인 모성의 정상성을 허물고, 그 규범의 내적 불안정성과 재의미화의 가능성을 보여 주고 있다. 이것이 바로 신경숙의 소설 속 모성이 지닌 안티고네적 정치성이다. 모성의 미결정성과 비순수성을 보여 주는 감성의 새로운 분할이 일어나고 있기 때문이다.

이처럼 『엄마를 부탁해』의 엄마는 엄마라는 이데올로기적 호명에 완전히 일치하지 않음으로써 잉여를 남긴다. 이런 잉여로 인해 완전한 복종도 아니고 완전한 저항도 아닌, 규범을 지키면서도 규범을 벗어나려는 전복성을 보여 준다. 비규범적인 '구성적 외부'를 동시에 지닌 우울증적 주체로서의 모성이 보여 주는 정치성은 모성이 고정될 수 없는 불안정한 고안물이라는 것, 그렇다면 모성이 아닌 모성'들'을 문제 삼아야 한다는 것, 이런 모성들 간의 배치나 움직임은 시대나 사회에 따라 다르게 재분배될 수 있다는 것 등이다. 전통적이고 이분법적인 모성에 일으킨 이런 분할이 『엄마를 부탁해』의 정치성을 구성한다.[15] 그러므로 이 소설 속의 모성을

---

15 작가의 "귀환할 데가 어딨어요, 문학이. 처소가 어딨어. 그냥 그러고 다니는 거지, 거지처럼. …… 엄마를 잃어버린 주제에 귀환할 데가 어딨겠어요."(앞의 대담, 112쪽)라는 언급이 이런 문학의 정치성을 예증해 준다.

전통적인 모성 신화로 회귀시키면서 단일하고 정태적인 모성으로 고착화시키는 독해 자체가 낡은 정치성에 해당한다. 제대로 읽어야 문학적 분할이 가능하고, 이것이 바로 모성이 지녀야 할 새로운 정치성이다.

법의 거부: 공지영, 『도가니』

공지영의 『도가니』[16]는 지젝이 타자를 가리켜 뭉크의 그림 「절규」와 같다고 이야기했을 때의 강렬한 이미지를 상기시키는 소설이다. 그림 속 인물은 비명을 지르지만 귀가 없어 스스로도 그 소리를 듣지 못한다. 그리고 뒤에 있는 다른 사람들에게도 그 비명은 들리지 않는다. 『도가니』에서도 미성년 청각 장애아들은 짐승과 다를 바 없는 어른들에게 집단 성폭행을 당하고도 '소리 없는 아우성'만을 지르고 있다. 더구나 이들은 법의 보호조차 받지 못한다. 이로써 법에 의해 추방당한 자들, 그러나 추방당했다는 그 사실 때문에 법으로부터 완전히 자유롭지 못한 '호모 사케르'로서의 전형을 보여 준다.[17] 이 소설 속에서 학교·경찰·검찰·교육청·시청·시의회·병원·교회 등의 조직적 공모에 의해 이루어진 힘없고 나약한 소수자들을 향한 야만적 폭력은 상상을 초월한다.

그러나 이처럼 짓밟힌 장애인의 인권을 보호하자는 윤리 의식이나 무소불위의 부패한 권력에 대한 비판 중심으로만 이 소설을 읽을 때에는 이 소설의 중요한 다른 측면을 놓칠 수 있다. 신경숙의 『엄마를 부탁해』에서 전통적이고 보수적인 모성으로의 퇴행적 회귀만을 읽어 내는, 정치

---

16 공지영, 『도가니』(창비, 2009). 소설 인용은 이에 의거해 쪽수만 밝힌다.

17 조르조 아감벤, 박진우 옮김, 『호모 사케르』(새물결, 2008), 45쪽 참조.

적으로는 올바를 수 있지만 문학적으로는 올바르지 않은 해석을 반복하는 것과 동일한 맥락에서의 오독에 해당한다. 공지영의 『도가니』는 랑시에르가 인용한 플로베르의 "누더기만 걸친 가엾은 사람보다 그의 피를 빨아먹는 이(곤충)가 더 흥미롭다."라는 재담과 연관된다.[18] 모든 사람들이 법 앞에서 평등하지 않을 때, 즉 법이 강도의 차이를 보일 때 법은 역설적으로 정의에 더욱 가까워진다. 법의 겉옷이 아니라 법의 피부에 관심을 갖게 되기 때문이다. 어쩌면 공지영은 모든 법은 원래 폭력적이고 가끔 선하다고 말하고 싶었는지도 모른다.

이 소설에는 두 개의 증언 혹은 기록이 있다. 청각 장애아들을 위한 특수 학교 자애학원의 학생들 유리, 연두, 민수가 자신들이 당한 성폭력과 구타 사건에 대해 증언하는 VCR 녹화 장면과, 가해자인 자애학원 교장과 행정실장, 생활 지도 교사에 대한 재판 과정이 중계되는 법정 장면이 그것이다. 이 두 증언 혹은 기록은 각각 소설의 전반부와 후반부를 구성한다. 전반부는 소재의 특수성을 인정하더라도 미성년 청각 장애아들에 대한 성폭력 장면을 다소 선정적이고 폭력적으로 다룬 측면이 있다. 반면 오히려 더 커다란 반향과 분노를 자극하는 부분은 소설의 후반부인 법정 재판 장면이다. 여기서 성폭력 사건을 둘러싼 인물들의 심층 심리와 권력층의 조직적인 은폐, 개인적 윤리와 사회적 정의 사이의 갈등이 보다 문학적으로 첨예하게 드러나고 있기 때문이다.

소설의 제목이 되기도 한, 상식적으로는 도저히 일어날 수 없는 일이 실제로 벌어진 '광란의 도가니'인 자애학원에서의 비인간적 행위에 대한 비판은 당연하고도 지당하다. 하지만 더 중요한 것은 '정의가 승리해야 한다.'는 사실의 확인이 아니라 '왜 정의는 지켜지기 어려운가.'라는

---

18 자크 랑시에르(2009), 앞의 책, 49쪽.

문제에 대한 성찰이다. 이럴 때 문제가 되는 것은 법과 불법의 대립이 아니라 법과 또 다른 법과의 대립이다. 이를 위해 이 소설에서는 법의 양면성을 문제 삼고 있다. 동일한 법이 서로 다른 정반대의 목적으로 사용될 수 있기 때문이다. 이를 통해 법이 지닌 한계를 자인하게 한다는 점에서 이 소설은 문제적이다. 하지만 더욱 문제적인 것은 우리 모두가 그런 법에서 벗어날 수 없다는 점이다. 법의 힘과 법의 무지가 동시에 작동할 때 법은 가장 폭력적이 된다. 이런 법의 폭력성은 "이럴 때 보면 하늘이 있긴 있는지 모르겠어. 하늘은 말이야, 그러니까 착한 심청이가 죽어야 바다를 잔잔하게 하는 걸로 원래 유명한 모양이야. 생각해 봐, 그럼 거긴 심청이를 죽인 나쁜 놈들만 타고 있는데 바다가 잔잔해지는 거잖아, 그지같이."(225쪽)라는 말로 빗대어 표현되고 있다.

『도가니』에서 자신들에 대한 조사를 공권력으로 막으려는 가해자 측에게도 법은 존재한다. 즉 피해자를 보호해야 할 법이 가해자에게도 동등하게 적용된다. 심지어 가해자들은 전관예우라는 특혜를 받은 유능한 변호사를 선임함으로써 더 강력한 합법성의 테두리 안에서 피해자들의 치부와 약점을 집중 공략한다. 이것이 소위 법의 이름으로 행해지는 권력이다. 반면 "진리가 가지는 유일한 단점은 게으르다는 것"(165쪽)이다. 피해자들은 순진하게 법정에서 정의가 쉽게 이길 것이라고 믿는다. 하지만 가해자들의 파렴치함을 폭로해 주었던 언론들은 피해자들의 조력자인 주인공 강인호가 서류상으로나마 전교조 출신이었다는 사실이나 미성년이었던 여제자를 성폭행하고 자살에 이르게 했다는 오해를 확인 없이 확산시킨다. 이기(利器)였던 언론 매체가 흉기(凶器)가 되어 부메랑처럼 되돌아 온 것이다. 이로써 약자를 보호해야 할 법이 강자를 위한 권력의 도구로 악용되는 현실을 확인하게 된다.

법은 아무것도 모른다. 그러니 가해자들에게 집행 유예라는 판결을 내릴 수 있었을 것이다. 돈 없고 권력 없는 생활 지도 교사에게만 징역 6개월이 '억울하게' 구형된다. 랑시에르적 의미에서 정치와 대칭을 이루는 개념인 '치안(la police)'을 대변하는 소설 속 장경사의 다음과 같은 말이 너무도 리얼하게 다가오는 것도 바로 이런 법의 한계 때문이다. "다윗과 골리앗의 싸움이 유명한 이유는 그게 천지창조 이래 한 번 일어난 일이라서 그런 거라고는 생각 안 해요?"(255쪽) 강한 자나 약한 자를 구분하지 않고 적용되어야 하는 것이 법이지만, 현실은 그렇지 않다. 그렇다면 법은 인간에게 닻이자 덫이다. 인간의 야만성보다 법의 폭력성이 더 심각할 수 있기 때문이다.

이에 걸맞게 이 소설의 결말은 김승옥의 「무진기행」에서처럼 강인호가 법에 대한 투쟁을 포기한 채 부끄러움을 느끼며 서울로 상경하는 것이다. 안개가 자욱한 무진의 자애학원은 그 이름과 달리 자애(慈愛)와는 정반대의 폭력과 공포가 존재하는 곳이라는 것, 법정조차도 그런 자애학원과 별다를 바 없다는 것, 우리가 딸들을 키우면서 살아야 하는 곳이 바로 이런 "발정 난 나라"(131쪽)라는 것을 확인시켜 주는 현실적 결말로 볼 수 있다. 이 소설을 인권 선언이나 시국 선언, 정치 구호와 차별화시켜 주는 결말이기도 하다. 강인호는 영웅이 아니다. 그에게는 도덕을 위한 명분보다 가족을 위한 밥줄이 중요하다. 강인호의 초자아에 해당하는 선배 서유미조차 "세상 같은 거 바꾸고 싶은 마음, 아버지 돌아가시면서 다 접었어요. 난 그들이 나를 바꾸지 못하게 하려고 싸우는 거예요."(257쪽)라며 개인의 윤리를 주장한다.

꼭 그래야만 하나, 하고 누군가가 물었다. 꼭 그래야만 한다고, 그는 대답했다. 그래도, 정말, 꼭?이라고 누군가가 다시 물었다. 그래도, 정말, 꼭, 그래야만 한다고 대답할 수 없었다. 그는 눈을 감았다.(283쪽)

하지만 이 소설의 정치성은 오히려 이런 패배와 좌절에서부터 다시 시작된다고 할 수 있다. 어차피 대타자인 법은 결핍되어 있다. 그렇다면 강인호 또한 법과의 관계에서 취약할 수밖에 없다. 취약한 법과 취약한 인간은 상동 관계를 이루고 있기 때문이다. 타자가 곧 나이다. 타자의 영향을 받지 않는 독립된 주체는 불가능하기 때문이다. 그런데 이처럼 취약한 법과의 관계를 거부할 수 없다면 취약성을 오히려 발전시켜야 한다. 왜냐하면 취약성은 박탈의 경험과 관련되고, 박탈의 경험은 기존의 감각적 인식 체계에 균열을 일으키면서 취약한 법의 의미와 구조를 변화시키도록 주체 또한 변화시키기 때문이다. 무조건적인 애도가 건강한 자아를 만드는 것은 아니다. 잃어버렸지만 떠나보낼 수 없는 대상을 자신 안에 간직하면서 사는 우울증적 주체가 더욱 현실적이고 건강한 자아를 만들 수 있다.[19] 법이 없을 때만 법에 대한 꿈을 꾸는 것은 아니다. 오히려 법이 실패하는 곳에서 법에 대한 꿈은 시작된다. 이 소설에서도 법을 이기지는 못했지만 가장 두려운 "침묵의 카르텔"(196쪽)은 서서히 깨지기 시작했다.

또한 아감벤이 카프카의 소설 「법 앞에서」를 해석하면서 주인공인 시골 사람의 무위를 저항성과 연결시킨 것을 생각할 때 이 소설의 결말은 새로운 의미로 다가온다. 이 소설에서 주인공 시골 사람은 '선택하지 않을' 권리를 '선택'한 저항적 행위를 보여 주었다고도 할 수 있기 때문이다. 시골 사람은 문지기가 지키고 있는 문 앞에서 허락이 떨어지지 않아 거기서 평생 기다리지만 결국 들어가지 못한 채 그 문은 닫히고 만다. 일차적으로 해석하면 이런 결말은 법으로부터 시골 사람이 추방당한 것이

---

19 취약성에 대한 분석은 주디스 버틀러의 『불확실한 삶』(양효실 옮김, 경성대 출판부, 2004) 2장 「폭력, 애도, 정치」를 참조했다.

기에 시골 사람의 패배와 좌절을 의미한다. 하지만 좀 더 깊이 생각해보면 시골 사람은 추방된 것이 아니라 내버려진 것이다. 이로써 법과의 관계는 단절되지 않은 채 법과 모종의 불편한 관계가 형성된다. '관계없음'이 아니라 '관계 맺지 않음의 관계'를 맺은 것이기 때문이다. 그것이 중요하다. 시골 사람은 법의 '안'도 아니고 법의 '밖'도 아닌, 법 '앞'에 있으면서 법과 긴장된 관계를 형성하고 있다. 그리고 문이 열려 있었는데도 그 안으로 들어갈 수 없었음을 보여 줌으로써 법의 폭력성을 폭로한다. 때문에 시골 사람의 실패는 '가능성의 불가능성'을 '불가능성의 가능성'으로 전환시키고 있다. 시골 사람의 실패가 결국에는 문지기로 하여금 법의 문을 닫도록 만들어 그 효력을 정지시켰기 때문이다. 시골 사람의 실패가 오히려 법을 바꾼 것이다.

특히 시골 사람은 "기다리는 게 낫겠다."라는 언어의 수행성을 통해서도 그런 저항성을 보여 준다. 이 말에는 시골 사람의 '비결심의 결심'이 드러난다. 시골 사람은 아무것도 하지 않는 것이 아니라 기다리는 행위를 한 것이다. 따라서 그의 말은 '법을 믿지 않는 것이 좋겠다.'라는 말과 동의어로 들린다. 여기서 법에 대한 전복과 전회의 자리가 마련됨으로써 법에 대한 감성의 분할 또한 일어나고 있다. 법은 야만이나 자연의 상태와 대립하는 것이 아니라 이 소설에서처럼 또 다른 법과 대립되고 있기 때문이다.[20] 법은 무지하다. 그렇다고 법을 철폐하자는 것이 아니다. 철폐되면 법은 자연의 폭력과 다를 바가 없어지기 때문이다. 이것이 바로 공지영이 이 소설에서 끝까지 법을 포기하지 못하는 이유일 것이다. 법은 부정되는 것이 아니라 거부되어야 하는 것이다. 법의 거부는 법

---

20 카프카의 소설 「법 앞에서」의 해석은 김태환의 『미로의 구조』(알음, 2008) 중 「카프카 주인공의 양가성」(65~102쪽), 조르조 아감벤의 『호모 사케르』 중 「법의 형식」(119~143쪽), 김재희의 「외국인, 새로운 정치적 대상」(《세계의 문학》, 2008. 겨울) 등을 참조했다.

이 인간을 거부한다는 의미와 인간이 법을 거부한다는 의미를 동시에 지닌다. 그렇기에 법은 인간을 방해한다. 정의의 수호신이 아닌 것이다. 그것이 바로 법의 본질이라는 것을 아는 것이 중요하다.

이 소설의 진정한 정치성은 신경숙 소설에서 모성의 가면과 또 다른 가면이 싸웠던 것처럼 법과 또 다른 법이 싸우는 것으로 정의의 패러다임을 바꾸었다는 데에 있다. 법이 법과 싸운다. 법의 내부에 존재하는 이런 비대칭적인 분할을 보여 줌으로써 이 소설이 전하려는 바는 진정한 법이란 정의를 구축하는 것이 아니라 구축된 정의를 해체하는 것이라는 사실을 알려 준다. 법은 전지전능하지 않다. 그렇다면 법은 완성되기 위해서 존재하는 것이 아니라 패배하기 위해서 존재한다. 하지만 법의 무지는 용서해도 법의 무지에 대한 무지는 용서할 수 없음도 동시에 보여 준다. 법의 무지야말로 정치적 주체의 개입을 위한 동력이 될 수 있기 때문이다.[21]

반복되는 실패, 더 나은 실패

신경숙 소설 『엄마를 부탁해』의 엄마는 '엄마인 것을 부정하지 않겠다.'라고 말함으로써 전통적 모성에 대한 긍정과 부정을 동시에 보여 준다. 이 이중 부정을 통해 주체성과 객관성이 확보됨으로써 전통적 모성에 균열이 가해지고 재의미화가 작동하기 시작한다. 그래서 이 소설 속 모성은 가면으로서의 정체성을 가지고 모성을 '비스듬하게' 수행하면서

---

21 알리싸 리 존스, 「법의 무지」, 에띠엔느 발리바르 외, 강수영 옮김, 『법은 아무것도 모른다』(인간사랑, 2008), 21~26쪽 참조.

엄마의 희생을 희생시키기도 한다. 이로써 기존의 전통적 모성과 진보적 모성, 본질적 모성과 실제적 모성의 감각적 분할선이나 경계는 무너진다. 공지영 소설 『도가니』 속 법은 인간의 취약성과 잠재성을 동시에 촉발시키는 양가성을 지닌다. '법을 믿지 않는 것이 좋겠다.'라는 주인공의 토로는 유능한 법과 무능한 법, 보편적 법과 공동체의 법 사이의 차이를 재배치한다. 그래서 기존의 법적 감각에서 대립항이었던 법과 자연, 법과 폭력, 법과 위반의 차이를 무화시킨다. 이로써 법 자체가 본질 없는 '텅 빈 공간'임을 환기시킨다.

이처럼 모성과 모성, 법과 법의 경계선을 재배치하는 두 소설 속 인물들의 언어는 허먼 멜빌(Herman Melville)의 소설 『필경사 바틀비(Bartleby)』에서 바틀비가 자신을 도와 서류를 검토하라는 상사의 요구에 '나는 그러지 않는 것이 좋겠습니다.(I would prefer not to deed.)'라고 끊임없이 말하는 것에서도 발견된다. 이 말은 단순히 '싫습니다.'라고 말하는 것과 다르다. 바틀비는 긍정문 속에서 부정문을 발화한다. '할 수 있는 일을 하지 않은 것'이 아니라 '하지 않는 것을 하겠다는 것'이기 때문이다. 단순히 특정한 행동을 부정하는 것이 아니라 그것의 부정을 긍정하는 것이다. 이로써 긍정과 부정, 원하는 것과 원하지 않는 것 사이의 근본적인 대립이나 구분이 허물어지는 제3의 영역이 생기게 된다. 이런 언어가 지닌 정치적 효과는 공백이나 틈새, 균열의 생성이다. 그래서 혼란과 의문이 사라지지 않는 칸트적 의미에서의 '무한 판단'을 요구하게 되는 것이다.[22]

이렇게 볼 때 문학의 정치를 보여 주는 바틀비적 특성은 마치 아감벤이 본 사도 바울처럼 새로운 정치를 발명한 사람이 아니라 새로운 분할

---

22 바틀비에 대한 분석은 유홍림·홍철기의 「조르조 아감벤의 포스트모던 정치철학」(《정치사상연구》, 2007. 가을)과 알렌카 주판치치의 「바틀비의 장소」(《자음과모음》, 2009. 가을) 등을 참조했다.

을 통해 기존의 정치를 극복한 사람이라는 것, 즉 새로운 정체성과 새로운 사명을 선언한 사람이 아니라 그것을 폐기한 사람이라는 데에 있다. 하지만 바틀비의 행위는 아감벤 스스로도 인정하듯이 주권의 아포리아를 그 극단까지 밀고 나가지만 여전히 주권의 금지로부터 완전히 해방되지는 못한다는 한계가 있다. 바틀비의 저항도 기존의 주권에 대한 거부로만 채워져 있기에 결국 '헐벗은 삶'으로의 자발적 진입과 다를 바 없지 않은가라는 회의에 빠질 수 있기 때문이다. 정치의 문제는 단순한 해체나 탈주가 아니라 끝없는 재정의의 문제라는 점을 다시 한번 떠올리게 된다.

그렇다면 문학의 정치가 무엇인가에 대한 질문에 대해 다음처럼 대답할 수 있을 뿐이다. 문학의 정치로 '되돌아가기'가 아닌 문학의 정치를 '반복하기'가 중요하다고. 지젝은 레닌을 연구하면서 다음처럼 말한다. "레닌을 반복하는 것은 레닌으로 돌아가는 것을 의미하는 게 아니다. …… 레닌을 반복하는 것은 레닌이 **했던** 것을 반복하는 것이 아니라, 그가 **실패한** 것, 그가 **잃어버린** 기회를 반복하는 것이다."[23] 문학의 정치로 되돌아가는 것은 악무한(惡無限)에 해당하지만, 문학의 정치를 반복하는 것은 진무한(眞無限)을 위한 것이다. 또한 이런 '궁색한' 대답이 지향하는 것은 새로움이 아니라 불편함이다. 문학의 정치는 발명이 아닌 발견을 지향하는 '삶의 거품'이기 때문이다. 거품 속에서 비너스는 탄생한다. 그리고 (다시) 사라진다.

---

23 슬라보예 지젝, 이서원 옮김, 『혁명이 다가온다: 레닌에 대한 13가지 연구』(길, 2006), 273쪽.

어떤 소설에서 모든 언어로

— 정영문과 블랑쇼

작위(作爲), 가능성의 불가능성

그가 생각하는 진정한 소설가의 임무는 이미 빈사 상태에 처해 있는 소
설의 죽음에 완전한 종지부를 찍는 것이다.[1]

여기서 '그'는 정영문이다. 그리고 정영문은 소설가이다. 소설가인 그
는 소설의 종언을 완벽하게 실현하기를 원한다. 그 이유는 다음과 같다.
"상식적이고 상투적인 것에는 어떤 악이 있는데, 그 이유는 그것들이 삶
을 진부한 것을 넘어 천박한 것으로 만들기 때문이었고, 어쩌면 천박한
것으로의 타락이야말로 타락 중에서도 가장 심각한 타락"[2]이기 때문이

---

1 정영문, 『나를 두둔하는 악마에 대한 불온한 이야기』(세계사, 2000a), 47~48쪽.
2 정영문, 『어떤 작위의 세계』(문학과지성사, 2011), 228쪽. 소설 인용은 이에 의거해 쪽수만
밝힌다.

다. 진부한 것보다 더 나쁜 천박함을 향해 치닫는 소설에 대한 혐오와 경고가 쟁쟁하다. 그런데 이토록 강력한 비판의 대상인 소설의 진부함이나 천박함은 어디서 오는가. 일단 정영문의 경우에는 다음과 같은 기준이 있다. "전통적인 소설, 시대를 반영하는 소설, 상처와 치유에 대해 얘기하는 소설, 등장인물의 생각보다 행위가 많은 비중을 차지하는 소설, 거창한 소설, 감동을 주는 소설, (중략) 성장 소설, 심각하기만 한 소설, 자의식의 과잉이 묻어나지 않는 소설"(94쪽)이 바로 정영문이 종지부를 찍고 싶어 하는 소설이다.

그렇다면 다시 질문해 보자. 문학의 위기가 기회라는 말조차 이제는 식상하고 무색한 마당에, 그나마 팔리거나 주목받는 '전통·시대·치유·행위·감동·성장·깊이' 등을 배제한 소설이 과연 소설일 수 있을까. 이처럼 "자의식의 과잉이 묻어나"는 소설만 지향하니까 정영문은 『어떤 작위의 세계』 한 편으로 동인문학상·대산문학상·한무숙문학상 등 주요 문학상 3개를 한꺼번에 수상해 문학적 그랜드 슬램을 달성했음에도 대중들에게는 외면받는 것이 아닐까. 이런 '이상한' 작가의 정체성은 과연 어디서 찾아야 할까.

'삐딱한' 이 작가를 '바로' 보자. 그나마 문단 내부와 외부에서 집중적으로 조명을 받은 『어떤 작위의 세계』가 그런 검증의 현장이 될 것이다. 이 장편 소설은 본문 자체가 모두 '작가의 말'처럼 읽히는 소설, 해석과 평가를 거부하는 듯한 소설, 좋고 나쁨이 아니라 싫고 좋음만 허락되는 소설, 전체가 언어 덩어리인데 건질 언어는 거의 없는 언어만 구사하는 대표적 소설에 해당한다. 과연 진정 본인의 지향점대로 천박하지는 않는데 가독성은 부족한 이런 소설을 쓰는 이 작가로 인해 소설 같지 않은 소설은 종지부를 찍을 수 있을 것인가.

이 장도, 이 소설 전체도 사실은 구름에 관한 이야기이기도 한데, 그것은 이 소설이 뜬구름 잡는 것에 관한 뜬구름 잡는 이야기이기 때문이다. 이 소설에는 뜬구름이라는 제목을 붙일 수도 있을 것 같은데, 그것은 내 생각에 자연계의 모든 것 중에서도 그 안에 핵심이 없다는 것을 가장 잘 보여 주는 것이 뜬구름이기 때문이며, 동시에 생각과 말의 어지러운 장난에 지나지 않는 이 소설이 뜬구름처럼 아무런 핵심이 없는 것이기 때문이다.(270쪽)

인용문은 이 소설의 잠정적인 요약에 해당하는 『어떤 작위의 세계』의 결론 부분이다. 키워드는 '뜬구름'이고, 뜬구름 같은 이 소설의 포인트는 '핵심이 없다.'는 것이다. 그리고 핵심이 없는 이유는 "생각과 말의 어지러운 장난"이 중심이기 때문이다. 여기서 소설 제목을 가늠해 볼 수 있다. '작위'라는 것이 바로 이런 '작란(作亂)'과 상통하는, 자연스럽거나 현실적인 말의 행위나 언어가 아니라 인공적이고 비현실적인 생각과 말의 무작위성을 이르는 언어 중심이라는 사실을 알려 주고 있기 때문이다. 생각에 대한 생각, 언어로 인한 언어가 주제이자 형식이고, 의미의 무의미가 아니라 무의미의 의미를 추구하는 소설이기에 제목도 『어떤 작위의 세계』라는 것이다.

『어떤 작위의 세계』는 2010년 봄부터 여름까지 작가가 샌프란시스코에 체류하면서 떠오르는 생각들을 파편적이고도 관념적으로 서술하고 있는데, 일기체이면서 동시에 허구이고, 그래서인지 독백인데 대화인 듯한 착각을 불러일으킨다. 샌프란시스코에 머물면서 일인칭 주인공으로 등장하는 작가가 한 일은 5년 전에 그곳을 방문했을 때 만났던 과거 여자 친구와 그녀의 멕시코계 남자 친구를 만났던 일을 회상하거나, 현재 우연히 만난 인물들과의 소소한 에피소드들을 서술하는 것뿐이다. 플롯도 없고 더더욱 갈등도 없다. 그에 대한 작가의 대답은 이렇다. "이야기가 또 옆으로 새는데, 그것은 이 소설이 어디로 나아가도 좋기 때문이고, 이것은 또한 이 소설이 말하고자 하는 것이 아무것도 없기 때문이다. 내가 원하는 것은 하나의 이야기에서 또 다른 이야기가 파생하고 이탈해 그것들이 뒤섞이며 모든 것이 뒤죽박죽이 되는 소설이다."(167~168쪽)

이 정도면 "소설을 쓴 것으로 소설에 대한 복수를 하"(242쪽)는 것으로 이 소설의 주제를 파악해야 할 듯하다. 소설로 승부하면서도 그조차 제한적일 수밖에 없는 문학의 한계 조건을 받아들이겠다는 뜻으로도 읽힌다. 복수를 통해 소설을 파국에 이르게 하겠다는 출사표에 다름 아니기 때문이다. 스토리를 거부하거나 계몽을 계몽하는 것, 이성의 신화에 도전하는 것에 관심을 보이기 때문이기도 하다. 이로써 성공이 아닌 실패에 대한 이런 충실성만이 가능한 반(反, 牛)소설의 세계가 열리는 것이다.

그렇다면 이런 문학에 대한 접근은 모리스 블랑쇼(Maurice Blanchot)적 의미의 글쓰기와 연관된다고 볼 수 있다. 블랑쇼에게 문학의 공간은 언어의 유배지이자 자아가 거주할 수 없는 '바깥'의 공간이다. 때문에 무기력한 중얼거림과 분열증적인 자아의 방황이 지속되지만, 그럼에도 불구하고 생산적인 힘을 지니는 카오스적 글쓰기가 가능해지는 공간이기도 하다. 끝낼 수 없지만 사라질 수도 없는 소설, 죽음으로써만 다시 살아나는 소설, 무력감과 과격함이 공존하는 소설, 무게는 없지만 부피는 있는 소설이 이런 공간에서 탄생한다. 그렇다면 블랑쇼는 정영문에게 "말하고자 하는 바가 없는 한에서 당신은 누구보다도 잘해."[3]라고 말하고 있는 것은 아닐까.

이 글에서는 이 말에 기대어 정영문을 블랑쇼와 함께 읽어 본다. 물론 이런 시도 자체가 블랑쇼적 사유에 대한 모방에 불과한 작업일 수밖에

---

3 정영문, 『달에 홀린 광대』(문학동네, 2004), 91쪽.

없을 것이다. 그럼에도 정영문과 블랑쇼가 무한한 대화를 나누는 듯한 글, 그 대화를 읽으면서 엿듣는 듯한 글을 감히 지향한다. 그리고 체계적이거나 논리적인 분석문이기보다는 단편적이고 혼란스러운 독후감을 꿈꾼다. 블랑쇼에 대한 나쁜 이해나 정영문에 대한 지겨운 오해를 심화시키는 글일 수밖에 없을 테니 말이다. 하지만 이 글의 모든 이론적 어휘나 개념은 블랑쇼의 것이고, 이 글 속 소설 텍스트는 모두 정영문의 것이니, 이 글은 블랑쇼와 정영문만으로 가능한 '텅 빈 충만'을 지향할 것이다. 그것만이 사라질 수 없는 진실이다. 나머지 떠도는 언어들은 사라져도 좋은 부록이다. 그래서 포기할 수는 없는 다음과 같은 질문으로 이 글은 시작된다. '소설로 소설을 쓰는 메타픽션이 아니라, 소설로 소설을 지워 가는 작위의 소설을 쓰는 것은 과연 가능한 불가능성일까?'

무위(無爲), 침묵의 언어

그동안 수없이 했던 얘기들을, 아니면 아직 하지는 않았지만 지금껏 한 얘기들과 크게 다르지 않은 얘기들을 하세.[4]

그것에 관해 말하는 것이 아무것도 말하지 않는 것과 마찬가지인 것들에 대해 쓰려고 하고 있죠.[5]

내가 평소에 거의 아무것도 하지 않음에도 일정한 시간이 지나면 어느새

---

4 정영문, 『하품』(작가정신, 1999), 98쪽.
5 정영문(2000a), 앞의 책, 223쪽.

한 편의 소설을 끝낸 것을 보면서 스스로도 신기해하는 것에 대해서도 생각했다. 지치고 힘들 때 아무런 도움이 되지 않는 소설을 지치고 힘들어 하면서도 계속 쓰고 있는 것 또한 신기하다면 신기한 일이었다. 한데 정작 말하고 싶은 것이 아무것도 없음에도 많은 글을 썼고, 또 이런 장황한 소설을 쓰고 있다는 생각을 하자 나 자신이 속수무책인 수다쟁이처럼 여겨졌다.[6]

태초에 말이 있듯이 소설 『어떤 작위의 세계』에도 언어가 넘쳐 난다. 언어가 언어와 연결되면서 언어의 사슬이 형성되고 있기 때문이다. 언어가 언어를 불러내면서 한없이 증식되고 있는 형국이다. 그래서 언어 자체가 내용이자 형식이 된다. 언어로만 지탱되는 소설, 언어만이 있는 소설, 언어로 시작해 언어로 끝나는 소설이라는 것이다. 하지만 진정한 끝은 없다. "쓴다는 것은 끝나지 않는 것, 끊이지 않는 것이다."[7] 계속해서 언어화되는 소설은 "그동안 수없이 했던" 얘기이거나 그것과 "크게 다르지 않은" 얘기이기에 "아무것도 말하지 않은 것과 마찬가지"가 된다.

이럴 때는 언어가 언어를 살해하게 된다. 언어가 더 이상 언어가 아님을 언어로 말하고 있기 때문이다. 즉 언어의 존재가 부재의 증거가 된다. 대부분의 언어가 의미 없는 언어이다. 아무것도 가리키지 못하고 아무것도 이루지 못하는 언어만이 난무한다. 그렇다면 소설가는 언어를 써내려가면서 다시 지워 가는 소설을 쓴 것이 된다. 보다 적극적으로는 무의미만이 언어를 작동시키는 힘이라는 이야기가 된다. 이럴 때 언어는 실체가 있는 충만한 기호가 아니라 실체가 없는 텅 빈 기호이다. 그래서 정영문 소설의 언어는 무력하다. 무력한 만큼 장황하다. 완성이 아닌 해체만

---

6 정영문(2011), 앞의 책, 207쪽.

7 모리스 블랑쇼, 이달승 옮김, 『문학의 공간』(그린비, 2010), 22쪽.

이 가능하기에 부정되면서도 사라지지는 않는다.

이처럼 무의미한 의미의 언어는 '침묵의 언어'이기도 하다. "오직 표현될 수 없는 것만을 표현할 것. 그러나 그것을 표현되지 않는 것으로 내버려 둘 것."[8] 이것이 정영문 소설의 모토이다. 언제나 본의가 아닌 것을 표현하는 언어, 의미를 빼앗는 강도의 언어가 결국 침묵을 부른다. 이때의 침묵은 표현할 수 없는 것에 대한 침묵이 아니라, 의미할 수 없는 것에 대한 침묵을 말한다. 언어의 능력은 오로지 무능력뿐이기 때문이다. 언어예술인데도 언어를 불신한다는 것이 문학의 가장 큰 아이러니이다.[9]

그러나 언어는 언어이므로 끝까지 침묵하지는 못한다. 언어는 언어이기에 말해져야 한다. 침묵하면서도 그것이 침묵임을 말해야 하는 피곤한 언어가 바로 문학이다. 그래서 "블랑쇼의 글쓰기가 말하는 침묵은 결코 평온한 침묵, 평화의 침묵이 아니라 언어들의 전쟁을 거쳐 나온 침묵, 요동하는 침묵, 어떤 고통을 가져오는 침묵이다."[10] 이럴 때 언어는 방황한다. 방황하는 언어란 언어의 언저리에서 배회하면서 중얼거리는 언어이다. 이런 중얼거림은 언어라기보다는 언어 이전의 '목소리'에 더 가까울 수 있다. 그리고 방랑(l'errance)은 어원상 오류(l'erreur)와 연결된다. 오류가 방랑을 부른다. 그런데 오류를 수정할 수는 없기에 방랑을 멈출 수도 없다. 이것이 언어의 오류가 사라질 수 없는 이유이다. 이처럼 말하지도 못하고 침묵하지도 못하는 오류와 방랑의 언어가 바로 진정한 소설의 언어이다. 그래서 정영문은 직유를 은유보다 선호한다. "직유가 물이 쏟아진 바닥의 물기 같다면 은유는 물기가 마른 자국"(59쪽) 같다고 생각하기 때

---

8   모리스 블랑쇼, 박준상 옮김, 『기다림 망각』(그린비, 2009), 33쪽.

9   박준상, 「한 어린아이」(옮긴이 해제), 모리스 블랑쇼, 박준상 옮김, 카오스의 글쓰기』(그린비, 2012), 283쪽.

10 박준상, 『바깥에서』(인간사랑, 2006), 20쪽.

문이다. 정영문에 따르면 직유는 길고 불확정적이지만, 은유는 짧고 확정적이다. 직유는 열려 있고 은유는 닫혀 있다. 침묵의 언어는 길고 불확정적이며 개방적인 직유의 언어이다.

이때 중요한 것은 "인간의 침묵 또는 언어의 침묵은 백지 상태로 돌아가거나 백지 상태를 유지하는 것이 아니다. 그것은 단어들의 열림이자 언어를 추진하는 동력이며 언어의 진정성을 보증하는 음악"[11]이라는 사실에 대한 인식이다. 아무 말도 하지 않는 것이 아니라 정해진 대로 말하지 않는 것, 기존의 의미를 답습하는 것이 아니라 그것을 해체하는 것이 바로 침묵의 언어이다. 확정성과 단일성을 거부하는 침묵의 언어는, 그래서 아무리 말이 많아도 침묵에 다가간다. 오히려 무한한 대화가 가능한 것도 언어가 이처럼 침묵을 통해 서로 어긋나기 때문이다. 어긋난 언어는 소통을 불가능하게 한다. 하지만 소통의 불가능성이 소통의 무한성과 역동성을 부른다. 소통하지 못하는 두려움과 공포가 끝없는 대화를 요구한다. 무한한 대화는 실패한 대화이다. 무한은 반복이나 미완성일 때 가능하다.

정영문은 이런 침묵의 언어를 통해 '무위(無爲)'를 실천한다. 문학의 본질은 행위가 아니라 무위이다. 무위는 아무것도 하지 않는 것이 아니라, 아무것도 하지 않으려는 노력을 열심히 하는 것이다. 그래서 무위는 '작위'가 된다. "그의 피로의 대부분은 그의 무리한 무위의 생활에서 오는 것이다. 그는 그의 무위에서 작위를 느낀다."[12] "아무것도 하지 않고 사는 것은 뭔가를 하며 사는 것 이상으로 어려운 것"(233쪽)일 수 있다. 정영문의 '인물-작가'는 이런 어려운 무위를 유일하게 잘한다. "나는 무

---

11 모리스 블랑쇼(2009), 앞의 책, 158쪽.

12 정영문(2000a), 앞의 책, 55쪽.

슨 이유에서인지 어떤 이상적인 선택을 하는 대신 가장 이상하고 어이없는 선택을 하곤 했는데 그럴 때면 그 결과는, 물론 당연한 귀결이기도 했지만, 어이없었다. 한데 평소에도 나는 나 자신을 꽤나 실없는 사람으로 여겼지만 좀 더 실없는 사람이 되도록 노력해야지 하는 생각은 가끔 하기도 했다."(59~60쪽)

왜 무위인가. 무위는 아무것도 이루지 못한다. 어이 없고 이유 없는 무위에 대한 경도는 명분 있고 목적 있는 행위에 대한 도전이자 거부이다. 비슷한 맥락에서 단 한 편의 궁극적인 작품은 완성될 수 없다. 그것이 문학의 숙명이고 한계이다. 때문에 무위가 지닐 수밖에 없는 극단적인 수동성은 의지가 약한 것이라기보다는 인간의 원천적 나약함에 더 가깝다. 확고한 행위가 아니라 무력한 무위를 통해서만 침묵에 다가갈 수 있기 때문이다. 재현이 아닌 해체의 기능을 하는 언어가 바로 침묵의 언어이자 무위의 언어가 된다. 사르트르의 '말'과는, 그래서 대척점에 서 있는 언어이다. 지시적이고 참여적인 언어가 아니라 매개적이고 분열적인 언어이기 때문이다.

정영문은 소설 속에서 이런 무위의 언어를 자동 기술법으로 보여 준다.

그럼에도 방귀에 대한 어떤 생각이 나를 사로잡지는 않고, 어떤 냄새처럼 스쳤는데, 그것은 노래 한 곡을 방귀로 노래한 것으로 알려진 성 아우구스티누스에 대한 것이었다. 그것이 사실이라면 그는 굉장한 방귀쟁이였고, 그것은 굉장한 엉덩이를 갖고 있어서 가능했을 것 같았다. 그의 엉덩이는 만삭인 여자의 엉덩이 같았을 수도 있었다. 그는 그러한 엉덩이로 성령에 사로잡힐 때면 경건한 마음으로 방귀를 뀌어 성가를 불렀고, 그것을 듣는 사람들은 성령으로 충만해지는 것을 느꼈는지도 몰랐다.(62~63쪽)

인용문에서 보이듯이 방귀에서 엉덩이로, 냄새에서 노래로, 성 아우구스티누스에서 만삭인 여자로, 본능에서 성령으로의 이동은 아무런 연관성이나 이데올로기를 가지지 않는다. 그런 이동을 그대로 받아 적는 자동 기술법의 언어 또한 그냥 떠오르는 언어이지 굳이 찾아가는 언어가 아니다. 절제와 이성의 언어가 아니라 자유와 무의식의 언어이다. 인간의 의지로 통제가 불가능한 언어인 것이다. 이처럼 통제가 불가능한 비이성적인 언어는 권력과 힘을 가질 수 없다. 이것이 무위의 언어가 아무것도 이룰 수 없는 이유이다. 이런 '몽상' 혹은 '궁상'의 언어를 통해 소설 속 '인물-작가'는 유일하게 자신이 인간임을, 그리고 살아 있음을 확인한다.

또한 무위의 언어는 블랑쇼가 말한 '중성적인 것'이기도 하다. 중성적인 것은 존재에 대한 긍정도 아니고 부정도 아닌, 알 수 없고 미분화된 것이다. 그래서 익명적인 것이기도 하다. 언어의 익명성은 언어가 어떤 주체의 산물이 아니기에 특정한 이름 아래 귀속될 수 없다는 뜻이다. 'il y a'로 대변되는 실체화 이전의 상태 혹은 미분화된 불확정성의 상태와 연결되기 때문이다. 의미나 가치가 상실되거나 부정되면서 변증법적인 전체성의 세계로 환원되지 않기에 자아가 소멸되는 세계가 바로 이런 비인칭성과 중성성, 익명성의 세계이다. 그 세계에서 무위의 언어는 가장 무기력하면서도 그만큼 역동적이다. "우리가 말한다. 하지만 말은 명확하고 엄밀한 것이면서도 우리에게 관심을 가지지 않는 것이다. 우리는 우리 자신에게 낯선 존재가 되어 버렸으며, 그 말들은 단지 이 낯섦을 통해서 우리의 말일 수 있을 뿐이다."[13]

---

13 모리스 블랑쇼, 심세광 옮김, 『도래할 책』(그린비, 2011), 284쪽.

허위(虛僞), 죽음의 카오스

아무런 근거도 마련하지 못하는 네가 근거를 마련하는 곳은 너의 삶의 바탕이기도 한 착란 속에서지.[14]

죽음이란 존재에 의해 훼손되었던 무의 완전성을 회복하는 일, 그것이 죽음에 대한 나의 정의였다.[15]

그러자 점쟁이가 하고자 한 말을 이해할 수 있을 것 같았는데, 그것은 평생 혼란을 떨치지 말고 살아가라는 것 같았다. 멘도시노에서 꿈을 통해 앞날에 대한 어떤 계시 같은 것을 얻게 된 것 같았지만 그 앞날은 이미 오래전부터 알 수 있었던 것이었고, 나는 언제까지라도 혼란에서 벗어나지 못할 것이었다.[16]

정영문의 소설은 무위의 행위를 통해 침묵 아닌 침묵으로 존재할 수밖에 없는 문학의 본질을 상기시킨다. 어이가 없고 동기도 없는 무익한 행위를 통해 "그런 짓도 하지 않고는 견디기 어려운 삶을 살아 내는 한 방식"(67쪽)을 보여 주는 것이다. 이때 무위는 '허위'와 연결된다. 정영문이 보여 주는 무위의 양상, 즉 "잔뜩 게으름 피우기, 자유자재로 말들을 갖고 놀 수 있는 경지에 오르는 것, 근거가 전혀 없거나 상당히 근거 없는 생각들, 아무것도 아닌 뭔가에 대해 혼자만의 이론을 펼치는 것, 혼자

---

14 정영문(2000a), 앞의 책, 211쪽.

15 정영문, 『핏기없는 독백』(문학과지성사, 2000b), 51쪽.

16 정영문(2011), 앞의 책, 204쪽.

서 세상의 이런저런 것들을 조용히 비웃으며 험담하기, 그리고 뭔가에 대해 더 이상 생각할 수 없을 때까지 생각하기"(95쪽)와 같은 것들은 덧없고 허무한 허위의 행위이다. 심지어 실제 생활에서 실현 불가능하기에 거짓처럼 보인다는 점에서 허위(虛僞)의 행위이기도 하다. 문학으로 문학에 복수하고, 언어로 언어를 살해하듯이 허위로 허위(虛僞)에 대응하려는 혼란을 무릅쓰려는 것이다.

하지만 내가 한밤중에 과일들과 양파를 금문교까지 갖고 가 그곳에서 떨어뜨려 태평양을 떠돌게 할 수 있게 하지 않은 것은 그렇게 할 의욕조차 없었기 때문이며, 그래서 이 모든 것은 내가 매사에 아무런 의욕이 없어 침대에 조용히 누워 상상한 것이었다. 결국 내가 매사에 의욕이 없어 과일들은 태평양을 떠돌지 못하게 되었다. 그로 인해 본래 이 글은 내가 매사에 의욕이 없어 태평양을 떠돌게 된 과일들에 관한 것이 될 수도 있었지만 결국 내가 매사에 의욕이 없어 태평양을 떠돌지 못하게 된 과일들에 관한 것이 되고 말았다.(152쪽)

『어떤 작위의 세계』에서 소설 속 '인물-작가'는 자신이 더 이상 먹지 않을 과일을 금문교 다리 밑으로 던져 버리면 흘러 내려가 태평양을 떠돌 것이라고 상상한다. 그렇다면 태평양을 떠도는 과일은 비현실적이지만, 그런 상상을 가능하게 하는 것은 '인물-화자'의 '과일 던지기'라는 현실적인 행위이다. 그런데 의욕이 없는 '인물-화자'는 그런 행위조차 의욕이 없어 상상만 한다. 그렇다면 자신의 방 안에 있는, 태평양을 떠돌지 못하는 과일들은 오히려 현실적인 실체를 드러내는 비현실적인 행위의 산물이다. 그래서 이때의 허위는 허구가 된다. 허구란 비현실적인 것의 그럴듯함을 전제로 한다. 하지만 정영문 소설의 허구는 현실적인 것이 가장 비현실적인 것임을 보여 준다. 눈에 보이는 사물이나 중요하게 생각되었던 가치의 허구성을 상상과 부정을 통해서 형상화하기 때문이다. 현실 자체가 착란(錯亂)이라면, 현실이 오히려 허구이고, 허구가 오히려 현실이 된다. 고백체 중심의 일기 혹은 체류기인데도 불구하고 이 소설이 비현실적인 관념, 즉 허구보다 더 허구적인 소설로 다가오는 이유도 여기에 있다. 일기 같은 소설을 씀으로서 작가는 자신이 살고 있다는 사실을 기억함과 동시에 망각한다. 이로써 작가는 산 것도 아니고 글을 쓴 것도 아니다. 그래서 작가는 두 번 죽는다. 하지만 "맛이 간 사람의 수기"(116쪽)가 지니는 이런 죽음의 진정성을 통해 작가는 두 번 다시 산다. 한 번은 허구적인 인물로, 또 한 번은 현실적인 작가로.

때문에 이런 허구적인 허위의 글쓰기는 죽음과 친연성을 지닌다. 허위가 비현실적인 현실과 연결된다면 더욱 그렇다. "이미지적인 현실의 심층을 보게 만들고, 우리를 이 심연 혹은 바깥으로 빠져들게 만드는 것이다. 이를테면 죽음 같은 것이다. 낯설고 두려운 것이지만 사실은 억압된 낯익음이기도 한 것이다."[17] 이때의 죽음이란 누군가의 소멸이 아니라 우리 자신의 무의미성이나 주체성의 한계를 말한다.[18] 그리고 무엇보다도 정영문에게 죽음은 언어의 죽음이다. 기존 의미나 명확성을 대변하는 언어로부터의 분리나 격리가 바로 언어의 죽음이다. 즉 언어의 죽음은 실체를 부정할 때 가능해진다. 그리고 문학이란 이런 언어의 죽음을 인정해 주는 것이다. 죽을 권리가 있는 언어가 그런 유한성으로부터만 열리는 무한에 접근할 수 있도록 해 주는 것이 바로 문학이다. 그래서 문학은 영원이 아닌 불멸을 선호한다. "모든 체계 내에서 죽음은 쉴 없이

---

17 모리스 블랑쇼, 고재정 옮김, 『죽음의 선고』(그린비, 2011), 106쪽.
18 울리히 하세·윌리엄 라지, 최영석 옮김, 『침묵에 다가가기』(앨피, 2008), 21쪽.

활동하고 있으며, 아무것도 죽지 않고 죽을 수 없다."¹⁹

　이처럼 구체적이고 직접적이며 물질적인 토대를 상실한 언어가 죽음의 공간에 떨어질 때, 허위의 언어 또한 망각과 기다림, 폐허와 재난의 언어일 수밖에 없게 된다. 카프카와 베케트 같은 작가가 자신처럼 캘리포니아의 해변에 살았으면 어땠을까, 라는 상상을 하며 '인물-작가'는 "그들에게 우울과 절망과 권태는 처해 있는 상황과는 상관없는, 존재 자체의 어떤 속성 같은 것으로, 그것은 삶의 뭔가가 아니라 사람 자체의 불가능함에서 비롯되는 것"(160~161쪽)이다. 그래서 우울과 절망, 권태는 죽음의 다른 이름이며, 가장 비현실적인 현실이다.

　그런데 인간의 비참함은 이런 죽음을 삶 속에서만 경험할 수 있다는 사실에 있다. 죽어서 죽음을 말할 수 없다. 삶 또한 반드시 죽는다는 인식을 통해서만 마주할 수 있다. "삶은 끝나지 않은 죽음으로부터만 태어난다."²⁰ 그러니 살아 있는 동안은 죽음을 연기(演技)하면서 죽음을 연기(延期)해야 한다. 이것이 바로 작위와 허구, 그리고 무위와 허위가 연결될 수밖에 없는 이유이다.

　　나는 잠시 아무것에 대해서나 생각했고, 그것들에 대해 두서없는 생각을 했다. 그러고 나자 점차 아무 생각도 나지 않았다. 잠시 멍한 상태에 있었고, 그런 상태에 있을 때면 당연히 그래야 하는 것처럼, 마치 모든 생각을 씻어버린 것처럼 아무 생각도 나지 않았고, 아무런 할 말도 없는 것 같았다. 그래서 할 말을 잃은 것처럼 있었고, 그런 상태에 빠지기를 내가 얼마나 좋아하는지 잠시 생각한 후 다시 아무 생각 없이 있었다. 그런 상태로 한동안 있는

19 모리스 블랑쇼, 박준상 옮김, 『카오스의 글쓰기』(그린비, 2013), 91쪽.

20 위의 책, 71쪽.

데, 조금씩 어떤 불편한 생각이 들었다. 그 모든 것이 대단히 작위적으로 여겨졌다. 그 순간에도 이 경험을 어떤 식으로든 글로 옮기려 할 것이라는 것을 알고 있었고, 그래서 그 순간의 경험을 글로 옮기기에 유리하게 조작하고 있다는 생각이 들었다.(189쪽)

어떤 순간을 그 순간 그대로 경험하기보다는 문학화를 전제로 조작하는 것은 작위이다. 그리고 작위는 순수하지 않기에 허구이자 허위이다. 조작이란 자기 자신과 대결함으로써 자신을 증명하고, 자신을 확립하면서 자신을 중단시키기도 한다는 측면에서 작위이다. 불완전함을 인정하는 순수함, 헛됨을 열심히 추구하는 성실함, 실패를 두려워하지 않는 무심함, 이것이 바로 죽음을 조작하는 방법이라면, 글을 쓴다는 것도 죽음의 행위이다. 그러나 죽음은 끝이 아니다. 그것은 "끝내기를 결국 끝내지 못하면서 한없이 계속하기"[21]이다.

이런 죽음의 공간에서의 글쓰기와 연관된 문학의 본질 자체는 블랑쇼가 『문학의 공간』에서 '오르페우스의 시선'으로 설명한 것과 연결될 수 있다. 오르페우스는 지하로 대표되는 죽음의 세계로부터 에우리디케를 벗어나게 하기 위해 그녀를 돌아보면 안 된다. 그렇지만 오르페우스는 뒤를 돌아보아 그녀를 다시 죽음으로 내몬다. 그런데 그것이 오르페우스의 실수이자 배신일까. 오히려 시인인 오르페우스에게는 그런 뒤돌아봄이 포기할 수 없는 금기에 대한 욕망이자, 죽음에 대한 응답은 아닐 것인가. 죽음을 거부하면 문학은 불가능하다. 그래서 시인 오르페우스는 무한히 죽는 자이다. 그리고 에우리디케는 언제나 부재하는 자이다. 이런 죽음과 부재에 대한 매혹이 바로 문학인 것이다. 그래서 "문학은 살아있

---

21 에마뉘엘 레비나스, 박규현 옮김, 『모리스 블랑쇼에 대하여』(동문선, 2003), 20쪽.

는 자의 입술에서는 나올 수 없는 언어"[22]이다. "그(오르페우스)는 에우리디케를 잃어버린다. 그는 그녀를 노래의 적정 한계를 넘어서까지 욕망하고, 그리고 자기 자신을 상실하기 때문이다. 하지만 이러한 욕망, 잃어버린 에우리디케, 흩어진 오르페우스는 작품에 영원한 무위의 시련이 필요하듯이 노래에 필요한 것들이다."[23]

이처럼 죽음을 경험하는 허위의 글쓰기를 통해 정영문이 궁극적으로 추구하는 문학은 진실에 의해 침몰하지 않는 문학이다. "예술가는 진실에 속하지 않는다. 왜냐하면 작품은 그 자체가 진실의 움직임에서 벗어나는 것이기 때문이다. 또한 어떤 면으로든 작품은 늘 진실을 취소한다."[24] 진실을 취소하는 문학이란 무엇인가. "나는 나 자신이 하는 일을 중요하게 생각하거나, 삶에 중요한 뭔가가 있다고 믿는 사람들을 별로 신뢰하지 않았다."(12쪽) 진리는 '바깥'의 사유로만 가능하다. 그리고 정주가 아닌 유목을 통해서만 추구할 수 있다. 추방과 방황의 움직임만이 가능하기 때문이다.

이럴 때 '카오스의 글쓰기'가 가능해진다. '재난(désastre)'의 다른 번역어인 '카오스'는 안전성과 전체성, 내면화, 질서화 등에 대한 거부를 의미하기에 '바깥'의 공간과 공명한다. 그리고 긍정과 부정 이전 혹은 가치판단 이전의 미분화된 상태인 중성적인 것과도 부합한다. 때문에 카오스는 '코스모스적 질서'의 총체적 완성의 불가능성을 말한다.[25] 이상적이고 초월적인 세계에서의 거주는 불가능하다. 죽음으로서만 현시되는 카오스의 세계는, 그래서 가장 비현실적인 현실이자 현실적인 비현실이고,

---

22 울리히 하세·윌리엄 라지, 앞의 책, 121쪽.

23 모리스 블랑쇼(2010), 앞의 책, 253쪽.

24 위의 책, 370쪽.

25 박준상, 「'카오스'라는 번역어에 대하여」, 모리스 블랑쇼(2013), 앞의 책, 6~17쪽 참조.

붕괴와 몰락으로만 유지되는 진실이며, 무질서로만 가능한 질서이다.

자위(自爲), 불가능성의 가능성

나는 나를 허물며 나의 허물어짐을 구축해 가는 걸까, 허물고 있는 걸까, 아니면 그 허물어짐과 함께 허물어지고 있는 걸까, 그리고 그것들 사이에는 어떤 차이가 있는 걸까, 라는 자문이 말하고자 하는 것은 무엇일까, 라는 의문에서 비롯되고 나아가고 다시 그 질문에 이르게 되는 나의 무모한 글쓰기가 놓이고자 하는 (무)의미의 공간상의 지점은 어디일까, 라는……라는……일 수밖에 없을까…….[26]

블랑쇼는 성경의 한 대목을 빌려 와 문학의 존재 양상을 설명한다. 나사로의 부활과 관련된 대목이다. "나사로야 이리로 나와라."(「요한복음」 11장 43절)라고 명하는 예수와 부활한 나사로의 이야기에서 예수는 독자, 무덤은 책, 나사로는 책의 의미에 해당한다. 그런데 블랑쇼에 따르면 나사로는 두 가지 모습으로 무덤에서 나온다. 하얀 수의로 몸을 감싸고 서 있는 나사로와, 아직도 수의 안의 몸이 무덤 속에서 썩어 가면서 시체의 냄새를 풍기는 나사로이다. 전자는 '낮'의 나사로로서, 쉽게 해석되고 드러나는 문화적 의미나 시대적 가치를 대변한다. 후자는 '밤'의 나사로로서, 본질을 감추면서 계속 달아나기에 의미가 가치를 잘 알 수 없는 문학을 대변한다.[27]

---

26 정영문(1999), 앞의 책, 5쪽.

27 울리히 하세·윌리엄 라지, 앞의 책, 40, 52쪽 참조.

문학은 '낮'인 나사로의 '이해'에 가깝다기보다는, '밤'인 나사로의 '몰이해'에 더 가까울 것이다. 텍스트는 불투명하고, 미완성이다. 때문에 문학은 정의할 수 없는 것은 아니지만, 그런 정의들이 문학에서 없어서는 안 될 것을 오히려 놓치기 쉽게 만든다. 그래서 문학에 대한 정의는 무지(無知)에 대한 지(知)이다. 이런 무지만이 무한하다. 정영문이 2000년대 들어서면서 더 이상 작가의 말을 쓰지 않는 이유도 여기에 있지는 않을까. "라는……라는……일 수밖에 없을까……."만 남게 되는, "(무)의 미"의 불가능한 가능성만 허락된 세계가 문학이라는 것을 이 불온하고 불량한 소설가가 너무 잘 알기 때문이 아닐까. 스스로를 위해 스스로 행하는 '자위'의 문학만이 유일하게 가능하다는 것을 너무 잘 알기 때문이기도 할 것이다.

　　이런 문학의 저항 중심에 언어가 있다. 언어는 무위와 허위를 통해서 침묵과 죽음에 다가간다. 침묵은 언어의 무용성을 강조하는 무위의 언어이고, 죽음은 삶의 현실성을 부정하는 허위의 언어이다. 이런 침묵과 죽음의 언어는 문학에서 중요한 것이 언어가 표현하는 대상이 아니라 언어 그 자체임을 알려 준다. 이런 무위와 허위의 언어는 가능한 것을 불가능하게 만드는 것이 아니라, 불가능한 것을 가능하게 만들어 주는 자위의 언어이다. 그래서 재현하는 문학이 아닌 제한받지 않는 문학을 구성하기 위해 더 길게, 그리고 더 나쁘게 이야기하는 언어이다. "실패에 굴복하지 말 것. 실패에 굴복한다는 것은 성공하지 못해 회한(悔恨)에 사로잡힌다는 것이리라."[28]

　　이름 붙일 수 없는 것들에 대해 말하는 웅얼거림이나 바스락거림은 언어 같지 않은 언어이기에 언어와 언어 사이에 있다. 언어의 바깥이기

---

28 모리스 블랑쇼(2013), 앞의 책, 42쪽.

도 하다. 이런 바깥에 있기 위해서는 안으로 들어가려는 욕망과 의지를 작위적으로 거부해야 한다. 실패할 수밖에 없는 무위와 허위로 작위를 완성해야 한다. 하지만 완성은 불가능하기에 다시 미완성에서 출발해야 한다. 이런 세상에 있는 모든 언어는 충분히 말해지지 않은 언어이다. 그래서 늘 지나치게 말하게 되는 자위의 언어이다. 블랑쇼는 '문학은 어디로 가는가.'라는 질문에 "문학은 그 자체를 향해, 사라짐이라는 본질을 향해 나아가고 있다."[29]라고 답한다. 정영문은 블랑쇼에게 다가가며 다음처럼 답한다. "나는 쓴다, 고로 문학은 사라진다." 이렇게 답하는 정영문의 소설들만 있는 문학은 너무 우울하다. 그러나 이런 정영문의 소설이 없는 문학은 너무 건강하다.

---

29 모리스 블랑쇼(2011), 앞의 책, 311쪽.

21세기 사랑법:
사랑 '이후'에도 사랑 '처럼'

— 김경욱의 『동화처럼』을 중심으로

낭만적 서사와 그 적들: '경계'의 사랑

존 던은 "나는 두 가지 바보이다. 사랑하기 때문에, 그리고 사랑한다고 말을 하기 때문에."라고 말했다. 문학은 사랑이 말해진 후, 즉 사랑의 시작보다는 사랑의 종말에 개입하는 바보의 예술이다. 바보이기 때문에 대부분의 바보들은 자신들의 사랑을 반성하지 않는다. 반면에 반성을 반성하는 것은 문학이다. 이것이 바로 문학에서 사랑이 어떤 형태로든 (재)생산되는 이유이다. 더욱이 바보인 줄 모르는 바보보다는 바보일 수밖에 없는 바보가 하는 사랑이 더 문학적이다.

당연히 사랑은 변한다. 변하니까 사랑이다. 하지만 이제는 이런 말조차 식상하다. 그렇다면 사랑에 대한 새로운 문학 담론은 더 이상 없는 것일까. 더 정확히 말하자면 사랑의 종말에 대한 새로운 문학적 풍문은 과연 전혀 없는 것일까. 1990년대의 사랑이 1980년대의 사랑과 다르다는 말은 인위적이지만 유혹적이다. 2000년대의 사랑이 1990년대의 사랑과 다르다는 말도 마찬가지이다. 진부하지만 효과적이기도 하다. 우리가 여전히 (재)생산되고 있는 연애 서사에 주목해야 하는 이유도 여기에 있다.

이데올로기의 종언이 있었고, 사랑의 종언도 있었다. 그 후에 시간의 흐름도 있었다. 이에 대한 적확한 통찰을 보여 준 김홍중의 『마음의 사회학』에 따르면 '포스트-진정성'의 시대를 대변하는 '마음의 레짐(regime)'으로서 크게 속물화와 동물화에 주목할 수 있다. 인간은 21세기 들어 더욱 진정성을 잃고 속물화되거나 동물화되었다. "우리가, 인간은 못 돼도 괴물은 되지 말자."라는 홍상수 영화 속 대사가 이런 시대정신을 반영한다.[1]

그런데 어느덧 슬그머니 '포스트-포스트 진정성'의 기미가 찾아오면서 사랑 또한 부활 혹은 강화되고 있다. 마치 "우리가, 괴물에 가깝지만 인간임을 잊지는 말자."라고 앞의 대사가 재전유되는 듯하다. 오히려 비인간적인 관계들을 맺을 가능성이 증가하면 그와 더불어 인간적인 관계들을 집중적으로 맺을 가능성도 증가하는 '이중 증가' 현상이 나타난다는 것이다.[2]

김경욱의 『동화처럼』[3]은 기존의 낭만적 서사와 같으면서도 다르다. 20세기적 사랑의 끝과 맞물려 있으면서 21세기의 시작을 알려 주기도 하기 때문이다. 이 소설은 21세기의 사랑법을 작가적 입장에서 그리고 시대적 입장에서 동시에 대변한다. 먼저 작가적 입장에서 김경욱은 전작(前作) 단편 「낭만적 서사와 그 적들」(『장국영이 죽었다고?』, 문학과지성사, 2005)에서 장편 『동화처럼』의 기본 설정과 내용을 이미 예고했다. 전작에 덧

---

1 김홍중, 『마음의 사회학』(문학동네, 2009), 1~2장 참조.

2 니클라스 루만, 정성훈·권기돈·조형준 옮김, 『열정으로서의 사랑』(새물결, 2009), 28쪽.

3 김경욱, 『동화처럼』(민음사, 2010). 소설 인용은 이에 의거해 쪽수만 밝힌다.

붙여지면서 주인공들의 이별과 재회의 또 다른 한 세트, 즉 두 번째 이별과 세 번째 만남이 확대 재생산된 것이 바로 『동화처럼』이다. 또한 동시대적 입장에서는 김경욱의 『동화처럼』은 박민규의 『죽은 왕녀를 위한 파반느』(예담, 2009)에 나오는 "writer's cut" 부분에 해당하는 내용이기에 1990년대적 탈낭만화 서사를 기억하는 메이킹 필름으로서의 성격을 서로 공유한다. 너무 낭만적인 연애는 진짜 연애가 아니라는 의식을 여전히 포기하지 못했음이 두 작가 모두에게 공히 보이기 때문이다. 또한 이 소설은 이상하고도 아름다운 연인 공동체를 그린 황정은의 『百의 그림자』(민음사, 2010)와 연인의 성격을 공유하기도 한다. 두 소설 모두 연대나 동행을 사랑의 새로운 요소로 제시하는, 사랑과 우정 사이에 있는 연인 혹은 동무들[4]의 후일담으로도 읽을 수 있기 때문이다.

이런 맥락에서 김경욱의 『동화처럼』에 나타난 동일한 대상과의 세 번에 걸친 사랑을 통해 우리는 낭만과 탈낭만, 연인과 동무, 개인과 사회의 관계가 어떻게 변모되었는지 유추해 볼 수 있다. 이것은 '동화처럼'이라는 제목의 의미 또한 이중적으로 읽을 수 있다는 사실과도 연관된다. 첫 번째 제목의 의미는 동화처럼 해피엔딩으로 끝난 연애 이야기라는 의미이지만, 또 다른 의미로는 현실의 사랑은 동화와 같지 않다는 것을 동시에 암시하고 있다. 동화가 아니니까 '동화처럼'이라는 말이 성립할 수 있는 것이다. 그래서 『동화처럼』은 '환상처럼'과 '현실처럼'의 경계에 서 있다.[5] 그래서 우리는 어른이 되어서도 동화가 필요하다.

그렇다면 우리가 『동화처럼』에서 주목해야 할 것은 총론에서는 본질적으로 유사하지만 각론에서는 시대적으로 미묘하게 달라지는 사랑, 감

---

4 김영민, 『동무와 연인』(한겨레출판, 2008), 32~33쪽 참조.

5 백지은, 「소설처럼」, 《세계의 문학》, 2010. 겨울, 546쪽 참조.

정의 오인으로 작동되는 사랑의 시작보다는 감정의 살해로 끝나는 사랑의 종말이다. 이로써 21세기 사랑법의 단초를 파악할 수 있다. 언제나 사랑은 충분히 말해지지 않고, 정확하게 설명되지도 않는다. 특히 동시에 다른 사람과 결혼하는 '일처다부제'나 '일부다체제'도 아니고, 그렇다고 일정 기간마다 배우자를 바꾸는 '순차적 일부일처제'도 아닌, 이 소설에서처럼 이상하게 진지하고 불필요하게 낭만적으로 보이는 사랑법을 보여 줄 때 사랑은 더욱 '사랑처럼' 다가온다. 사랑의 본질을 환기시키기 때문이다. 그럼에도 불구하고 동화를 환기시키기도 하는.

운명에서 인용으로: '반복'의 사랑

『동화처럼』은 "새로운 놈은 새로운 놈인데 완전히 새로운 놈은 아닌"(88쪽) 남자, "세 번 결혼할 팔자"(142쪽)를 지닌 남자와 여자를 중심으로 전개되는 봉별기(逢別記)다. 소설 속 남녀 주인공인 김명제와 백장미는 두 번 결혼하고 두 번 이혼했으며, 세 번째 또다시 만남을 시작하는 데서 소설이 끝나고 있다. 모든 연애는 비슷한 이유로 시작되고, 서로 다른 이유로 끝난다. 사랑이 시작되는 이유는 우연을 가장한 필연, 즉 운명적 만남이기 때문이다. 앞에서는 우연인데 뒤를 돌아보면 필연인 것이 운명이다. 이들의 사랑도 그렇다.

그런데 우리는 이미 이런 운명의 장난에는 익숙하다. 그리고 사랑이 오해에서 시작되고 이해에서 끝난다는 냉소에도 익숙하다. 그래서 중요한 것은 이런 사랑의 보편성이 아니라 그 반복성이다. 왜 우리는 이런 사랑을 끝내지 못하는가. 이때 중요한 것이 바로 두 번째 이별의 이유와 그 이후 세 번째 만남의 이유이다. 총 4부로 이루어진 이 소설에서 4부가 본론이자 클라이맥스인 이유도 여기에 있다. 이 4부를 위해 김경욱은 「낭만적 서사와 그 적들」을 다시 썼을 수 있다. 아무리 여러 번 반복되어도 사랑의 본질은 변하는 않는다는 악무한성을 알려 주기 위해서 말이다. 법적인 절차와 상관없이 이들의 헤어짐은 세 번째로 진행 중일 수 있다. 우리는 매일매일 사랑의 시작에서 멀어지니까. 그리고 행운도 반복되지만 악운도 반복되니까. 그래서 여자는 남자가 두 번째 결혼에서 '왕자'로 돌아왔지만, 한때 '개구리'였음을 떨치지 못한다.

여자가 근무하는 은행으로 가기 위해서는 우선 테헤란로에 위치한 회사에 입사해야 했다. 명제가 입사한 곳은 영화에 전문적으로 투자하는 회사였다. 영화와 관련된 일을 할 수 있다는 점이 마음에 들었다. (중략) 회사의 주거래 은행이 여자가 근무하는 데여야 했다. 근처의 은행은 열 곳이었다. 여자가 근무하는 은행에는 창구가 다섯 개지만 점심 시간이라 두 곳만 손님을 받았다.(81~82쪽)

여자가 케니 로긴스의 노래를 세 번째로 듣기 위해서는 휴대전화 대리점 직원이 좋아하는 곡이라며 컬러링을 덤으로 줘야 했다. 컬러링을 덤으로 얻기 위해서는 휴대전화를 바꿔야 했고 휴대전화를 바꾸기 위해서는 길바닥에 떨어뜨린 휴대전화를 지나가던 오토바이가 뭉개야 했고 휴대전화를 길바닥에 떨어뜨리기 위해서는 털보 선배에게서 전화가 와야 했고 털보 선배한테서 전화가 오기 위해서는 지각해야 했고 지각하기 위해서는 간밤에 술을 많이 마셔야 했다.(236~237쪽)

첫 번째 인용문은 첫 번째 결혼의 계기가 되는 만남, 두 번째 인용문은 두 번째 결혼의 계기가 되는 만남의 상황이다. '~여야 했다'라는 종결 어미에서 드러나듯이 이들의 만남은 가히 벼락 맞을 확률보다 맞추기 어려운 우연의 연속이다. 그런데 이 두 서술을 나란히 놓고 읽다 보면 이상한 가역 반응이 생긴다. 처음 발생하거나 따로 읽었을 때는 운명처럼 보이지만, 자꾸 반복되면서 동일한 인물에게 일어나니까 차라리 일상처럼 다가온다. 운명이 공고해짐을 느끼게 되는 것이 아니라 오히려 그것이 희석됨을 확인하게 되는 것이다. 두 번째 만남이 첫 번째 만남과 비슷할 때 필연은 다시 우연이 된다. 더구나 그 우연마저도 상대방 입장에서는 전혀 다른 이유나 의미가 있는 착각이라면 더욱 그렇다. 가령 이런 식이다. 여자는 남자가 자발적으로 휴대전화 컬러링 음악을 선정한 줄 알고 운명이라고 생각해서 남자와 두 번째 결혼을 감행할 수 있었지만, 사실 그것은 대리점 직원이 선곡해서 공짜로 준 것이다.

이런 운명 아닌 운명의 서사는 비낭만적인 '인용'의 서사가 되어 버린다. 두 번째 운명이 첫 번째 운명을 반복하고 있을 뿐이기 때문이다. 서술 또한 첫 번째 사랑의 서사를 두 번째 사랑의 서사가 반복하면서 그것을 참조한 후 인용하고 있는 형국이다. 반복이 반복임을 모르게 반복되어야 운명이 된다. 그리고 결과가 반복될 수는 있을지언정 의도가 반복되어서는 안 된다. 연인에게 원하는 것은 동일한 감정의 반복이 아니라 더 커지는 감정의 반복이다. 반복은 반복이되 상승되어야 한다. 그래야 사랑이다. 운명은 언제나 한 번이다. 그리고 마지막이다. 이것이 바로 반복에서 오는 인용의 서사가 운명의 서사는 아닌 이유다. 운명은 "인용할 수 없는 소식"이기에 "인용이 운명이라면, 이미 그것은 운명이랄 수도 없"[6]는 것이다. 인용을 가능하게 해 주는 반복의 사랑은 사랑을 퇴색시킨다.

하지만 어차피 현실 속에서의 사랑은 흔히 반복되고 거의 인용된다.

---

6 김영민, 『사랑, 그 환상의 물매』(마음산책, 2004), 232쪽.

그것을 알거나 모르는 차이가 있을 뿐이다. 이처럼 사랑이 '한 번' 아닌 '여러 번'일 수밖에 없다면, 또 사랑이라는 것이 '이루어지는 것'이 아니라 '이어 나가는 것'이라면, 인용되는 것 자체가 차라리 사랑의 운명이라고 생각하는 것이 사랑을 사랑하는 방법이 될 수 있다. 마법은 반복되면 들통나지만, 활용법은 반복될수록 풍성해진다. 연인들의 밀어(蜜語) 또한 마찬가지다. 그래서 연인들에게는 무엇을 말하는가가 아니라 뭔가 말할 것이 있다는 사실이 더 중요하다. "말함(le Dire)이 말하여진 것(le dit)을 능가했다."[7] 인용은 과거를 반복하는, 언제나 현재적인 사건이기 때문이다.

다른 맥락에서 사랑이 반복될 수밖에 없는 이유를 생각해 보자. 우리는 사랑을 상실했을 때 이미 그런 사랑이 존재했었다는 사실 자체를 망각하고 싶어 한다. 그래서 마치 사랑 자체가 존재하지 않았던 것처럼 착각하고, 그렇기 때문에 또다시 다른 사랑을 기다릴 수 있게 된다. "기다림은 모든 것을 이미 다르게 받아들이게 하는 차이를 가져온다."[8] 그리고 이런 망각과 기다림이 언어에도 개입하게 된다. 이미 반복되었기에 말해지거나 써지기 이전의 백지상태로 되돌아갈 수 없는 언어는 그 속에 떨림이나 울림의 흔적을 남길 수밖에 없다. 그래서 인용의 언어는 사라지면서 현전한다. 끝나지 않으면서 끊이지 않는 것이 21세기 사랑 속 인용의 언어가 보여 주는 운명이다.

사실 사랑에서 인용은 블랑쇼적 의미에서의 죽음의 언어이다. 즉 끊임없이 반복되는 사랑은 '불가능성의 가능성'이 아닌 '가능성의 불가능성'이라는 측면에서 죽음과 같다. 사랑에 대한 인용은, 그리하여 마치 죽음

---

7 모리스 블랑쇼·장뤽 낭시, 박준상 옮김, 『밝힐 수 없는 공동체/마주한 공동체』(문학과지성사, 2005), 51쪽.

8 모리스 블랑쇼, 박준상 옮김, 『기다림 망각』(그린비, 2009), 116쪽.

처럼 "끝내기를 결국 끝내지 못하면서 한없이 계속하기"[9]에 다름 아니다. 인용은 지워지면서 말하기다. 이럴 때는 시작하는 것이 아니라 '다시' 시작하는 것이 중요하다. 죽을 수 있는 사람이 삶의 능력을 지니듯이.

결국 말할 수 없는 것에 대해 침묵해야만 한다던 비트겐슈타인조차도 침묵할 수 없었다면, 사랑에서도 침묵은 불가능하다. 사랑에서는 침묵으로도 소란스러울 수 있다. 연인들은 침묵하기 위해서라도 말을 해야 한다. 언제나 충분치 못하기에 더 많이 말해야 한다. 우리는 인용할 때 가장 많이 말할 수 있다. 단말마적인 운명의 언어가 아니라 무한한 대화인 인용의 언어가 오히려 사랑을 더욱 사랑답게 만들면서 '반복'의 사랑에 잔존하는 위험을 분산시킨다. 그래서 운명의 언어보다 덜 위험한 사랑의 언어가 바로 인용의 언어이다. 우리가 언젠가 들었던, 그러나 언제나 새로운.

동감에서 공감으로: '분리'의 사랑

현대 독일 현상학을 대표하면서 이성이 아닌 감정 중심의 윤리학을 주장한 철학자 막스 셸러에게 진정한 동감(sympathy)이란 타인의 공통에 대한 '뒤따라-느낌'이나 단순한 반작용이 아니다. 때문에 전염이나 감정이입, 감정 합일과 동감을 혼동해서는 안 된다. 오히려 진정한 동감은 인격들 간의 본질적인 차이성을 전제로 한다.[10] 그래서 진정한 동감은 "타인의 체험에 직접 참여하고 관심을 갖는 동시에 자타 동일시나 타인의

---

9 에마뉘엘 레비나스, 박규현 옮김, 『모리스 블랑쇼에 대하여』(동문선, 2003), 20쪽.

10 막스 셸러, 조정옥 옮김, 『동감의 본질과 형태들』(아카넷, 2006), 1장 참조.

체험을 자기 것으로 동일시하지 않는 상태 즉 자타의 거리 간역을 유지하는 상태"[11]이므로 동일성이 아닌 차이성을 중시한다. 타인과 나 사이의 간격과 거리에 토대를 둔 '분리'가 진정한 동감의 전제 조건이라는 것이다.

이와 유사한 맥락에서 번역에는 차이가 있지만 '공감의 시대'를 주장한 제러미 리프킨은 'sympathy(동정)'를 'empathy(공감)'와 구분한다. 수동적인 입장을 의미하는 동정과 달리 공감은 적극적인 참여를 통해 다른 사람의 경험에 대한 느낌을 공유한다는 의미를 갖는다고 본다.[12] 이럴 때 앞에서 셸러가 말한 '동감'과 리프킨의 '공감'은 유사한 지향성을 갖는다고 볼 수 있다. 두 사람 모두 감정의 '상태'가 아니라 '기능' 중심으로 비동일화와 적극적 참여, 삶의 확장과 풍부화를 중시했기 때문이다. 합일·일치·전염 중심의 '동감(同感)' 즉 '같게 느낌'이 아니라, 분리·불일치·이해 중심의 '공감(共感)' 즉 '함께 느낌'이 더 중요한 시대가 된 것이다. 같아지는 것과 함께하는 것은 다르고도 다르다.

사랑에 있어서도 동감은 위험하다. 나와 같지 않으면 나를 사랑하지 않는 타인이자 적으로 간주되기 때문이다. 하지만 나와 분리되지 않는 연인에 대한 사랑은 나르시시즘에 불과하다.

장미는 저만 괴롭히는 개구리 냄새에 관해 토로했다. 남편도 자신의 말을 믿지 않는다는 대목에서는 목이 메었다. 진짜 문제는 개구리 냄새가 아

---

11 위의 책, 528쪽. 물론 셸러가 궁극적으로 중시하는 것은 사랑이다. 사랑이 좀 더 높은 정신적 작용이라면, 동감은 보다 낮은 자아의 영혼적 기능이기 때문이다. 또한 동감에서 사랑이 도출되는 것이 아니라 오히려 사랑에서 동감이 도출되기 때문이기도 하다. 사랑과 동감의 관계에 대해서는 막스 셸러의 위의 책 2장을 참고할 것.

12 제러미 리프킨, 이경남 옮김, 『공감의 시대』(민음사, 2009), 19~20쪽 참조.

니라 하소연을 진심으로 들어 줄 사람이 없다는 것이었다. 장미는 환자들이 다른 환자에게 드러내는 유아적인 관심과 무조건적인 유대감을 이해할 수 있을 것 같았다. 질병의 파괴력은 고통이 아니라 고독에서 온다는 말도. 생사의 기로에 선 자들을 무너뜨리는 결정적 한 방은 단말마의 고통이 아니라 누구에게도 이해받지 못하는 고독이다. 공감은 신의 언어이니 고독한 환자에게 신은 모르핀도 히포크라테스도 아닌, 또 다른 환자이다. 고통을 없애 줄 사람이 아니라 고통을 이해해 줄 사람이 간절한 장미에게 개구리 냄새는 일종의 질병이었다.(257쪽)

『동화처럼』에서 여자가 두 번째 결혼에서도 실패한 이유 즉 두 번째 이혼을 할 수밖에 없는 이유는 인용문에서 제시되고 있듯이 "고통이 아니라 고독" 때문이고, "고통을 없애 줄 사람이 아니라 고통을 이해해 줄 사람"이 간절했기 때문이다. 여자는 혼자인 것을 견디지 못한다. 여자가 남자에게 원한 것은 "공감"이라고 말하지만, 실제로 여자가 남자에게 소외감을 느끼는 것은 그녀가 남자와의 '동감'을 추구했기 때문이다. 여자가 추구하는 공감은 그저 "유아적인 관심"과 "무조건적인 유대감"에 불과하다. 그래서 여자는 고독 속으로 침잠할 수밖에 없었고, 급기야 정신과 치료까지 받을 수밖에 없었을 것이다.

여자는 남자가 아무리 왕자가 되었어도 그 이전에 개구리였음을 잊지 못한다. 그래서인지 개구리 냄새로 인한 고통에 시달린다. "개구리도 왕자의 일부"(283쪽)임을, 때문에 "상대를 있는 그대로 받아들일 때만"(283쪽) 사랑이 유지됨을 모르는 여자의 미성숙 때문이다. 이것은 동감을 중시하면서 '눈물 공주'인 자신처럼 '침묵 왕자'인 남자도 눈물을 흘리도록 만들고 싶다는 욕망을 가지는 것에서도 드러난다. 여자는 남자를 '눈물 왕자'로 만들고 싶었던 것이다. 하지만 여자가 이러면 이럴수록 여자 자신이 오히려 눈물조차 흘리지 못하는 '침묵 공주'가 되어 버린다. 그래서 이들은 또다시 이혼한다. 21세기에는 더 이상 트리스탄과 이졸데와 같은 연인 관계 자체가 가능하지도 않고 필요하지도 않다. 누구도 사랑 때문에 죽음을 무릅쓰려 하지 않는다.

두 번째 이혼 후 여자는 동화 쓰기에서, 남자는 그림 그리기에서 가장 자신다운 자아를 재발견한다. 그래서 이들은 소설의 결말에서 서로에게 강요했던 '동감'과 '자리바꿈'에서 벗어나 '공감'과 '제자리 찾음'으로 돌아온다. 다시 눈물 공주와 침묵 왕자가 되었지만, 각각 '미소 짓는' 눈물 공주, '눈물 흘리는' 침묵 왕자가 된 것이다. 이때의 연인들은 '하나'가 아니라 '둘'이다. 합일이 아닌 분리가 가능해진 것이다. 둘 사이의 거리가 둘을 진정한 둘이게 만든다. 황홀한 하나란 "다수를 제거함으로서만" 가능한 폭력적 관계일 뿐이고, 사랑이란 '보족(supléer)'이 아니라 오히려 '덧붙이는(supplémenter)' 것이기에 더욱 그렇다.[13] 때문에 연인들은 각자 자기편에서 분리되어 있어야 한다. 이럴 때는 '한 쌍(couple)'이기보다는 '둘인 둘'이다. 그래서 둘은 오히려 하나를 부순다.[14] 우리는 연인에게 결코 완벽하게 다가갈 수 없다. 스스로도 자기 자신에게 완벽하게 다가갈 수 없으니까. 그러므로 우리는 연인에게 '조금 더나 조금 덜' 다가갈 수 있을 뿐이다.[15]

때문에 동감이 아닌 공감 중심으로 둘 사이의 분리를 전제하는 사랑은 '둘을 부정하는 하나' 중심의 레비나스식 타자 인식의 절대성과 환원 불가능한 윤리성과는 다르다. 레비나스와 블랑쇼 모두 분리를 강조

---

13 알랭 바디우, 이종영 옮김, 『조건들』(새물결, 2006), 338~339쪽 참조.

14 위의 책, 340~350쪽 참조.

15 니클라스 루만, 앞의 책, 29쪽 참조.

하고 있지만, 레비나스는 블랑쇼와 달리 타자와의 상호성을 배제한 채 나와 타자 간의 '비대칭성(asymétrie)'만을 강조한다. 이럴 때는 나르시시즘이나 유아론에 빠지기 쉽다. 반면 블랑쇼는 나와 타자 사이의 비상호성을 인정하면서 둘 사이의 거리를 인정하는 '이중의 반대칭성(double dissymétrie)'을 강조한다.[16]

장뤽 낭시 또한 레비나스식 분리의 위험을 간파했기에 공동체(共同體)라는 말보다는 '함께 있음(être-avec)'이라는 표현을 더 선호한다. '함께'라는 것은 공동체의 '공(共)'과 거의 구분되지 않는 듯하지만, "가까움과 내밀성 안에서의 간격 두기", "연합도 원자화도 아닌, 다만 장소의 나눔, 기껏해야 접속, 결합체를 갖지 않고 같이 있음"을 더 강조하게 된다.[17] 이런 '분리'의 사랑만이 합일에 대한 강박으로 인해 상처 입은 우리의 옛사랑들을 구원해 줄 수 있다.

밤에서 밤으로: '바깥'의 사랑

다시, 동화로 돌아오자. 그래야 '동화처럼'의 의미도 분명해질 테니까.

누구나 그랬다. 아이들은 동화를 읽지 않아도 용이 존재한다는 것을 안다고. 아이들이 동화를 읽고 알게 되는 것은 용의 존재가 아니라 용도 죽는다는 사실이라고. 엄마를 계모로 의심한 게 동화 때문만은 아닐 것이다. 동화 속 악독한 계모가 원전에서는 친모였다는 사실을 일찌감치 알았으니까.

---

16 박준상, 『바깥에서: 모리스 블랑쇼의 문학과 철학』(인간사랑, 2006), 94~95쪽 참조.
17 모리스 블랑쇼, 장뤽 낭시, 앞의 책, 124~125쪽 참조.

아이들은 동화를 읽지 않아도 안다. 모든 계모가 친절하지 않다는 것을. 정작 아이들이 동화를 읽고 알게 되는 것은 친모도 계모와 다를 바 없다는 사실이다.(331쪽)

니클라스 루만에 따르면 결혼은 천상에서 맺어지고 자동차 안에서 끝난다. 왜냐하면 운전석에 앉은 사람은 최선을 다해 운전하지만, 동승자는 운전자에 대해 언제나 자신을 배려하지 않는다고 비판할 수밖에 없기 때문이다. 결혼을 동화로 바꾸어도 사정은 마찬가지이다. 인용문에서 제시되듯이 동화는 언제나 현실에 대해 비판적이다. 사실 동화는 용의 존재가 아니라 용의 죽음을 알려 주고, 친모와 계모가 다르지 않다는 사실을 알려 주는 호러물에 다름 아니니까. 그렇다면 '동화처럼'의 의미는 달라져야 한다. '환상처럼'이 아니라 '현실처럼'이 더 적절하기 때문이다. 이럴 때 동화를 닮은 사랑 또한 환상이 제거된 탈낭만적 사랑이 될 수밖에 없다.

더욱이 이런 맥락이라면 '동화처럼'의 사랑은 '낮'이 아닌 '밤'의 서사가 된다. 소설 속 동화는 왕자와 공주가 행복하게 잘 살았다는 이야기가 아니라, 왕자와 공주가 얼마나 행복하게 살기 힘든가에 대한 이야기이기 때문이다. 그럼에도 불구하고 결국에는 '다시' 행복해지기 위해 연인들이 재회하는 '열린 결말'로 끝나지만 말이다. 그래서 또다시 '동화처럼'은 비현실적인 '환상처럼'의 사랑 이야기로 복권되지만, 그 내막은 이전과 달리 무척 복잡하다. 위로부터 내려오는 빛이 아니라 지하로부터 올라오는 빛이거나, 행복의 당위성이 아니라 불행의 불가피성 중심으로 전개되는 사랑의 이야기이기 때문이다. 그럼에도 불구하고 진정한 밤은 낮을 추구하지 않는다. 오히려 더 어두운 밤을 추구한다. 밤에는 보이지 않던 것이 보임으로써 보이는 것과 보이지 않는 것의 경계가 와해

된다. 연인은 밤에 이끌리는 자, 밤으로 이끄는 자, 밤에서 사랑을 보는 자이다.

이런 '밤의 사랑' 혹은 '사랑의 밤'을 통해 왜 블랑쇼가 두 가지 밤을 구분했는지 알게 된다. 블랑쇼에 의하면 밤에는 '최초의 밤'과 '또 다른 밤'이 있다. 낮은 빛이고 노동이고 이성이다. 이런 낮의 건축물일 때의 밤은 '최초의 밤'이다. '최초의 밤'은 낮의 예감이자 저장고이다. 그러나 '또 다른 밤'은 낮이 아닌 밤과 관계 맺는다. 때문에 '또 다른 밤'은 낮의 대립물이 아니라 낮의 '바깥(dehors)'이다. 그렇다면 동화에서 허락되는 사랑은 '낮'에서 '밤'이 아니라 '최초의 밤'에서 '또 다른 밤'으로 이동해야 하는 밤의 서사일 수밖에 없다. "밤 속에서 또 다른 밤은 함께 하나가 될 수 없는 것, 끝나지 않는 반복, 아무것도 가지지 않는 충만, 근거도 깊이도 없는 것의 반짝임"[18]에 불과함을 알려 주기 때문이다.

이런 밤의 개념은 블랑쇼가 문학에서 중요하게 다룬 '바깥'의 개념과도 통한다. 블랑쇼에게 문학의 기원이기도 한 '바깥'의 체험은 진리가 아닌 오류를 추구하므로 언제나 '또 다른 밤' 속에 머무른다. 그래서 내밀성이나 휴식을 허락하지 않는 것, 동일한 것이거나 초월적인 것이 아닌 것, 미결정적이고 알려지지 않은 중성적인 것(le Neutre) 등에 대한 경험과도 연결된다.[19] 진정한 '바깥'은 낮의 빛도 아니고, 그 낮이 잠정적으로 사라진 '최초의 밤'도 아니다. 오히려 어둠 속에서 빛나면서 어둠으로부터 새어나오는 빛, 어둠을 없애기도 하고 맞이하기도 하지만 결국은 어둠 속으로 사라지는 빛을 지닌 '또 다른 밤'과 연결된다.[20]

---

18 모리스 블랑쇼, 이달승 옮김, 『문학의 공간』(그린비, 2010), 245쪽.

19 박준상, 앞의 책, 34쪽, 37쪽 참조.

20 에마뉘엘 레비나스, 앞의 책, 21쪽 참조.

이렇게 볼 때 '바깥'의 사랑은 단순히 배우자가 아닌 상대와 바람을 피우지 않는다는 것을 의미하지 않는다. 『동화처럼』에서 여자와 남자는 각기 서정우와 한서영이라는 첫사랑의 상대, 운명적이라고 착각했던 상대와 각각 농도가 다른 외도(外道)를 경험한다. 그러나 그것이 이들 남녀의 이별이나 재회에 결정적으로 영향을 미치지는 못한다. '바깥'의 사랑은 결혼 제도의 바깥에서, 상대방의 바깥에서 행동한다는 의미가 아니기 때문이다. 다시 유아론적 주체로 돌아가지 않는다거나, '둘'임을 포기하지 않는다는 의미에 더 가깝다. 이를 통해 '바깥'의 사랑은 사랑에서의 적이 경쟁자가 아니라 이기주의임을 보여 준다.[21]

다시 말해 '바깥'의 사랑은 사랑 안에 존재하면서도 사랑의 한계에 존재한다. 그래서 사랑과 '사랑 아닌 것'의 관계 혹은 사랑의 '빈 곳'에 주목하게 만든다. 이를 위해 사랑의 주체인 '나'는 '나'의 '바깥(ex-)'에 서는 행위, 즉 탈존(脫存, ex-sistence)과 외존(外存, ex-position)을 수행해야 한다.[22] 앞에서 설명한 '분리'의 사랑을 통해 이질성과 혼종성을 담보하면서 순수성과 동질성 중심의 내부(안)를 거부해야 하는 이유도 여기에 있다. 사랑은 사랑 '바깥'에서 완성된다. 철저하게 깨지기 위해.

사랑 이후: '실용'의 사랑

니콜라스 루만의 『열정으로서의 사랑』을 다각도에서 보다 쉽고도 현실적으로 재해석한 크리스티안 슐츠는 21세기 들어 사랑이 탈마법화 되

---

21 알랭 바디우, 조재룡 옮김, 『사랑 예찬』(도서출판 길, 2010), 71쪽 참조.

22 박준상, 앞의 책, 18쪽 참조.

었다고 생각하지만 정작 사랑 자체는 마법을 잃지 않았으며, 오히려 정체가 발각됨으로써 더 강력해졌다고 본다. 어차피 '열정'으로서의 사랑이 불가능한 시대라면, 가능한 낭만을 연출함으로써 비개연적인 사랑을 개연적인 사랑으로 진화시켜야 한다는 것이다.[23] 그렇다면 21세기에 필요한 것은 열정의 상실에 대한 한탄이 아니라 처방이다.

지금까지 힘들게 에둘러 말했듯이 '반복'의 사랑, '분리'의 사랑, '바깥'의 사랑이 중심이 되는 21세기의 사랑은 과거의 20세기적 사랑으로부터 벗어나기가 얼마나 지난한지 그 실체를 역(逆)으로 보여 준다. 이데올로기 중심의 동지적 사랑(1980년대)도 아니고, 탈낭만화를 통해 더욱 낭만을 조장하는 역설의 사랑(1990년대)도 아니며, 소비나 웰빙 중심의 문화적 사랑(2000년대 초)도 아니지만, 이 모든 이전 소설들의 계통 발생적 궤적을 김경욱의 『동화처럼』은 개체 발생적으로 보여 준다. 절대적일 수 없는 '반복'의 사랑, 합일을 거부하는 '분리'의 사랑, 내밀성을 포기하는 '바깥'의 사랑은 겉으로 보기에는 탈낭만화된 사랑 계보를 계승하는 듯하다. 그러나 이런 21세기적 사랑들은 이전 시대와 달리 탈낭만화를 통해 낭만화를 이루려 하지 않는다. 오히려 낭만을 시뮬레이션하거나 재발명함으로써 낭만을 적극적으로 생산하려 한다. 없으면 새로 만들고, 미숙하면 연습하고, 부족하면 빌려 와서라도 낭만적 사랑을 가능하게 만든다.

김경욱이 낭만적 사랑의 불가능성을 깨달았음에도 불구하고 그 깨달음을 기반으로 오히려 낭만을 부활시키려는 것도 이와 연관될 것이다. 마치 동화의 본질을 알아도 동화에 대한 환타지를 포기하지 못하는 것과 같다. 21세기의 모토는 "나는 사랑한다. 고로 더 사랑한다."인 듯하다.

---

23 크리스티안 슐츠, 장혜경 옮김, 『낭만적이고 전략적인 사랑의 코드』(푸른 숲, 2008), 6, 71, 86쪽 참조.

그렇다면 김경욱의 소설『동화처럼』의 제목은 '동화 이후'여도 좋을 것이다. 흔히 '~ 이후'라고 하면 '~이 끝장났다'라고 생각하기 쉽다. 마치『이론 이후』[24]나『이론 이후 삶』[25]이라는 책 제목만 보고 그 내용을 이론이 필요 없는 이론 이전의 시대로 되돌아가자는 것이라고 착각하기 쉬운 것처럼 말이다. 그러나 두 책의 제목에서 공히 '~ 이후'로 번역된 'after'는 '시간상으로 뒤이어서(following in time)'가 아니라 '좇아서/추구해서(in pursuit of, seeking)'의 의미이다. 이론 없이는 삶을 숙고할 수 없다는 입장이기에 이론에 대한 부고(訃告)가 아니라 오히려 이론의 부활을 주장하고 있다.[26] 그렇다면 '사랑 이후' 또한 사랑의 종말에 대한 냉소나 허무가 아니라 사랑의 귀환이나 강화와 연결될 수 있다.

결국 21세기에 문제되는 사랑은 더 이상 '운명', '동감', '(최초의) 밤'과 연관되는 사랑이 아니라, '인용', '공감', '(또 다른) 밤'에 토대를 둔 현실적 사랑일 수 있다. 이상화된 사랑이 아니라 실현할 수 있는 사랑이 요구되는 시대이기 때문이다. 이런 사랑은 낭만을 실용화하는 지점에서 가능해진다. 실용적 사랑이라는 공통분모 위에서 감정과 실리, 낭만과 현실, 열정과 자유는 새롭게 결합될 수 있다는 것이다. 물론 이때의 실용성은 처세술이나 이익 창출 방식, 권력 기제 등을 가리키는 것이 아니라, 사랑의 생존술이나 양생술을 의미한다. 실용성이 세속성이나 속물성과 다른 이유는 사랑을 탈낭만화시키려는 수단이 아니라 탈이데올로기화시키려는 전략이기 때문이다. 많이 남기기 위해서가 아니라 더 잘 쓰기 위해서 사랑의 실용화는 필요하고도 중요하다. 오히려 "교환 경제의 규

---

24 테리 이글턴, 이재원 옮김, 『이론 이후』(길, 2010).

25 자크 데리다 외, 강우성·정소영 옮김, 『이론 이후 삶』(민음사, 2007).

26 테리 이글턴, 앞의 책, 335~336쪽 참조.

칙을 교란시킨다는 점에서 자본주의의 가장 위협적인 적은 공산주의가 아니라 사랑"(김경욱, 「낭만적 서사와 그 적들」)이기 때문이기도 하다. 이해보다 갈등이 전면화되고, 문제 제기 능력보다는 문제 해결 능력이 더 중요한 시대가 낳은 산물이 바로 이런 '실용'의 사랑이다. 적의 적이 친구라면, '포스트 포스트 진정성'의 시대에는 진정성이 다시 살아날 수도 있을 것이다. 그리고 동화에서처럼 진정한 사랑 이후의 사랑이 괴물과 속물들을 인간다운 인간으로 만들어 줄 수도 있을 것이다. 사랑 아닌 것이 '사랑처럼' 존재한다면. 그래서 진짜 사랑이 찾아온다면. 문학에 대한 사랑도 그럴 것이다. 그랬으면 좋겠다.

그림자의 빛

1판 1쇄 찍음 2020년 6월 3일
1판 1쇄 펴냄 2020년 6월 10일

지은이 김미현
발행인 박근섭·박상준
펴낸곳 (주)민음사

출판등록 1966. 5. 19. 제16-490호
서울시 강남구 도산대로 1길 62(신사동)
강남출판문화센터 5층(06027)
대표전화 02-515-2000 | 팩시밀리 02-515-2007
홈페이지 www.minumsa.com

ISBN 978-89-374-9137-5 (03800)